LA REINA CRISÁLIDA

Sheila Expósito

A mi madre, a mi padre y a mi hermano.
Por no temer a los adjetivos, posponer el siguiente capítulo de
la serie de moda, y despachar a los senos y cosenos con exquisita
educación.
A mi marido, simplemente por soportarme.
Y a mí, por acabarlo.

PARTE I

LA LLEGADA

I

Junto a la ventana del cuarto observaba con desinterés el vaivén del ir y venir de sus vecinos, tan aferrados a la monotonía de sus quehaceres diarios, como ella a la prisión en la que se había convertido su cuarto.

Se había convertido en una flor marchita y seca con apenas veintiocho años, a la que hacía mucho tiempo que no regaban. Aquella flor silvestre del campo no conservaba ni rastros de fragancia aprimaverada, ni el rocío de las mañanas.

La vida había sido dura a las afueras de la ciudad de Lockham, y sus padres habían padecido los avatares de aquella existencia cruel. No se recordaba una buena cosecha en años y la escasez se había convertido en el pan de cada día. Las ratas transmitían la muerte y los buitres desenterraban los cuerpos recién sepultados en el cementerio.

Su familia poseía numerosas fincas agrícolas y una gran fortuna que, junto con los numerosos títulos nobiliarios, les había hecho ser una de las familias más importantes de las comarcas del sur oeste del país. Sin embargo, nada de aquello habían conseguido salvarles la vida.

Su bella madre había enfermado cuando ella apenas era una niña de unos siete años, pero en las retinas de sus ojos se mantenían vivos como ayer los suspiros agónicos de su madre en sus últimas horas de vida. Aquellas malditas fiebres se la habían llevado en medio de delirios una cálida tarde de primavera, poco antes de que cayera el sol. Pocos meses más tarde era su padre el que la abandonaba, consumido por la tristeza y torturado por el recuerdo de su amada esposa. Ella misma había oído el disparo que había acabado con su vida una noche de finales de verano.

En pocos meses su infancia se había visto truncada por la muerte de las únicas personas que la habían amado, y su tía Aurora, la hermana de su padre, había llegado de la ciudad como un buitre carroñero, frotándose las manos al pensar en la gran fortuna que esa niña acababa de heredar.

Menos mal que el fiel abogado de sus padres lo había dispuesto todo de tal forma para que Aurora no pudiese echar mano del dinero de su sobrina, a excepción de una renta mensual que se le entregaría para su cuidado hasta que la joven abandonase su casa.

Aurora la llevó consigo a su mansión de Lockham, situada en una de las mejores avenidas de la ciudad, al día siguiente de dar sepultura a sus padres. Se trataba de una casa señorial de piedra, pero repleta de sombras del que fuera su esposo; un inversor mediocre, acostumbrado a perder fortunas en negocios poco rentables y aficionado a coleccionar cachivaches de las tiendas más caricaturescas de la ciudad.

Su tía, lamentablemente, vivía a base de apariencias. Era una noble arruinada, viuda y no muy afectuosa, que nunca la había demostrado demasiado cariño, aunque con el tiempo la había llegado a mostrar un tímido aprecio. De la misma manera, ella había aprendido a respetarla de una manera fiel y a mostrarle un apego comedido.

Desde la muerte de sus padres no había vuelto a la finca de campo de su familia ni una sola vez. Había permanecido en Lockham, enclaustrada entre los cimientos de aquella ciudad: un gran estercolero de almas corruptas por el dinero y las apariencias, y de otras muchas consumidas por la miseria. La suya propia ni siquiera parecía estar dentro de su ser, y si lo estaba, habitaba dormida y pausada, sin dar signos de vida. Su amarga percepción de las personas y de todo lo que la rodeaba le había hecho no tener demasiadas amigas, pero a resultar misteriosamente atractiva para los hombres.

Por lo general, no solía prestar demasiada atención a los cortejos infructuosos de los novatos, y menos aún a las verborreas lujuriosas de los más expertos amantes. Las conversaciones de todos ellos la aburrían, y los menos dados a la lengua habituaban a dejar sus manos más sueltas de lo que el decoro permitía. Sólo en contadas ocasiones había dejado que aquellas manos traspasasen las fronteras de las tiernas caricias…

Su primer amante había sido un hombre de negocios que había conocido en un baile. Era muy apuesto, y aún hoy recordaba su gesto prominente y sus ojos juguetones, en los que se había perdido varias noches mientras hacían el amor.

Aquella aventura había terminado de la misma forma que empezó, de manera repentina y silenciosa, sin palabras de despedida que decir.

No pasaron muchos meses hasta que volvió a entregarse a las caricias de otro hombre. Aquel desconocido había sido un joven con cara de pocos amigos y con el mentón marcado a causa de una pelea reciente.

Habían hecho el amor de manera espontánea pero salvaje, en un callejón de camino a casa cuando volvía algo borracha de una cena.

Un chico joven que no había dejado de fijarse en su escote durante una velada en casa de su tía Aurora, había sido su tercer amante. Le había seducido en el invernadero del jardín alentada por la pureza que desprendía aquel jovencito de rostro de efigie romana. Por su torpeza y ansia, había deducido que había sido su primera vez y eso la satisfizo más todavía.

Ahora, de pie en el salón de la señora Miskins, sus ojos se habían posado sobre un hombre que acababa de llegar a la fiesta, y que esperaba que fuese su cuarto amante.

Se había hablado mucho de él en los días anteriores a su presentación en sociedad, por lo que el revuelo entre las muchachas casaderas era perturbador. Las mujeres rumoreaban que se trataba de un forastero muy rico, procedente de las tierras del norte, recién llegado a Lockham. No estaba casado, y al parecer buscaba una esposa. Las lenguas envidiosas de los hombres comentaban que se le había visto en los fumadores de opio y en los burdeles del sur de la ciudad. Fuese así o no, el aire desenfadado y altivo de aquel desconocido, lleno de misterios, tan apuesto y oscuro, le atraía de una manera que no había sentido antes. Sus ojos verdes y vacíos se habían perdido en los de ella en más de una ocasión a lo largo de la velada, pero no veía llegar el momento en el que la señora Miskins hiciese las presentaciones oportunas.

Comenzaba a sentir una impaciencia extrema cuando advirtió que la señora Miskins dirigía sus pasos hacia donde ella se encontraba sentada. Iba bien agarrada del brazo del hombre, acercándose más de lo debido a su oído para susurrarle. Supo al instante que ya le había advertido sobre su naturaleza despreocupada y solitaria, y no pudo evitar sentirse herida.

- Ésta es Sophia Varona, una mujer muy linda pero poco habladora. - La señora Miskins soltó una risilla conciliadora que desafortunadamente provocó el efecto opuesto.

- Christopher Steiner- Se presentó. Su voz era grave, seductora y altiva. Agarró su mano para posar un beso sobre ella. Al instante sintió sus labios fríos pero anhelantes de carne, y un escalofrío le atravesó toda la espalda.

La velada en casa de la señora Miskins había dado que hablar en los días posteriores. Las jóvenes cuchicheaban sobre lo apuesto que había resultado ser el señor Steiner, y sus padres les recordaban la gran fortuna que poseía. Su tía Aurora también le había sermoneado sobre el buen partido que era y le había llamado la atención por la actitud tan distante que había tenido con él. Le había advertido que muchachas más jóvenes que ella se habían mostrado más conversadoras y atentas con el hombre, y que ella sólo se había mantenido discretamente apartada, como en un segundo plano, observando el ir y venir de Christopher por todo el salón. Dieron por zanjada la conversación cuando el hastío se apoderó de ella y dejó plantada a Aurora en medio de su verborrea.

Se encerró en su cuarto durante el resto del día, maldiciendo a Aurora y maldiciéndose a sí misma por su forma de ser. No necesitaba que nadie tuviese que recordarle ahora sí y ahora también lo distante que parecía siempre en aquellos bailes, pero era algo que estaba fuera de su control. Era incapaz de ser una hipócrita y fingir que disfrutaba en aquellas veladas. Sí, era cierto, podía haber hecho algún amago por acercarse a conversar con el señor Steiner, pero tampoco estaba acostumbrada a andar tras la gente para importunarla. Precisamente ella no era la alegría de la fiesta, y estaba convencida de que el señor Steiner no habría disfrutado con su compañía. Aunque también era cierto que el señor Steiner tampoco parecía muy hablador. En la velada en casa de la señora Miskins se había detenido a saludar a unos y otros, pero desde luego no había alargado la charla con nadie en concreto.

Además, se había marchado antes de lo previsto de casa de la señora Miskins, causando una gran sorpresa entre las jovencitas y dejándolas algo desconcertadas. Ella se había acercado al gran ventanal del salón para verlo partir en su carruaje, y el corazón le había dado un vuelco cuando él giro de improvisto para posar sus ojos verdes en ella. La habían observado de forma fogosa y suplicante, como si de alguna manera él le hubiese pedido que fuera tras él y dejase atrás aquella casa. Pero sus pies se habían quedado anclados al suelo, y antes de que pudiera dar un paso, el carruaje del señor Steiner ya se había perdido calle abajo.

II

La joven Sophia Varona había llamado su atención, antes incluso, de entrar en la casa de la señora Miskins. Su halo de melancolía era sobrecogedor, y eran aquellas almas erráticas y complejas las que siempre más le habían atraído.

No recordaba haberse tropezado con un alma tan oscura como la de la señorita Varona nunca antes. Era incluso, más oscura que la suya propia, y eso le atemorizaba. Le atemorizaba porque esos seres muertos en vida poseían la gran habilidad de percibir la naturaleza innatural de los seres como él, y eso les ponía en peligro.

Desde hacía mucho tiempo había intentado pasar lo más desapercibido posible, relacionándose sólo lo justo y necesario con el entorno más cercano a su persona, a mencionar, vecinos y algún inversor con el que compartía negocios. Cuando las suspicacias empezaban a cernirse sobre él, no necesitaba mucho tiempo para desaparecer para siempre. Así lo había hecho la última vez y en otras anteriores. No obstante, la insistencia de la señora Miskins para que acudiera a la velada en su casa, había sido casi imposible de eludir. De hecho, el no haber atendido su invitación, habría dado todo un dar que hablar.

Había pasado el rato charlando con unos y otros, observando con agudeza las debilidades de los hombres y estudiando cada rasgo de las muchachas casaderas, las cuales, inocentes, peleaban entre sí por ser la primera en bailar con él o la afortunada a la que la cogieran del brazo. Sabía perfectamente que las jóvenes lo consideraban el mejor partido con el que desposarse. El más rico y el más apuesto. Todo lo demás, su ser, su alma, no parecía tener ninguna relevancia para ellas.

Pero Sophia había sido digna de todas sus miradas. La curiosidad de ella por su ser más profundo le había seducido. Deseaba perderse entre las curvas de su esbelta figura, la calidez de sus labios gruesos, y el aroma a rosas de su melena rubia ceniza. Si embargo, temía perder el control con ella, no saber mantener a raya sus instintos más animales, y terminar cometiendo una estupidez.

Había abandonado la casa de la señora Miskins antes de que la fiesta concluyera, lujurioso y desconcertado, y necesitó bajar a los suburbios del sur para calmar su deseo y alejar de sus retinas los ojos azules de Sophia Varona. Pero quedó insatisfecho y más sediento aún. Las mujeres que vendían sus cuerpos por unas monedas sólo conseguían mitigar su soledad por unos instantes, y le dejaban más vacío de lo que se había sentido en un principio. Él necesitaba una compañera que le aceptase por cómo y quién era, y aquellas mujeres no le proporcionaban nada de aquello.

Volvió a su mansión, alicaído y con la imagen de Sophia grabada en sus retinas. Se tumbó en el diván de su cuarto y mandó a Sitra que le preparase una pipa de opio. Sólo aquella droga le calmaba, le sumía en un estado de duermevela en el que su existencia errante y solitaria dejaba de atormentarle. Algunas veces, cuando se encontraba en ese estado, había llegado a recordar pasajes de su vida pasada. Pero de la misma manera que los recuerdos venían a él, volvían a marcharse, y solo parecían espejismos en un oasis de arenas doradas. Cuando el efecto del opio cesaba, la crueldad de su subsistencia volvía a él más enérgica que nunca, y así de nuevo necesitaba más de aquella droga.

Esta vez necesitó un par de días para recuperarse del efecto del opio, y al despertar se había sentido hambriento. Su leal Sitra le tenía preparada la cena de antemano, y su carruaje le esperaba para llevarle a los suburbios del sur de Lockham.

- No, Sitra. Esta noche no necesitaré el coche.

Christopher se despidió de él cortésmente y dirigió sus pasos hacia la casa de la señorita Sophia Varona. Algo le decía que ella también llevaba unos días sin poder conciliar bien el sueño.

Las calles estaban vacías, había bruma y hacía demasiado frío. Llegó a la mansión acompañado tan sólo por el taconeo de sus lustrosos zapatos y se detuvo frente a la casa de piedra. Vislumbró una tenue luz en una de las ventanas del piso superior, la única luz que a esas horas de la madrugada estaba encendida. Distinguió a Sophia tras el cristal. Lucía hermosa y embrujada, con sus cabellos sueltos y la mirada fija en él, como si de alguna manera le hubiese estado esperando.

Sophia abrió la ventana y se asomó al exterior. Apenas llevaba un camisón y puedo distinguir su busto y sus curvas bajo la tela aperlada. Entreabrió los labios como para querer decirle algo, pero las palabras no salieron de entre ellos y ella volvió a retirarse al interior. Siguió allí de pie, mirando hacia arriba a la espera de verla aparecer de nuevo, pero Sophia no volvió a asomarse. De alguna manera se sintió traicionado por su sexto sentido. Ese sexto sentido que le había hecho creer que aquella mujer necesitaba de él lo mismo que él de ella. Giró sobre sus talones, enfurecido, cuando de forma inesperada la puerta de la casa se abrió tras él. Sophia apareció envuelta en una capa negra aterciopelada, como la muerte misma, temblando de frío y deslizándose con sigilo hacia él.

- Señor Steiner, ¿Qué horas son estas? ¿Acaso no podía dormir?

- En efecto señorita Varona, no podía dormir. De hecho, soy más de siestas a media tarde.

Sophia sonrió con dulzura.

- Cómo le comprendo…yo tampoco duermo muy bien. - confesó. - Creo que es una especie de problema familiar.

Christopher sonrió y Sophia miró hacia el piso superior de la casa. Las luces estaban apagadas

- Mi tía lleva años tomando pastillas para dormir. Ni un terremoto la despertaría.

- ¿Y a usted, que le quita el sueño? – Le preguntó. Notó un leve sonrojo en sus mejillas marcadas, pero que desapareció tan pronto como hubo aparecido. Alzó la mirada segura de sí misma y se acercó más a él. Percibió el aroma a agua de rosas de su cuello y su cálido aliento.

- Un hombre es la causa de mis desvelos. - Susurró con tono apasionado.

- Eso no es posible, no creo que una mujer tan hermosa padezca por ninguno.

Sophia sonrió y dio un paso hacia atrás.

- He de irme. - se disculpó. - Es muy tarde ya. Pero que le parece si viene a cenar dentro de dos días. Mi tía ha invitado a unos amigos, pero seguro que está desando verle a usted también. Es usted bienvenido.

Christopher asintió.

- Me encantaría.

Se despidió de ella con una leve inclinación de cabeza y dio media vuelta, para volver por donde había venido.

Sophia lo vio alejarse entre la bruma de la noche, y hasta que no desapareció de su vista no volvió a entrar en la casa.

III

No había podido dormir en toda la noche y bajó a desayunar cansada y con mal aspecto. Su tía estaba ya sentada a la mesa del comedor, untando unas tostadas de semillas con mantequilla y mermelada de ciruela.

- ¡Oh, querida! -exclamó mientras dejaba la tostada sobre el plato de porcelana- ¡Tienes un aspecto horrible! ¿Acaso no has dormido bien?

- No tía, apenas he pegado ojo.

Miró la comida con desgana y sólo se sirvió un poco de café con leche.

- Por lo que veo tampoco tienes apetito.

- No me encuentro bien.

\- Serán estos cambios de tiempo. Yo ando con un dolor terrible de huesos. Me quedaría todo el día tirada en la cama…- Bufó con resignación y le pegó un bocado enorme a la tostada. Siempre había sido una glotona, pero por suerte su constitución hacía caso omiso del exceso de calorías. - Bueno querida, apresúrate. Hemos de salir a hacer unas compras para la cena de mañana.

Sophia la miró de soslayo.

\- He invitado al señor Steiner para que venga a cenar con nosotras.

Aurora alzó las cejas y la miró sorprendida.

\- Vaya, querida- exclamó- Veo que mi charla del otro día te hizo recapacitar. - esbozó una sonrisita y salió del comedor, contoneándose con alegría.

Aurora se había encabezonado en comprarse un vestido nuevo para la cena, y su indecisión las había retenido donde la modista casi toda la mañana. Volvieron a casa después de la hora del almuerzo y el resto de la tarde la pasaron leyendo junto al fuego bajo.

Aquella noche tampoco pudo dormir bien, pero a media tarde consiguió echar una cabezadita. Se levantó con mejor aspecto y se preparó con esmero. La señora Miskins y su marido, junto con un viejo amigo de su tía y el señor Steiner eran los invitados de aquella noche.

Se puso un elegante vestido negro de encaje, con intención de alegrar la vista del señor Steiner, y bajó al salón poco antes de que llegasen los invitados.

El señor Abigail, amigo de su tía, fue el primero en presentarse en la casa. La estaba piropeando cuando el señor y la señora Miskins irrumpieron en el salón acompañados por su tía.

- ¡Sophia, estás guapísima! - el señor Miskins besó su mano, mientras la señora Miskins la observaba con desdén y algo de celos. Aquella anciana siempre había sido una envidiosa, y con el paso de los años la envidia le había descontrolado los nervios y carcomido el rostro. Su humor incluso empeoró cuando vio aparecer al señor Steiner en el salón.

Christopher estaba muy apuesto, vestido con un traje negro de gran calidad y de muy buen gusto. Lucía aquel mismo aire despreocupado de la primera noche, que tanto le había atraído.

- Señor Steiner, qué agradable sorpresa- la señora Miskins se apresuró a acercarse a él antes de que Sophia pudiese adelantarse a saludarlo, pero en seguida Christopher se las arregló para quitarse de encima a aquella chismosa y acercarse a ella.

Se sentó junto a ella y un criado les sirvió vino blanco espumoso, que ella adoraba.

- Me alegro de que hayáis venido- confesó ella.

- No podía eludir esta velada. Estaba deseando veros- le susurró y poso su mano sobre la de ella. Un escalofrió recorrió su espalda, y sintió que el rubor le alcanzaba las mejillas. Christopher retiró la mano antes de que pudiesen verlos.

-     La cena está lista- anunció Aurora, e hizo pasar a todos al comedor. Aurora se sentó presidiendo la mesa y ella y el señor Steiner tomaron asiento a ambos lados de Aurora. Junto a ella se sentó el señor Miskins y su esposa se sentó con gusto al lado de Christopher. El señor Abigail tomó asiento al otro lado de la mesa, frente a Aurora.

-     Señor Steiner. – le llamó el señor Abigail. – He oído que ha venido a la ciudad por tema de negocios, ¿Piensa quedarse mucho tiempo en Lockham?

-     Lo suficiente como para zanjar ciertos asuntos y tomarme un tiempo de vacaciones. La verdad es que no acostumbro a quedarme demasiado tiempo en el mismo sitio. - Christopher la miró de soslayo- aunque nunca se sabe. - matizó. Una criada le sirvió sopa de pescado y él se apresuró a indicarle que no le sirviera el segundo plato. - Debí comentárselo señora Varona- se excusó- Tengo un estómago muy sensible y debo seguir una dieta muy estricta.

-     ¡Oh, no se preocupe querido!, si quiere puedo pedir que le preparen otra cosa.

-     No es necesario. Muchas gracias. - Christopher tomó la cuchara y tras un par de sorbos no volvió a probar bocado. Sophia le examinó con extrañeza, pero no insistió en si quería comer otra cosa.

-     Señor Steiner-la señora Miskins se acercó a él para hablarle, pegando sus labios casi a su oído- ¿Está casado? ¿Tiene familia? Lo pregunto porque he deparado en que no lleva ningún anillo- Alzó su mano al aire, mostrando su anillo de casada, y soltó una risita.

- No estoy casado. El trabajo y los viajes no me han brindado el tiempo suficiente para ello.

- ¡Oh! - exclamo de nuevo la señora Miskins- Yo tengo unas sobrinas y unas nietas adorables. Las conoció en la fiesta del otro día. Tenemos que organizar una velada para que pueda conocerlas mejor. Son una dulzura.

Sophia sonrió con disimulo, mientras recordaba a las tres trillizas insoportables, hijas del hermano mayor de la mujer, y a sus dos nietas poco agraciadas. Aurora le lanzó una mirada recriminatoria y en seguida retomó la compostura. El señor Steiner la había visto y la escudriñaba seductoramente con la mirada.

- Por supuesto, me encantaría. -contestó después. - Señorita Sophia. Tengo entendido que usted tampoco está comprometida. - La señora Miskins torció el morro, enfurruñada, y su marido le dio un pequeño puntapié bajo la mesa para que se controlase.

- No, de momento- contestó con dulzura.

- Es una joven poco común- le susurró la señora Miskins.

- Me atrae lo diferente. - deslizó las palabras entre los labios con tanta pasión, que el rubor alcanzó sus mejillas. Terminaron de cenar poco después y se retiraron a charlar al salón. Los hombres se encendieron unos puros y Christopher un cigarrillo.

Ellas se sentaron junto al fuego, pero la charla insustancial de Aurora y de la señora Miskins la aburrieron de inmediato. Observó que el señor Steiner tampoco parecía estar disfrutando demasiado en compañía del señor Abigail y el señor Miskins, y en breve se separó de ellos y se acercó a ellas.

- Si me disculpan yo me retiro ya- anunció con voz pesada- Tengo mucho trabajo mañana.

- ¡Oh, no me diga! - la señora Miskins le agarró de las manos, rogando que no se fuera. Se vio patética y Christopher de nuevo supo escabullirse de sus garras. Después se despidió de Aurora con amabilidad y por último se dirigió a ella- Señorita Varona, me ha encantado poder charlar con usted hoy. Espero poder verla pronto.

- Así espero- Sophia se levantó del sillón- Le acompaño a la puerta. - La joven notó la mirada desaprobadora de la señora Miskins, pero abandonó el salón con Christopher siguiéndola de cerca. Salieron al jardín y comprobó que no había ningún coche esperándole.

- Me gusta caminar- le explicó él- Creo que ya lo sabe. - Se acercó a ella y se detuvo a tan solo unos milímetros de sus labios. Estaban húmedos y solícitos, pero esperó a que fuese ella quien le besase. Se separaron poco después, temiendo que pudiesen descubrirles, aunque ambos sabían que poco importaba eso en aquel momento.

- Sophia- tomó su mentón y observó su rostro bajo la luz de las estrellas- Dulce y endiablada criatura.

La soltó con delicadeza y giró sobre sus talones. Caminó sin mirar de nuevo hacia atrás, pero sabiendo que ella aún lo estaba observando desde el jardín de la casa.

De nuevo había pasado varias noches de insomnio por culpa de los labios fríos de Christopher Steiner, pero que tan cálidamente la habían besado. Aquel hombre la tenía hechizada y no era capaz de apartarlo de sus pensamientos.

La mañana amaneció lluviosa pero aun así dejó a su tía al poco rato de desayunar. Se cubrió bajo su capa negra para protegerse del agua y del frío, y avanzó con paso rápido por las calles de Lockham, con un rumbo fijo y sin prestar demasiada atención a la gente que se iba cruzando en su camino. De hecho, creía haberse topado con un par de conocidos a los que ni siquiera había saludado.

Pasados unos veinte minutos se detuvo frente a una mansión magnánima, de piedra oscurecida por el paso del tiempo, con grandes ventanales y vidrieras de vivos colores. Contempló con confusión los peldaños de mármol desgastado que la separaban de la puerta principal, preguntándose si aquella visita podría parecer inoportuna. Titubeó antes de llamar al timbre, sin saber con qué pretexto explicar su visita de esa mañana, pero nadie le abrió la puerta. Pestañeó con perplejidad y volvió a llamar al timbre con timidez. Se disponía a hacerlo por tercera y última vez cuando un hombre fuerte de piel oscura le abrió y se presentó ante ella.

- Señorita Varona- Inclinó su brazo para hacerla entrar. – Pase, por favor.

Accedió a un vestíbulo oscuro, con suelo de mármol grisáceo. Ante ella se alzaba una gran escalinata cubierta por una alfombra roja y a su derecha una puerta de madera de roble daba acceso a un gran salón, decorado con exquisitez y gusto colonial.

El mayordomo la invitó a pasar al salón y la ayudó a deshacerse de la capa mojada. Tomó asiento en un sillón situado junto al fuego de la chimenea para entrar en calor. Echó un vistazo en derredor y le sorprendió ver que los cortinones de los ventanales estaban cerrados a cal y canto, evitando que la luz de aquel día de noviembre entrase en la sala.

Cruzó las manos sobre su regazo, como rezando, y se maldijo por haber cometido aquella estupidez. Pero había sido incapaz de luchar contra su corazón y sus sentimientos, y después de varios días desde la cena en casa de su tía, necesitaba ver al señor Steiner.

Estaba absorta en sus pensamientos cuando una presencia la hizo voltearse. Había sido como una corriente de aire frío que le había acariciado la nuca con suavidad, y con esa caricia aún sobre su piel, Christopher Steiner apareció junto a ella, sigiloso y delicado.

Tomó asiento a su lado, en otro sillón, y se quedó observando fijamente el fuego bajo. Por un momento le pareció que sus ojos adquirían un color escarlata cristalino, pero cuando él se giró hacia ella para mirarla, aquellos ojos volvían a ser los mismos ojos verdes que la habían mirado la noche que la había besado por primera vez.

No recordaba cuánto tiempo habían permanecido sentados junto al fuego, en completo silencio, con la única compañía de sus melancólicas y penitentes almas, hasta que al fin el sueño la venció por completo.

EL ASESINO DE LA NOCHE

I

Era ya bien entrada la noche y estaba a punto de marcharse a casa cuando el detective Max Magnus había recibido la alerta de un homicidio en los suburbios del sur de la ciudad.

Supuso que se trataría del típico homicidio de costumbre. Un robo que había acabado mal, o un marido borracho que había matado a palos a su desdichada esposa.

Sin embargo, lo que se encontró al llegar a la escena del crimen distaba mucho de ser alguno de aquellos típicos crímenes.

Los agentes se habían encargado de echar de allí a los ojos más curiosos, y ante él, en medio de un callejón maloliente y oscuro de Lockham, yacía una mujer joven sobre el suelo helado.

Se encendió un cigarrillo y se acercó con paso decidido hacia aquel escenario dantesco.

La muchacha yacía tumbada boca arriba, con los ojos abiertos y una mueca de horror plasmada en su rostro mortecino. Tenía el torso abierto en canal, y le habían extirpado los órganos.

Se agachó junto a ella, evitando pisar la sangre, y al palpar su mano notó que aún estaba caliente, lo que significaba que no llevaba mucho tiempo muerta.

No tendría más de dieciocho años y por la austeridad de su ropaje deduje que se trataba de una joven humilde, seguramente incluso del propio barrio.

A simple vista no parecía que se hubiese defendido. Debía de haberse tratado de un ataque rápido que le había pillado desprevenida. El corte vertical en su tronco, a la altura de sus pequeños pechos hasta el vientre había sido postmortem. Se trataba de una incisión perfecta, una autentica cirugía que el asesino había realizado con mano firme.

Alzó las manos de la víctima en busca de algún rastro de piel o tejido bajo las uñas, pero estaban completamente limpias. Un hilillo de sangre se deslizaba desde su frente, y al palpar la cabeza notó que su cráneo estaba destrozado.

Se volvió a reincorporar y se quedó de pie ante la chica. El que le había hecho aquella barbaridad, desde luego, no era un delincuente al uso, y por lo tanto aquel crimen atroz no pasaría desapercibido para los ciudadanos de Lockham ni para la prensa.

- ¡Hopkins! - llamó a su ayudante, un joven atento y recién salido de la academia de policía. Llevaba poco tiempo trabajando con él, pero su minuciosa manera de investigar y atenderle le habían agradado. Pecaba de tener un físico un tanto débil para aquella profesión, pero aquello quedaba totalmente compensado con su extrema inteligencia y saber hacer.

En seguida el joven pelirrojo se detuvo a su lado.

- ¿Qué has averiguado sobre la chica? - le preguntó.

Hopkins se colocó bien las gafas y agarró su libreta de notas.

- Se trata de Erika Fever. Vive a un par de manzanas de aquí, con su madre y tres hermanos menores. Trabajaba como tabernera en la Cantina el Enano Verde. Está más o menos a unos quince minutos andando desde aquí. - alzó el brazo y señaló en línea recta hacia su derecha- Al salir del trabajo solía atajar por este callejón. Su madre le había advertido en varias ocasiones que debía evitar estos pasos, pero se ve que la chica prefería llegar cuanto antes a casa. Era una joven modesta y trabajadora. Por el día cuidaba de sus hermanos mientras su madre iba a trabajar a la lavandería de la calle. Esto no le dejaba demasiado tiempo para novios y amigos. La madre, al ver que tardaba en llegar a casa salió en su busca y fue quien la encontró.

Volvió a guardar su libreta y se quedó a la espera de nuevas órdenes. Ambos miraron a una mujer rolliza que lloraba con desconsuelo a unos metros de distancia.

Max terminó de fumar su cigarrillo y tiró la colilla al suelo.

- ¿Han visto a alguien extraño merodeando por la zona?

Hopkins negó con la cabeza.

- No señor, nadie ha visto ni oído nada. Pero aún tenemos que preguntar en la taberna donde trabajaba. - explicó- La madre la habrá encontrado hará ahora unos veinte minutos, y la policía ha estado inspeccionando la zona desde entonces. El que ha hecho esto ha sido rápido y cauteloso. Y de la misma forma que vino se fue.

II

La desdichada traía mala cara y se había quedado dormida al poco de llegar. Había notado su presencia a la entrada de la casa, de hecho, traía aspecto agotado y unos leves surcos bajo los ojos. Ahora, al verla plácidamente dormida, su rostro lucía más saludable. Había girado la cabeza hacía un lado, dejando su hermoso cuello níveo al descubierto. La carótida palpitaba con cada bombeo de sangre y el deseo se apoderó de él. Se levantó con cuidado para no despertarla, y se detuvo a su lado. El olor a rosas le embriagaba y su cuerpo le tentaba. Deslizó el dedo índice desde su generoso escote hasta el cuello, y presionó con suavidad para poder sentir el palpitar de su sangre.

Sintió que perdía la razón y se inclinó sobre ella para deslizar su lengua fría sobre su piel. Un estallido de sensaciones le recorrió el cuerpo. Era la lucha de su yo interior; la pugna entre lo poco que quedaba de su ser humano, que le forzaba a no lastimar a aquella criatura, y su ser animal, que le guiaba hacia la sangre caliente de aquel cuerpo vivo.

El hambre se apoderó de él, un hambre voraz y despiadado, que había habitado controlado en lo profundo de sus entrañas. Le quemó la lengua. Sintió que su boca se humedecía y que sus sienes empezaban a palpitar con fuerza. Detuvo el deslizar de su lengua sobre el cuello de Sophia cuando supo que su yo animal empezaba a ganar la batalla a su yo humano, y se retiró con resignación antes de poder lastimarla.

Sophia se despertó de improvisto, con todos los músculos del cuerpo entumecidos. No sabía cuánto tiempo había estado durmiendo, pero deducía que, tras las largas noches de desvelo, habrían sido unas cuantas horas. El fuego seguía encendido en la chimenea y se giró en busca de Christopher, pero él ya no estaba a su lado. Se levantó a tientas, intentando no tropezar con ningún mueble, y salió al vestíbulo.

A través del cristal colorido de la puerta principal vio que llovía con fuerza y que la noche ya había caído. Se acercó al guarda ropa para coger su capa y vio que la del señor Steiner estaba colgada junto a la suya, empapada de agua. ¿Acaso Christopher habría salido mientras ella dormía?

Volvió a mirar en rededor para ver si lo veía por alguna parte, para poder despedirse de él antes de irse. Alzó la vista hacia el piso superior y una punzada en el corazón, un fuerte presentimiento, guio sus pasos hacia la escalinata de mármol. Ascendió las escaleras con lentitud para evitar tropezar con su vestido, y al llegar al piso se detuvo. Un ancho pasillo se abría paso a su derecha. Estaba sumido en la oscuridad y tan sólo al final del mismo atisbó una puerta entreabierta de la que procedía un halo de luz. Se dirigió hacia allí con paso dubitativo y un escalofrío le recorrió el cuerpo cuando alcanzó la puerta. Apoyó su mano temblorosa sobre el pomo y la abrió con lentitud.

La seducción era un arte que había perfeccionado a lo largo de los años y sabía que el despertar solitario y desconcertado de Sophia le llevaría a buscarle por la casa.

En efecto, no se había equivocado. Sophia asomó su rostro en el cuarto, con los ojos entornados y medio temblando de frío. Cerró la puerta tras sí y se le quedó observando. Las palabras no encontraban salida entre sus labios; palabras que pudiesen explicar aquella incursión.

Sin embargo, no necesitaba ninguna explicación. Bastaba sólo con mirarla a los ojos para saber que ambos anhelaban las caricias del otro. Se levantó del diván y caminó hasta la puerta. Se detuvo frente a Sophia y se inclinó sobre ella para besarla con hambre y ella se dejó arrastrar por su deseo.

Sintió los labios fríos de Christopher sobre los suyos y el sabor ocre de su boca, como a sangre.

A pesar de ello, se dejó embriagar por su gusto y guiar por la experiencia de su lengua.

Buscó los botones de su camisa y se los desabrochó uno por uno, esperando con ansia el momento de poder quitársela y dejar que sus manos se deslizaran sobre su fuerte torso.

Él la libró de los engorrosos lazos de su corsé, y cuando estuvieron desnudos, contemplaron en silencio sus cuerpos perfectos, sedientos de amor, que unieron en medio de jadeos y gemidos.

Eran la melodía del deseo de sus manos, de sus bocas sedientas, y de su cuerpos vivos y ardientes.

III

La sala de anatomía estaba situada en uno de los sótanos del edificio de la policía. Llevaba abierta apenas un par de años, y su uso aún era algo clandestino a causa de los grupos que no simpatizaban con la disección de cuerpos.

El doctor Klaus lo esperaba en la sala, una estancia oscura iluminada por lámparas de aceite y con olor a humedad. Vestía una bata gris con salpicaduras secas de sangre, que el doctor no se había molestado en limpiar.

Era un hombre mayor, de pelo canoso y gruesas gafas. Diseccionaba los cuerpos con gran placer y arte, pareciendo más un carnicero que un erudito del cuerpo humano. Se rumoreaba que en su juventud se había entretenido exhumando cuerpos recién enterrados para abrirlos en canal en el granero de sus padres. Pero aquello eran meros rumores que nunca se habían podido confirmar como ciertos.

El detective se acercó a él con sigilo para evitar distraerle. Sólo cuando el doctor se alejó de Erika Fever y limpió sus manos en un trapo mugriento, se atrevió a hablarle.

- Dígame doctor Klaus, ¿Qué ha encontrado?

Klaus alzó los ojos, y se metió las manos en los bolsillos de su bata.

- Detective Magnus, no me creerá si le digo que en mis años de estudio no había visto nunca una cosa así. Aparte del hecho obvio de que el responsable de esto es una persona extremadamente inteligente y perfeccionista, la víctima presenta unas incisiones que no sabría decirle qué las ha podido causar.

Max Magnus se acercó a la camilla donde reposaba el cuerpo de Erika Fever cubierto por una sabana vieja. El doctor le mostró dos pequeñas, profundas y oscuras incisiones en el cuello, que a simple vista no eran muy visibles.

- Parecen pequeñas mordeduras.
- En efecto, son los orificios de un par de colmillos, pero no sé de ningún animal que las haga de esta forma tan sutil y perfecta.
- ¿Y entonces?
- Yo creo que la mordedura ha sido obra del propio asesino. Pero en ese caso ha de tratarse de un hombre con una dentadura deformada o modificada mediante algún tipo de cirugía.

Magnus asintió con la cabeza y contempló a la muchacha. Se la veía como sumida en un profundo sueño, bella entre las imperfecciones de su rostro. Observó de nuevo aquellos dos orificios, que, en su primer examen en el escenario del crimen, le habían pasado desapercibidos. Estaban justo sobre la yugular del cuello de Erika Fever, como si el asesino hubiese succionado su sangre a través de ellos. Deslizó la mirada por el cuerpo desangrado de Erika y que el doctor se había molestado en rellenar con sabanas para que su madre no notase la falta de órganos.

- No creo que esta joven sea la última que vea con esas mordeduras, doctor Klaus

El doctor frunció el entrecejo y estudió al detective con cautela.

- Viejos demonios han despertado, ¿verdad, detective?

Sophia volvió a casa antes de que amaneciese y de que su tía pudiese notar su falta. No solía pasar las noches fuera y no quería perturbar ni oír los sermones de la mujer.

Estaba tan cansada que ni se puso el camisón, y se tumbó sobre la cama con el vestido de calle.

Se quedó dormida al instante, como hacía días que no le pasaba, y sólo se despertó cuando la doncella entró en su cuarto para decirle que Aurora la esperaba para ir a misa.

Se reincorporó con abatimiento y se sentó frente al tocador para arreglarse. Tomó el carmín y al acercarse al espejo para pintarse los labios descubrió una pequeña mota oscura en la comisura izquierda. Acercó la yema del dedo índice para limpiarla y examinó con aturdimiento aquella sombra rojiza. Se llevó el dedo a la boca y reconoció el gusto ocre de la sangre. De inmediato rememoró los besos de Christopher de la noche anterior, que la habían envuelto en aquel sabor con amor, y se preguntó cuál podría ser la explicación para aquello.

- ¡Sophia! - la llamó su tía desde abajo. Se limpió con afán los labios con un pañuelo, que quedó manchado de sangre, y bajó al vestíbulo con desgana y con la ropa del día anterior. Aurora la observó extrañada.

- Querida, ¿te ocurre algo? Tienes muy mal aspecto – Le preguntó mientras se ponía la capa. Sophia se acercó a ella y se puso la suya. Llovía a cantaros ese domingo y no le apetecía nada salir. - Vamos, querida, un poco de brío que se hace tarde.

Corrieron hasta el carruaje que las esperaba en la calle, frente a la casa, y se metieron dentro, dejando el suelo embarrado y los asientos humedecidos.

Aurora resopló y frotó sus manos para hacerlas entrar en calor. Era un día más frío de lo habitual, preludio de la llegada de los copos de nieve.

- Causaste una buena impresión en el señor Steiner, querida- dejó caer Aurora- La señora Miskins se moría de celos. - Soltó una risita nerviosa y observó a Sophia con detalle, intentando adivinar sus pensamientos- Te gusta, ¿verdad? - le preguntó.

- No me desagrada. - Apartó la mirada de los ojos de su tía, incomoda, pero la mujer tenía ganas de charlar aquella mañana.

- Eso está bien. Muy bien. Pero has de cuidar más tu aspecto, querida, si quieres que él sólo tenga ojos para ti. Hoy te ves muy deslucida y pálida.

La joven no le contestó, y se recordó a sí misma que su palidez y ojeras se debían a las noches de desvelo que arrastraba consigo, pero sobre todo a la fogosidad de la velada anterior con Christopher.

El coche se detuvo frente a la iglesia, de estilo gótico y piedra ennegrecida por el pasar de los siglos. Aurora ascendió los escalones del pórtico a trompicones, mientras luchaba con la capucha de su capa para poder resguardarse de la lluvia.

Ella la seguía de cerca, pero a cada paso la debilidad le impedía continuar. Llegó al pórtico empapada, con las gotas de lluvia descendiendo por sus mejillas sonrojadas por el frío, y se apoyó en el dintel de la puerta, exhausta y con un leve mareo. Observó al sacerdote, que desde el altar comenzaba la ceremonia, y sintió que la bilis del estómago le subía a la boca. Se retorció de dolor y se inclinó para vomitar sobre el pórtico de la iglesia.

Debía alejarse de aquel lugar.

IV

Max Magnus vivía en un modesto apartamento situado en el centro de Lockham. Se había trasladado a vivir allí hacía más o menos unos cinco años, cuando le habían ofrecido el puesto de trabajo, y en cierta manera deseando huir de los fantasmas que le acechaban. Hasta entonces había destacado como detective en numerosas comisarías del norte, ganando gran reputación y respeto entre sus colegas.

Desde que había llegado en Lockham no se había topado con ningún homicidio como el de Erika Fever. Tenía que echar la vista atrás para rememorar casos tan extraños y sádicos. Y al hacerlo recordaba con lástima los rostros de varias mujeres y hombres, que habían sido asesinados siguiendo el mismo modus operandi de Erika Fever.

Con aquellos dos orificios en el cuello...

El último caso que recordaba era el de Leona Smith, una muchacha pelirroja que vivía en una modesta casa de campo junto a sus padres granjeros.

Se encendió un cigarrillo y aspiro el olor del tabaco, mientras el rostro ceniciento de Leona Smith se desvanecía entre el humo. Había trabajado duro para dar con el responsable de aquellas muertes, pero sus desvelos no habían servido para nada.

Aquel ser escurridizo e inteligente había sabido moverse con astucia y discreción, matando ahora allí ahora aquí, pero sin un patrón especifico en el tiempo.

Sólo la coincidente llegada de unos forasteros a las inmediaciones en donde habían vivido las víctimas parecía tener alguna conexión con los asesinatos, pero no había sabido cómo conectarlo ni había conseguido alguna prueba. Había sido como jugar al escondite con el diablo. Y el diablo había ganado la partida.

Se acercó a una estantería donde guardaba un par de cajas con notas sobre los casos. Las desempolvó y las dejó sobre la mesa del salón. Empezó a sacar los expedientes, treinta y nueve exactos; treinta y nueve asesinatos que había estado investigando en sus diez años de carrera profesional, y todos ellos sin resolver.

Los ojeó de nuevo uno por uno, aunque se los sabía de memoria. Recordaba cada línea de los rostros lozanos de esos jóvenes; sus nombres; sus miserables vidas; sus cuellos salpicados por esos dos pequeños orificios profundos.

Cuando terminó de repasar los expedientes echó un vistazo a sus notas amarillentas y volvió a repasar aquella lista con diez nombres que durante tanto tiempo había conservado con ahínco, y que tanto le había inquietado.

Resopló y colocó el expediente de la desventurada Erika Fever junto al resto.

Echó un vistazo a su reloj de bolsillo y se asombró al descubrir que era casi medio día. La mañana había pasado sin sentir y Hopkins estaría al llegar.

Apagó el cigarrillo en el cenicero de latón y se dirigió hacia la puerta del apartamento. Abrió antes de que llamaran con los nudillos, y el joven muchacho apareció con una carpeta bajo el brazo y la capa chorreando agua.

- Llueve a cántaros, jefe. Menudo día.

Magnus le sonrió y le hizo tomar asiento frente a la mesa del salón. Hopkins se quitó la capa y la tendió en una de las sillas. Mientras lo hacía deslizó la mirada con astucia por los expedientes que estaban colocados de forma ordenada sobre la mesa.

- ¿Qué es todo esto, jefe?

Max Magnus se sentó frente a él y posó su dedo índice sobre el listado que contenía los diez nombres.

- Estos son nuestros sospechosos Hopkins, y todas estas treinta y nueve personas sus anteriores víctimas. Erika Fever se suma a la lista como la número cuarenta.

El muchacho alzó las cejas, asombrado. Apartó la mirada de los papeles amarillentos.

- ¿Estamos hablando de un asesino en serie?

- En efecto. - Asintió Max Magnus- Llevaba más de cinco años sin encontrarme con una muerte parecida, hasta la de Erika Fever. Estos hombres— le mostró la lista que poco antes él había estado repasando- fueron los sospechosos de los asesinatos. Sus vecinos los describieron como hombres muy ricos y reservados, que se habían instalado de forma muy discreta en grandes casonas de la zona. Sin embargo, siempre desaparecieron antes de que yo pudiese pasar a interrogarles. - Max Magnus frunció el ceño, como si el recordar todo aquello le malhumorase- No pude averiguar nada acerca de ellos. Esos hombres no habían ni nacido, ni existido, ni muerto.

Hopkins tomó el listado entre sus manos y leyó los nombres uno por uno.

Él era un apasionado de las mentes más retorcidas y los asesinos en serie más macabros, pero de aquellos nombres y muertes no había leído u oído nada.

Esos asesinatos habían acaecido en las tierras salvajes del norte, donde los hombres vivían asentados sobre tierras regidas con sus propias leyes ancestrales, donde los actos más oscuros quedaban olvidados y enterrados bajo tierra, como si nunca hubiesen acontecido. Max Magnus había nacido y crecido en aquellas tierras, y le había otorgado un carácter frío y calculador. Precisamente, si era unos de los mejores investigadores del estado, era porque en parte su mente sabía cavilar como la de los asesinos más perversos.

En este caso en concreto, el asesino había sido un demonio escurridizo que había sabido jugar a la perfección con identidades falsas, moviéndose en un radio lo bastante cercano pero prudente a donde vivían sus víctimas, y que había desaparecido al de poco tiempo de cometer los asesinatos. Si el modus operandi seguía siendo el mismo, el asesino esperaría un tiempo prudencial antes de volver a actuar en otro barrio de Lockham o desaparecer de allí para siempre.

Hopkins tomó al azar uno de los expedientes de la mesa y le sorprendió leer que la víctima tenía unos orificios en el cuello.

- ¿Erika Fever mostraba esas marcas? -le preguntó a Max.

- En efecto, el doctor Klaus las descubrió en el examen posterior. - le confirmó- Todas las anteriores victimas aparecieron desangradas y con dos orificios sobre sus yugulares, y por supuesto, sin órganos. – añadió - Cuando vi el cuerpo de Erika Fever tendido en el suelo temí lo peor, y mis sospechas se vieron confirmadas con los hallazgos del doctor Klaus.

Hopkins ojeó los expedientes uno por uno mientras su rostro se ensombrecía con cada paso de página.

- La penúltima víctima fue Leona Smith- Max Magnus le tendió el expediente de la joven- Su muerte aconteció hace cinco años. Poco después de aquello me trasladé a trabajar aquí. Como podrás leer también se la encontró con esos dos orificios sobre la yugular y sin órganos. El asesino es una persona con una mente sádica, muy inteligente y calculador. Esos nombres falsos nunca me reportaron algo importante, pero por la forma de actuar y el modus operandi del asesino, no me cabe la menor duda que se trató siempre de la misma persona.

Max Magnus se levantó de su asiento y caminó hacia la ventana del salón. Observó durante unos segundos el ir y venir despreocupado de la gente, y por un momento sintió envidia de todos ellos.

- La cuestión Hopkins es, ¿A quién debemos buscar ahora? ¿Y cuánto tiempo transcurrirá hasta que el monstruo actué de nuevo o desaparezca para siempre?

Hopkins se acercó a Max Magnus, y en el reflejo del cristal de la ventana pudo distinguir el rostro de un hombre acosado por los fantasmas de aquellas personas. Lo compadeció, pues no debía existir mayor castigo para Max Magnus que el de no hallar el camino que le condujese hasta el asesino.

EL HOMBRE NUMERO ONCE

I

Hacía ya algo más de una semana de la muerte de la joven Erika Fever, a la que su madre acababa de dar sepultura, y el detective Max Magnus y Hopkins habían averiguado que un hombre había estado frecuentando durante tres noches seguidas la taberna en donde trabajaba la chiquilla.

El forastero había llamado la atención del dueño y de alguna otra joven empleada por su manera elegante y distinguida de vestir para un sitio mugriento como aquel. Se había pasado horas observando a la joven sin quitarle ojo de encima, escudriñándola desde la mesa más alejada de la barra, pero no habían conseguido verle el rostro, que tenía oculto bajo el capuchón de su capa.

Una de las camareras le había visto en una de sus manos un sello de oro con un rubí muy ostentoso, y dedujo, muy costoso también. Cualquier ladronzuelo habría intentado arráncaselo del dedo con la intención de poder sacar unas monedas en el mercado negro, pero el hombre parecía tan siniestro que nadie se habría atrevido siquiera a acercarse a él.

Max Magnus estaba convencido de que aquel extraño era su hombre. Pero cómo averiguar quién era él y dónde se escondía. Volvía a ser, como en anteriores ocasiones, un hombre sin rostro.

El detective se encendió un cigarrillo y ojeó sus notas. Hopkins trabajaba a su lado con un listado de individuos que en los últimos dos meses habían comprado o alquilado importantes propiedades en Lockham y en las inmediaciones de la ciudad.

Habían descartado a tres extranjeros que habían alquilado grandes fincas a las afueras de la ciudad para pasar una temporada de vacaciones, y que habían vuelto a sus países de origen antes del asesinato de Erika Fever. Otros dos se habían mudado a grandes mansiones del centro de la ciudad, y otros tres sospechosos a unas villas situadas a las afueras de Lockham.

Max Magnus y Hopkins habían acordado vigilar a los hombres, con objeto de averiguar algo más acerca de sus hábitos de vida y conocer su círculo de amistades. Hopkins partiría al día siguiente para el campo, y él se centraría en los dos hombres que se habían mudado a Lockham.

Sus nombres le quemaban la lengua.

II

Llevaba sin ver a Christopher algo más de dos semanas por culpa de su estado de salud. Apenas conseguía dormir un par de horas por la noche y no tenía apetito. Cada vez que se miraba en el espejo veía el reflejo de una mujer moribunda. Lo único que parecía devolverle el color era la imagen de las manchas rojizas del pañuelo ensangrentado que guardaba con recelo en el cajón de su cómoda. Anhelaba poder saborear de nuevo aquellas motas rojizas de la boca de Christopher Steiner…

Junto al pañuelo guardaba su rosario, aquel que su tía le había regalado cuando había recibido el sacramento de la primera comunión. Lo apartó al fondo del cajón, mientras la bilis le subía a la boca.

No entendía qué le estaba pasando, pero no había podido volver a pisar suelo sagrado desde hacía dos semanas, acorralada por las náuseas y los vómitos a cada fallido intento, y se preguntaba mientras recordaba con placer las caricias de Christopher por toda su piel, si aquel hombre no sería la causa de todo aquello.

Se encontraba sumida en aquellos pensamientos tortuosos cuando una presencia tras si la hizo voltearse hacía la puerta de su cuarto. Había sido una corriente de aire que le había rozado la espalda con sutileza. Se levantó a tientas del sillón de la cómoda y se dirigió hacia la puerta del cuarto. La abrió con cautela para evitar hacer ruido, y se asomó al pasillo, que estaba sumido en las sombras. Se acercó de puntillas hacia el dormitorio de su tía y apoyó la oreja en la puerta. La oyó roncar con fuerza al otro lado y supo que dormía profundamente.

Se separó de la puerta y volteó la cabeza hacía el fondo del pasillo, donde aquella presencia misteriosa parecía estar esperándola. Avanzó con paso torpe y la cola del camisón se le enredó en los pies. Tropezó, pero se apoyó sobre la balaustrada y consiguió mantener el equilibrio justo antes de caer escaleras abajo. Llegó a tientas al salón, con la respiración entrecortada, temiendo encontrarse una visita inesperada, y cuando el miedo la hizo temblar como a una niña, decidió volver a su cuarto. Estaba subiendo el segundo peldaño de las escaleras cuando la campanilla de la puerta principal sonó una única vez, ligera pero decisiva.

Dio un respingo, por culpa del susto, preguntándose quién podría ser a esas horas, y dudó unos segundos antes de abrir la puerta. Sin saber por qué salió a la calle, descalza y sin ropa de abrigo. El frío de la noche le azotó en la cara y la bruma le envolvió como un suave manto helado.

Miró en derredor, incapaz de ver algo o a alguien en medio de la niebla, pero percibiendo a aquella presencia entre las sombras de la noche.

Tiritó de frío mientras avanzaba como una idiota, hasta que creyó ver una sombra frente a ella. Se paró en seco, respirando con agitación y extendió el brazo para no chocar con lo que quiera que fuese aquello.

De repente, algo la agarró con fuerza y la atrajo hacía sí. Tenía que escapar de aquel ser que la arrastraba hacia un callejón oscuro y solitario; de aquel hombre con ojos inyectados en sangre y grandes colmillos.

Gritó.

HUGO OLAF

I

Lockham era una ciudad grande y multicultural, el lugar perfecto para perderse y vivir bajo el anonimato. Sin embargo, la agudeza de Max Magnus estaba por encima de toda aquella fachada. Su primer sospechoso, Hugo Olaf, había resultado ser un hombre entrado en sus setenta y algo, discreto y por la casa que había adquirido, muy rico. Había hablado con algunos vecinos y todos le habían dicho lo mismo; que el señor Olaf apenas salía de la mansión y que cuando lo hacía era siempre después de la cena. Al detective le pareció extraño que un hombre de esa edad, acostumbrado a no salir de casa ni a relacionarse con sus vecinos, saliese a esas horas tan intempestivas, por lo que decidió seguirle aquella noche para poder descubrir qué era lo que le sacaba de casa. Había pagado bien al cochero para que esa noche estuviese a su entera disposición, y llevaba ya como unas tres horas esperando fuera de la mansión cuando divisó tras la cortinilla de la ventana del carruaje al señor Olaf saliendo de la casa. Vestía una capa granate y llevaba guantes de cuero negro. El pelo canoso y abundante le caía sobre los hombros, como una cascada escarchada de agua. Sus ojos azabaches eran penetrantes y su semblante firme y serio. Para su edad apenas tenía unas pocas arrugas en la frente y en la comisura de sus finos labios.

Olaf se montó en un carruaje negro que lo esperaba frente a la puerta principal de la casa. Max Magnus esperó un momento antes de indicar a su chofer que siguiera a aquel coche de forma discreta, pero sin perderlo de vista.

Se perdieron en las calles inmundas de Lockham hasta llegar a los suburbios más oscuros del sur de la ciudad. El carruaje del señor Olaf se detuvo frente a un edificio de ladrillo rojizo oscurecido por la suciedad y la polución. Le sorprendió la agilidad de aquel anciano para descender del coche sin ayuda del chofer, e incluso dando un pequeño salto. Olaf se acercó a la puerta de madera del edificio, que se abrió antes de que a él le diese tiempo a llamar con los nudillos. El señor Olaf se perdió en el interior y el carruaje volvió a desaparecer calle abajo.

Max Magnus se apeó de su coche y dio instrucciones a su chófer para que le esperase fuera. Se encaminó hacia la puerta e intentó abrirla, sin éxito. Alzó la vista hacia los pisos superiores, en busca de alguna ventana abierta o con luz, pero todas estaban apuntaladas con tablones de madera podridos. Aquel edificio estaba abandonado y semi derrumbado, por lo tanto, la velada nocturna del señor Olaf debería de estar transcurriendo con bastante probabilidad en los sótanos del inmueble.

Atisbó un pequeño ventanuco junto a la puerta y se agacho para ver el interior, pero estaba también apuntalado con maderas. Una patada bastó para echar abajo el tablón podrido. Resopló con resignación al comprobar que el hueco era demasiado pequeño para un hombre de constitución corpulenta como la suya. Sólo un niño habría conseguido colarse en el interior. Se maldijo por su mala suerte, pero a pesar de ello, asomó la cabeza con cuidado. Una bocanada de aire mohoso le taponó las narices. Estaba oscuro, pero al final de la estancia vislumbró un pequeño halo de luz, procedente de una puerta mal cerrada. Oía voces lejanas como susurros, y cuando su olfato se acostumbró al aire embravecido le pareció oler como a sangre.

Volvió a reincorporarse para tomar algo de aire. Se encendió un cigarrillo y se volvió para examinar el lugar. Era una calla sucia y abandonada, poblada de ratas que correteaban de una esquina a otra entre la porquería del suelo. Los edificios de aquella avenida estaban abandonados y la mayoría semi derrumbados. ¿Qué podría ser lo que había llevado a Hugo Olaf a una zona tan mugrienta cómo aquella?

Volvió la vista hacia el lado de la calle en el que se había apeado del carruaje, y se percató de que el coche había desaparecido. ¿Pero dónde demonios se habían metido? Le había ordenado al chófer que le esperase fuera.

Se acercó a trompicones hasta allí, pero se detuvo en seco cuando el avance intimidatorio de una densa niebla le cortó el paso. Antes de que pudiese escapar de ella, la niebla le envolvió por completo.

La humedad le caló los huesos y tiritó de improvisto. Lanzó el cigarrillo al suelo y desenfundó su revólver.

Apuntó al frente, sin saber a qué, pero sabiendo que algo acechaba cerca. Creyó oír unos pasos avanzando hacia él, acompañados por el compás de una lenta melodía. Retumbaban en sus oídos, martilleando su cabeza. Estaban cada vez más cerca.

A Cinco.

Cuatro.

Tres pasos de distancia.

El dedo índice tembló sobre el gatillo, pero antes de poder disparar, los pasos cesaron por completo.

Pestañeó con asombro y decidió esperar pacientemente para ver si volvía a oír esos pasos de nuevo. Sin embargo, el taconeo de los zapatos no volvió a sonar sobre el empedrado. Decidió guardar su revólver, convencido de que su imaginación le había jugado una mala pasada y volvió sobre sus pasos, deseoso de poder encontrar entre la bruma la puerta por la que había desaparecido Hugo Olaf minutos antes.

Extendió el brazo hacia adelante, para evitar chocar con alguna pared, y no hubo avanzado más de cinco pasos cuando al fin palpó algo.

Dio un respingo y su respiración se entrecortó.

Aquello no era la fría textura del ladrillo bajo su palma, si no la suave tela de una camisa de seda.

Aquello era el torso de un hombre alto.

Se separó de inmediato y su mano veloz se dirigió hacia el arma.

Antes de poder desenfundarla, algo le golpeó en la cabeza y se desplomó sobre el suelo.

II

Aquella pesadilla la hostigaba cada vez que cerraba los ojos, y siempre se despertaba de manera agitada y mojada en un sudor frío.

Aquellos ojos ensangrentados la atormentaban cada noche y no conseguía dormir.

La falta de descanso la hacía sentirse cansada y con falta de apetito. No tenía fuerzas ni para salir de casa y su tía Aurora había empezado a preocuparse por su estado de salud. Incluso le había prestado un frasco de píldoras de láudano de las que ella solía tomar antes de acostarse por la noche, pero no le habían ayudado nada.

Con el pasar de las noches en vela y con sus pensamientos por única compañía, había llegado a comprender que aquel estado no podría enmendarse con unas simples pastillas o brebajes apestosos.

Suspiró con resignación, sabedora de que esa noche que ya había caído, tampoco conseguiría pegar ojo.

Llevaba ya un par de horas sentada junto a la ventana de su cuarto, observando los copos de nieve al otro lado del cristal. Descendían bailoteando con armonía hasta el suelo, donde habían creado un fino manto blanco helado.

Estaba ojeando el cabrioleo de uno de esos copos de nieve perfectos, cuando al llegar al suelo fue a posarse sobre el zapato lustroso de un hombre que iba envuelto en una capa granate. El desconocido la estaba observando desde el jardín perlado, y le devolvió una sonrisa torcida, que la hizo temblar bajo su camisón de seda. Le sostuvo la mirada durante unos segundos, ansiando que aquella alma errática prosiguiera su camino hasta los confines de la tierra, y como si de alguna manera aquel hombre le hubiese leído la mente, inclinó la cabeza para despedirse de ella y prosiguió su camino, dejando tras sí las huellas de sus zancadas sobre la nieve.

Se despertó poco después del amanecer, alterada y recordando al hombre misterioso de esa noche y que tanto la había desconcertado. Se acercó a hurtadillas a la ventana de su cuarto, temiendo encontrarse de nuevo con él y suspiró aliviada al comprobar que las huellas de aquel desconocido habían desaparecido bajo una gruesa capa de nieve.

Caminó hacia el tocador y se aseó y vistió con torpeza, mientras maldecía al espejo por devolverle la imagen de un rostro tan ojeroso y fatigado. Coloreó sus mejillas con polvos para darles algo de luz y se aplicó carmín rosado en los labios. Volvió a examinarse en el espejo. Su aspecto exterior había mejorado algo, pero por dentro seguía encontrándose igual de abatida.

Bajó al piso bajo y encontró a su tía en el salón leyendo el periódico del día. Sonrió al verla y la hizo sentarse a su lado.

-        ¡Oh, querida! - exclamó mientras posaba el periódico sobre la mesilla de té- Sigues teniendo un aspecto horrible.

-        Sigo sin dormir bien, tía - confesó mientras se sentaba en un sillón frente a ella.

-        ¡Ah! …-exclamó. – ¿No tomas las pastillas que te di? Vamos a tener que llamar al doctor como sigas así…- se inclinó sobre ella para darle unos golpecitos en la rodilla y después volvió a acomodarse en su asiento. – Llegó esta invitación a tu nombre, pero si no te encuentras bien no sé si podrás ir…

Le tendió un sobre que venía a su nombre. No tenía remite y venía sellado. Rompió el selló y saco la nota del interior. Estaba firmada por el señor C.S y la invitaba a una velada nocturna en su casa esa misma noche.

Su tía se acercó a ella y ojeó la nota con disimulo. En seguida se exaltó al descubrir que estaba firmada por el señor Steiner.

- No hace falta que te recuerde que es un gran partido, querida…A pesar de tu estado, tendrás que hacer un esfuerzo e ir. No te queda otra. - Rio con picardía y se perdió escaleras arriba, en busca del vestido perfecto para aquella ocasión.

Había releído la nota unas cuantas veces y el corazón le palpitaba con fuerza con cada palabra escrita del puño de Christopher Steiner. Llevaba semanas sin verle y había temido que él se hubiese olvidado de ella, así que esa nota le animó la tarde e incluso le ayudó a reunir fuerzas para prepararse con esmero.

Su tía había escogido un elegante vestido rojo con brocados en dorado que todavía no había estrenado. Llevaba un par de meses en su armario, a la espera de una velada digna de él.

Se escudriñó el en espejo y no puedo evitar una sonrisilla. Se veía espléndida y todos los hombres suspirarían por ella aquella noche. Sin embargo, ella sólo anhelaba la mirada de uno de ellos. Abrió el cajón de la cómoda y extrajo el pañuelo manchado de sangre seca. Se miró al espejo y se palpó los labios, deseando poder volver a saborear los de

Christopher. Se turbó con el tacto de la tela manchada y guardó el pañuelo con mano temblorosa.

Bajó al vestíbulo, donde su tía la esperaba con impaciencia.

- ¡Oh, querida! Les vas a dejar sin habla. – Se acercó a ella para colocarle la falda y ayudarle a ponerse la capa negra. – El coche te espera fuera, querida. Ve, no llegues tarde.

El carruaje llegó con puntualidad a la mansión del señor Steiner. Se detuvo frente a la puerta principal, y antes de apearse, alzó la mirada hacia el piso superior de la casa. No había luz en ninguna de las ventanas y las cortinas estaban completamente cerradas en las del piso bajo. Había algún coche más en la calle, y se preguntó quién habría llegado ya. Suspiró mientras el cochero la ayudaba a bajar. Odiaba aquellas fiestas nocturnas de bailes y copas, donde los hombres aprovechaban para coquetear con las jovencitas, y éstas para poner en práctica todas sus armas de seducción con los mejores partidos de la ciudad.

Avanzó escaleras arriba y encontró a Sitra en la entrada principal.

- Señorita Varona.

La invitó a entrar y la ayudó a desprenderse la capa. Después la acompañó hacia el gran salón, que había sido despejado de muebles para poder dejar espacio suficiente a una gran pista de baile, donde alguna que otra pareja ya bailoteaba al son de la música, que sonaba de fondo, ligera y melodiosa. Los candelabros iluminaban tenuemente la estancia, dejando poco lugar al escrutinio de rostros. Aun así, pudo reconocer a unos cuantos habituales de esas veladas, y a otras tantas muchachas casaderas, que hablaban con emoción entre sí y reían con nerviosismo. Atisbó a Christopher al final de la sala, hablando seductoramente con una joven muy atractiva de cabellos negros.

El rubor le alcanzó las mejillas a causa de los celos. Ella lo había tenido una noche y estaba deseosa de tenerlo otras muchas, pero al parecer, el rufián tenía ojos para tantas otras mujeres.

Un criado se acercó a ella para ofrecerle una copa de champán. La agradeció de inmediato y se acercó a un grupo de conocidos para charlar.

En el grupillo estaban las dos nietas solteras de la señora Miskins, y cuya conversación por lo general solía resultar de lo más sinsorga. Las acompañaban tres hombres, los típicos fanfarrones de manos largas, que hablaban más que hacían. Estaban hablando acerca de las próximas cenas de Navidad y de la fiesta que quería celebrar la señora Miskins por Nochevieja.

- Por su puesto mi abuela os invitará a todos. Las invitaciones estarán a punto de llegar a vuestras casas. - explicó una de las muchachas. Los jóvenes asintieron más tranquilos, y ella se limitó a esbozar una sonrisa hipócrita.

- Por cierto, Sophia- le preguntó la otra joven. - Nos comentó tu tía que llevabas unas semanas encontrándote bastante indispuesta. ¿Estás ya más recuperada? - soltó la frase con retintín, y el tono no le gustó nada.

- Estoy mejor. Te agradezco el interés. – mintió, y se llevó la copa de champán a los labios para evitar tener que seguir hablando. Los caballeros cambiaron de tema, y ella se sintió aliviada. Intentó prestar atención a la conversación, pero las burbujas del champán comenzaron a afectarle y las palabras llegaban a ella sin sentido. Creía llevar ya unas cuatro o cinco copas, y el señor Steiner seguía hablando animosamente con aquella joven. No le había dedicado ni una mirada desde que ella había entrado en el salón, pero sabía que él sentía sus ojos clavados en su espalda. Quería que supiera que lo estaba esperando, arrogante y desafiante.

Como si de algún modo le hubiese leído el pensamiento, Christopher se despidió de la joven con amabilidad y dirigió sus pasos hacia ella. La estaba mirando de forma altiva, retándola de la misma forma que ella a él.

Christopher saludó con educación a los hombres y posó unos besos sobre las manos desnudas de las muchachas.

Su último beso fue para ella y se le erizó el vello al notar el tacto de su fría piel con la suya, y sus labios sobre su mano, delicados y ardientes.

- Señorita Varona. - susurró con voz grave- Tenía muchas ganas de volver a verla. Ni se puede imaginar cuánto lo deseaba.

Sophia contuvo la respiración después de que él se hubo separado de ella. Christopher la atraía de una forma insana, y al mismo tiempo la arrastraba a un estado enfermizo del que no sabía cómo recuperarse. Ese hombre no era un hombre común y corriente, y la embrujaba cada vez que lo tenía de frente.

Christopher se despidió de ellos y Sophia lo vio alejarse con impotencia. Apenas habían hablado y él ya le daba la espalda.

Dirigió sus pasos tras él, dejando los susurros y la música tras ella. Se detuvo en el vestíbulo mirando en derredor para ver si lo veía por alguna parte. Alzó la vista hacia la escalinata y distinguió la silueta de Christopher en lo alto, rodeada de sombras.

Ascendió los peldaños con sigilo y se detuvo al llegar al corredor en el que estaba el cuarto de Christopher.

Se acercó hasta la puerta de la habitación y la abrió con lentitud. Dio un respingo al comprobar que la habitación estaba a oscuras y que allí no había nadie.

Salió del cuarto y cerró la puerta tras sí. Giró y caminó un par de pasos antes de detenerse de nuevo. Sentía algo en aquel pasillo, pero no era capaz de ver nada entre las sombras. La música del salón y los bailoteos de los jóvenes llegaban desde abajo, y decidió que era mejor volver con el resto de los invitados antes de comportarse como una idiota.

Se disponía a bajar cuando una brisa de aire le rozo el cuello y la hizo detenerse en seco. Se giró para mirar atrás, pero de nuevo no vio a nadie. Sin embargo, había algo oscuro allí, y prefería alejarse de aquello cuando antes. Volvió a la escalinata y su ímpetu la hizo trastabillar con la cola del vestido al borde de las escaleras. Se agarró con firmeza a la barandilla mientras su respiración se agitaba y recordada la pesadilla que tantas noches la había impedido dormir. Aquellas imágenes de su subconsciente estaban tomando forma frente a ella, y entonces comprendió qué era aquella cosa que percibía al final del pasillo, junto a la puerta de la habitación de Christopher Steiner. Giró la cabeza y entre las sombras de la noche y las tinieblas de esa casa maldita se topó con dos ojos purpúreos suspendidos en el aire, que la estaban observando fijamente. La sangre se le heló, y su corazón comenzó a latir con ímpetu, como queriendo salir de su pecho. Sus pies se negaban de forma obstinada a moverse de donde estaban. Y aquella cosa, aquellos ojos malditos, se estaban acercando a ella.

Abajo, el reloj sonó en el vestíbulo dando la entrada a la media noche, y el sonido de las campanas la hizo salir de su aturdimiento. Descendió las escaleras a trompicones, sin volver la vista atrás, pero sintiendo a aquel ser maligno tras ella. No sabía por qué, sus pasos la habían llevado de nuevo al salón en vez de a la puerta de salida de la casa, y se encontró sola en medio de aquella pista de baile, con la pequeña orquesta de fondo tocando una triste melodía. De repente se sintió agotada y mareada. Se apoyó en la repisa de la chimenea, mientras intentaba recuperar el aire de forma infructuosa. Algo la estaba ahogando y oprimiendo el pecho. Se deslizó hasta el suelo de mármol y se sentó.

Tenía que salir de aquel lugar y olvidarse de Christopher Steiner para siempre.

III

La calle estaba vacía y cubierta por un manto de nieve cuando Max Magnus se despertó con un gran dolor de cabeza. Se palpó la nuca y notó sangre seca.

Se incorporó con torpeza, algo mareado, y dirigió la mirada hacia el edificio de ladrillo anaranjado en el que Olaf había entrado la noche anterior. La puerta estaba abierta de par en par.

No dudo en acercarse, aunque se aseguró de llevar su revólver en la mano. No quería volver a cometer la misma estupidez de la noche anterior.

Entró en un vestíbulo estrecho, donde unas escaleras de madera descendían hasta el sótano.

Comenzó a bajar con cuidado de no tropezar y contó unos catorce peldaños antes de pisar suelo firme. Había una puerta entreabierta a su izquierda, y dedujo que aquella debía de ser la estancia que había visto desde el ventanuco la noche anterior.

Accedió a la habitación, y el olor a humedad y a sangre le taponó las narices. Se adentró con precaución, examinando la estancia con minuciosidad.

A su derecha había un montón de cajas mugrientas amontonadas con descuido, y a su izquierda, apoyada contra la pared desconchada, atisbó una mesa vieja de madera de pino. Se acercó hasta allí y pasó su mano sobre la superficie áspera. Un líquido espeso le mojó la palma. Se acercó al ventanuco y alzó la mano hacia la luz del sol. Estaba manchada de sangre.

Extrajo un pañuelo de uno de los bolsillos de su chaqueta y se la limpió con esmero. Salió de la estancia y volvió a avanzar con desasosiego por el oscuro corredor.

Su corazón latía con ímpetu, y cada pálpito le enviaba un mensaje de cautela. "No sigas, nada bueno te espera al final"

El taconeo de sus zapatos resonaba sobre el suelo sucio y empolvado y su respiración entrecortada acompañaba a aquel compás de pasos inseguros.

De repente se quedó sin aire.

Acababa de tropezar con algo flácido que había en el suelo.

Y sabía lo que era.

EL SER DE LAS SOMBRAS

I

No llevaba más de dos días fuera de Lockham cuando había recibido un telegrama urgente del detective Max Magnus donde le informaba de que una segunda chica había aparecido muerta siguiendo el mismo patrón de Erika Fever. El detective también le había comentado, sin dar demasiados detalles, acerca del ataque que había sufrido en el escenario del crimen.

Max Magnus no podía identificar a su atacante, pero si podía situar a Hugo Olaf en el escenario del crimen. El detective estaba casi seguro de que había sido Olaf quien le había atacado y quien había matado a la chica. Sin embargo, había pérdida la conciencia y cualquier buen abogado tiraría de aquel malogrado hecho para echar abajo sus acusaciones. Tendrían que trabajar duro para poder incriminar a Hugo Olaf por esas muertes.

Hopkins había llegado esa misma mañana a Lockham y se presentó con algo de retraso en la sala de anatomía, donde Max Magnus y el doctor Klaus le estaban esperando junto al cuerpo de la chica.

La joven tendría poco más de veinte años y al igual que Erika Fever vestía ropas haraposas, presentaba los mismos dos orificios sobre la yugular, estaba desangrada y abierta en canal, sin órganos.

No habían podido identificarla, pero por el examen del doctor Klaus y la enfermedad de su sexo, todo indicaba de que se trataba de una prostituta de los barrios bajos, cuyo cuerpo nadie reclamaría.

Hopkins sintió lástima por aquella joven a la que nadie echaría en falta y rezó una plegaria por su alma.

Max Magnus había vuelto a la casa de Hugo Olaf poco después de encontrar el cuerpo de la prostituta y dar aviso en la comisaría. Había tomado un carruaje y de nuevo vigilaba la mansión de aquel anciano misterioso. Sin embargo, nada parecía indicar que Hugo Olaf siguiera allí, y temió que el señor Olaf hubiese podido huir de la ciudad mientras él había yacido inconsciente en el suelo. Un joven policía fue a relevarle poco después de la hora del almuerzo para que él pudiese ir a ver al doctor Klaus, pero volvió poco después con Hopkins. Agradeció su compañía, pues aún se encontraba algo indispuesto tras el golpe en la cabeza. Hopkins le habían aconsejado que se fuera a casa a descansar, pero él se había negado con rotundidad.

La noche comenzaba a caer, y con ella gruesos copos de nieve que se sumaban a la capa ya formada en el suelo. Tembló de frío y Hopkins le tendió una manta que había traído de casa.

Comenzaba a adormilarse cuando al caer la medianoche la puerta de la mansión se abrió de par en par.

Hopkins dio un respingo y él se despejó por completo. Hugo Olaf estaba saliendo de la casa con un maletín en la mano. Cerró con llave la puerta principal y comenzó a andar con presura calle abajo. Hopkins y él se apearon del coche.

Llevaba el revólver en la mano, dispuesto a disparar en caso necesario.

- Espera aquí, Hopkins. No vaya a ser que haya alguien más en la casa.

El muchacho asintió y él se apresuró para poder dar alcance al anciano. Olaf iba envuelto en la misma capa granate de la noche anterior, y parecía deslizarse sobre la nieve sin dificultad. Él, en cambio, apenas podía seguirle el ritmo. La nieve acumulada en el suelo le retrasaba y el dolor de cabeza tampoco se lo estaba poniendo fácil.

Olaf giró de forma repentina en una esquina y él corrió para no perderlo de vista. Al tomar la calle lo volvió a distinguir a lo lejos, a unos cuantos metros ya de distancia.

¿Cómo era posible que aquel anciano fuese tan veloz? Siguió corriendo con dificultad, mientras veía con impotencia como Olaf se perdía al final de la avenida. A pesar de las punzadas dolorosas en su costado derecho, intentó acelerar el paso antes de que Hugo Olaf pudiese tomar otra esquina. Estaba a punto de desfallecer cuando Olaf se giró hacia él.

Max Magnus se paró en seco, petrificado, con el revólver apuntando a aquella cosa de ojos ensangrentados que le estaba retando desde la lejanía.

Disparó sin pensar, pero el monstruo ya había desaparecido.

La bala se perdió entre los copos de nieve y el cayó de rodillas al suelo, exhausto y con un leve mareo.

II

Sophia Varona estaba acurrucada junto al fuego de la chimenea, indefensa y asustada.

Sentía lástima por ella, porque él era el culpable de su confusión y sufrimiento. Ella había averiguado lo que era él, y sin embargo no había sido capaz de abandonarlo aquella noche.

- Christopher, sé que estás ahí- Le llamó con voz firme.

Él avanzó hacia ella, pero Sophia no se giró para mirarlo. Se quedó unos instantes tras su espalda, contemplando su cuello al descubierto, bello y sabroso.

Sus sienes empezaron a latir con vehemencia y se obligó a desviar la mirada para alejar de su mente aquellos pensamientos de hambre.

Se sentó en el suelo junto a ella. Lucía hermosa aquella noche. La más hermosa de cuantas criaturas habían acudido a su casa aquella noche. La única merecedora de sus miradas.

- ¿Qué eres Christopher Steiner?

Se volvió hacia él y lo miró a los ojos, sosteniéndole la mirada. Admiró su arrojo, a pesar de que él sabía que estaba asustada.

- Soy quien puede ofrecerte una vida lejos del abatimiento que consume tu alma. – Se acercó más ella, para susurrarle al oído palabras envenenadas- Puedo proporcionarte todo lo que solicites Sophia Varona.

La joven pareció titubear. Sophia entrelazó las manos sobre su regazo, como si estuviese rezando, y volvió a dirigirse a él.

- Te he visto en mis pesadillas, Christopher. Hoy he comprendido que eras tú. - La voz le había temblado. Volteó la cabeza hacia él, y sus labios casi rozaron los suyos. - ¿Me harías daño? - preguntó con un hilo de voz.

Christopher sopesó bien su respuesta antes de contestar.

- Yo nunca te haría daño, pero hay algo dentro de mí contra lo que tengo que luchar cada vez que estoy contigo. Es de ese ser del que debes temer, no de mí.

Acarició el rostro de Sophia, tan hermoso y sereno.

- Puedes pedirme todo lo que desees Sophia, que yo a cambio sólo necesitaré una única cosa tuya.

Agarró la mano de Sophia y le hizo un corte en la palma con la daga de plata que siempre llevaba consigo. Sophia gimió y le miró desconcertada, mientras un hilillo de sangre empezaba a caer al suelo.

Sus sienes comenzaron a palpitar y su boca se hizo agua. Se acercó la mano de Sophia a los labios y sorbió la sangre con lentitud mientras temía perderse en ella. Su sabor inundó su boca y le nubló la mente, el monstruo clamaba por salir, sus colmillos empezaron a alargarse y los ojos le ardían, pero se alejó antes de que ella pudiera ver algo de aquello.

Sophia lo estaba estudiando con detalle, intentando entender todo aquello. Era una mirada desbordada de pesares y oscuridad, como la suya propia.

Había llegado el momento. Ella debía tomar una decisión. Olvidar todo lo que había acontecido esa noche y regresar a su vida vacía y borrascosa, o entregarse a él y a su forma de amarla.

- Sé que no debería amarte Christopher Steiner. – le susurró- pero si tú juras no mostrarme nunca a ese monstruo y puedes convertir mis tormentos en polvo, yo juro ofrecerte todo aquello que anheles.

Sophia se miró la palma de la mano. Aún sangraba. Él aparto la mirada de aquello, temeroso de perder el control. Tomó el mentón de Sophia con sutileza y rozó sus labios con los suyos. Estaban cálidos y húmedos y sintió el deseo de perderse en ellos

- Haré todo lo que pidas. Ahora tenemos un pacto; yo soy tuyo y tu alma es mía- Le susurró.

III

Hugo Olaf había desaparecido delante de sus narices, bajo los copos de nieve y la luz plateada de la luna de aquella noche.

Aún no se explicaba cómo había podido pasar. Él era un hombre atlético y en buena forma y no había conseguido dar alcance a aquel anciano, o lo que fuera aquella cosa.

Desde luego, él no era un hombre creyente ni supersticioso, pero los ojos que le habían retado desde la distancia se habían clavado en su alma como una maldición, y esos ojos no eran los de un ser humano.

No le había dicho nada a Hopkins acerca de aquello, avergonzado por sus propios temores y pensamientos. Pero sabía que el muchacho presentía que algo extraño había acontecido mientras él le esperaba frente a la casa de Hugo Olaf. Había vuelto donde él sucumbido, derrotado y exhausto, como un despojo humano, y sin Hugo Olaf.

- Se ha escapado, chico.

Hopkins asintió y guardó silencio.

- Será mejor que entremos en la casa.

Se dirigieron hacia la puerta principal, pero como era de esperar estaba cerrada a cal y canto.

- Miremos en la parte trasera de la casa. – le ordenó a Hopkins. Atravesaron el jardín y encontraron una ventana en uno de los laterales que daba acceso a la cocina. Max Magnus pegó el rostro en el cristal, pero la cocina estaba a oscuras y en silencio, y no consiguió ver nada. Rompió el cristal de la ventana con la culata del revólver e introdujo la mano por el agujero para abrirla desde dentro. Se colaron en la casa y se sacudieron las motas de nieve de las capas, en un vago intento por desprenderse de aquellas húmedas perlas que les agarrotaban los huesos.

La estancia estaba pulcramente limpia y ordenada, como si nunca se hubiese utilizado. Revolvieron en algún que otro cajón y armario sin encontrar nada útil, salvo ollas y cacharros llenos de polvo, y nada de comida en la despensa.

- Qué curioso- exclamó Hopkins después de cerrar un cajón. ¿Acaso no comen en esta casa?

Salieron de la cocina y se dirigieron al comedor. Tenía una mesa alargada de roble en el centro y sillas talladas de gran calidad. En una de las paredes laterales había una cómoda soberbia, pero en sus armarios y cajones sólo encontraron una antigua vajilla de porcelana china y cubiertos de plata deslucida.

Siguieron avanzado con precaución, abriendo a su paso los cortinones de las ventanas para dejar que la luz de la luna llena de aquella noche iluminase la casa. Llegaron al vestíbulo y al salón, donde no encontraron nada significativo, a expensas de una fina capa de polvo sobre los muebles de estilo romántico. En el despacho contiguo a la sala no había más que muebles cubiertos por sábanas roídas, y apenas perdieron tiempo en rebuscar entre los cajones de la mesa de la oficina, muy lujosa pero algo carcomida por la polilla.

Parecía una casa deshabitada, sin alma ni personalidad, carente de cualquier rastro de vida, como si Hugo Olaf nunca hubiese estado allí.

Max Magnus alzó la vista hacia la escalinata de mármol que daba acceso al segundo piso. Arrastró los pies mientras subía, alicaído por culpa de la mala suerte, y seguido de cerca por Hopkins, que no llevaba mejor cara que él.

En el pasillo del piso superior había cuatro puertas. Dos de ellas daban acceso a unas habitaciones semidesnudas, apenas con muebles, y los pocos que había cubiertos por sabanas polvorientas. El detective revolvió alguna que otra de mala gana, sabiendo que allí no encontraría nada, salvo una reacción alérgica por culpa de los ácaros.

La siguiente estancia era una especie de salón de juegos anticuado, con un viejo piano y unas estanterías plagadas de libros apolillados por el paso del tiempo y la humedad.

Ni se molestaron el revolver en medio de aquel fango de hojas apestosas y envejecidas, y salieron de la sala con los ánimos por los suelos.

Abrieron la puerta de la cuarta y última habitación, convencidos de que allí tampoco encontrarían nada útil.

- Vaya, vaya. Al fin, Hopkins.

Una lámpara de aceite iluminaba la estancia, cuya luz les abrazó en medio de las sombras de aquella casona abandonada. Las brasas del fuego de la chimenea crepitaban con vagueza, y un leve olor a lavanda embriagaba el ambiente. Max Magnus se acercó a un armario de roble. Dentro había un par de camisas blancas dobladas sobre una balda y un traje planchado colgaba de una percha.

Al fondo del cuarto, tras un biombo, había una bañera con restos de agua y jabón perfumado. Una toalla mojada reposaba sobre un sillón próximo. Hopkins la tomó entre sus manos y comprobó que aún seguía húmeda.

Max Magnus caminó hacia el escritorio. Tomó entre sus manos una copa de licor con restos de whisky, junto a la que había un jarrón de rosas rojas medio marchitas, cuyos pétalos habían comenzado a caer. Volvió a dejar la copa sobre la mesa y abrió el cajón del escritorio. Dentro encontró una pluma y un sobre cerrado con un sello.

En el anverso había algo escrito.

Era su nombre, gravado con sangre.

Acercó su mano mientras los mareos volvían a acecharle con cautela, como pequeños signos de alerta para alejarle de aquellas palabras emponzoñadas.

Hopkins se detuvo a su lado. Oía su respirar entrecortado, fruto de los nervios y el ansia, que se unieron a los suyos propios.

Se miraron a los ojos antes de romper el sello.

ASTAROTH

I

Sophia estaba sumida en un sueño profundo. Se la veía bella y en paz, como si no fuera consciente de la gravedad del acto abominable que había cometido aquella noche.

Sin embargo, la culpa era demasiado pesada para él.

La había embaucado con promesas y tentaciones, como un día su padre ya había hecho con él, y ella se había dejado enredar en aquella telaraña como lo hiciera él un día ya muy lejano.

¿Pero acaso no era lo que ella había estado suplicando en silencio?

Había palpado el llanto de su alma agónica y testado los sufrimientos de su ser interior, y que nadie más, salvo él, había conseguido ver en su plena desdicha.

Sophia necesitaba deshacerse de esas losas desde hacía tiempo y que nadie ni nada había conseguido aliviar. Ni los doctores, con sus estúpidas medicinas, ni su tía Aurora con sus parloteos acerca de la vida de la alta sociedad de Lockham y las pastillas de láudano.

Después de yacer juntos de nuevo, ella le había abierto su alma y le había narrado con sumo detalle y precisión todas sus angustias y temores, anclados en ella desde la muerte de sus padres y su llegada a una ciudad desconocida. Le había narrado con tristeza como su tía Aurora se había mostrado distante con ella desde un principio, dejando su cuidado en manos de una institutriz anciana, que sólo le dirigía la palabra para indicarle cómo comportarse o recitarle la lección. Los primeros años habían sido solitarios y duros, y su depresión había llegado a un punto tan álgido en su adolescencia, que había intentado quitarse la vida abriéndose las venas. Sophia recordaba el tacto frío de la navaja en su mano temblorosa, como si hubiese sido ayer mismo. Sin embargo, su tía la detuvo antes de que ella pudiese cometer aquel desafortunado acto. Desde entonces Aurora había comenzado a dedicarle algo más de atención, aunque de manera distante y prudente, como si temiese encariñarse de ella.

Pero aquel cauteloso acercamiento no había sido más que el fruto del sentimiento de auto culpa y lástima que su tía sentía por la desgracia que había estado a punto de suceder en su propia casa, a la chica que tenía bajo su cuidado.

Sophia había dejado caer alguna lágrima comedida en medio de su relato, mientras él la escuchaba con atención.

Le preguntó si alguna vez había vuelto a intentar quitarse la vida, pero ella le respondió con un tímido no. "No, porque soy una cobarde", fue su respuesta exacta, pero él no creía que lo fuera. Él amaba su valentía, su sinceridad y su alma tormentosa.

En medio de tales confesiones el sueño la había vencido entre sus brazos, y él se había quedado cuidándola.

No la había quitado ojo de encima, como si temiese perderla para siempre, y se levantó con sigilo para acercarse a ella. Se sentó con cuidado en el borde de la cama para no despertarla. Estudió con precisión las facciones perfectas de su rostro, y descendió la mirada hacia su terso cuello, desnudo entre las sábanas. Parecía un ángel en medio de aquellas sombras. Acarició su rostro pálido, y dejó que su mano se perdiera entre sus suaves cabellos dorados. Se inclinó para aspirar su aroma a rosas y sentir la calidez de su cuerpo, y la tentación volvió a él como un torbellino. De nuevo, el monstruo lidiaba por salir, pero consiguió, no sin esfuerzo, contenerlo en lo profundo de su ser.

De alguna manera ella debió de sentirlo porque se revolvió en la cama y se despertó de forma angustiosa.

- Christopher- musitó al verlo junto a ella. - ¿No duermes?

- Nunca puedo dormir por las noches. Es uno de mis castigos. Así lleva siendo desde hace tiempo y así será hasta el fin de mis días.

Sophia se incorporó a su lado y le tomó la mano.

- ¿Qué es lo que te ocurre? -le preguntó suplicante.

Christopher chasqueó la lengua. Era una pregunta difícil de contestar y para la cual no tenía una respuesta clara y rápida. De hecho, ni siquiera sabía si tenía una respuesta. Lo que le ocurría estaba ligado a su pasado, y su pasado se mantenía oculto bajo una losa que a nadie le interesaba abrir, y que él también prefería mantener sellada.

Se recostó al lado de Sophia y notó la inquietud de ella y las ganas de volver a formularle la misma pregunta.

- Es una vieja historia; tanto, que creo no recordarla bien. — suspiró con pesar- Aunque lo que sí recuerdo con gran claridad y precisión es al responsable de mi infortunio.

Se volteó para mirarla a los ojos. Lo estaban observando expectantes y comprensivos.

- ¿Quién fue?

Expulsó la respuesta entre dientes, con un gran rencor.

- Mi padre.

II

Aquella miserable nota lo había dejado todo bastante claro, aunque de una forma tan sutilmente precavida que no había dado pie a ninguna confesión, y Max Magnus se sentía como un títere en manos de aquel demonio llamado Hugo Olaf

Volvió a tomar la nota entre sus manos después de haberse encendido un cigarrillo. El papel le quemaba las yemas de los dedos, y sentía un fuerte impulso de lanzar la nota al fuego de la chimenea y olvidarse de ella para siempre. Esas palabras las había escrito un demonio de la noche con sangre y ponzoña y no quería tenerlas cerca.

No obstante, decidió leerla por última vez antes de guardarla en su escritorio. El estómago volvió a encogérsele mientras lo hacía...

"Mi estimado amigo señor Magnus, lleva usted tiempo escudriñando donde no debe. Esta vez ha sido un hombre afortunado, pero por desgracia no puedo prometerle la misma suerte la próxima vez. Cuídese mi estimado detective"

Hopkins estaba sentado a su lado, observándole con detalle. El muchacho parecía haber sucumbido a la derrota, de la misma manera que él en tantas ocasiones anteriores, por culpa de un asesino escurridizo y astuto.

Habían dado aviso a la estación de trenes de la ciudad para que controlasen la salida de viajeros de esa noche, sin obtener ningún resultado positivo. De la misma manera habían preguntado en diferentes compañías de alquiler de carruajes si un hombre con la descripción de Hugo Olaf había contratado sus servicios, pero tampoco habían hallado algo útil.

Varias patrullas de policía habían pateado la ciudad de norte a sur, y de este a oeste con el mismo resultado infructuoso.

Hugo Olaf había desaparecido sin dejar rastro en medio de aquella noche de diciembre.

Max Magnus se levantó de su asiento y se dirigió a la mesa sobre la que tenía los expedientes. Se quedó mirando los papeles durante unos minutos, hipnotizado por las letras borrosas y las páginas polvorientas.

- Hopkins, acércate.

El joven se detuvo a su lado, impaciente.

- Se nos escapa algo… -Hopkins asintió, sin saber muy bien cómo poder ayudar al detective. Ambos sabían que se encontraban en medio de un callejón sin salida.

- Quiero que averigües quién fue el agente inmobiliario que le alquiló la mansión al señor Olaf. Tal vez nos pueda aportar algún dato nuevo.

- De inmediato, jefe. - Hopkins agarró su bloc de notas y dejó al detective sumido en sus propios pensamientos. Abandonó el apartamento de Max Magnus a trompicones, ansioso por ponerse a trabajar de nuevo.

III

A Hopkins le había bastado con preguntar a un par de vecinos de Olaf para averiguar el nombre de la agencia inmobiliaria que había tenido en alquiler la mansión del anciano. Un tablón en la entraba principal había estado colgado al menos durante un año anunciando el alquiler de la propiedad, con la dirección de la agencia en letras más pequeñas.

Él y Max Magnus dirigieron sus pasos hacia las oficinas de la agencia, situadas en un edificio antiguo de la zona de negocios de Lockham. Se presentaron sin avisar, mostrando sus identificaciones a una recepcionista abrumada que se había perdido en el interior de un despacho situado al fondo del pasillo. Las instalaciones eran exquisitas y estaban decoradas con un mobiliario caro, aunque algo suntuoso para el gusto de ambos. Al parecer, la venta y alquiler de mansiones y fincas dejaba bastante dinero entre aquellas cuatro paredes.

Al de un par de minutos la joven volvió y les hizo pasar al interior del despacho. Estaba decorado de la misma forma ostentosa que el resto de las oficinas, y un hombre de unos cincuenta años y obeso les esperaba tras un escritorio de madera maciza, fumando un puro.

- Buenos días, detectives- Posó el puro sobre un cenicero de plata y les alargó la mano para que se la estrechasen. Hopkins se sintió agradecido cuando ambos se

73

separaron y sus dedos frágiles se libraron de la fuerza del gerente- Soy Timothy Stuart. Ustedes dirán en que puedo ayudarles.

Ambos tomaron asiento frente a él, y Max Magnus comenzó a hablar con tono serio.

-   Estamos en medio de una investigación muy importante y necesito que me dé información acerca del hombre que alquiló la mansión con número once de la calle Slateford, en el centro de Lockham.

El hombre abrió los ojos, asombrado, y carraspeó antes de contestar con un fino hilo de voz.

-   No puedo darle esa información...

-   ¿Ah no? ¿Por qué? – Max Magnus se acercó al escritorio. Entrelazo sus manos sobre él y lanzó una mirada severa a Timothy. El ambiente estaba tenso en la habitación. -Está hablando con la autoridad. Si no colabora con nosotros me veré obligado a llevármelo detenido. - le amenazó mientras volvía a reclinarse sobre su asiento. - ¿Qué puede decirme acerca de ese hombre? - insistió.

Una capa de sudor frío mojó la frente de Timothy, y esperó unos segundos antes de contestar de nuevo, como si hubiese estado sopesando su respuesta.

-   Es confidencial... no puedo darle esa información...- insistió.

El detective se levantó de la silla de un brinco y posó las manos sobre la mesa en actitud amenazante.

-   Está bien, tendrá que acompañarme a la comisaria.

- No, por favor-suplicó Timothy- Sería una imagen nefasta para mi negocio.
- Bien, pues dígame algo. ¿Acaso le han pagado para que no abra la boca?
- Yo…
- Por supuesto que sí lo han hecho ¿Hugo Olaf le ha pagado?
- Verá yo no…
- ¿Está encubriendo a un criminal?
- ¡Claro que no! - exclamó exaltado- Nunca he visto al hombre que alquiló esa maldita casa.
- ¿Ah no? ¿Por qué debería de creerle? - Max Magnus volvió a tomar asiento. Hopkins observaba la escena con atención, como un espectador entusiasmado frente a una obra de teatro en su punto álgido- Creo que me está mintiendo. Y si lo está haciendo, terminará con sus huesos en chirona.
- Yo, yo… no miento. – gimoteó Timothy, y dejó al descubierto toda la debilidad de su personalidad carente de autoestima y confianza- Todo se gestionó mediante correspondencia. Aún tengo las cartas guardadas aquí…- abrió un armario que había tras él y extrajo unos seis sobres que estaban unidos entre sí con un lazo rojo. – Todo el papeleo y la gestión se llevó a cabo mediante un bufete de abogados del norte. El contrato de alquiler lo envié al bufete y ellos me lo remitieron ya firmado por el señor Olaf. Pero yo a él no le vi nunca- matizó.

- Denos esas cartas- Hopkins se las arrebató a Timothy de entre las manos, antes de que el hombre pudiese tener tiempo para recapacitar y negarse a entregárselas.

Observó el nombre del bufete de abogados, "Astaroth y CIA", con dirección en la ciudad norteña de Abery.

- Gracias. - Hopkins guardó el manojo en un bolsillo interior de su capa. - Dígame, ¿cuándo recibió la primera misiva?

- Ya las tiene, usted mismo lo puede comprobar, déjeme tranquilo. – carraspeó.

- Conteste a la pregunta, señor Stuart. - Soltó Max Magnus en tono serio. Volvió a hostigar al hombre- Cuándo.

Timothy se revolvió en su asiento, incómodo.

- Ahh…. Hace unos cinco meses, no recuerdo la fecha exacta… querían información acerca de inmuebles señoriales en Lockham. En ese momento tenía dos que cumplían con todos sus requisitos y expectativas, pero alquilé uno de ellos y al final el señor Olaf se quedó con la casa de la calle Slateford.

- ¿Qué tipo de inmuebles buscaba?

- Los más lujosos y caros de la ciudad. Al parecer el dinero no era ningún tipo de problema para ellos.

Hopkins no dejó pasar por alto aquel detalle.

- ¿Ellos? - le recalcó a Timothy.

- Bueno, ya sabe, al hombre que alquiló el primer inmueble tampoco parecía importarle el dinero.

\-   Qué suerte la suya, alquilar dos propiedades tan seguido y en tan poco tiempo…- le recalcó Max Magnus.

\-   Bueno, mera coincidencia…algunas veces esas cosas ocurren.

Timothy se pasó la mano por la boca y la garganta, y a los detectives no les pasó desapercibida su mirada evasiva. Sus ojos deambulaban por la estancia, intentando que los detectives no se fijasen en ellos. Pero esa mirada había delatado toda su mentira. De repente, se había tensado más de lo debido y perlas de sudor habían empapado su frente.

\-   ¿Era también cliente del bufete Astaroth y Cía. el hombre al que le alquiló la primera casa?

\-   No.-musitó.

\-   ¿Está seguro? ¿O voy a tener que echar una ojeada al armario que hay tras su espalda? No me gustaría tener que hacer eso. - le amenazó Max Magnus.

Timothy se volvió en su asiento y hurgó en el armario a regañadientes. Extrajo otras cuatro cartas unidas con el mismo tipo de lazo rojo que las anteriores. Se las tendió al joven detective, dubitativo.

\-   Gracias. – Hopkins las tomó y las guardo en el bolsillo de su capa, junto al resto.

Después él y Max Magnus abandonaron el despacho del señor Stuart, dejando al hombre pálido y carcomido por los nervios. Lo de aquella mañana había sido todo un hallazgo y estaban ansiosos por leer aquellas cartas.

CHRISTOPHER STEINER

I

Nací en una ciudad de las tierras del norte, pero no me preguntes su nombre porque prefiero olvidarlo.

Mi madre era una mujer atada a un hombre poco dado al trabajo y demasiado aficionado a la bebida, el cual solía marcar su piel a base de golpes. El poco dinero que entraba en casa era por lo que aquella desdichada había ganado vendiendo su cuerpo en el cuartucho próximo a mi habitación. Recuerdo oír los gemidos de esos puercos mientras yo permanecía escondido en el armario. Al principio me daban asco, luego creo que simplemente se volvieron algo tan cotidiano que ni siquiera los oía.

Mi padre también sabía lo que pasaba tras aquella puerta apolillada, pero el licor conseguía apaciguar los traqueteos sobre el colchón pulgoso de su cuarto. Aquel hombre era un desecho de la sociedad, y como tal, terminó muriendo ahogado en su propio vómito. Yo lo encontré; creo que tendría unos nueve años cuando aquello, pero no me hagas demasiado caso, tal vez fuese alguno menos o alguno más. Me acerqué a él con sigilo, caminando de puntillas sobre el suelo sucio, temiendo que el crepitar de la madera bajo mi liviano peso pudiera despertarle. De haberlo hecho él se hubiese enfurecido y habría sido la excusa de aquel día para descargar algún golpe sobre mi persona, como de vez en cuando solía ocurrir. Afortunadamente, aquel día tuve suerte. Encontré a mi padre boca arriba, con los ojos abiertos de par en par, embadurnado por su propio vomito verdoso y agrio. Le observé durante un par de minutos, esperando que en cualquier momento él pudiese levantarse como un muerto viviente, pero no lo hizo y yo abandoné la estancia sonriendo de alivio.

Poco después de la muerte de aquel miserable, mi madre cayó enferma y el dinero dejó de entrar en casa. No me quedó más remedio que ponerme a trabajar en cualquier cosa que encontraba y me ofrecían. Puedes hacerte a la idea que no eran buenos trabajos, y menos para un niño de mi edad, pero al menos conseguía ganar lo suficiente como para que mi madre y yo pudiésemos comer una vez al día y pagar la renta de nuestro cuartucho.

Así, entre miseria y hambre, fueron pasando los años. Mi madre volvió a vender su cuerpo a cambio de algunas monedas, pero con el paso del tiempo la enfermedad y la edad habían dejado secuelas sobre él, y los hombres dejaron de solicitar sus servicios.

Tendría yo unos diecisiete años cuando al fin mi madre murió por culpa de una neumonía. No lloré por ella, más bien me apaciguó que ella abandonase aquel mundo cruel y mugroso, y que no le había proporcionado más que sufrimiento. A petición de ella y queriendo cumplir su última voluntad, hice llamar a un sacerdote para que le diera la extremaunción. Tengo grabadas a fuego en mi piel las palabras de aquel charlatán en mi piel, pues mientras la vida de mi madre se apagaba como la luz de una vela casi consumida, el anciano me aseguraba que ella iría a un mundo mejor junto al lado de Dios. Pero la verdad era que Dios nunca había estado junto a ella y yo no pude evitar reírme en su cara. Le solté enfurecido que Dios podía haberle dado mejor vida sobre la tierra, y el sacerdote me miró como a un endemoniado y se fue de allí acobardado, como un perro con la cola entre las patas. Creo que pensó que yo era una especie de endemoniado, y su Fe no era lo bastante sólida como para hacer frente a un loco como yo.

Yo abandoné aquella casa llena de recuerdos desagradables y alquilé un pequeño cuarto en un edificio de las afueras, cerca de donde trabajaba, en un taller de cuero por aquel entonces. El trabajo no me gradaba demasiado, pero al menos me daba para vivir.

En uno de esos días de dura faena, una joven bastante apuesta apareció bajo el dintel de la puerta. Estaba perdida y pidió si alguno de nosotros podía guiarla hasta la casa de su tío. Yo me ofrecí de inmediato, encandilado por su dulce sonrisa, y aún tengo gravada en la retina la mirada celosa que me lanzó el capataz.

La casa de su tío no quedaba muy lejos del taller, pero en medio de aquel laberinto de callejuelas resultaba muy fácil desorientarse. Durante todo el trayecto estuve mirando de soslayo la curvatura de su perfecto rostro, y sus cabellos castaños me rozaron los hombros en más de una ocasión. Era una joven bella y fascinante, que no dejó de seducirme durante todo el camino con su charla picara y sus miradas rebosantes de deseo. El anhelo de la carne nubló mi seso e hicimos el amor en un cobertizo antes de llegar a la casa de su tío. Su piel ardía bajo la mía, y aspiré toda su juventud antes de separarme de ella.

Después de ese día volvimos a vernos casi a menudo. Nos encontrábamos en mi habitación y nos entregábamos el uno al otro con avidez, sin apenas hablar. Nos despedíamos en silencio, tanteando si habría otro día más para nosotros.

No llevábamos muchos encuentros cuando al final ella se quedó embarazada. Me miró con odio cuando me dio la noticia, como si me estuviese culpando de aquello, cuando en realidad había sido un error de ambos. Me planteé abandonarla, pero la muy astuta le fue llorando a su tío de que yo le había engañado y tentado como Satán a nuestro Señor, y el muy estúpido la creyó y nos obligó a contraer matrimonio de inmediato.

Nos casamos un día gris, por obligación y bajo la mirada persuasiva de su tío, sin celebraciones y con una simple misa. Yo no hacía más que pensar que apenas llevaba viendo a aquella muchacha poco más de dos meses y que un descuido me había atado a esa desconocida.

Tras la boda nos mudamos a un modesto piso que estaba cerca de mi anterior residencia, y seguí atendiendo mi trabajo en el taller.

Los días transcurrían sin que ella y yo apenas nos dirigiésemos la palabra, y no la volví a tocar nunca más. Veía como la tripa le iba creciendo poco a poco con cada mes de gestación, pero no sé si es que mi naturaleza poco afectiva o mi desgana hacia ella, me hacía no sentir ni un ápice de ilusión por aquel bebe. Tal vez cuando naciera mis sentimientos cambiarían, pero tampoco estaba convencido del todo.

Una mañana de verano los gritos de mi mujer me retuvieron frente a la puerta de su cuarto. El tiempo transcurría con lentitud y oía los gritos de ella llenando el silencio de aquella casa. Cuando al final cesaron, los llantos de mi hijo no se escucharon por ninguna parte. Por desgracia, mi hijo había nacido con el cordón umbilical enredado al cuello, y de repente sentí un gran pesar, que me golpeó en el rostro de sopetón. Aquella criatura, mi hijo, yacía muerto entre mis manos. Lo observé durante largos minutos, que el viento arrastró como a las cenizas, y lloré con amargura durante toda la noche. Nunca en mi vida había llorado tanto, si es que alguna vez lo había hecho, que casi lo dudo.

Me sentí abandonado y sólo. Dios no había querido otorgarme una infancia feliz y una familia común, y en aquel momento tampoco me permitía tener la mía propia. Me había dado una esposa que no me amaba y a la que yo tampoco quería, y un hijo muerto. Me sentí al borde del abismo del infierno. Desde donde estaba, incluso podía sentir el calor de las llamas acariciando mi rostro.

Después de aquello mi esposa decidió abandonarme por completo, viviendo conmigo, pero amando a otros. La odiaba porque ni siquiera había intentado amarme a mí. ¿Acaso yo no era tan bueno como todos sus amantes? ¿Acaso no era yo quién le proporcionaba un techo y sustento? ¿No era un buen esposo?

Me torturaba cada noche con todas aquellas preguntas, para las que no encontraba respuesta, hasta que un día decidí olvidarme de ellas para siempre.

Así pasaron los años, monótonos, vacíos y ganando lo justo para subsistir.

Durante ese tiempo mi alma se volvió más oscura. Culpaba a Dios de todos mis males y de mi desdicha, y no iba nunca a misa. La iglesia me producía una especie de malestar y creo que, en cierta manera, yo también a ella.

Me sumergí en un mundo de tinieblas, donde mi alma luchaba cada día por salir a flote. Pero cada vez era más difícil luchar contra ese pesar que me oprimía el pecho y me arrebataba el aire. Empecé a beber y en el espejo de mi cuarto veía el reflejo del padre al que yo tanto había odiado en mi niñez. Aquello me atormentaba y me avergonzaba tanto que llegó un momento en el que no paraba de beber hasta que no podía distinguir mi rostro en aquel maldito espejo.

Tenía treinta y seis años, era joven, podía tenerlo todo, y en cambió nunca había tenido nada, y lo poco que había conseguido ya lo había perdido para siempre.

Una noche, en un estado absoluto de embriaguez, el zigzagueo de mis pasos junto al paseo del rio hizo que me precipitara en sus gélidas aguas como un saco de arena.

Sabía que me estaba hundiendo, pero era incapaz de moverme, y aunque hubiese podido, tampoco hubiese luchado por salir a flote. Aquella era mi gran oportunidad de poder abandonar aquel mundo, y al fin, creí en Dios. Por fin Dios estaba siendo misericordioso conmigo.

Cerré mis ojos y sentí como la falta de aire me iba arrebatando la vida. Noté que mi pulso se desaceleraba y que mi corazón ya apenas luchaba por palpitar. Entonces, casi al borde de la muerte, unas manos me agarraron con fuerza por las solapas de mi chaqueta deshilachada y me sacaron al exterior.

Me encontraba en un estado de semi-inconsciencia, pero fui capaz de reparar en los ojos del hombre que me acababa de salvar la vida. Nunca los olvidaré; aquellos dos ojos estaban inyectados en sangre y me examinaban con detalle y hambre, como si fuesen a arrastrarme al mismísimo infierno.

Aquellas malditas cuencas fue lo último que vi antes de perder el conocimiento.

No sé cuánto tiempo permanecí inconsciente, pero al despertar me encontraba sobre una cama enorme, mullida y con sabanas de seda color violeta. La habitación era señorial y estaba amueblada con ricos muebles de roble. El fuego de la chimenea crepitaba al fondo de la estancia, y junto a él, sentado en un sillón, estaba el hombre que me había rescatado.

Se acercó a mí con lentitud, deslizándose sobre la alfombra persa como un fantasma. Temblé bajo las sabanas. Su presencia me incomodaba y sus ojos me atemorizaban. Se sentó a mí lado, y comenzó a susurrarme pausadamente. Me prometió que si permanecía a su lado y dejaba que él guiase mis pasos, podría tener todo lo que siempre había deseado.

"No puedes ofrecerme todo lo que quiero. Eso es imposible" le dije. Él sonrió al escuchar mí respuesta y me preguntó si de verdad creía eso. "Dios no puede, pero yo sí" me dijo. "Puedes pedirme lo que quieras"

Las pocas ganas de volver a mi hogar y a mi antigua vida de podredumbre hicieron que me quedase en aquella mansión a merced de aquel anciano.

Sólo debía mantener la casa limpia y ordenada, y ayudarle con temas más personales. Me confesó que padecía una extraña enfermedad, que le alteraba el sueño, le hacía sufrir una especie de alergia al sol, y sobre todo le causaba una grave alteración en su forma de alimentarse. Al parecer, la comida en general, le causaba un terrible desorden gastrointestinal y su organismo no absorbía los nutrientes de forma adecuada. Lo único que su cuerpo toleraba era la sangre fresca y los productos de casquería, de hecho, me afanaba mucho por conseguir los productos de mejor calidad, pero aún con mis esfuerzos, no parecía que aquello le aportase los nutrientes suficientes.

El anciano salía siempre poco antes de la media noche, pues a causa de su alergia al sol no podía hacer una vida diurna corriente.

Nunca supe qué hacía durante las noches, a dónde iba o con quién se veía, pero tampoco me interesaba saberlo.

Al de un par de meses de estar viviendo en aquella espléndida casa, mis deseos por poseer propiedades como aquella y vivir una vida de lujo y despreocupada como lo hacía mi amo, comenzaron a atormentarme cada noche.

El anciano había averiguado mis deseos, y con suspicacia, un día sí y otro también envenenaba mi juicio con promesas que yo creía imposibles de cumplir, pero que de alguna manera él iba sembrando en mí.

Y al fin llegó el día en que todos sus esfuerzos dieron sus frutos, y ese día llegó de manera tan fría y desgarradora como las palabras que él me había susurrado durante tanto tiempo al oído. Fue el gran maestro embaucador, ¡Que forma tan sutil y elegante de engañar!

Consiguió que me entregase a él de manera voraz; le ofrecí todo mi ser y mi alma, como si nada de aquello tuviese el más mínimo valor.

El anciano succionó mi alma, en una especie de ritual místico. Bebió mi sangre y me ofreció la suya. Nos volvimos uno, y al siguiente anochecer yo renací entre los brazos de mi nuevo padre. Renací hermoso, poderoso, altivo, seguro de mí mismo e inmensamente rico; pero en un mundo oscuro, lleno de tinieblas y más solo que nunca; en un mundo en el que ya no podría amar y mucho menos que me amasen.

Mi padre me había embaucado y mentido, pero ¿acaso yo no lo había pedido en silencio?

Y él había sido el único que había escuchado mi plegaria y había apaciguado mi alma. Él me proporcionó todo lo que Dios no me había dado antes.

Aquella misma noche comencé a sentirme enfermo. Mi debilidad, mi falta de apetito, mi malestar bajo los rayos del sol, me hicieron comprender que mi padre me había transmitido su mal.

Me enamoré de las sombras y sucumbí a la belleza de la luna mortecina. Mi padre me ayudó a aceptar y a entender mi nueva forma de existir, pero me costó tiempo adaptarme a mi nueva vida. Fue a base de dolor y lágrimas. Mi sufrimiento era inmenso con cada día que pasaba entregado a aquella subsistencia. Aún hoy sufro y no veo la forma de mitigar tanto dolor.

Pero no quiero hablarte de mí ser tortuoso; supongo que cada uno, a su manera, padece sus pesares de mejor o peor forma.

Sophia, te preguntarás a qué clase de monstruo te has entregado y has elegido amar. Yo te responderé que a uno que anhelaba desde hace mucho tiempo haber encontrado una persona tan comprensiva como tú. No deseo arrastrarte a las sombras de mi mundo, y aunque me lo pidieses, no sé si sería capaz de unirme en sangre a ti como mi padre hizo un día conmigo. Ya has condenado tu alma eligiendo permanecer a mi lado, como para además condenar tu mortalidad a una vida errante y vacía hasta el fin de los tiempos.

No, yo no podría dejar que vieses ese mundo de tinieblas ni que sufrieses los pesares de mi enfermedad. Pero la bestia que habita dentro de mí, ella no tendría tantos reparos. Es un ser condenado, enfermo, oscuro y maldito. Sin alma.

Ella es mi castigo, el legado de mi padre.

Y por ello, le abandoné.

No vacilé al hacerlo. Era algo que anhelaba desde hacía tiempo y sucedió de manera natural y sin vacilaciones. Simplemente necesitaba alejarme de su influencia y de su estricta manera de instruirme en mi nueva vida.

Recuerdo aquel momento como si hubiese acontecido ayer mismo. Aun siento sus ojos severos y enfurecidos, examinándome con minuciosidad desde el otro lado de la habitación. Me retaban a irme, pensando que yo no sería capaz de abandonar a la familia. Pero lo que no sabían era que yo ya había reunido todo el valor necesario para huir de aquella casa y de sus garras.

Cuando lo abandoné, al fin me sentí libre. Al fin pude conducir mis pasos por aquel nuevo mundo de la manera que yo quería hacerlo y no de la que él trataba de imponerme.

Desde entonces no he vuelto a ver a mi amo ni una sola vez, pero no he dejado de sentirle. Acecha entre las sombras, como si de alguna manera no quisiera abandonarme, temeroso de perder a uno de los últimos vástagos de su ya casi extinguido clan.

¿Pero acaso no es ese su precio a pagar? ¿Acaso no es ese el precio que hemos de pagar todos los de nuestra especie?

Estamos condenados a la extinción, por culpa de esta maldita enfermedad que nos carcome por dentro, como un silencioso cáncer. Yo mismo cada día me encuentro más débil y cada vez me resulta más costoso atender mis necesidades como es debido. Hasta hace poco mi único deseo era poder abandonar este mundo lo antes posible, con tanta discreción como lo hiciera en mi vida pasada.

Pero ahora apareces tú, como un dulce veneno que alivia mis males. Has sembrado de dudas mi mente lógica y segura, y el alma que creí perdida parece renacer en medio del polvo. Apaciguas mi dolor, pero inquietas a la bestia que habita dentro de mí.

Eres mi redención y yo soy tu perdición.

LA VISITA

I

Apenas habían encontrado datos en los registros públicos sobre el despacho Astaroth y Cía. No había ninguna información sobre casos en los que el bufete hubiese trabajado o clientes que hubiesen solicitado sus servicios. Sólo las cuentas contables y el nombre del gerente del bufete eran la única información pública que habían conseguido obtener. Por todo lo demás, parecía una empresa fantasma.

Teodoro Astaroth era el actual dueño y gerente del despacho. Se trataba de un hombre que provenía de una familia norteña muy rica y discreta, sin esposa ni hijos.

Hacía un par de semanas le habían enviado una carta solicitándole información sobre dos de sus clientes, pero sólo habían recibido una corta misiva donde les explicaba que no podía darles tal información, objetando la confidencialidad de la misma.

El detective Max Magnus arrugó la carta y la lanzó de mala gana sobre la mesa de su despacho después de leerla. Temía tener que hacer ese viaje a Abery para poder reunirse con el señor Astaroth en persona, pues eso le haría perder mucho tiempo. Pero de alguna forma, su sexto sentido le decía que Hugo Olaf, en su huida, podía haber guiado sus pasos hacia el norte, y ese abogado bien podría estar esperándole para proporcionarle una nueva identidad y localizarle otra residencia.

Antes, no obstante, deseaba entrevistarse con el segundo cliente del despacho Astaroth y Cía., y que se había mudado a Lockham poco antes que el señor Hugo Olaf.

Por lo que había averiguado, al igual que Hugo Olaf, se trataba de un hombre discreto, que apenas salía de casa y que cuando lo hacía era siempre durante la noche.

Ese mismo día el detective en persona había decidido acercarse a la mansión de aquel hombre, pero no había visto entrar o salir al inquilino en todo el día. Sólo una mujer muy bella se había acercado a la casa y había entrado poco después del anochecer, pero desde entonces no había vuelto a ver a nadie más.

El detective volvió a su apartamento de madrugada, cansado y con sueño. Se dio un baño antes de acostarse y volvió a levantarse pronto por la mañana con intención de volver a la casa del señor Steiner. Llegó con los primeros rayos de sol y subió con decisión los escalones de mármol que lo separaban de la puerta principal. Llamó al timbre varias veces antes de que un mayordomo de tez muy morena le abriese.

- Buenos días. - Se presentó mientras le extendía su acreditación- Soy el detective Max Magnus y me gustaría poder ver al señor Christopher Steiner.

El hombre observó la identificación y le examinó de arriba a abajo con desconfianza. Pareció dudar unos instantes, pero al final le hizo pasar al vestíbulo.

- Espere aquí, por favor.

El mayordomo se dio la vuelta y se perdió entre la oscuridad de uno de los corredores del piso bajo. Max Magnus se quedó esperando pacientemente en el vestíbulo, observando con atención cualquier detalle que pudiese resultar poco común. La casa del señor Steiner era sombría y carente de personalidad, de hecho, era muy parecida a la casa de Hugo Olaf; elegante y exquisita, pero sin signos de vida y sumida en las sombras.

Su atención se desvió hacia la escalinata al oír unos pasos que descendían hacia él. Sólo cuando el señor Steiner se detuvo a pocos metros de distancia consiguió verle.

Se trataba de un hombre alto, fuerte y apuesto, de unos treinta y algo, sedoso pelo oscuro y ojos verdes.

Si dirigió hacia él con paso resuelto y le estrechó la mano a la vez que se presentaba.

- Christopher Steiner. Por favor, acompáñeme- Su voz era grave y sensual. Le hizo pasar al interior de un gran salón donde tomaron asiento en unos sillones apostados junto a la chimenea, que estaba encendida. - ¿Desea tomar algo?

- No, gracias.

Max Magnus se acomodó en el sillón y agradeció el calor del fuego en sus piernas, entumecidas por el frío de aquella mañana.

- ¿Un cigarrillo? – El señor Steiner extrajo del interior de su chaqueta negra una cajetilla de plata y se la ofreció para que cogiese uno. Después encendió un fosforo y se lo tendió. De inmediato, sus ojos se posaron sobre algo que había llamado su atención. Era un exquisito sello de oro con un rubí que el señor Steiner lucía en su índice derecho.

La imagen de un hombre encapuchado y solitario, que escudriñaba a Erika Fever desde el fondo de la taberna donde trabajaba, le nubló la mente. Se le heló la sangre y comenzó a tener dudas de todo y de todos.

¿Era aquello una mera coincidencia? ¿O Hugo Olaf y Christopher Steiner estaban relacionados de alguna manera más allá del simple hecho de compartir el mismo bufete de abogados?

Dieron un par de caladas antes de volver a hablar.

- Señor Steiner, actualmente me encuentro sumergido en un caso muy complejo, y creo que usted podría ayudarme.

Christopher le dedicó una mirada de asombro.

- ¿Yo? -exclamó- No sé cómo.

- Verá, se han cometido un par de brutales asesinatos en la ciudad, de los que seguramente habrá tenido noticia por la prensa…

El señor Steiner se volvió para mirarlo y Max Magnus se topó con unos ojos inexpresivos y vacíos, como las cuencas de un muerto; sin brillo y sin vida.

- En efecto, he leído acerca de eso. Pobres chicas… tan jóvenes… - Christopher aspiró el humo del tabaco con placer, como si se encontrase en un estado de éxtasis- ¿Han detenido ya al asesino? - preguntó.

- Precisamente de eso le quería hablar. – Max Magnus se reincorporó en el asiento para acercarse más al señor Steiner- El sospechoso ha desaparecido de la ciudad sin dejar rastro. Sabemos su nombre y su conexión con un bufete de abogados del norte del país, del que usted también es cliente…

Christopher no pareció sorprenderse. De hecho, ni se inmutó. Su rostro seguía sereno, como el de una estatua de mármol.

- Qué casualidad.

- En efecto. Al parecer se trata de un bufete muy discreto y exclusivo. Casi hermético diría yo. Y debo confesar que, en efecto, me resultó curioso que dos de sus clientes, que además no constan en los registros públicos, alquilasen las propiedades más caras de la ciudad casi al mismo tiempo.

- El mundo a veces es como un pañuelo, ¿no cree? A mí me lo parece constantemente. - se volvió para mirarlo- En efecto, el bufete Astaroth es muy exclusivo, tal y como ya sabe. – le explicó- Mi vinculación con el bufete es por tema de negocios. Me dedico a las inversiones y me muevo de aquí para allí en busca de nuevas oportunidades de negocio. De hecho, ese es el motivo por el que vine a Lockham. - Se detuvo unos segundos para aspirar el humo del tabaco antes de volver a hablar. - Siento decirle que no conozco a ningún cliente del bufete Astaroth y Cía.

- Comprendo, pero necesito localizar al hombre del que le he hablado y la única forma de poder conseguir algo de información es a través del bufete Astaroth y Cía., del que usted también es cliente. - le explicó- Señor Steiner, necesito que me ayude a obtener la información que necesito.

Christopher rio y lanzó el cigarrillo consumido al fuego de la chimenea. Se volvió hacia él y lo observó con desdén.

-        Detective- Dijo en un tono cortante- No pienso involucrarme en temas que no me conciernen. Nunca lo he hecho y no lo voy a hacer ahora. Usted es un hombre de gran inteligencia, y estoy seguro de que podrá resolver estas desafortunadas muertes sin mi ayuda.

Max Magnus le observó enfurecido y su mirada volvió a recaer sobre el anillo del señor Steiner.

-        Señor Steiner...- sonrió con hipocresía y su gesto se volvió más severo- Puede cooperar con la autoridad a las buenas o a las malas, pero entienda que tendrá que ayudarnos; a menos que quiera dar explicaciones sobre sus hábitos de vida poco habituales … O de sus extrañas visitas a la taberna donde trabajaba la primera víctima.

Al fin creyó ver un atisbo de preocupación en el rostro de Christopher, que a apenas duró unos segundos. De nuevo, su rostro lucía sosegado e inexpresivo.

-        Cuando tenga a alguien que me situé en ese lugar, contestaré a sus preguntas. Mientras, no pienso hacer nada más.

Max Magnus le observó de soslayo, impotente. No conocía a ese hombre, pero por lo poco que había averiguado de él y visto de su forma de vida, era obvio de que se trataba de un hombre solitario y sin amigos, con una vida recatada y aislada. Todo ese velo de misterio y ocultismo hacía que la presencia de una mujer en aquella casa resultase fascinante y extraña al mismo tiempo.

-        Tal vez la señorita que le acompaña pueda ayudarme respondiendo a algunas preguntas que le resulten incómodas a usted…

Steiner se volvió hacia él, furioso.

- Detective, le pido que deje fuera de todo esto a mi acompañante. Ella no tiene nada que ver con ese bufete de abogados ni con esas muertes.

- No, por supuesto. Pero al parecer es la única persona con la que usted mantiene algún tipo de relación más estrecha en Lockham, y por lo tanto la única que podría contestar a ciertas preguntas. - se detuvo unos segundos antes de continuar- ¿Se encuentra ahora ella aquí?

El señor Steiner volvió a lanzarle una mirada cargada de odio.

- La señorita que me acompaña es una mujer adulta y autosuficiente, con capacidad para tomar sus propias decisiones. Ella puede estar donde quiera y cuando quiera, sin que nadie deba pedirle explicaciones.

- Lo entiendo, pero en esta sociedad de habladurías pronto se sabrá que la señorita Varona le visita con frecuencia... a usted, un hombre soltero. Ella quedándose a pasar las noches en su casa... - el detective resopló- ¿Acaso pensaba que no iba a identificarla? Todo Lockham conoce a la mujer más rica de la ciudad. Son decenas los hombres que desean desposarse con ella ¿Es usted consciente del perjuicio que eso puede causarle?

- Yo no le deseo ningún mal, pero ella es la única dueña de sus actos y decisiones.

Max Magnus guardó silencio. Imaginaba a la joven a pocos metros de distancia, seguramente escuchando tras la puerta del salón. Sólo deseaba que ella entrara en razón y cuestionase sus propios actos. Quería que la señorita Sophia abandonase esa casa y a aquel hombre que tan mal presentimiento le causaba.

- Recibirá noticias mías en breve. - Max Magnus se levantó de su asiento- Mientas tanto, permanezca en Lockham.

Max Magnus se levantó del sillón y se dirigió a trompicones hacia la puerta del salón sin haberse despedido del señor Steiner. Al salir al vestíbulo, una presencia cercana pero oculta por las sombras le hizo voltearse hacia la escalinata. Al instante supo que Sophia Varona lo estaba observando desde allí.

II

Habían pasado varias noches desde que Christopher se había sincerado con ella y le había abierto su corazón. Los temores hacia aquel hombre se habían disipado por completo con cada palabra llena de dolor y resentimiento. Lo compadecía tanto como se compadecía a sí misma y lo amaba por encima de todas las cosas.

Desde aquella noche lo había visitado cada una de ellas sin dejar pasar una de largo. Abandonaba su casa, como un fantasma entre las sombras, poco después de que su tía se retirase a dormir; y volvía con los primeros rayos de sol, antes de que Aurora se levantara. Necesitaba a Christopher cerca para que él aliviase las cargas de su alma y de la misma manera ella poder paliar el sufrimiento de la de él.

Hacían el amor y hablaban durante toda la noche, hasta que Christopher se quedaba dormido con los primeros rayos de sol.

Últimamente lo encontraba más débil que de costumbre y temía por su salud. La visita del detective tampoco había ayudado. Le había dejado desasosegado y lo encontraba más dubitativo de lo habitual.

Aquella noche Christopher estaba recostado en el diván, mirando a través de la ventana. La luz mortecina de la luna lo iluminaba enfermizo. Sophia se levantó de la cama y caminó hasta él. Se arrodilló a su lado y estudió su rostro. Mostraba una leve mueca de dolor, y se le veía desganado y ojeroso. Sophia temió que su enfermedad se hubiese agravado en los últimos días, y recordó no haberle visto comer nada en su presencia. Se preguntó si tal vez aquella dieta tan estricta que debía seguir no estuviese aportándole los nutrientes suficientes, o que no estuviese comiendo todo lo que le hacía falta…

Se estremeció al pensar en todo aquello, y la conversación que el detective había mantenido con Christopher volvió a su mente. Los había estado escuchando tras la puerta del salón, en silencio y sorprendida por aquella visita tan inusual.

El detective había sido rudo y directo en sus palabras, pero ella había decidido mantenerse fiel a su juramento y ayudar al hombre que amaba. Si Christopher había tenido algo que ver con aquellas muertes, había sido sólo para poder seguir con vida.

Tal vez, al fin y al cabo, sólo la sangre humana era lo único que le aportaba los nutrientes necesarios para poder sobrevivir. Aquel demonio que habitaba escondido muy dentro de él necesitaba de aquel preciado líquido rojizo para subsistir, y ella le había hecho prometer que nunca dejaría que aquel ser abominable se presentase ante ella. Por lo tanto, aquella promesa era la causa de su sufrimiento y de su debilitamiento.

Si quería ayudar al hombre que amaba, el demonio que habitaba dentro de él tendría que salir a la luz, y ella tendría que verlo.

III

Había llegado exhausto a la comisaria. La visita al señor Steiner había sido interesante pero aterradora al mismo tiempo. La hostilidad de Steiner, las similitudes en su forma de vida con las de Olaf, y aquel sello en su dedo índice, le habían perturbado.

Max Magnus había hecho llamar al mejor dibujante de Lockham, y que además solía colaborar con la policía, para describirle con sumo detalle el anillo que el señor Steiner lucía en su mano.

El anciano pintor había bordado la joya sin apenas esfuerzo, demostrando una vez más sus dotes y eficacia con el carboncillo.

Poco después Hopkins marchó presuroso a la taberna donde había trabajado Erika Fever, para mostrarle el boceto de la joya a la camarera que la primera vez tan bien había descrito al hombre encapuchado, y, sobre todo, el anillo de su mano.

El joven ayudante había regresado poco después a la comisaria, como un niño con zapatos nuevos. La tabernera había asegurado que el sello del boceto era el mismo que ella había visto.

- Es un hallazgo importante, Hopkins. – le felicitó Max Magnus- Sitúa al señor Steiner como principal sospechoso de la muerte de Erika Fever… aunque al mismo tiempo tampoco lo demuestra. –explicó mientras caminaba hacía el escritorio de Hopkins, situado a unos pasos de distancia frente al suyo. - Por otro lado, tenemos a Hugo Olaf, a quien yo mismo situé en el segundo escenario del crimen. ¿Pero acaso no podría ser posible que Olaf hubiese sido también el asesino de la señorita Fever, y que la presencia de Steiner en aquella taberna, aunque anormal y sospechosa, no hubiese sido más que una mera coincidencia?

Max Magnus tomó una silla y se sentó frente a Hopkins. Cruzó los brazos y descendió la mirada hacia el suelo, pensativo.

- Pero al mismo tiempo, las simples coincidencias no pueden darse para dos hombres vinculados por el mismo bufete de abogados, la misma forma de vida atípica, y su llegada a la ciudad casi al mismo tiempo…

Hopkins asintió.

- En efecto, señor. Todo ello resulta extraño. ¿Qué está pensando?

Max Magnus alzó la vista hacia el joven detective quien lo examinaba expectante, con la boca entreabierta.

Se acercó a Hopkins para susurrarle al oído.

- Desde hace años he dado por hecho que un único hombre era el que había matado a toda aquella gente. Un asesino en serie que cambiaba de identidad constantemente, escurridizo y difícil de rastrear. - Calló unos segundos mientras hurgaba en el bolsillo de su pantalón. Extrajo una cajetilla y la abrió para coger un cigarrillo que encendió con habilidad. – Ahora, en cambio, estoy casi seguro de que no se trata sólo de una única persona…

- Sospecha de Steiner y de Olaf- confirmó Hopkins.

Max Magnus sonrió y le dio una calada al cigarro.

- Steiner… Olaf… y quién sabe si alguien más.

- ¿Cómo? -exclamó Hopkins. Se acercó a Max Magnus. - Eso sería casi imposible, jefe. - Revolvió unos papeles sobre su mesa y colocó frente a Max los treinta y nueve expedientes de sus anteriores casos. Los había estado repasando de nuevo, sin éxito- Todas estas personas fueron asesinadas siguiendo el mismo modus operandi, difícil de imitar. - subrayó- Y no nos olvidemos de las marcas en sus cuellos. - Hopkins abrió su bloc de notas y releyó unos garabatos.

- ¿Varios hombres con la misma dentadura deforme? He hablado con algunos de los mejores cirujanos dentales de la ciudad, y me han asegurado que nunca antes habían visto nada parecido, y que sería casi imposible poder transformar una dentadura humana que fuese capaz de hacer algo parecido.

\- Lo sé, Hopkins. Por eso creo que más bien tiene que tratarse de una especie de mutación genética.

El joven detective se llevó la mano a la barbilla y permaneció unos segundos en silencio, sopesando la hipótesis del detective.

\- Podría ser... Pero entonces eso significaría que Olaf y Steiner deberían estar unidos por lazos de sangre...- observó.

Max Magnus sonrió. En efecto, era lo que pensaba. Y de lo que estaba casi seguro, a pesar de no poder probarlo por el momento.

Parte de las respuestas, no obstante, tenían que estar encerradas entre las cuatro paredes del despacho de Teodoro Astaroth.

IV

Christopher se volvió hacía Sophia, aterrorizado, sabiendo lo que ella iba a hacer. Intentó hablarle, pero no consiguió articular palabra.

Sophia se reincorporó a su lado y se alejó de él. Caminó hacía el escritorio y tomó la daga de la que él no se separaba nunca. Relució en el puño de Sophia a la luz pálida de la luna, deseosa de sangre y carne.

\- No lo hagas- suplicó él. Pero sus sienes empezaron a latir con fuerza antes de que ella se abriese la muñeca y la sangre empezase a mojar el frío suelo.

Sus colmillos se alargaron dentro de su boca y sus ojos comenzaron a quemarle. Esos ojos, por desgracia, ya no era los mismos ojos verdes que cada noche la habían admirado con amor; en aquel momento eran los ojos de la bestia que la miraban con hambre.

Y Sophia los acababa de ver, mientras seguía caminando hacia él dejando tras sí un pequeño rastro de gotas de sangre.

El demonio pugnaba por salir, tentado por el olor de la sangre de la hermosa Sophia y el sabor de su joven carne.

Al fin, la mano de ella alcanzó su mejilla con dulzura. La sangre se deslizó hasta su mentón y pudo olerla tan cerca y tan apetitosa…

Alzó la vista hacia ella y le mostró sus ojos rojizos y solicitantes.

Christopher acababa de abandonar aquel cuarto, pero la bestia irrumpió con arrojo. Steiner no vaciló y se llevó la muñeca de Sophia a la boca. Empezó a lamer la sangre con vehemencia mientras apretaba la herida para que el líquido fluyera mejor y en mayor cantidad. Sophia gimió, pero a la bestia no le importó. Siguió bebiendo sin poder paliar su sed, mientras se contenía por no morderla, pues aquello sólo podría depararle la muerte.

Amaba a aquella criatura que sin miramientos tanto le ofrecía, y siguió saboreando aquel dulce bebedizo.

El color rojizo lo manchaba todo. Manchaba su rostro y las manos de ambos. Caía sobre el camisón de ella y el torso de él. Embriagaba al demonio, pero atormentaba al hombre. Y la carne de ella tentaba a ambos.

La alzó en brazos para depositarla sobre el lecho. Pero no era Christopher quien en aquel momento deseaba hacerla suya; era la bestia quien necesitaba su carne y su juventud.

Se despojaron de sus ropas ensangrentadas y se entregaron el uno al otro, mientras él seguía degustando la sangre de ella. Sólo se detuvo cuando la hemorragia cesó por completo. Aún al final, seguía escuchando los gemidos de dolor contenido de ella, quien a pesar de todo se había entregado a su ser maldito, ávida de amor y deseosa de poder complacerle.

UN AÑO NUEVO

I

Max Magnus era un hombre astuto y de gran intuición, que no había dejado pasar por alto ningún detalle. A pesar de todas las precauciones y las discreciones que había tomado, el detective había sabido detectar y utilizar a su favor los desafortunados contratiempos.

Y en esta ocasión la suerte del detective había llegado de manos de Timothy Stuart, el gerente de la inmobiliaria. Aquel patán chismoso le había dado el nombre del despacho de abogados que de manera tan desventurada lo había relacionado con Hugo Olaf; y aunque confiaba ciegamente en Teodoro Astaroth y en su profesionalidad y eficiencia, el rondar del detective ya era un hecho adverso y peligroso.

¿Quién había matado a Erika Fever? ¿Y a la prostituta sin nombre?

Max Magnus conocía la respuesta; Hugo Olaf, el hombre que había desaparecido sin dejar rastro una noche de invierno.

Pero aquella noche las sospechas de Max Magnus también habían recaído sobre él, de forma sutil, pero como un puñal directo al corazón.

Christopher sabía de sobra que su forma de vida no era del todo común, pero al mismo tiempo tampoco era delictiva. Fumaba opio y había pagado a alguna que otra mujer para acostarse con ella, pero eso era todo, o al menos todo lo que podrían decir de él los que le habían visto.

No obstante, lo que los ojos de Sophia Varona habían visto y sus labios callaban era harina de otro costal.

Y Max Magnus, como zorro astuto que era, más temprano que tarde, se presentaría en casa de Sophia para importunarla con preguntas comprometidas acerca de la relación que mantenía con él. Aquellas preguntas la dejarían en una posición complicada y embarazosa frente a su tía y toda la alta sociedad, y temía que por su culpa ella pudiese verse arrastrada al ostracismo.

Faltaban dos días para la fiesta de Nochevieja en casa de la señora Miskins, y tenía que hacer algo con premura para evitar que esa noche la gente diera la espalda a su fiel compañera.

Sophia había sido generosa con él, proporcionándole alimento, y de alguna manera sentía que debía devolverle el favor.

La mañana había llegado acompañada por tímidos rayos de sol y Sophia se había despertado pasado el medió día. Sitra le llevó a la habitación ropa limpia y un suculento almuerzo que devoró sin apenas masticar, mientras él observaba el plato de comida con repugnancia.

Esperó a que terminase de comer y se vistiera para darle las nuevas. Le tendió la invitación de la señora Miskins para la fiesta de Nochevieja.

- Supongo que tendrás la tuya en casa de tu tía. - Sophia la leyó por encima y se la devolvió sin decir nada – Me gustaría ir contigo. - Le pidió. La joven alzó las cejas, sorprendida, y volvió la vista hacía el sobre que él le acababa de tender.

\- Christopher, no debes hacer esto por obligación, como si me debieras algo.

\- No lo hago por eso, ya lo sabes. Lo hago porque me importas.

Se separó de ella malhumorado y sintió que ella le seguía y se detenía tras su espalda.

\- Lo que ha ocurrido esta noche no es algo por lo que debas preocuparte. – le susurró la joven. – Lo que ha pasado esta noche nadie lo sabrá jamás; ni siquiera ese detective.

Christopher se volvió a ella y la miró a los ojos.

\- Irá a tu casa a hacerte preguntas. Lo sabes, ¿verdad?

Sophia asintió con la cabeza.

\- Te juré lealtad Christopher Steiner. - le recordó en tono de reproche, dolida porque él dudase. Se volvió hacia la ventana, cerrada a cal y canto por   tupidas cortinas.

\- Lo sé, y confío en ti. Pero temo que la gente pueda dañarnos por ser diferentes a ellos. Y es por eso por lo que ambos debemos ser muy discretos.

Sophia asintió.

\- Esta noche iré a casa de tu tía, e iremos juntos a la noche de fin de año.

Se acercó a ella y la abrazó con dulzura. Después ella se fue de la casa y él se retiró a descansar.

Llegaba más tarde de lo habitual a casa de su tía y se la imaginaba preguntándose dónde habría estado. Entró en la mansión casi a hurtadillas, como un ladrón, pero su tía ya estaba almorzando y la llamó nada más que la oyó entrar en casa.

- ¡Querida! - exclamó. ¿Pero a dónde has ido tan pronto?

Sophia titubeó antes de poder contestar.

- No podía dormir y he salido a dar una vuelta.

- No deberías hacer eso, querida. - Su tía se levantó del asiento y se acercó a ella. – Anda un asesino suelto por la ciudad, no deberías ir sola. - la amonestó.

- Lo sé, perdona. He sido una necia. - Se disculpó sin mucha sinceridad. - Cambiando de tema, tía. - La cogió de la mano y la condujo al sofá. Tomaron asiento frente al fuego. - Está noche tenemos una visita.

Aurora alzó las cejas, sorprendida.

- He invitado al señor Steiner para que se nos una después de cenar.

Aurora sonrió con alegría y tomo las manos de su sobrina entre las suyas. Se las apretó con fuerza.

- ¡Oh querida! - exclamó- Eso es fabuloso…

Se separó de ella alegremente y volvió a la mesa, para terminar el almuerzo antes de que se enfriases. Sophia decidió subir a su cuarto a descansar.

Se volvió hacia la ventana del carruaje y contempló el cielo de aquella noche, iluminado por decenas de brillantes estrellas. Era una noche hermosa, aunque más fría de lo habitual.

Sitra detuvo el carruaje frente a la puerta principal de la casa de la tía de Sophia.

Descendió del coche y caminó hacia la puerta. Llamó al timbre y un mayordomo de unos veinte pocos años le abrió de inmediato. Le acompañó hasta el salón donde Sophia y Aurora lo estaban esperando con expectación. Se acercó a ambas para saludarlas.

- ¡Oh, señor Steiner! – exclamó la mujer- Me alegra mucho poder verle de nuevo. Por favor, tome asiento.

Christopher se sentó en un sillón, frente a Aurora y junto a Sophia, que aquella noche estaba más hermosa de lo habitual. La observó de soslayó y pudo apreciar el leve rubor de sus mejillas y el brillo de sus ojos, rebosantes de felicidad.

- Antes de nada, le pido disculpas por no haber venido a verla desde que me invitó a aquella grata cena con los señores Miskins y el señor Abigail, pero los negocios no me han dado ni un respiro.

Aurora hizo un gesto con la mano, queriendo quitar importancia a aquel detalle.

- ¡Oh, no se preocupe!

- No obstante, su sobrina y yo hemos coincidido de forma más asidua. Siempre con el mayor respeto, por supuesto. – tranquilizó a la mujer. - Me encuentro sólo en esta ciudad y su sobrina ha sido una grata compañía.

- ¡Oh, por supuesto! - exclamó Aurora. Hizo un gesto a uno de los sirvientes para que se acercase y les sirviese unas copas de vino rosado. – Mi sobrina es una mujer extraordinaria- confirmó. - Y muy rica también. Son muchos los hombres que se han interesado por ella sólo por su dinero. Gracias a Dios usted es diferente.

-       Me alegra oír eso. - Christopher tomó la mano de Sophia y le dedicó una mirada tranquilizadora antes de seguir hablando- Querría poder frecuentar de forma oficial a su sobrina y me gustaría que nos diera su bendición.

Aurora brincó en su asiento, llena de gozo.

-       ¡Oh por supuesto! -exclamó. Se abalanzó sobre ellos para felicitarlos. Aquella noticia sería la envidia de todas las jóvenes casaderas de la ciudad y de sus padres. Al final, la solitaria y silenciosa Sophia Varona había conseguido cautivar a aquel rico hombre con su belleza y encanto peculiar. ¡Nadie se lo podría creer!

-       Tía te pido discreción- Sophia la habló con seriedad- Ya sabes que no me gusta ser el centro de los chismes.

Aurora sonrió.

-       Querida, te conozco perfectamente. Puedes estar tranquila. - Dio unas palmaditas y volvió a llamar al sirviente. - ¡Más vino! Esto hay que celebrarlo.

El resto de la velada transcurrió con una charla animosa acompañada por varias copas de vino, hasta que Aurora se retiró a dormir, más tarde de lo habitual, y con un leve mareo por culpa del alcohol.

Sophia también se sentía algo cansada y soñolienta, pero la presencia de Christopher y su conversación la mantuvieron despierta durante más tiempo.

Ya era pasada la madrugada cuando Christopher se despidió de ella para volver a su casa.

- No quiero que te vayas- le suplicó Sophia. Le agarró de la mano para retenerle junto a ella y se acercó para besarle.

- No es buena idea. Debo volver antes de que amanezca. –musitó él.

Sophia le miró entristecida y recordó con gran pesar que la vida junto a aquel hombre transcurriría siempre bajo la luz pálida de la luna y lejos de la luz cegadora del sol.

Se acercó a él para besarle y la calidez de sus labios los guio de nuevo hacia el camino de la pasión sin freno.

Pero cuando Sophia despertó a la mañana siguiente Christopher ya no estaba a su lado, y aspiró con melancolía el aroma que él había dejado impregnado sobre su almohada.

II

Max Magnus y Hopkins vigilaban al señor Steiner. Le habían visto salir de su casa poco después de la hora de la cena, y abandonar la mansión de Aurora Varona poco después pasada la madrugada. Había vuelto a su casa y no había salido en todo el día siguiente.

A la mañana Max Magnus mandó a Hopkins a casa para que descansase, y él aprovechó a echar una cabezadita en el carruaje.

Se despertó un par de horas más tarde con las piernas entumecidas y salió a dar una vuelta para desperezarse. El día era frío y los transeúntes se afanaban con torpeza por mantenerse al resguardo de la lluvia bajo sus capas. Los notaba agitados e impacientes por celebrar la entrada del nuevo año, y los más pudientes ya se habían vestido con sus mejores galas para las largas veladas de aquella noche.

Sin saber por qué, sus pasos impacientes le habían llevado hasta la casa de la familia Varona. Se detuvo frente a la puerta principal, petrificado, mientras se preguntaba si sus palabras de hacía un par de noches habrían hecho entrar en razón a la apasionada señorita Varona. Estaba a punto de marcharse cuando la puerta se abrió frente a él y se topó con los ajos azules de aquella joven misteriosa.

Sophia cerró la puerta tras sí y caminó hacia él. Se detuvo a su lado, envuelta bajo su capa mojada, esperando a que él hablase.

Sin saber por qué no conseguía encontrar las palabras adecuadas para dirigirse a ella. Era como si aquella hermosa bruja lo hubiese vuelto mudo. Se sintió estúpido, pero al fin, cuando ella parecía a punto de dejarle plantado, el hechizo se rompió y las palabras encontraron la salida entre sus labios.

- Sé que la otra noche escuchó mi conversación con el señor Steiner. ¿Ha pensado sobre todo aquello?

Sophia alzó las cejas, sorprendida, pero no titubeó al contestarle.

- ¿Y qué quiere que yo le explique, detective? ¿Acaso pretende que yo le diga si el señor Steiner ha matado

111

a esas chicas? - sonrió con nerviosismo y él pudo vislumbrar un abismo de confusión en sus ojos azules. - Yo no le he visto hacer tal cosa.

- Que sus ojos no lo hayan visto no significa que no lo haya podio hacer. Pero si usted sospecha o sabe algo y no nos lo dice, también será cómplice de las muertes de todas estas personas...

Max Magnus sacó un portafolio del interior de su capa y le tendió un montón de expedientes. Sophia los tomó con desconcierto. Los observó por encima y les dedicó una mirada aterrorizada.

- ¿Qué es todo esto? - le espetó con dureza mientras le devolvía la carpeta.

- Pregúntele al señor Steiner... tal vez él sepa algo sobre todo esto; sobre la extirpación de los órganos de estas personas o sobre esos orificios sobre sus yugulares.

Max se dio cuenta de que la joven se había llevado la mano derecha a su muñeca izquierda y que peleaba con discreción porque la manga de su vestido azul marino no dejase entrever una venda algo ensangrentada. De repente estaba como aturdida y nerviosa.

- Señorita Varona... - la llamó para hacerla volver en sí. - ¿Se encuentra bien?

- Si...- musitó — Esto es ridículo, detective. Yo no sé nada, ni oculto nada.

- Está bien... -la tranquilizó a pesar de que no creía ni una de sus palabras. - Una última cosa.

112

Max le tendió un retrato hecho a carboncillo de un hombre de unos sesenta y muchos o setenta y pocos años, sin apenas arrugas, con unos ojos oscuros y vacíos, un mentón prominente y una melena canosa y abundante.

Sophia tomó el retrato con mano temblorosa y apenas lo hubo observado por encima, se lo devolvió.

- ¿Lo ha visto en alguna ocasión?

Ella negó con la cabeza. Era un manojo de nervios.

- ¿Está segura? Vuelva a mirarlo.

Sophia volvió a dirigir la vista al retrato. Lo estudió con meticulosidad, y mientras lo hacía su gesto se afligió.

- Lo he visto…-musitó al fin con un hilo de voz. - Una noche lo vi bajo la ventana de mi cuarto.

Max Magnus se acercó hacia ella.

- ¿Qué hacía allí? - le susurró.

- No lo sé, detective. Pero fue extraño... Era como si él estuviese allí por alguna razón. No lo he vuelto a ver- aclaró- ¿Quién es?

El gestó del detective se endureció y dudó unos instantes antes de contestar.

- Hugo Olaf- musitó – uno de nuestros sospechosos.

Sophia le miró con espanto, pero permaneció en silencio. El detective se acercó más hacia ella y pudo oler el aroma a rosas que desprendía su cálida piel. Se sintió algo turbado por el escrutinio de los ojos azules de la joven, pero consiguió contener su rubor antes de que ella pudiese darse cuenta.

- Antes de que me vaya; ¿Tiene algo que decirme acerca del señor Steiner? - insistió.

Ella le observó con desconcierto durante unos segundos y él pensó que al fin ella hablaría. Pero sus ilusiones se desvanecieron cuando Sophia negó con la cabeza. No obstante, sus ojos dejaron entrever todo un mundo de secretos, que con ahínco velaba por mantener a buen recaudo.

Se dio por vencido; aquella joven enamorada no diría nada que pudiese perjudicar a su amante, aún a pesar de todas las dudas.

III

La última noche del año entró cubriendo las calles con un manto grueso de nieve y arrastrando una heladora brisa del norte. Era como si aquel desapacible tiempo estuviese anunciando el porvenir de una noche turbulenta.

Christopher salió de casa poco después de que cayera la noche. Sitra lo esperaba frente a la casa con el carruaje, y a pocos metros de distancia Max Magnus lo esperaba dentro del suyo. El detective llevaba un par de días vigilándole.

Le dedicó una mirada recriminatoria, consciente de que el detective le estaría observando. Subió al carruaje y en cuanto se puso en marcha, el coche del detective empezó a seguirle. Resopló en su asiento, hastiado por el rondar de Max Magnus. Tenía que abandonar aquella ciudad lo antes posible, y si era posible, deseaba hacerlo junto a Sophia. Su intención era desvanecerse durante la velada de Noche Vieja, cuando la gente borracha y distraída estuviese celebrando con emoción la entrada del año Nuevo. Debía convencer a Sophia para que se marchase con él, y dudaba que la joven fuese capaz de decidirse de forma tan repentina. Sophia era una perfecta acolita, pero no llegaba a estar seguro de que ella pudiese dejar toda su vida de un día para otro. Y si ella no quería irse con él, entonces él debería marcharse sólo.

Llegó a la casa de la joven, sumergido en sus propios pensamientos. Sitra le abrió la puerta del carruaje y le dedicó una mirada cómplice y tranquilizadora.

Llamó al timbre y el joven mayordomo de la noche anterior le abrió la puerta. Caminó hacia el salón y allí encontró a Aurora y a Sophia. La joven estaba hermosa, ataviada con un sensual pero elegante vestido burdeos. Aurora la observaba orgullosa, y se afanaba en colocarle la falda a cada paso que daba. La tía de Sophia también se había intentado arreglar con esmero, pero el exceso de joyas y encajes de su vestido la hacían coquetear con la ordinariez.

-      Bueno, queridos. Yo me voy adelantando. Mi carruaje está listo. – se despidió mientras se colocaba el visón. – No me quiero perder la cara de ninguno de los invitados cuando os vean aparecer juntos.

Soltó una carcajada y salió de la casa a trompicones dejando tras sí una ráfaga de empalagoso perfume.

-      Estás radiante esta noche. - Tomó su mano y vio que unos delicados guantes de seda negra ocultaban la venda de su muñeca malherida. Se sintió incómodo y se desprendió de ella. Sophia debió de darse cuenta porque se llevó la mano a la muñeca y se volteó, nerviosa. - ¿Qué ocurre?

\-   Nada…- susurró dándole la espalda. Sin embargo, sabía que le estaba mintiendo. Se acercó a ella y la tomó de los hombros para girarla hacia él. Su gesto estaba serio y alicaído.

\-   Sophia, hicimos un juramento. ¿Lo recuerdas? - se dirigió a ella con autoridad mientras soltaba sus hombros. Ella asintió. - ¿Qué ocurre?

Sophia se dirigió a él con firmeza.

\-   He hablado con ese detective, Christopher, y me ha enseñado un montón de porquería. – le espetó. – Decenas de hombres y mujeres asesinados ¡Un montón de ellos!

\-   No debes preocuparte por eso… tarde o temprano atraparan al que lo hizo.

\-   ¿Acaso lo crees? - gruñó- ¿Acaso no tengo al asesino delante de mis narices? ¿Sois Hugo Olaf y tú cómplices?

Christopher la observó con resquemor. Las dudas de ella eran más graves de lo que él había supuesto. Su lealtad se quebraba por momentos y temía perderla. Sin esperarlo, el miedo se apoderó de él.

\-   Ese hombre me ha estado vigilando… - le confesó- ¿Por qué lo ha estado haciendo, Christopher?

\-   ¿Qué? – la preguntó aturdido. - ¿Cómo sabes eso?

\-   Max Magnus me mostró un boceto de Olaf y lo reconocí de inmediato. Una noche lo sorprendí acechando bajo la ventana de mi cuarto ¡Quién sabe, tal vez fueron más y no me di cuenta! ¿Por qué lo hacía?

Se abalanzó sobre él, enfurecida, y le golpeó el torso varias veces mientras las lágrimas se deslizaban por sus mejillas.

Al fin sus dudas habían dejado paso a un hecho irrefutable; sabía que él era un asesino.

La agarró con fuerza por las muñecas para detenerla, y Sophia gimió. Había olvidado la herida de su muñeca izquierda. La soltó de inmediato, con brusquedad, y giró sobre sus talones, decidido a dejarla para siempre y abandonar aquella ciudad cuanto antes.

Tras él Sophia respiraba agitadamente y sólo cuando se calmó se volvió para mirarla.

Estaba de pie, frente a él, observándole con vacilación, vencida y engañada.

- Tu misma dijiste que me amabas y que también amabas al monstruo que hay dentro de mi ser. – Le recordó con tono suave. Sus palabras volvían a estar teñidas de ponzoña. El demonio volvía a dirigirse a ella con perversidad. - ¿Acaso cuando confesaste aquello aún no sabías la clase de monstruo que era yo? Yo te lo mostré, y le tendiste toda tu esencia y le alimentaste. Tú le salvaste la vida cuando lo viste padecer. – le recordó- Tienes un alma generosas y comprensivas que accedió a darme lo que necesitaba para poder sobrevivir en este mundo de sombras. Tú viste la oscuridad y te adentraste en ella sin miedo. Ofreciste tu sangre y comprensión, a cambio de amor y compañía ¿Y yo no te he dado eso? - caminó hacia ella y se detuvo a un palmo de su

117

rostro- Yo te necesito, mi amada Sophia. Mi reina de las sombras.

La joven ancló la mirada tras él, en alguna parte del salón, perdida y confusa.

- Yo te puedo mostrar un mundo donde esta sensación de vacío desaparecería para siempre- siguió hablando el demonio- Te puedo ofrecer un destino diferente y mostrarte un mundo que solo los ojos de unos pocos privilegiados son capaces de admirar cada noche. – tomó su mentón para que ella le mirase. Cuando sus miradas se encontraron siguió hablando. - Ello implica sacrificios y muertes, pero la gratificación de abandonar esta vida sin esperanza y renacer bajo las estrellas te reportará una calma infinita. Yo te puedo mostrar y ofrecer todo ello, sólo tienes que venir conmigo.

Los ojos de Sophia eran indescifrables y podía sentir el latir convulsivo de su corazón y la angustia oprimiéndole en pecho. Sophia tragó saliva antes de formularle una última pregunta.

- ¿Hugo Olaf es tu padre y mentor? - musitó.

Un largo silencio confeso se encargó de darle respuesta.

Una fuerza poderosa la ataba a Christopher Steiner y no había manera de romper aquel hechizo. Ya nada volvería a ser igual. Se marchaba con un asesino. El hombre al que había decidido amar.

Se sentía culpable y se preguntaba si Dios la castigaría por eso, pero cuanto más pensaba en ello más convencida estaba de que Dios nunca había sido misericordioso con ella, y que por lo tanto ella tampoco le debía nada a Él.

Había dedicado algo de tiempo en recoger algunas cosas. Había guardado en una pequeña maleta unas joyas de su fallecida madre, documentos importantes de su abogado y un vestido más cómodo para el viaje. No le había preguntado a Christopher a dónde iban, pero en parte, tampoco quería saberlo.

Dejó una carta a su tía antes de abandonar la casa. Era breve y directa. Le decía que el señor Steiner tenía que abandonar la ciudad urgentemente por tema de negocios y que le había pedido que le acompañase tras la velada en casa de la señora Miskins. Le aseguraba su manutención mensual y se despedía de Aurora prometiendo escribirla. Sabía que su tía se daría por satisfecha con tan sólo eso.

Llegaron a la fiesta algo tarde y seguidos muy de cerca por el carruaje del detective, que los acechaba sin respiro.

La impaciencia y asombro del resto de invitados se hizo patente cuando ella y Christopher irrumpieron en el salón de baile. Todos querían ser los primeros en felicitarlos y decirles lo mucho que se alegraban por ellos, cuando la envidia les consumía por dentro.

Cuando el ambiente se calmó, Christopher se alejó para charlar con un grupo de conocidos y ella decidió salir a la terraza para que le diera un poco el aire. Los copos de nieve y el viento frío mantenían a los invitados al resguardo del calor de las cuatro paredes del salón de baile. Pero aquella noche sería la última en la que ella observaría el cielo encapotado de Lockham y en la que respiraría su aire roído y húmedo, y ella necesitaba despedirse de aquella ciudad. Al fin y al cabo, no sabía si volvería algún día, y aunque Lockham no le había ofrecido más que amargura y soledad, había sido su hogar durante muchos años.

Se apoyó con firmeza en la balaustrada al sentir un pequeño mareo. Cerró los ojos con lentitud mientras sentía como los copos de nieve se derretían sobre sus hombros y brazos desnudos. Empezó a tiritar de frío y se maldijo por no haber cogido su capa. Se reincorporó con torpeza con la intención de dirigirse de nuevo al salón, pero algo tras su espalada la hizo detenerse.

El alboroto proveniente del salón, donde la gente estaba celebrando la entrada del Año Nuevo, había ensordecido aquellos pasos. Imaginó que sería Christopher, pero al girar la cabeza se encontró con dos ojos rojos que la estaban observando.

Los reconoció de inmediato.

Aquellos Malditos ojos, ¡Cómo poder olvidarlos!

Tenía que escapar de las garras de aquel monstruo.

Intentó correr hacia la puerta de acceso al salón, pero no había conseguido dar más de dos pasos cuando el hombre se abalanzó sobre ella, la agarró entre sus brazos y le tapó la boca con la mano antes de que pudiera gritar para pedir auxilio.

Se sintió perdida. Aquel era su fin. Sabía que en el momento en que aquel demonio mordiese su cuello ella caería muerta al suelo.

Los colmillos afilados del monstruo rozaron la piel de su cuello y ella intentó zafarse, sin éxito.

Sin embargo, antes de que el monstruo pudiese hincarlos en su carne, una bala pasó junto a ellos, y el monstruo la soltó de inmediato. La lanzó al suelo con brusquedad y se quedó tendida sobre la nieve, malherida.

Cuando alzó la vista distinguió a Max Magnus frente a ella, peleando con el hombre que la había atacado. Debía de haberles visto desde la calle y habría accedido a la terraza trepando.

Christopher no tardó en aparecer junto a ella. Se detuvo a su lado para comprobar que estaba bien y corrió a ayudar al detective, que en aquel momento yacía en el suelo boca arriba con la cara ensangrentada.

Sophia se arrastró hacia donde estaba tendido Max Magnus y comprobó que aún respiraba.

Dirigió su mirada hacia la puerta que daba acceso al salón, pero el bullicio de dentro hacía imposible que alguien pudiese darse cuenta de lo que estaba ocurriendo a pocos metros de distancia.

Volvió la vista hacia Christopher. Estaba luchando con fervor, pero la superioridad de su atacante era evidente. Se trataba de un hombre con una fuerza y agilidad sobrenaturales, que, ante un debilitado Christopher, tenía todas las de vencer.

De repente, el hombre alzó a Christopher sobre su cabeza y lo estampó con brusquedad contra la pared. Christopher cayó al suelo y quedó inmóvil.

Sophia gritó e intentó reincorporarse, pero sintió la mano ensangrentada de Max Magnus tirando de su falda, en un último amago por intentar alejarla de aquella bestia. Sophia se zafó de él y cojeó hasta Christopher, mientras el monstruo de ojos ensangrentados no le quitaba ojo. Se sentó junto a Christopher.

- Sophia, debes irte. Antes de que sea demasiado tarde. - Ella negó con la cabeza. – No hay nada que hacer.

- Debes escucharle – dijo una voz grave tras ella. - No puedes salvarle.

Sophia se volvió y se encontró frente a frente con el hombre que la había atacado. Alzó la mirada hacía él.

- Por favor, no le hagáis nada. – le suplicó entre lágrimas. El hombre sonrió.

- Tu valor es admirable, Sophia- contestó- pero no acostumbro a dejar asuntos pendientes si no es por una buena razón. Mi amo me ha ordenado venir aquí para acabar con él. Tenía a ese detective acechándole sin descanso y eso estaba poniendo en peligro a toda la familia ¡Apártate si no quieres que te mate a ti también!

Alzó la mano para golpearla.

- ¡Max Magnus está muerto, no hay nada que temer! ¡Mi vida por la suya! - le gritó. El monstruo descendió la mano.

- ¡No! - suplicó Christopher tras ella- No le entregues tu alma a él.

Pero Sophia ya había tomado una decisión.

- Tu alma es valiosa- le dijo con lengua viperina- Os llevaré con mi amo y que él decida qué hacer contigo.

- ¿Quién os envía?

Hugo Olaf sonrió.

- ¡Oh, hermosa Sophia! - exclamó- Mi acólito no tiene mal gusto a la hora de escoger a sus compañeras. Estoy convencido de que a Astaroth también le agradarás. - Después se dirigió a Christopher. - A ti te esperamos en Abery. Sal esta misma noche, no queremos que causes más problemas. Y no te vendría mal comer un poco, estás muy débil.

Olaf alzó en brazos a Sophia y de un saltó descendió a la calle desde la balconada.

Christopher se reincorporó con torpeza, y para cuando consiguió asomarse a la balaustrada ya no quedaba rastro ni de Hugo Olaf ni de ella…

PARTE II

LA CIUDAD EMBRUJADA

I

Abery era una hermosa ciudad que se había quedado anclada en el pasado, como salvaguarda de una época ya lejana.

Estaba asentada en un valle dividido por el rio Ador, que nacía de las abruptas montañas del norte y que separaba la ciudad en el distrito del este y del oeste.

En el distrito del este esté erraban sin esperanza las personas más humildes de la ciudad; los fantasmas de aquella urbe de brujas. Trabajaban en sus talleres mugrientos, fornicaban en los burdeles pulgosos y gastaban las pocas monedas que habían ganado tras la dura faena diaria en las tabernas malolientes.

Los más bienaventurados gozaban del privilegio de pasear por las calles empedradas y limpias del distrito oeste, donde los más pudientes presumían de mansiones y apartamentos de lujo, y los hombres de negocios abrían sus oficinas en las mejores calles de la ciudad.

El despacho de Theodoro Astaroth estaba ubicado en una de las mejores avenidas de aquella parte del rio. Situado en la planta baja de su mansión, constaba tan sólo de una sencilla recepción y de un despacho decorado con elegancia y sin excesos.

Astaroth llevaba siglos atendiendo sin descanso los asuntos más comprometidos de la familia. Trabajaba duro para que nadie ni nada pudiese poner en peligro al clan. Así que cuando Hugo Olaf, su discípulo, se había presentado ante él después de huir de forma precipitada de Lockham, y le había relatado lo que el detective de la policía urbana había conseguido averiguar de él y de Steiner, no dudo en zanjar aquel asunto de forma fulminante.

Al parecer el amor había cegado al discípulo de Olaf, debilitándole y haciendo que sus sentidos no estuviesen lo suficientemente alerta.   Esto, añadido a la audacia del detective, había puesto a Christopher Steiner en el punto de mira del policía, y al mismo tiempo en su maldito despacho.

Con objeto de evitar males mayores y no poner en peligro a más miembros de la familia, había decidido enviar de nuevo a Olaf a Lockham, para que acabase con la vida de Steiner, y así, con los problemas que arrastraba consigo.

Aún recordaba con lástima como Olaf le había suplicado por la vida de su último hijo, y como él no había mostrado ni un ápice de compasión por Olaf, al que su propio hijo hacía tiempo que ya le había dado la espalda.

Pero cuál fue su sorpresa cuando la noche anterior y ya bien entrada la madrugada, Hugo Olaf se había presentado en su casa acompañado de una joven con aspecto fatigoso, pero muy atractiva.

Iba envuelta en una capa negra y vestía un caro vestido de gala. No había levantado la mirada del suelo ni una sola vez, pero no necesitó ver sus ojos para percibir la tentadora oscuridad de su alma y el desasosiego de su corazón.

II

La culpa le oprimía el pecho y la impotencia impedía que el aire le entrase en los pulmones. A causa de su estado de debilidad, ni había podido salvar a Sophia Varona, ni había podido seguir el rastro de Olaf.

Se levantó del suelo con aturdimiento y se acercó al detective Max Magnus, que gemía a pocos metros de él. En un principio había pensado dejarlo tirado como a un perro, pero tras considerarlo mejor decidió ayudarlo. Al fin y al cabo, aquel hombre había salvado la vida de Sophia. Lo tomó en brazos y lo llevó a su casa para poder limpiarle las heridas.

Sitra detuvo el coche frente a la puerta principal, y sentado en las escalinatas de mármol, encontraron a un joven pelirrojo cuya piel se tornó grisácea cuando lo vio aparecer con el detective a cuestas.

- ¿Qué habéis hecho malnacido? – Hopkins le apuntó con el revólver, pero su mano temblorosa fue incapaz de dispararle mientras él pasaba de largo. Sitra lo calmó y le explicó lo que había pasado.

El joven ayudante asintió a regañadientes y decidió quedarse con ellos para ayudarles a atender al detective lo que restaba de noche. Ya con los primeros rayos de sol, él se retiró a descansar.

Estaba exhausto y necesitaba tumbarse y comer algo. Sitra le ofreció sangre que aún guardaba a buen recaudo, pero le supo rancia y la escupió antes de poder terminar de beber el vaso entero. Aquella sangre de animal no le iba a hacer sentirse mucho mejor.

Después intentó dormir, pero los ojos de Sophia volvían a él de forma repentina, suplicando ayuda, y apenas había cerrado los suyos, debía volver a abrirlos, atosigado por un sentimiento de culpa que retorcía sus entrañas.

Astaroth y Hugo Olaf habían confabulado a sus espaldas, traicionándole y llevándose con ellos lo único que le importaba en aquella vida sin sentido.

El amor que sentía por ella lo había cegado de tal forma que no le había dejado ver el peligro que les había estado acechando y que al final había terminado por separarlos.

Se levantó de la cama con tedio y bajó al salón, donde Max Magnus estaba durmiendo en el sofá. Era ya bien entrada la madrugada y el detective se desperezó al oírle llegar. Se dirigió a él con voz quejumbrosa.

- ¿La señorita Sophia Varona?

Christopher se acercó a él para hablarle.

- Olaf se la ha llevado, detective. A un lugar lejano, al que yo pienso partir en cuanto caiga la noche.

Max Magnus se reincorporó y le agarró de la mano.

- Usted no va a ninguna parte sin mí, Steiner- ordenó con voz firme. — No haga esto más difícil, como policía iré tras ella, con usted o sin usted, bastardo.

Christopher observó con desdén el lamentable estado de Max Magnus y sonrió con mezquindad.

- Como quiera, detective. - Se levantó del taburete. - Pero cuando lleguemos a Abery, nuestros caminos se separarán. Usted la buscará por su cuenta y yo haré todo lo posible por la mía.

Salió de la sala sin darle tiempo a Max Magnus a replicar y con la llegada del ocaso partieron hacía Abery con presura. Hugo Olaf les sacaba un día de ventaja y no podían perder tiempo.

Decidieron viajar tanto de día como de noche, y advirtió al detective que no debía descorrer las cortinas del coche por ningún motivo. Éste le observó extrañado.

- ¿Y eso? Qué pasaría si...

Christopher le contestó con rudeza.

- Padezco una extraña enfermedad, detective. Debo seguir una dieta estricta y soy muy sensible a los rayos del sol. Su contacto me produce graves quemaduras en la piel. Ningún médico o curandero ha podido encontrar una medicina para ello.

- Ahora entiendo lo de sus salidas nocturnas... como las de Olaf...

El detective y su ayudante guardaron silencio y no volvieron a dirigirle la palabra hasta la tercera noche, cuando Sitra detuvo el coche junto a un lado del camino de tierra y él se apeó para estirar las piernas. Max Magnus le imitó y se acercó a él. Le tendió un cigarrillo y los dos empezaron a fumar en silencio, sin embargo, aquel acercamiento no podía ser gratuito.

- Vamos, detective- le animó- Diga lo que tenga que decir de una vez.

Max Magnus dio una larga calada a su cigarro antes de hablar, y cuando lo hizo su tono de voz sonó severo y recriminatorio.

- Señor Steiner, sé que a Hugo Olaf y a usted les unen lazos de sangre, pero empiezo a sospechar que esos lazos se extienden más allá de ustedes dos... - confesó- ¿Acaso Astaroth, todos ustedes, pertenecen a la misma familia, clan, secta, lo que Dios quiera que sean? ¿Puede aclarar mis dudas, señor Steiner?

Christopher suspiró y le miró de soslayo. El detective conseguía crisparle los nervios con su evidente talento para ver lo que otros no eran capaces. Sopesó su respuesta antes de contestar, temiendo hablar más de lo necesario.

- En efecto, se podría decir que Olaf, Astaroth y yo compartimos el mismo árbol genealógico. - reconoció. – Nuestra familia es muy discreta y cada cual vive su vida como le place. Yo no puedo responder ni por los actos de Olaf ni por los de Astaroth. Pero supongo que su insistencia por querer comprender ciertas cosas y querer involucrarme a mí en otras, ha hecho que mi estimada familia prefiera quitarme de en medio. - le espetó con furia. - Antes buscaba a un asesino. Luego pasó a sospechar de dos hombres. Ahora, ¿qué espera encontrar?

Max Magnus alzó la vista hacia el cielo estrellado y contempló la luna llena. Resplandecía más bella que el mismo sol, rodeada por miles de pequeños y parpadeantes puntos luminiscentes. La tormenta de nieve había dado paso a una hermosa calma que lo más probable era que no tardaría en desaparecer.

- Creo que usted y su familia son unos asesinos dementes, que durante años han sembrado de cadáveres las tierras del norte. Lo que quiero es traer de vuelta a Lockhan a la señorita Varona, sana y salva, y alejarla de su mala influencia…. Después me encargaré de que paguéis por todo lo que habéis hecho.

Christopher sonrió.

- Hugo Olaf ya le dejó una advertencia, ¿no es cierto? - preguntó- Una carta que creo que guarda a buen recaudo en su escritorio. Si yo fuera usted, detective, me la tomaría muy en serio. -le advirtió. - Dentro de tres días, cuando lleguemos a Abery, usted seguirá su camino y yo el mío, recuérdelo. No quiero saber más de usted, y si tiene o encuentra alguna prueba que me inculpe de algo, le pido que me acuse formalmente, pero las hipótesis y las suposiciones no harán que yo me quede a su merced.

Se quedó a gusto después de soltar aquella parrafada y giró para volver al coche. Dejó atrás a un hombre aturdido y con un montón de preguntas arremolinadas entorno a su lengua.

La mente del detective estaba trabajando sin descanso.

Llegaron a Abery pasadas tres noches y Sitra detuvo el carruaje a la entrada de la ciudad para que Hopkins y él se apeasen. Lo hicieron sin despedirse del señor Steiner y maldiciéndole por lo bajo.

Tiritaron de frío bajo sus capas mientras veían como el coche se alejaba hasta que se hubo perdido en las calles de la ciudad.

Hopkins le miró de soslayo, esperando a que le dijese qué hacer.

- Vamos, muchacho. Iremos al cuartel de policía. Está un poco lejos, pero no nos vendrá mal caminar un poco.

Se adentraron en las calles desiertas de Abery, bañadas por la luz mortecina de la luna y desperezadas por el taconeo de sus zapatos sobre el suelo empedrado. Llegaron a la central de policía una media hora después, con la ropa húmeda y temblando de frío. El cuartel estaba situado en un edificio de tres pisos de piedra, con ventanas alargadas y una entrada principal con un par de columnas romanas a los laterales de la puerta de madera maciza.

Max Magnus recordó con añoro el tiempo en el que había trabajado como investigador en las comarcas del norte, intentado desenmascarar a un asesino en serie. Las muertes de aquellas personas y sus pesquisas le habían llevado de un pueblo a otro, y de una ciudad a otra, deteniéndole en Abery unas cuantas veces.

Por aquel entonces el comisario era un hombre robusto e inteligente, que le había ofrecido toda su ayuda.

Él y Hopkins accedieron al vestíbulo y se presentaron ante una recepcionista con cara de aburrida y algo de sueño, que les examinó las identificaciones sin muchas ganas.

- Necesitamos ver al comisario, o en todo caso a la persona que está a cargo a estas horas de la noche.

-       El comisario no llega hasta las siete de la mañana, y a estas horas intempestivas, salvo por alguna urgencia, no hay nadie que pueda atenderles.

Max Magnus resopló abatido. No tenía fuerzas para discutir con la muchacha. Le indicó que le tomase el nombre, y él y Hopkins volvieron a perderse en las calles de Abery, esta vez en busca de un lugar donde pasar la noche.

No tenía muchas ganas de dar vueltas así que se dirigió directamente hacia le pensión en la que siempre se había hospedado cuando había estado en Abery. No era muy cara, las habitaciones eran sencillas, pero estaban ordenadas y limpias, y la comida que ofrecía su amable y rolliza dueña era bastante buena.

Entre las monedas que aparecieron en sus bolsillos y las que encontró Hopkins en los suyos, consiguieron reunir el dinero suficiente como para poder pagar una habitación doble para un par de noches. De todas formas, al día siguiente tendrían que ir al banco para sacar más dinero.

-       Al fin. – suspiró Hopkins. Se tumbó en la cama y él le imitó.

El sueño les venció por completo.

EL PACTO

I

La resignación era parte de su equipaje y ella era parte del equipaje de aquel hombre silencioso al que Hugo Olaf le había llevado.

Se había presentado ante ella como Theodoro Astaroth, mientras escudriñaba sus ojos azules y besaba su mano. El vendaje ensangrentado de su muñeca no le pasó desapercibido y ella notó que la sangre causaba en él, el mismo efecto de ansía y deseo que en Christopher.

Se estremeció al recordar los colmillos de Olaf arañando su piel e imaginaba los de Astaroth acechándola. Astaroth debió percibir su miedo porque se separó de ella y le dedicó unas palabras tranquilizadoras, que en aquel momento no sirvieron de mucho.

Después Olaf la encerró en una de las habitaciones del piso superior, y cuando se quedó sola se tendió en la cama. Estaba agotada y necesitaba dormir algo. No había pegado ojo desde que aquel bastardo la había sacado de Lockham.

Apenas había conseguido dormitar algo cuando Olaf volvió a irrumpir en la habitación. Del brazo derecho le colgaba un vestido limpio de color negro y en su mano izquierda sostenía una bandeja con comida.

- Tienes media hora- le puntualizó mientras dejaba el vestido sobre la cama y la bandeja encima de la mesita de noche. – El señor quiere verte en su despacho.

Olaf salió de la habitación y cerró la puerta, esta vez, sin echar la llave.

Bufó y cogió el vestido de mala gana. Después ojeó el plato de comida, pero la pinta de los guisantes con las zanahorias no le abrieron el apetito.

Se aseó y se vistió con desgana, pero bajó al despacho con estricta puntualidad.

No debía de tener muy buen aspecto porque Astaroth le preguntó si se encontraba bien. No le contestó, se sentó frente a él y se limitó a mantener la mirada anclada en el suelo, incapaz de mirar los ojos color avellana de aquel hombre.

Aquel incómodo silencio se rompió cuando Astaroth comenzó a hablarle de manera sutil, obligándola a ascender la mirada hacia él, y entonces pudo fijarse en él con más detalle.

Astaroth tendría unos treinta y muchos años, aunque los llevaba muy bien. Era la clase de hombre en la que toda mujer se fijaría. Alto, apuesto, de melena castaña oscura, labios finos y rostro alargado con facciones muy varoniles. Tenía un aire seductor muy elegante y sus maneras eran exquisitas, destinadas a embaucar y a caer en gracia. Sin embargo, sus ojos astutos dejaban entrever todo un mundo de oscuros secretos, que ella prefería no descubrir.

- Olaf me ha contado que ofreciste tu vida por la de Steiner. -chasqueó la lengua. – Sin embargo, Steiner estaba destinado a morir. Ese detective había llegado demasiado lejos, ¿no crees? Al menos ahora él está muerto. Y tú estás aquí.

Se levantó y caminó hacia ella. Se puso de cuclillas a su lado y apoyó el mentón sobre el reposabrazos de la silla Ni se giró para mirarlo, pero sentía su respiración sobre la piel de su brazo desnudo.

- Tú elegiste esto, y esto conlleva obedecerme en todo lo que yo diga si quieres que tu querido amante siga con vida.

Sophia le miró de soslayo.

- No debes volver a verle, ni hablar con él. ¿Entiendes? Ese es nuestro trato, y yo soy hombre de palabra.

Sophia aceptó sin nada que objetar, deseando sólo poder ayudar al hombre al que amaba.

- Ahora, ven conmigo.

Astaroth la guio hasta el salón y tomaron asiento junto a la chimenea. Por el rabillo del ojo atisbó a ver que aquel rufián tenía la mirada fija en las llamas.

Decidió hacer lo mismo. Olvidarse de él y e intentar relajarse algo. Estaba al borde del desfallecimiento, vencida por los últimos acontecimientos.

Los párpados se le cerraron sin darse cuenta y se dejó mecer por los brazos de la noche. Consiguió dormir algo, aunque de manera inquieta, y se despertó al de un rato de un sobresalto. No sabía cuánto tiempo había estado durmiendo y se giró con brusquedad en busca de Astaroth. Él seguía sentado junto a ella, observándola con determinación, como si hubiese estado velando su sueño. Se revolvió incómoda en su asiento, cruzó las manos sobre su regazo y dirigió de nuevo la vista hacia las llamas.

-      ¿No vas a decir nada? – le preguntó. Astaroth se acercó a ella y sintió su mano fría y suave sobre su mentón. Le giró el rostro hacia él, pero sus ojos se perdieron en la pared del fondo. Era incapaz de mirarlo. - Sophia… - Apartó la mano de su rostro, pero siguió hablando, casi en un susurro, para que nadie más que ella pudiese escucharle. – Christopher Steiner te prometió muchas cosas, pero no iba a cumplir ninguna de ellas.

Se volvió a él, atrapada por sus palabras. Astaroth le hablaba con la seguridad del que lo sabe todo.

-      Yo sí. - le prometió- Te voy a dar todo lo que quieras. Sólo tienes que pedirlo.

Sophia suspiró y optó por no pedir nada. Lo que quería en aquel momento no iba a dárselo, y prefería no tener que rogar en vano.

-      Como quieras. - Astaroth volvió a alejarse y ella suspiró aliviada. - Dentro de dos noches saldremos de viaje.

Le miró con extrañeza. Acababa de llegar a esa maldita ciudad y él ya quería llevarla a otro sitio. No quería irse de Abery. Christopher sabía que ella estaba allí.

-      ¿A dónde me llevas? - le preguntó.

-      Un poco más al norte. Tengo una espléndida propiedad en el valle de Grotto.

-      No quiero ir. Prefiero quedarme aquí. Estoy muy cansada. - le espetó con rabia.

Astaroth sonrió, mostrando unos dientes perfectos.

-   Vendrás, porque quieres ve más ¿no? – sonrió.
- Steiner ya te mostró más de lo que jamás podrías haber imaginado. - descendió la mano hacia la muñeca de Sophia y soltó el vendaje que cubría su herida. – Has visto tanto... y aun así has querido ver más. ¿Por qué, Sophia?

No le contestó. Observó la herida, que cicatrizaba de forma rápida, y volvió a acordarse de Christopher, de la calidez de su amor y la voracidad de su hambre.

-   Yo te lo diré. Es porque quieres sentir lo que él sintió cuando probó tu esencia. Porque quieres ver el mundo con los mismos ojos con los que él lo hace cada noche.

Astaroth se acercó más hacia ella y siguió embriagándola con mensajes tentadores.

-   Yo te voy a dar todo eso, pero a cambio tú me tienes que ofrecer algo para que nuestro trato se formalice por completo.

Sophia se apartó de Astaroth. Aquel hombre pretendía confundirla.

Era cierto que ella había comprendido la perversidad del ser que habitaba dentro de Christopher, y por el amor que le profesaba había decidido acompañarlo en ese complejo camino de sangre. ¿Pero qué la unía al ser monstruoso de Astaroth? El mero cruel destino, se dijo, pero tristemente también el amor hacia Christopher se recordó a sí misma.

-   ¿Qué quieres? - le preguntó con voz quebrada.

-   A ti, mi reina de las sombras. – y le ofreció sus labios.

El alba estaba a punto de sorprenderles cuando Astaroth volvió a encerrarla en la habitación.

Echó un vistazo al cuarto y vio que sobre la mesita que había junto al diván le habían dejado otra bandeja con comida. El estofado de carne de ternera tenía muy buena pinta, sin embargo, no le abrió el apetito. Arrastró sus pies de mala gana hasta el biombo del fondo de la habitación y descubrió con agrado que la bañera estaba llena de agua caliente. Un refrescante olor a jazmín llegó hasta su nariz.

Decidió tomar un baño y se deshizo del vestido con pereza. Sus extremidades entumecidas por el frío agradecieron la temperatura del agua y casi sin darse cuenta sus ojos se cerraron por completo. Durmió como hacía días que no lo hacía y cuando se despertó el agua se había enfriado y ella estaba helada. Encontró una toalla sobre una silla, se cubrió y salió del agua tiritando.

Se puso el camisón y se sentó frente al plato de comida. Tenía que comer algo si no quería morir de hambre. Probó el estofado, pero ya estaba frío y le supo asqueroso.

Apartó el plato de su vista y empezó a sollozar de impotencia.

- ¡Maldito Olaf, maldito Astaroth!

La puerta del cuarto se abrió de improvisto y ella dio un respingo. Se apresuró a enjugarse las lágrimas al tiempo que una anciana vestida con una túnica negra se acercaba a ella. Sostenía una pequeña bandeja con un frasco de cristal tallado, un vaso de agua y una cucharita de plata.

Dejó la bandeja al lado del plato de estofado y vertió una cucharita del contenido del frasco en el vaso de agua. Lo revolvió con energía y cuando estuvo disuelto se lo tendió.

- ¿Qué es esta porquería?

Miró el líquido verdoso y el estómago se le revolvió. Aquella cosa apestaba a huevos podridos.

- Beba.

La anciana le plantó el vaso frente a la cara y no le quedó más remedio que cogerlo. Lo miró con repulsión antes de beberlo de un trago. La mujer se lo arrebató de las manos en cuanto lo terminó y volvió a salir del cuarto, cerrando la puerta con llave.

Sólo habían pasado un par de minutos cuando el somnífero comenzó a hacerle efecto y se metió en la cama antes de caer rendida en el diván.

Alguien volvió a entrar en la habitación antes de que sus párpados se cerrasen por completo, y entre las sombras de su sueño creyó distinguir la figura de Astaroth.

No sabía cuánto tiempo había estado durmiendo, pero cuando se despertó se sentía prácticamente recuperada. Se levantó de la cama y abrió las cortinas de la ventana. Era de noche, aunque no sabía con certeza si la luna que le había recibido era la misma que la había visto llegar a ese sitio desolado, o era ya otra distinta.

Suspiró y caminó hacia el armario. Ojeó los vestidos con descuido, sin saber cuál ponerse, y al final sacó uno al azar.

Estaba a punto de desvestirse cuando oyó unas voces bajo la ventana de la habitación.

Se acercó al cristal y vio que un carruaje negro acababa de detenerse frente a la puerta principal de la casa. Un presentimiento encogió su corazón y cuando apenas la portezuela del coche se había abierto, la de su cuarto se abrió por completo.

Se apartó de la ventana al instante y cerró la cortina con brusquedad. Dio media vuelta y se encontró cara a cara con el rostro impertérrito de la anciana, que se había detenido junto a la puerta. La acompañaban dos jóvenes de rostro pálido y mirada inexpresiva, que iban vestidas con el mismo tipo de túnica negra.

La anciana desvió la mirada hacia el vestido negro que colgaba de sus manos.

- Dejad ese atuendo, nosotras nos encargaremos de prepararla. - Las jóvenes se acercaron a ella y la llevaron hasta el tocador, donde tomó asiento frente al espejo. Su rostro había recuperado el color y las ojeras bajo sus ojos habían desaparecido por completo. ¿Acaso aquel líquido verdoso había sido algo más que un simple somnífero?

Las chiquillas empezaron a cepillar sus cabellos y la anciana se paró junto a ellas para poder examinar su trabajo. Aquella vieja estaba absorta en el que hacer de las doncellas, pero de improviso sus miradas se encontraron en el espejo, y apartó la suya de inmediato.

- No temáis, señora. - la tranquilizó con voz dulce. Volvió a alzar la vista hacia ella. - El señor no es un mal hombre. Os cuidará bien.

Sophia resopló y descendió la mirada hacia sus manos entrelazadas. Las jóvenes detuvieron su labor y la anciana se acercó a ella. Sintió la calidez de su mano comprensiva sobre su hombro, y sollozó en silencio, anhelando deshacerse del pesar de su alma. Consiguió tranquilizarse al de unos minutos.

- Esto no debería estar pasando. - exclamó al fin. Se giró en el taburete. Los ojillos grisáceos de la mujer la estaban mirando sin parpadear.

- Señora, vos habéis sellado voluntariamente un trato con el señor Astaroth, él no os ha obligado a nada.

- ¿Qué sabréis? - le espetó con furia.

La mujer sonrío con empatía y la miró con compasión.

- Señora, a veces los sacrificios son necesarios. ¿No creéis? - tomó el cepillo que había sobre el tocador y siguió arreglando su melena dorada. - No debéis temer al señor, será un buen compañero. Lleva mucho tiempo solo. Para él, es difícil encontrar un alma que sepa aceptarle por lo que es. Todas hemos amado alguna vez, señora. Sé de sobra lo que duele amar. – confesó con pesar. - Pero el señor Steiner sabrá apreciar vuestra expiación- dejó caer. Sophia pegó un pequeño respingo y el corazón se le aceleró.

- ¿Cómo sabéis su nombre?

- El señor nos ha explicado lo ocurrido, señora- murmuró a la vez que dirigía una mirada cómplice a las dos jóvenes que esperaban tras ellas. - Dejadme daros solo un consejo, señora- añadió. - No desobedezcáis al señor, él siempre cumple lo que dice.

Se separó de ella y las doncellas retomaron el trabajo. Las palabras de aquella mujer habían sido igual de ponzoñosas que las de Astaroth hacía una noche y no había conseguido engañarla.

- Ahora, debéis acompañarme. Alguien ha venido a veros.

II

Faltaban pocas horas para que amaneciera, pero calculó que tenía tiempo suficiente como para poder presentarse en la residencia de Astaroth y volver al apartamento que él tenía en Abery.

Sitra detuvo el carruaje frente a la casa del abogado y le ordenó que volviese a casa.

- Señor, prefiero esperaros. No me fío de él.
- Es mejor que te vayas, Sitra. No quiero que te pase nada. Este asunto he de solucionarlo yo sólo.

Descendió del coche trastabillando y con un intenso dolor de cabeza. Estaba débil y sabía que pronto tendría que salir a cazar. Ni había llegado a la puerta principal cuando Olaf le recibió en la entrada.

- Buenas noches, Steiner.
- Quiero ver a Astaroth. - le soltó con tono rudo. Olaf asintió y le llevó hasta el despacho de Astaroth. Allí le estaba esperando él, sentado tras su escritorio de roble, bebiendo whisky.

Tomó asiento frente a él, sin esperar a que le invitase a hacerlo, y espero a que Astaroth tomase la palabra.

- Hacía tiempo que no os veía, Christopher. - musitó Astaroth mientras le tendía una copa de whisky, que él rechazó- Lamento que haya tenido que ser de esta forma, pero las circunstancias me obligaron a tomar medidas drásticas...

- Ya veo... parece ser que disfrutas matando a los de tu propia especie —Los ojos le ardían de furia. - Las diferencias con mi padre nacieron muchos años atrás, pero nunca imaginé que él fuese a ser mi verdugo, ni que tú, con quien mantenía una relación cordial, el ejecutor de la orden.

Astaroth rio y examinó el gesto ensombrecido y opaco de Christopher.

- Los tiempos cambian, estimado amigo- explicó- En las últimas décadas nuestra familia se ha visto diezmada, hecho que sé que conocéis de primera mano, pues de los hijos de Olaf, sólo quedas tú, y en todos estos siglos, solo habéis sido capaz de medio transformar a ese moreno que tan bien os sirve. - escupió la palabra con repulsión, y Christopher entendió al instante por qué. Hombres como Astaroth y Olaf no aceptaban aquellas semi transformaciones y opinaban que aquellas medio criaturas, como Sitra, merecían la muerte. Si bien era cierto que Sitra carecía de la fuerza y de la agilidad de los transformados por completo, y tampoco había desarrollado aquel sexto sentido que les permitía leer la mente de los humanos, al menos a él no le afectaba la luz solar y la sangre de animales era suficiente alimento para mantenerse con vida. - Siempre habéis sido demasiado

144

permisivo y débil. Se lo comenté a Olaf cuando vino lamentándose de que le habíais abandonado. Por desgracia, los hombres como tú estáis condenados a la extinción. Sólo es necesario ver vuestro aspecto. Decidme, ¿Desde cuándo no coméis? ¿Desde cuándo no matáis?

Christopher ignoró la pregunta, mientras evitaba acordarse de la pobre Erika Fever, a la que había atacado en aquel callejón mugriento.

- No puedes evitar ser quién eres- continuó Astaroth, esta vez tuteándole, como si de repente hubiese decidido que ya era hora de poner punto final a tanto formalismo- Olaf te convirtió en lo que eres ahora y te hizo rico. Tú se lo pediste.

- ¿Y acaso no es posible malvivir esta vida condenada de una manera lo menos cruel posible? - le interrumpió, rabioso- ¿Por qué matar por matar? ¿Acaso quieres llevar a la raza humana a la extinción? ¿Quieres ver cómo nos queman en hogueras? Hace mucho tiempo que juré que sólo mataría para alimentarme cuando ya sólo fuera extremadamente necesario. Porque yo, y otros como yo, hayamos optado por esta forma de vida, no significa que estemos poniendo en riesgo la continuidad de la familia.

- Eso es lo que tú piensas. Pero los engendros débiles como tú son los que la están llevando al abismo. Hijos míos he visto morir de hambre. Hijos míos han sido asesinados porque estaban demasiado débiles como para defenderse. – Parecía que la yugular le iba a explotar en el cuello. – Pensamos diferente, eso está claro – le confirmó, como si él no lo supiera- Este maldito tema está causando

145

importantes escisiones dentro de la familia, y yo, como Líder, no puedo consentirlo. Como tampoco puedo consentir que tu poca prudencia nos ponga en peligro a todos. - le recriminó- Ese detective había llegado demasiado lejos por culpa de tu ceguera y no podía permitirlo.

- ¿Dónde está ella?

Astaroth sonrió con suspicacia.

- Descansa- contestó con voz ronca. - Llegó débil y desnutrida.

- Quiero verla. - le ordenó. Astaroth volvió a sonreír y se levantó de su asiento.

- Como quieras.

El malnacido se deslizó por el suelo de la sala hasta que llegó a la puerta del despacho. Antes de abrirla le sonrió de forma torcida.

Su corazón se encogió con angustia.

III

A las siete en punto de la mañana él y Hopkins se presentaron de nuevo en el edificio de la policía El comisario había llegado de forma puntual al despacho, tal y como les había dicho la recepcionista.

Max Magnus no supo disimular su decepción al descubrir que su estimado compañero había sido sustituido por un hombre obeso de cara sonrojada y ojos pequeños, llamado Leo Grauss.

El comisario les hizo tomar asiento frente a una mesa abarrotada de papeles y carpetas desorganizadas, y después de un par de preguntas de cortesía Max Magnus se dispuso a explicarle lo que los había llevado hasta Abery.

- Señor Grauss, mi ayudante, el señor Hopkins, y yo estamos buscando a una joven que presuntamente fue secuestrada en Lockham hace más o menos una semana. Deducimos que ella y el presunto secuestrador debieron de llegar a Abery hace un par de días. Tenemos indicios para pensar que el señor Astaroth podría ayudarnos con este asunto.

El comisario Grauss dio un respingo en su asiento, sin saber muy bien qué contestar.

- Detective, dudo mucho que el señor Astaroth sepa de temas tan turbios como esos…- carraspeó incómodo- Se trata de un hombre conocido y muy respetado en esta ciudad. Es muy discreto y apenas se sabe de su vida privada. No debería molestarle con esas cosas- le aconsejó casi a modo de amenaza. Al instante Max Magnus comprendió que aquel hombre era un mero siervo de aquel abogado hijo de Satán.

- ¡Oh, nos ha malentendido, comisario! - exclamó Hopkins- No estamos inculpándole, más bien pensamos que se trata de un mal entendido- añadió intentando suavizar la conversación- Sólo queremos charlar con él, precisamente, para dar por zanjado el tema. ¿Si es tan amable de indicarnos donde tiene el despacho?

Max Magnus observó que el gesto del comisario Grauss se suavizaba, y se alegró de no haberle contado más de lo necesario.

- Está bien, está bien- Arrancó un trozo de papel de una libreta y tomó la pluma para garabatear la

147

dirección con presura- Aquí tienen, aunque todo el mundo en esta maldita ciudad sabe dónde está el despacho Astaroth y Cía.

Hopkins tomo el papel y lo guardó en uno de los bolsillos de su chaqueta.

- ¿Le resulta familiar el apellido Steiner? - preguntó después Max Magnus.

- ¿Steiner? - el comisario se quedó en silencio unos segundos, pensativo- Pues no... ¿Les puedo ayudar con eso de alguna manera?

- No, no es necesario. Pero sí nos puede ayudar de otra forma. —añadió- Necesitamos ponernos en contacto con la comisaria de Lockham y seguir con nuestro trabajo habitual. Le pido si fuera posible que habilitara algún sitio para que el detective Hopkins y yo pudiésemos instalarnos mientras seguimos con la investigación.

El comisario asintió y les aseguró que daría las instrucciones necesarias para que les preparasen un despacho. Estaba casi echándolos del suyo cuando Max Magnus volvió a dirigirse a él.

- Comisario, hace unos años estuve trabajando por aquí y recuerdo con gran estima al que por aquel entonces ocupara su cargo, el señor Fiord. – explicó- Me gustaría hacerle una visita y saludarle, ¿No sabrá por casualidad dónde puedo encontrarlo?

- ¡Sí, claro! - exclamó Grauss- El comisario Fiord enfermó y tuvo que dejar su puesto, pero vive cerca de aquí. Le anoto su dirección- De nuevo tomó su pluma y garabateó algo sobre otro trozo de papel que tendió a Max Magnus.

- Muchas gracias.

Se despidieron del comisario y ya en el pasillo Hopkins observó a Max Magnus con impaciencia.

- Muchacho, antes de nada, informa a la oficina de Lockham de dónde estamos, y diles que estamos bien. No menciones nada acerca de la desaparición de la señorita Varona- Añadió- Que ellos nos digan que se dice por allí de ella y de Steiner. Si te preguntan qué hacemos aquí diles que estamos tras una pista del caso de las chicas asesinadas.

Hopkins asintió.

- Cuando termines con eso quiero que intentes averiguar todo lo que puedas acerca de Astaroth y ese despacho del que es dueño. Sé muy discreto, y sobre todo que el comisario Grauss no husmee en tu trabajo. Si te sientes incómodo vete a trabajar al hostal y ven aquí sólo para enviar o recibir reportes de la oficina de Lockham.

- Así lo haré, jefe. – El joven se colocó bien las gafas y hurgó en uno de los bolsillos de su chaqueta. Le tendió a Max Magnus la nota con la dirección del despacho Astaroth y Cía.- Tenga cuidado con ese tipo y cuídese. Tiene muy mal aspecto.

Max Magnus le sonrió agradecido y le dio una palmadita en la espalda antes de separarse de él.

Realmente tenía un aspecto lamentable, se dijo, mientras se miraba en el espejo del vestíbulo. Tenía unas feas ojeras negruzcas bajo los ojos, y su cara estaba magullada y amoratada. Ni si quiera se había dado cuenta de que la noche anterior se había presentado de aquella guisa ante la joven recepcionista, y esa mañana ante el comisario. Tampoco le dio más importancia. Al fin y al cabo, era policía, y los golpes eran parte de su trabajo.

Salió a la calle y el sol tenue de aquella mañana le acarició el rostro con debilidad. Tomó la calle hacia su derecha, donde recordaba que había una oficina del banco del que él era cliente, para así poder sacar algo de dinero.

Acababa de salir del vestíbulo de la sucursal cuando casi se chocó con un hombre que llevaba cara de pocos amigos. Le sacaba unos cuatro palmos de altura y era enorme, como una especie de medio gigante.

Intentó esquivarlo para poder continuar con su camino, pero el hombre le impidió el paso, deteniéndose frente a él. Se llevó la mano a la guantera de forma instintiva, pero desafortunadamente había perdido su revólver en la pelea en casa de la señora Miskins. Las prisas por salir de Lockham junto a Steiner y su reciente llegada a Abery no le había dejado tiempo suficiente para poder hacerse con otro. Se maldijo al instante, y alzó su puño con intención de golpear a aquel desconocido que le cortaba el paso de forma obstinada.

- Cálmese señor Magnus. - le susurró el hombre mientras le agarraba por el brazo para detenerle. Le soltó poco después. – Debe acompañarme. - Le entregó una nota que él leyó con recelo y sólo cuando estuvo seguro de que no era falsa, accedió a ir con él.

El piso de Fiord estaba situado a unas pocas calles de la comisaría. Aquel hombre de unos sesenta y pico años había dedicado casi toda su vida al trabajo de investigación, y era como si de alguna manera, aun estando retirado, no hubiese querido despegarse del lugar que por tantos años había sido parte importante de su vida.

El piso no era muy grande y estaba decorado con sencillez. Tenía tres habitaciones y Fiord utilizaba la más espaciosa a modo de despacho. Estaba atiborrada de estanterías con libros polvorientos y expedientes antiguos, que en su día seguramente le habrían quitado el sueño más de una noche.

En la pared del fondo se amontonaban, como castillos de naipes a punto de desmoronarse, un montón de cajas mohosas.

Fiord lo estaba esperando sentado en un sillón junto a una de las ventanas del cuarto. Cuando se giró para saludarlo, se asombró al descubrir cuánto se había deteriorado su aspecto en los últimos tiempos. Era como si los años se le hubiesen echado encima sin piedad y sin sentido, a modo de juego macabro.

- No te quedes apostado ahí como un pasmarote, estimado amigo- le dijo Fiord mientras con la mano le indicaba que se acercase a él. - Desde un par de años una extraña enfermedad me degenera los músculos, hasta tal punto que llegan a no servir para nada. – se palpó las piernas con tristeza. - Ya no puedo moverlas… -se lamentó. Max Magnus tomó asiento frente a él, en una butaca.

- ¿No tiene cura?

151

- No, mi vida se apaga por momentos.
- Lo lamento…

Fiord sonrió con desgana.

- ¿Has tenido el placer de conocer ya al nuevo comisario? - preguntó para cambiar de tema- Es un gran admirador del señor Astaroth. Éste le paga bien para que los problemas relativos a su despacho no ensucien su imagen y la de sus clientes.
- Me lo he imaginado…- aseguró el detective.

Se hurgó en los bolsillos de la chaqueta en busca de la cajetilla con los cigarros que había comprado durante el viaje a Abery- ¿Puedo?

Fiord asintió.

- Sé lo mucho que te gusta fumar cuando estás estresado. A pesar de que detesto el tabaco, no voy a ser yo quien te lo prohíba.

Sonrió y se encendió el cigarrillo. Dio un par de caladas antes de seguir hablando.

- ¿Cómo sabías que estaba en Abery?

Fiord dirigió la mirada a la puerta cerrada del despacho, tras la cual les esperaba el hombre armario.

- No hay una sola cosa que pase en Abery que Héctor no sepa. - explicó. - Le salvé de morir desangrado poco antes de retirarme. - Max Magnus asintió. - Conseguí ahuyentar a su atacante antes de que acabase con él. Desgraciadamente el miserable se perdió de mi vista como un fantasma. Al acercarme a él para socorrerle me sorprendieron con angustia los dos orificios que encontré sobre su yugular.

Escrudiñó el rostro de Max Magnus, que empalideció de inmediato. La ceniza de su cigarro cayó al suelo, y sólo cuando parte de esta fue a parar sobre sus pantalones, salió de su hipnotismo.

- ¿Qué? - exclamó perplejo.
- Me acordé de ti de inmediato, de todas esas personas muertas y de tu misterioso asesino.
- ¿Y cómo no me dijiste nada? - gritó.
- ¡Oh, Max! Llevaba demasiado tiempo sin saber de ti. Desapareciste de estos lares sin despedirte y sin decir a dónde marchabas. Así que pensé que habías dejado atrás ese asunto para siempre.

Max Magnus resopló abatido, arrepentido por sus errores y su forma tempestuosa de actuar. Sabía que Fiord tenía razón y por lo tanto no había nada que echarle en cara. Sólo sus miedos y sus hastíos eran los culpables y los que le habían hecho huir de allí como un cobarde.

- Héctor no tenía ni familia ni dinero así que lo acogí en mi casa a cambió de que me echase una mano. Fue afortunado, aquel demonio no consiguió chuparle la sangre por completo y, por ende, matarlo– Se masajeó las rodillas con suavidad. - Fue él quien me alertó de las extrañas visitas en casa del señor Astaroth y de su forma anómala de vivir, que, si bien es recatada, es peculiar en cierto modo. La verdad es que yo nunca le había prestado atención…
- ¿En qué sentido es extraña?
- Bien, por ejemplo ¿Qué hace que un hombre nunca salga de casa hasta que no cae la noche?

- Tal vez el exceso de trabajo...

- No, no- Fiord sacudió la cabeza. - Eso puede ocurrir, pero no siempre. ¿Y por qué el noventa por ciento de las veces, sus clientes también le visitan de noche?

La respiración de Max Magnus comenzó a agitarse. Le vino a la cabeza el modo de vida anómalo de Hugo Olaf y de Christopher Steiner, y que había ocultado a un par de monstruos. Pero ¿Acaso aquella secta, clan, familia, o sabe Dios qué cosa, estaba formada por docenas o incluso cientos de hijos de Lucifer?

Recordó con espanto el rostro deformado de Olaf, con los ojos inyectados en sangre y los colmillos afilados sobre el cuello de la señorita Varona. ¿Era posible que hubiese cientos de aquellos seres? ¿Y cómo podría detenerlos a todos?

- Te has quedado mudo, amigo- Fiord parecía realmente preocupado- ¿Qué ocurre?

- ¿Crees en el Diablo?- su voz sonó profunda y lejana, y Fiord le estudió con cautela. Max Magnus nunca había sido un hombre religioso y que a esas alturas su mente raciocina dejase paso a dudas religiosas, era todo un hecho inesperado.

- ¿Tú crees que existe?

Resopló en su asiento y dio una calada larga a su cigarro antes de responderle.

- Ya no sé en qué creo. - confesó cansado. - Durante años me he tropezado con las mentes más perturbadas y malignas de cuantas pueda haber sobre la tierra, y siempre he creído que la maldad no viene dada de nacimiento, sino que son las circunstancias de la vida y nuestro desarrollo como seres adultos los que nos hacen ser mejor o peor personas. No obstante, los últimos acontecimientos que he vivido y lo que mis ojos han visto, han conseguido sembrar mi mente de dudas.

Fiord asintió y volvió a dirigir la mirada hacia la calle. Era casi la hora del almuerzo y la gente comenzaba a salir de sus oficinas para ir a comer algo.

\- No intentes huir de lo que tus ojos han visto. Si es cierto lo que dices, entonces, existe y es real. – musitó - Como hombre común tu mente se verá saturada de preguntas para las que no tendrás respuesta y que te aturdirán, pero como policía debes centrarte en la investigación y dejar de lado todas esas cuestiones místicas.

Max Magnus asintió y apagó la colilla en un platito de cerámica que Fiord le había acercado.

\- La forma de vida inusual del señor Astaroth me resulta familiar. – cambió de tema. – En Lockham me topé con dos tipos cuyos hábitos de vida concordaban a la perfección con los que me has descrito antes.

\- Qué curioso...

\- Se trata de dos clientes del señor Astaroth, sospechosos de asesinato. - Fiord abrió los ojos, asombrado. - Creo que todos ellos están relacionados con numerosas muertes aquí en el norte.

\- ¿Te refieres a tus antiguos casos?

\- En efecto. Aparecieron dos chicas asesinadas en Lockham, con dos agujeritos en el cuello, sin una gota de sangre en sus cuerpos y con los órganos extirpados. –

descendió el tono de voz y se acercó más a Fiord- Astaroth está relacionado con el secuestro de una joven lockhamia. ¿Tu amigo sabe algo de eso?

Señaló con el dedo la puerta de la habitación, tras la cual estaba Héctor.

-    Bueno, hace un par de noches un hombre se presentó en casa de Astaroth acompañado de una joven. Por supuesto, supusimos que se trataba de otro de sus clientes. Ayer Astaroth recibió la visita de otro hombre más joven. Llegó a altas horas de la madrugada. Héctor dijo que se trataba del mismo hombre con el que llegaste a Abery. - Max Magnus no respondió. Sabía que se trataba del señor Steiner. – Astaroth y la joven abandonaron la casa poco después de que aquel hombre llegase, pero éste último no volvió a salir de ella. – matizó. Volvió a fijarse en la gente que caminaba al otro lado de la calle.

-    ¿Astaroth se llevó a la chica? -le preguntó angustiado. Temía por la integridad de la señorita Varona y se preguntaba a dónde se la habría llevado aquel demonio. – ¿Sabes a dónde podrían haber ido ella y Astaroth?

Fiord se giró hacia él y negó con la cabeza.

-    El señor Astaroth tiene varias propiedades a las que suele ir de vez en cuando. – le informó. - Tengo una caja con anotaciones que tal vez te puedan interesar. - Fiord llamó a Héctor y el medio gigante entró en el despacho. Se apostó frente a Fiord esperando a que éste le dijese qué hacer. – Acércame esa caja de allí. - Le señaló una caja de cartón que estaba en el suelo, debajo de su escritorio. No era muy grande y apenas contenía unos pocos papeles. - No es gran cosa, pero encontrarás las direcciones de las otras propiedades de Astaroth. Héctor se esmeró durante mucho tiempo en seguirle la pista. – el hombre le devolvió a Fiord una sonrisa de agradecimiento.

Se puso en pie y tomó la caja de manos de Héctor. Sus brazos se inclinaron levemente a causa del peso inesperado, y al ojear en el interior vio que encima de los papeles había un revólver.

- Te hará falta, estimado amigo- le advirtió Fiord antes de que saliese por la puerta- Ten mucho cuidado. Este asunto no me gusta un ápice.

El detective asintió y salió del edificio a trancos. Estaba a tan solo unas calles de distancia de la comisaría, pero consideró que era más prudente dejar aquel material lejos de las garras del comisario Grauss, así que se digirió al hostal.

A esas horas del medio día había unas cuantas personas comiendo en el pequeño comedor del fondo. Olía a estofado y la boca se le hizo agua, pero la angustia por ir a casa de Astaroth y encontrarse con Steiner le alejaron de las cocinas. Subió a la habitación y dejó una nota a Hopkins informándole de a dónde iba. Junto a ella dejó la caja con los papeles y tomó el revólver.

Se alejó de la pensión a trompicones, con un nudo en el estómago y con el corazón encogido por la preocupación.

No sabía a dónde podía haber marchado Astaroth con la señorita Varona, y tampoco sabía qué podía haberle ocurrido al señor Steiner…

EXPIACION

I

Se palpó la cabeza. Aún le dolía por el golpe que le habían dado.

Se incorporó con zozobra y se apoyó en el escritorio de Astaroth para evitar caer al suelo. Cuando la habitación dejó de darle vueltas arrastró los pies hasta la puerta del despacho, pero trastabilló antes de alcanzarla y volvió a desplomarse sobre el suelo de madera. Golpeó el pavimento con el puño y lanzó un grito de impotencia.

Apoyó la espalda contra la pared y cerró los ojos.

Aquel malestar era fruto de su estado de debilidad.

Necesitaba comer.

Necesitaba sangre.

Y le entró hambre.

Pero hasta que no cayera la noche no podía salir de aquella casa, y para aquello aún faltaban unas cuantas horas.

Se preguntaba si sería capaz de subsistir hasta entonces.

La puerta cedió con un empujón y entró en el vestíbulo a tientas, con el revólver en la mano y apuntando al frente.

Aquella casa estaba a oscuras y no había dado más de cuatro pasos cuando tropezó con algo que había en el suelo. El corazón le latió de tal manera que pensó que iba a explotar dentro de su pecho. Se agachó y al tocar el bulto advirtió que sólo era la esquina de una alfombra mal puesta. Se reincorporó más tranquilo y siguió avanzando por el pasillo.

La atmosfera lúgubre de aquella casa le rememoraba la de Hugo Olaf y la de Steiner en Lockham, y a cada paso que daba estaba más convencido de lo que Astaroth también era.

Divisó una puerta medio abierta al fondo del pasillo, de la que provenía una luz sutil, y se acercó a hurtadillas hasta allí. La abrió con lentitud, intentando sin éxito retrasar el momento de tener que descubrir qué era lo que le esperaba al otro lado.

Sin embargo, se turbó al ver que el despacho de Astaroth estaba vacío.

-	Maldito hijo de Satán. - farfulló mientras guardaba el revolver en la funda.

De repente, sintió un leve tirón en el bajo derecho de su pantalón, y al descender la mirada encontró al señor Steiner sentado en el suelo, apoyado contra la pared.

-	Estamos solos, detective. No tema- le susurró con voz débil.

Max Magnus se agachó a su lado. El rostro de Steiner estaba desencajado y pálido. No sabía que había podido pasar entre aquellas cuatro paredes, pero desde luego, a Steiner le habían dado una buena paliza.

-	Ayúdeme a levantarme- le pidió. Le agarró por debajo de los hombros y lo ayudó a sentarse en una de las sillas que había frente al escritorio. Tomó asiento al lado de Steiner y esperó con paciencia a que el malnacido hablase. Mientras, se encendió un cigarrillo y le ofreció otro a él.

159

-   ¿Qué hora es, detective? - preguntó después de dar un par de caladas y aspirar el aroma del tabaco.

Extrajo un reloj del bolsillo interior de su chaleco.

-   Quedan algo más de dos horas para que anochezca. - le informó, consciente de que lo que le interesaba al señor Steiner no era saber qué hora del día era, sino cuántas horas faltaban para que cayera la noche. Christopher sonrió ante la astucia del detective. Apenas quedaba nada que ocultar de sí mismo a aquel hombre. Había descubierto la clase de demonio que era, y junto a ello, sus debilidades y sus fortalezas.

-   ¿Qué ha ocurrido aquí, señor Steiner? – le preguntó con tono grave.

El gesto de Steiner se ensombreció y la tristeza nubló su mirada de ojos verdes.

II

Sophia irrumpió en el despacho de forma súbita y se detuvo junto a Astaroth.

Distinguió el rastro salado que una lágrima había dejado sobre su mejilla izquierda y sintió ganas de golpear a aquel hijo de perra.

Se levantó de la silla y caminó hacia ellos con determinación. Se detuvo al llegar frente a Sophia y la examinó en silencio.

-   ¿Estás bien, Sophia?

Ella no le contestó y Astaroth se apresuró a hablar por ella.

-        Claro que está bien. ¿Acaso no la ves? – Se alejó de ellos y se detuvo junto al escritorio. Volvió a rellenarse la copa con whisky y se sentó a beber. - ¿Quieres una copa?

Ignoró a Astaroth por completo y volvió a mirar a Sophia. La desesperación abatía sus ojos azules y en silencio le suplicaban que la sacase de aquel sitio. Sin embargo, cuando habló le dijo todo lo contrario.

-        Quiero quedarme con Astaroth. – susurró- Es mejor que no me busques más.

-        Qué dices- exclamó.

Agarró sus manos y la atrajo hacia sí, mientras abría la puerta del despacho dispuesto a salir de aquel lugar sólo con ella.

Apenas había asomado la cabeza al pasillo cuando Astaroth se echó sobre él y le agarró de las solapas. Le lanzó contra el suelo y gimió cuando sus huesos se estamparon contra la madera. Estaba tan débil y dolorido que fue incapaz de reincorporarse.

Astaroth se regocijó frente a él y le pateó en el vientre.

-        ¡Basta, Astaroth! - Sophia se interpuso entre él y Astaroth. - Déjale en paz. Tenemos un trato…

Astaroth asintió y la empujó fuera del despacho.

- Nos vemos, amigo mío.

El rufián le sonrió y aquel arqueo torcido de labios le jodió tanto, que hizo acopió de fuerzas y se abalanzó sobre él antes de que pudiese salir por la puerta.

Le mordió en la espalda y Astaroth aulló de dolor. Se revolvió con violencia para quitárselo de encima y ambos

161

cayeron al suelo. Sintió un escozor en la espalda y supo que Astaroth le había arañado. Consiguió quitárselo de encima y le propinó un par de puñetazos en el rostro que le dejaron algo aturdido. Estaba a punto de asestarle el golpe de gracia cuando un tercer hombre irrumpió en la estancia de improvisto.

Era el bastardo de Olaf que acudía a socorrer a su amo.

Antes de poder enfrentarse a él, Olaf le asestó un golpe seco en la cabeza que le dejó inconsciente.

III

Escuchó a Steiner con atención y decidió esperar junto a él a que cayera la noche para salir de la casa.

No pensaba dejarlo sólo ni por un momento. Quisiera o no, le iba a ayudar a encontrar a la señorita Varona.

Comprobó la hora en su reloj. Aún faltaban un par de horas para que anocheciera y decidió echar un vistazo entre los papeles de Astaroth.

Revisó por encima unas carpetas que tenía sobre la mesa, llenas de papeles en blanco. Después echó un vistazo en el archivador de la pared, pero cerró los cajones de mala gana. Allí no había nada útil.

- No se mueva, Steiner. Ahora vuelvo.

- Tranquilo, detective. No me quedan fuerzas para nada.

Dejó a Steiner en el despacho y se fue a inspeccionar el resto de la casa. Encontró una lámpara de queroseno en una de las mesillas del pasillo y la encendió.

Arrastró los pies por las escaleras, con el revólver en la mano, y echó un vistazo en las tres habitaciones del piso superior. En la primera encontró ropa de Astaroth en el armario y una copa de licor sobre la mesilla de noche. Las contraventanas estaban cerradas y sobre la cama había quedado la forma de su silueta. Examinó la siguiente habitación. Había un plato de estofado frío sobre la mesita que había junto al diván, y algún que otro vestido en el armario. En la bañera quedaban restos de agua y un fresco olor a jazmín embriagaba el cuarto. Salió del cuarto de la señorita Varona, y examinó el del Olaf sin encontrar mucho más.

Volvió al piso bajo, pero ni en la cocina ni en el salón encontró algo significativo. Al igual que la casa de Olaf y de Steiner en Lockham, la casa de Astaroth parecía estar habitada por lémures.

Decidió volver al despacho para reunirse con el señor Steiner cuando una puertecita al final del pasillo llamó su atención. Estaba escondida tras un gran tiesto de cerámica con una planta de interior.

Se acercó hasta allí y arrastró el tiesto por el suelo de madera. Cuando despejó el paso, giró el pomo con lentitud, mientras sus dedos temblaban sobre el metal frío.

La puerta cedió ante él y una bocanada de aire rancio le taponó las fosas nasales.

Alzó la lámpara frente a su rostro e iluminó vagamente unas escaleras de madera carcomida que descendían hacia la boca del infierno, donde la oscuridad le invitaba a dar media vuelta.

- Puta mierda.

La lámpara tembló en su mano y sus pies vacilaron en cada peldaño.

Presentía que el demonio le estaba esperando allí abajo, deseando hincarle los colmillos sobre la yugular para arrebatarle la vida. Tragó saliva con dificultad y se esforzó en alejar aquellas ideas de su mente. Sin embargo, el olor metálico de la sangre se apostó en sus fosas nasales, como ya lo hizo en aquel sótano de Lockham en el que encontró muerta a la joven prostituta.

- Putísima mierda.

Acababa de bajar todas las escaleras y las piernas le temblaron cuando se detuvo. Alzó la lámpara al frente y descubrió una estantería llena de frascos de formol con órganos humanos.

- La gran puta mierda. Qué hijo de puta.

Extendió el revólver frente a él y caminó un par de pasos hacia su derecha. Se paró frente a una mesa de madera que estaba llena de salpicaduras de sangre seca.

Encontró un pequeño rastro oscuro bajo la mesa que surcaba el suelo hacia la otra punta del sótano. Avanzó por el pavimento sucio, evitando pisar la traza rojiza. Las manchas desaparecían frente a un armario apolillado de madera castaña que estaba cerrado, y se preguntó mientras llevaba la mano hacia la manilla, qué habría dentro.

- Hijo de la gran puta.

La respiración se le entrecortó. Allí había un cadáver. Gruñó al descubrir el rostro ceniciento de una niña que no llegaría a los cinco años. Tenía los ojos abiertos de par en par y un hilo de sangre manchaba su cuello infantil.

- Detective.

Una voz grave le llamó desde las escaleras, y con el susto la lámpara de queroseno se le cayó al suelo con estrépito.

Entre las sombras del sótano pudo distinguir una silueta que avanzaba hacia él. Llevaba un candil en la mano que apenas iluminaba a su paso.

- No debió bajar aquí, detective-. Reconoció la voz del señor Steiner, y no supo si calmarse o pegarle un tiro. – No tema, no voy a hacerle nada. Salgamos de aquí.

Max Magnus arrastró los pies hasta él y ascendió las escaleras pisándole los talones. Al llegar arriba volvieron a cerrar la puerta y se dirigieron de nuevo al despacho de Astaroth, en silencio.

Tomaron asiento, el uno frente al otro.

- No voy a preguntar de dónde ha sacado todo eso el señor Astaroth, -farfulló con hastío- Pero ahí abajo hay una niña muerta, ¡Mierda!

- En efecto, detective, muerta. – Recalcó Steiner con un hilo de voz- Ya no hay nada que hacer y seguramente nadie la vaya a echar en falta. En cambio, está a punto de caer la noche y Astaroth se ha llevado a la señorita Varona con él.

Le lanzó una mirada recriminatoria y se levantó de su asiento. Caminó hacia la ventana y descorrió la cortina. En efecto, la noche ya había caído.

Era hora de marcharse de allí.

- ¿No necesita coger algo de ahí abajo...? – le espetó con repugnancia. - Está muy débil. En ese estado no creo que pueda ayudar mucho.

Steiner le sonrió y se paró a su lado.

- Lo de ese sótano no me va a proporcionar el alimento necesario, detective. Esta noche va a tener que ayudarme.

- ¡De qué habla! - le gritó mientras un escalofrío le recorría la espalda.

Steiner avanzó hacia la puerta de salida, haciendo caso omiso de su comentario. Tomó su abrigo, que estaba colgado del perchero del descansillo, y salió tambaleándose.

Corrió tras él, sin saber qué hacer. Su mente no era capaz de centrarse en aquel momento. Por un lado, deseada separarse de aquel ser que no era ni mejor que Astaroth ni que Olaf, pero al mismo tiempo presentía que sin él jamás podría encontrar a la señorita Varona.

- Usted ha visto la fuerza de Astaroth y de Olaf. – le explicó Steiner mientras caminaban por la calle. - Hay más como ellos, y como yo...- le miró de soslayo, mientras una mueca de dolor desfiguraba su rostro. Lo tomó por el brazo antes de que cayera al suelo, y continuaron avanzando como almas en pena. Se esforzó en arrástralo calle arriba, rumbo al hostal, donde Hopkins lo estaría esperando. - Usted sólo no puede ni enfrentarse a ellos ni encontrarles. Sin mí, nunca podrá traer de vuelta a Sophia Varona.

Le observó con recelo, con el odio corriéndole por las entrañas, consciente de que Steiner tenía razón. Meditó todas las alternativas con cautela antes de contestarle, y cuando lo hizo sus propias palabras quemaron su lengua.

-       Si usted me ayuda a desenmascarar a ese grupo de asesinos y a encontrar a la señorita Varona- susurró- le dejaré libre de cualquier cargo. Ese es mi trato.

Steiner sonrió y asintió con la cabeza.

-       Está bien, detective, trato hecho. - masculló- Pero si quiere que le ayude, necesito comer algo ahora mismo.

Max Magnus asintió a regañadientes.

-       ¿A dónde le llevo?

IV

Hopkins había mandado un telégrafo a la oficina de policía de Lockham informando de donde estaban él y el detective Max Magnus. Había aprovechado para preguntarles si había habido alguna novedad en la ciudad, y le contestaron que no, cosa que le sorprendió bastante. Había supuesto que para aquel entonces la tía de la señorita Varona ya habría denunciado la desaparición de su sobrina, pero de momento no se había pasado por la comisaria.

Había vuelto al hostal ya bien entrada la noche y se extrañó al ver que el detective aún no había vuelto. Encontró una nota que el detective le había dejado en la mesa y el desasosiego le provocó un nudo en el estómago al terminar de leerla.

Recordaba la dirección del despacho de Astaroth así que decidió ir para allí para comprobar si el detective seguía en casa de aquel hombre y de si se encontraba bien.

Estaba a punto de salir por la puerta cuando ésta se abrió de repente y se topó cara a cara con el detective y el señor Steiner. Observó incrédulo a uno y a otro, y se hizo a un lado para dejarlos pasar. Cerró la puerta y todos tomaron asiento en torno a una pequeña mesa redonda que había en el centro de la habitación.

El detective traía el rostro ceniciento y el gesto desencajado. Se le notaba exhausto y dubitativo, como si su mente estuviese vagando por lejanos páramos. Se encendió un cigarrillo y le dedicó una mirada fría a Steiner antes de hablar.

- Bien, Hopkins- le llamó el detective con voz suave. - Astaroth dejó la ciudad la noche pasada, llevándose con él a la señorita Varona. El señor Steiner pudo verla, pero fue atacado cuando intentó sacarla de la casa.

Max Magnus carraspeó antes de seguir hablando, y a él no le pasó por alto que la voz del detective había temblado algo al hablar. De inmediato supo que le estaba ocultando algo.

- El señor Steiner nos va a ayudar a localizarla- continuó sin apenas mirarle a los ojos.

- Me parece bien, jefe. - le contestó- Pero ¿qué pasa con los asesinatos de Lockham, con los sospechosos? - le dedicó una mirada a Steiner, que éste supo interpretar de inmediato.

- Seguimos en ello, Hopkins, pero ahora la prioridad es encontrar a la señorita Varona. – El detective se levantó de su asiento y caminó hacia el escritorio, donde había una caja con documentos. Tomó varios y los posó sobre la mesa, frente a Steiner y él.

- Señor Steiner- le llamó mientras le señalaba los papeles. - Estas son propiedades del señor Astaroth. Creemos que ha podido huir a alguno de estos sitios con la señorita Varona.

Steiner tomó los papeles y les echó un ojo. Enseguida pareció encontrar lo que buscaba y les tendió un papel amarillento con unas anotaciones hechas a mano.

- Aquí es donde están. - musitó, y la voz se le quebró. Hopkins se acercó a él y releyó las notas correspondientes a un antiguo castillo, situado en una de las comarcas más septentrionales del país, donde las montañas rozaban el cielo y las nubes encapotaban la tierra. El castillo se encontraba en un valle solitario y frío, en un pueblo con pocos habitantes y olvidado de la mano de Dios.

Max Magnus lo observó en silencio, mientras el cigarro se consumía entre sus dedos.

- ¿Está seguro?

Steiner asintió.

- Astaroth nació en ese valle, y ese castillo es el legado de sus ancestros. - explicó.

Hopkins se giró hacia el señor Steiner, que se había levantado repentinamente de su asiento.

\- Detective, si me disculpa yo no pienso perder más tiempo. Salgo ahora mismo para allí.

Steiner dio media vuelta y se disponía a abandonar la habitación cuando Max Magnus se precipitó hacia él y le cerró la puerta con un golpe brusco.

\- No olvide nuestro trato, señor Steiner. - le advirtió. - No olvide que hoy le he salvado la vida.

"No olvide lo que hoy he visto", pensó. Y la imagen de Steiner succionado la sangre de aquel pobre vagabundo volvió a empalidecerle.

Poco después de salir de la casa de Astaroth habían cogido un carruaje que los había llevado al otro lado de la ciudad, hacia el barrio más pobre y olvidado de Abery, donde las miserias de la vida y la vida miserable no tenían fronteras. Había arrastrado a Steiner hasta un callejón oscuro y sin salida, donde un pobre hombre dormitaba acurrucado bajo una manta apolillada.

Aquel desconocido, aquella alma olvidada, había sido la víctima del hambre voraz de Steiner. Y él lo había visto todo desde la entrada al callejón sin mover un músculo.

Los tambaleos de Steiner.

Sus colmillos.

Sus ojos inyectados en sangre.

Su rostro deformado.

Todo había acontecido de una manera rápida y sigilosa, y tan pronto como Steiner hubo terminado abandonaron aquel lugar en silencio y sin poder mirarse a la cara. La vergüenza torturaba a ambos.

¡Y él tenía tantas preguntas que hacerle!

Qué clase de mal era capaz de transformar a alguien de aquella forma. Cómo era posible que un simple hombre pudiese transfigurarse en un ser cruel e insensible, en un demonio de la noche.

Steiner se apartó de la puerta y se volvió hacia el detective. Le dedicó una mirada severa, pero volvió a tomar asiento solícitamente.

Max Magnus y Hopkins empezaron a recoger con afán lo poco que habían traído consigo.

La noche aún era joven y debían aprovechar la luz de la luna para poder salir de la embrujada Abery cuanto antes.

SANGRE Y TRAICION

I

Su linaje era remoto y exquisito. Durante cientos de años habían vivido rodeados de lujos y riquezas. Se habían codeado con los miembros más selectos de la sociedad noble y burguesa. Habían poseído a las mujeres más bellas y a los hombres más apuestos. Habían sido deseados y amados. Envidiados y admirados.

Y, aun así, con todo aquello, habían tenido que subsistir consumiéndose en sus miserias interiores, en soledad, en continua guerra con su ser endemoniado y podrido. Hambrientos. Oscuros.

Sus ancestros les habían cautivado y engañado, pero no les habían dicho del pesar de aquella vida errante. Recordaba a su padre, altivo y seductor, al que envidiaba porque nada le faltaba, pero del que más tarde supo que estaba falto de todo. Hugo Olaf le había engañado con su lengua viperina y sus palabras llenas de promesas. Se entregó a él y acabó perdido y sin alma. Aborreciendo la luz y amando las sombras.

El linaje de su padre había sido grandioso y fuerte un día, pero con el paso del tiempo había decaído hasta convertirse en poco más que aire. No conseguían alimento suficiente, y hacia como un siglo que nadie había entrado a formar parte de aquella gran familia.

La vida nómada tampoco era sencilla pero su padre había insistido en que tal ir y venir era necesario para no poner en peligro la existencia del clan.

No recordaba cuantos hermanos había tenido. Tal vez al principio unos quince hermanos y unas seis hermanas, pero a día de hoy que supiera ya no le quedaba ninguno. Algunos habían muerto por desnutrición, otros linchados por el gentío, y un par de ellos, los más débiles, habían suplicado a su padre que acabase con su existencia condenada.

Llevaba casi un siglo sin ver a su padre, aunque Olaf siempre le había seguido el rastro haya donde había ido, y sus últimos pasos los habían llevado hasta Lockham.

Odiaba tenerlo cerca. Le odiaba a él.

Odiaba el momento en que lo había conocido hacía casi doscientos cincuenta años atrás.

Su codicia le arrastró a él porque deseaba ser un rico envidiado.

Anhelaba abandonar su vida de infortunio. Sin padres, sin hijos, con una esposa a la que odiaba, sin dinero, sin nada que llevarse a la boca.

Enfermo.

Apestado.

Deprimido.

Y Olaf le ofreció todo lo que le había pedido, pero a cambio de una vida endemoniada que noche tras noche le arrastraba hacia las sombras para cazar como una bestia, para matar sin ningún tipo de consideración. Hasta que al fin comprendió que él no quería seguir el camino que Olaf había escogido para él.

173

Empezó a elegir a sus presas, por lo general jóvenes enfermos y humildes, a los que atacaba con rapidez para no hacerlos sufrir. El alimento que le proporcionaba aquella sangre no era de tan alta calidad como el que podía proporcionarle el cuerpo de una persona sana, pero era lo suficientemente nutritivo como para mantenerlo fuerte durante unas semanas.

Respecto a sus conversos, sólo había transformado a dos. Su primogénita había sido una joven alicaída y humilde a la que había seducido con gran facilidad. Había creído ver en ella el anhelo de pertenecer a su submundo, pero su inexperiencia le había traicionado y la joven había muerto entre sus brazos mientras aún la estaba mordiendo.

Tuvieron que pasar varios quinquenios hasta que de nuevo se atrevió a realizar otra transformación. Y si bien no resultó como se esperaba, Sitra siempre fue un hijo leal y un siervo ejemplar. Le había dado la oportunidad de marchar hacía ya muchos años, pero su fiel compañero había optado por permanecer a su lado para atenderle hasta el fin de los tiempos. De eso hacía casi cien años, poco después de abandonar a su padre.

Sitra le proporcionaba sustento. Le llevaba sangre fresca de animales que de alguna manera le daban algo de fuerza, y cuando lo veía demasiado débil, era él quien muchas veces le alentaba a salir a cazar.

Él lo deseaba. Deseaba saborear sangre humana. Pero había veces que se sentía tan desganado y desnutrido, que temía ser demasiado descuidado en su proceder.

Erika Fever había sido su descuido, y la prostituta sin nombre había sido el de Hugo Olaf.

No obstante, su padre había sido prudente y había abandonado Lockham antes de que el detective pudiese dar con él. Y no como él, que cegado por lo que sentía por Sophia, había optado por permanecer en la ciudad.

Y total para qué.

Sophia Varona se había dejado arrastrar por Astaroth, olvidándose de que era él quien realmente la amaba, y no aquel ser, que sólo quería utilizarla.

Ella era un alma oscura a la que Astaroth podía arrastrar a su lado.

II

Acababan de llegar a un pueblo incomunicado situado frente a las montañas de la frontera, que por aquellos días estaban teñidas de blanco y cubiertas por los nubarrones plomizos de la tormenta.

Olaf paró el coche frente a una pequeña fortificación destartalada y Astaroth la ayudó a apearse. La acompañó en silencio hasta su habitación y la volvió a encerrar con llave.

Acababan de encender el fuego de la chimenea, pero la estancia aún no se había caldeado y aún podía sentir el frío impregnado en sus ropas. Se quitó la capa y los guantes y extendió las manos hacia las llamas. Observó el vendaje ensangrentado de su muñeca y se lo quito con cuidado. La herida ya había cicatrizado y lanzó la gasa al fuego, que se consumió antes de que alguien irrumpiera en la habitación de forma inesperada.

Se volvió para ver quién había entrado, y se disgustó al descubrir a Astaroth en el dintel de la puerta.

Astaroth cerró la puerta con llave y se acercó hacia ella. Sus piernas temblaron con timidez cuando él cogió su mano derecha. Después él extrajo una daga de plata de uno de los bolsillos de su pantalón y se la acercó a la palma. Sabía lo que él iba a hacerle, pero estaba paralizada por el terror.

La mano le escoció y la sangre empezó a caer al suelo. Los ojos de Astaroth se transformaron y ella vio al demonio que descansaba en lo profundo de sus entrañas.

Astaroth se llevó la mano a la boca y saboreó la sangre con placer, dejando escapar pequeños gemidos que su respiración entrecortada consiguieron ensordecer.

Sophia lo observó con recelo, temerosa de que en cualquier momento aquel demonio pudiera perder el control, y respiró aliviada cuando se separó de ella.

-        Deliciosa. – Acercó la daga a su propia mano y se hizo un corte en la palma. Se la tendió a ella, esperando que le correspondiese de la misma forma.

-        Tenemos un pacto, mi reina de las sombras- Se fijó que la sangre de Astaroth era más oscura y densa de lo normal, y le miró a los ojos, suplicándole en silencio que no le obligase a hacer aquello. – Bebe.

Astaroth volvió a tenderle la mano y ella titubeó al tomarla entre las suyas. Su piel era suave y su sangre heladora, como si aquella savia no tuviera vida.

Se llevó la mano de Astaroth hasta la boca y la imagen de Christopher y sus promesas le acecharon antes de saborear aquel veneno. Iba a traicionar al hombre que amaba con aquel acto abominable, pero no podía escapar de aquel destino si quería protegerle, así que se entregó a la sangre de Astaroth, que saboreó con menos repugnancia de la que había imaginado.

Aquella sangre era dulce y embriagadora, como un remedio que estuviese apaciguando sus males.

Mientras la saboreaba, sentía los ojos de aquel ser clavados sobre ella, gozando con cada succión que ella daba, y cuando terminó de beber aquel dulce líquido se encontró con la mirada extasiada de Astaroth.

La sonrió con dulzura y su gesto se suavizó. El monstruo desapareció y ella se relajó algo.

- Es tuya, Sophia. Yo soy para ti. - Astaroth tomó su mentón y se acercó a sus labios. La besó con lentitud, saboreando los restos de sangre que aún bañaban sus bocas.

Sin saber cómo ni porque, ese demonio la había seducido, y se separó de sus labios anhelando volver a probarlos.

Astaroth posó las manos sobre sus hombros desnudos, decididas a desprenderla de su vestido de seda negra. Le desabrochó los lazos del vestido y después le quitó el corsé, con tanta agilidad, que ni siquiera se percató de que ya estaba desnuda frente a él.

- Eres perfecta.

Se acercó a ella y sus labios volvieron a descansar sobre los suyos.

177

- Mi dulce Sophia- susurró mientras sus manos se perdían en la curvatura de su espalda.
- Basta. - Se separó de él, pero Astaroth la atrajo de nuevo hacia sí y volvió a besarla.

Aquel sabor volvió a enloquecerla. Deseaba dejarse arrastrar por su gusto y por su apetito.

¡Tenía tantas ganas de saborear aquella sangre!

Astaroth la agarró por la cintura y la alzó en brazos. La llevó hasta el lecho, pero el raciocinio volvió a ella y se libró de él.

- Me deseas, deseas mi sangre.

Astaroth volvió a sujetarla por la cintura y se colocó sobre ella. Sintió su cuerpo fuerte sobre sus pechos desnudos, que él beso con pasión. Después volvió a extasiarla con el sabor de su boca.

Aquel demonio era el gran maestro embaucador, que con maldad quería arrastrarla hacia su territorio, y recordó con frustración cuando Christopher le había relatado cómo Olaf le había engañado a él.

Tenía que luchar para que las palabras ponzoñosas de Astaroth no la confundieran a ella también, pero el deseo de querer volver a probar sus labios era mucho más fuerte.

Astaroth se llevó la muñeca a la boca y su sangre negruzca y espesa afloró de nuevo.

Se la ofreció a ella y no pudo resistirse.

Mendigaba por su sangre y la degustó con voracidad, en un estado de semi-inconsciencia.

Aquel demonio la controlaba con hilos de seda y ella se dejó enredar en ellos.

III

Hacía unas cuatro noches que habían partido desde Abery hacia el valle de Grotto. Max Magnus y Hopkins se habían quedado en una pensión de mala muerte en un pueblo olvidado y él se había marchado con Sitra hacia el castillo de Astaroth, con intención de sacar a Sophia de allí, quisiera o no.

La fortaleza de Astaroth era un esperpento de vieja piedra musgosa, oculta entre las sombras del bosque. Ya no quedaba nada de la gloria de lo que aquel fuerte pudo haber sido muchos siglos atrás, cuando los padres de los padres de Astaroth dominaban aquel valle.

Descendieron de sus corceles, encaminando sus pasos hacia las caballerizas. Sorprendentemente, había unos cuantos caballos más allí, y Christopher supo de inmediato que algunos de sus hermanos y hermanas debían estar allí.

- Vuelve al pueblo y trae al detective. Que saque a Sophia de esta casa. - ordenó a Sitra. El hombre asintió y dio media vuelta. Él esperó sin moverse hasta que Sitra se hubo perdido entre la niebla, y entonces se dirigió hacia la puerta de acceso al castillo.

Atravesó el puente sobre el foso, y accedió a la plaza de armas. Allí reconoció a varios miembros de su familia, a los que hacía años que no veía. Dirigió sus pasos hacía allí, mientras sentía las miradas atónitas de algunos de ellos, y los susurros del resto.

- ¡Steiner! - exclamaron ante él. Olaf apareció en medio del tumulto. - ¿Qué hacéis aquí?

179

Olaf le cortó el paso, deteniéndose frente a él.

- Soy parte de esta familia, ¿no? – gruñó.

- En efecto. – susurraron tras su espalda. Giró la cabeza y se encontró con los ojos ardientes de Astaroth. Apretó los puños y consiguió controlar la furia que le incitaba a acabar con aquel hombre. – Deja que se quede- le ordenó a Olaf- Por favor, pasad todos.

Olaf le miró de soslayo mientras él apresuraba el paso hacia la entrada del castillo.

Accedieron a un salón iluminado con antorchas suspendidas de las paredes de piedra y Astaroth se sitúo al final de la sala, frente a todos ellos. Escudriñó todos sus rostros antes de hablar.

- Es un día triste para mí- musitó. – Hoy faltan muchos de mis hijos, e hijos de mis hijos.

Un murmulló recorrió la estancia.

- Me apena ver que, a pesar de mis esfuerzos y consejos, cada día uno de los nuestros se va de nuestro lado. - continuó con tono severo. – No os alimentáis como debéis, ni transformáis a nadie para que pase a formar parte de vuestra familia.

- ¡Cada vez es más complicado, amo! - vociferaron. Se volvieron para ver quién había hablado, y el hombre pareció arrepentirse. - Las autoridades nos acechan, los humanos nos perciben.

- Tal vez tu estado debilitado sea el problema. – escupió Astaroth con repulsión. - Tus sentidos se atrofian, al igual que lo hace tu fuerza y agilidad ¿No lo ves? – le espetó.

- Los seres débiles como tú son la causa de la extinción de los nuestros.

Aclamaron a Astaroth, pero otros abucheos ensordecieron los vítores. Los ánimos se caldeaban por momentos, y Christopher temía que aquella velada no terminase bien aquella noche.

Se preguntaba si el detective tardaría mucho en llegar al castillo. Podía sentir a Sophia en una de las habitaciones del piso superior, y solo deseaba que Max Magnus pudiese sacarla de allí mientras Astaroth se entretenía con aquella cháchara tiránica.

Astaroth volvió a ascender la voz, enfurecido.

- Los seres como tú, no sois dignos de esta familia. Envenenáis con vuestra platica endeble los oídos de vuestros hijos, convirtiéndoles en seres asustadizos y débiles, destinados a morir. ¡La disciplina y la sangre es nuestra única salvación!

Algunos hermanos aclamaron a Astaroth, pero otros comenzaron a huir a hurtadillas de aquella sala.

- Hoy comienza una nueva etapa.

IV

La luz de la luna desapareció con la llegada de la tormenta de nieve. Hopkins estaba tiritando bajo su capa mientras no dejaba de frotarse las manos con energía para calentarlas. Max Magnus lo observaba con preocupación. Sitra los había guiado hasta la fortaleza de Astaroth, pero al llegar habían comprobado que varios hombres la vigilaban con recelo. Era prácticamente inexpugnable y él no se veía capaz de adentrarse sin la ayuda de Steiner, a pesar de que ya había localizado donde estaba la señorita Varona.

Alzó varias veces la vista hacia el ventanal del cuarto de ella. Estaba iluminado y pudo verla a través del cristal contemplando con tristeza el valle nevado.

Aquella joven misteriosa que se había enamorado de aquel mundo de sangre y muerte no le dejaba de fascinar, y se preguntaba si ella accedería a marcharse con él a Lockham.

Volvió a esconderse tras los matorrales cuando divisó a lo lejos a un hombre que no paraba de dar vueltas por el jardín, ojo avizor, y aferró con fuerza el revólver cuando el vigilante se detuvo muy cerca para mear.

Se tranquilizó algo cuando el hombre se subió la bragueta y volvió a perderse de vista al doblar una esquina.

- Hopkins. - le llamó en voz baja. El muchacho se acercó a él- Voy a trepar hasta el cuarto de la señorita Varona, creo que tengo tiempo suficiente hasta que ese tipo vuelva a aparecer de nuevo. Ten tu revolver a mano por si fuera necesario. Espérame aquí.

Hopkins asintió y él salió de detrás del arbusto. Corrió como un atleta los doscientos metros que le separaban de la fortificación, y los copos de nieve se encargaron de borrar las huellas que sus botas habían dejado sobre la nieve recién caída. Guardó su revólver y se aferró con fuerza a las piedras de la pared. Comenzó a escalar con cautela, agarrándose ahora aquí ahora allí, y alcanzó el ventanal de la habitación justo antes de que el centinela apareciese de nuevo en el jardín.

Miró a través del cristal y vio que la señorita Varona se había sentado junto al fuego. Lo golpeó con los nudillos un par de veces antes de que ella se girase para verlo.

Sophia enarcó las cejas y alcanzó la ventana a trompicones. Intentó abrirla sin éxito y él decidió romper el cristal. Se sentó sobre el alfeizar y desgarró el bajo de su pantalón. Se envolvió la mano con el jirón de tela y cuando el vigilante volvió a tomar la equina y lo perdió de vista, lo hizo añicos con un golpe seco.

Accedió al interior de la alcoba con la ayuda de Sophia, que no dejaba de mirarlo con incredulidad.

- ¡Detective! - exclamó mientras se apresuraba en cerrar los cortinones para evitar miradas indiscretas del exterior.

- He venido a sacarla de aquí. Coja una capa, es una noche fría.

Sophia corrió hacia el armario y se cubrió con una capa negra. Él se acercó hasta la puerta del cuarto, pero se desanimó al intentar abrirla y comprobar que estaba cerrada con llave. Sophia se paró a su lado y le agarró del brazo.

- Estamos encerrados.

Volvieron a acercarse a la ventana y descorrieron un poco la cortina, pero el ánimo se les cayó a los suelos al ver que el vigilante se había detenido bajo ellos. Max Magnus resopló y volvió a cerrar el cortinón.

- No podemos bajar por ahí.

183

- ¿Y qué vamos a hacer? No podemos quedarnos aquí.

Sophia le estaba agarrando las manos con fuerza y le suplicaba con la mirada que la sacara de allí. Sin embargo, no se le ocurría qué hacer. Volvió sobre sus pasos en dirección a la puerta. Estaba a punto de disparar en dirección al cerrojo cuando unos pasos acelerados al otro lado le detuvieron. Tomó a Sophia de la mano y la arrastró tras un biombo que separaba la alcoba del cuarto de aseo.

La puerta se abrió poco después y contuvieron la respiración.

- ¡Señora, tenemos que irnos! — llamaron. Sophia reconoció la voz de la anciana que le había suministrado el somnífero en Abery. Dio un pequeño respingo y él le hizo un gesto para que guardase silencio.

Sin embargo, la bruja no iba sola. La acompañaban dos hombres fornidos con cara de pocos amigos que se pusieron a husmear en la habitación

Uno de ellos dirigió sus pasos hacia el biombo tras el que estaban escondidos y Sophia le hincó las uñas en el brazo.

Alzó el revolver sobre su cabeza y en cuanto el rufián apareció ante ellos, le asestó un golpe seco en la nuca con la culata. El hombre se desplomó en el suelo con estrepito y arrastró el biombo con él.

- Maldita perra. — vociferó la vieja al verlos. - ¡Que no escapen!

El segundo hombre se abalanzó sobre ellos y Max Magnus le disparó en el pecho. Se desplomó junto a la anciana, que corrió hacia la puerta de la habitación.

El detective salió tras ella y consiguió darle alcance antes de que pudiera salir al pasillo. Apenas habían asomado las cabezas cuando dos balas les rozaron las mejillas. Disparó sin saber muy bien a dónde, pero entre las sobras del corredor pudo distinguir dos figuras que se estaban dirigiendo hacia ellos.

Agarró a la anciana con fuerza y le tapó la boca con la mano. La colocó frente a él a modo de escudo y disparó con puntería, matando a los dos hombres en el acto.

- Vamos, Sophia.

La joven se colocó tras él. Sentía el traqueteo de su corazón descompasado, unido al taconeo impaciente de sus botas sobre la madera del pasillo.

Atravesaron el corredor a zancadas y al llegar a la escalera se asomaron con cautela. El piso bajo estaba despejado.

- Vamos. - ordenó. La anciana gimió bajo la palma de su mano, pero la arrastró escaleras abajo, y se detuvieron frente al salón, que estaba iluminado por la débil luz de unas antorchas.

- Dios Santo Misericordioso…

Las piernas de Max Magnus flaquearon y se giró hacia Sophia, en busca de respuestas, sin saber si ella podría explicar lo que sus ojos estaban viendo.

V

-      No puedes obligarnos a nada, Astaroth. Mis hijos no te apoyan, y lo sabes. – le contestó uno de los patriarcas- Mira Olaf, siempre te ha apoyado, ha seguido tus consejos. Y sólo le queda un hijo, que además le repudia.

Algunas miradas se posaron sobre él, y se sintió algo incómodo. Astaroth alzó los ojos hacia aquel hombre que había osado contestarle.

-      Puede que tú aún tengas más hijos que él, pero que yo sepa también has perdido más que los que perdió él. ¿Tú te has visto? Estás medio muerto. No podrías vencer ni a una mosca. Y te lo voy a demostrar ahora mismo.

Se abalanzó sobre él y le abrió las entrañas con su daga de plata. El hombre ni siquiera tuvo tiempo para reaccionar y cayó de rodillas al suelo, con las manos aferradas alrededor del estómago. Alzó los ojos hacia Astaroth. Le solicitaban clemencia.

-      ¿Ves? Tu estado de debilidad impide que tu herida se regenere, insensato. - Astaroth lo agarró del cuello. – ¿Así es cómo pretendes cuidar de los tuyos? - Le clavó los colmillos sobre la yugular. Aquel demonio le acababa de arrebatar la vida.

Christopher lo observó impertérrito, conteniendo la respiración.

Astaroth se volvió a mirar a los patriarcas de su familia. Sus ojos ardían y los colmillos ensangrentados asomaban de entre sus labios.

-      ¡Asesino!

El que acababa de gritar era un hombre de piel morena y cabello rubio, patriarca de una familia de seis miembros. Astaroth lo miró enfurecido.

- Matadle. - ordenó después.

Sus acólitos le vitorearon con demencia y se dispusieron a obedecer de inmediato. El pánico cundió en la sala y el resto de los patriarcas que no simpatizaban con la ideología de Astaroth, empezaron a huir despavoridos.

Él también dio media vuelta. Tenía que salir de aquel lugar.

Alcanzó el vestíbulo, pero él se separó de sus hermanos y se dirigió hacia la escalera, decidido a sacar a Sophia de aquella casa.

- ¿A dónde crees que vas?

Astaroth se interpuso en su camino. Blandía la daga ensangrentada en la mano, y él extrajo la suya. Sabía que no tenía nada que hacer contra ese monstruo que le ganaba en superioridad, así que, si quería salvar a Sophia, debía alejar a Astaroth de la entrada y dejarle el camino libre al detective Max Magnus.

- No tienes opción Steiner, acepta lo que eres. Póstrate ante tu Líder.

- Jamás me arrodillaré ante un hombre que mata a sus propios hijos.

Astaroth sonrió y se arrojó sobre él como un animal salvaje. Se estamparon contra el suelo de piedra y rodaron por todo el vestíbulo hasta caer con estrépito por las escaleras de la entrada principal. La nieve húmeda les mojó las ropas, y la noche nublada les envolvió entre sombras.

Apenas se había puesto en pie cuando Astaroth le propinó un puñetazo que le dejó aturdido. Perdió el equilibrio y volvió a caer de espaldas contra suelo. La nieve amortiguó el golpe, pero aun así sus huesos se quejaron de inmediato. Un dolor agudo le recorrió la espina dorsal.

Astaroth arrastró los pies por el suelo y cuando llegó a su lado le propinó un puntapié en el estómago.

Se retorció como una alimaña, maldiciéndose por su insensatez. Por estar tan débil. Por no haber comido lo suficiente.

Astaroth lo asió por los hombros y lo lanzó por los aires.

Le estampó contra la pared de piedra de la fortaleza y cayó al suelo convaleciente.

- Eres enfermizo- gruñó Astaroth. − Reniegas de la sangre, y en esta escoria es en lo que te has convertido. Debes aprender de los hombres como tu padre y como yo. La sangre es lo que te da fuerza y te hace poderoso. Cuando entiendas eso, entonces serás digno de pertenecer a los míos. Mientras tanto, no quiero volver a verte. Ni a ti, ni a ninguno de los hermanos que han huido esta noche como cobardes.

- Te crees superior a todos nosotros. Pero algún día, Astaroth, acabaré contigo.

Astaroth sonrió con malicia y caminó hacia él. Lo estaba observando desde el suelo, retándole a que se acercara. Cuando lo tuvo delante se arrojó a sus pies y lo derribó al suelo. La daga de Astaroth salió volando y él le hinco la suya en el estómago.

Astaroth gimió, pero consiguió arrebatarle la daga de entre las manos. La lanzó lejos y se acercó a él. Le dio una patada en el rostro que le dejó semi inconsciente.

El demonio dio media vuelta y huyó hacia el interior de la fortaleza.

Se asomaron al salón. Él aún llevaba el revólver en la mano, pero la verdad era que de poco le valía en aquel momento.

Sophia se giró hacia él. Tenía las pupilas dilatas y los labios semi abiertos. No parecía ella en aquel momento.

Estaba sumida en un estado de hipnotismo del que él no era capaz de sacarla.

- ¡Señorita Varona!

La llamó varias veces, sin éxito. Bajo su mano sentía la risa endemoniada de la anciana y se desprendió de ella para dejarla hablar.

- ¿Qué le ocurre? - le preguntó mientras la apuntaba con el revólver.

- La señora la huele...- susurró con voz ronca. Parecía una bruja maldiciéndole, y un escalofrío atravesó la espalda. No sabía de qué le estaba hablando, pero podía hacerse una idea.

Hasta él podía olerlo. Tan intenso. Tan ponzoñoso.

Oyó unos pasos tras él y Hopkins apareció con rostro ceniciento.

- Jefe... -musitó sin quitar ojo a la anciana y a Sophia. - Debemos irnos. Ha pasado algo, todo el mundo a huido - expulsó la frase sin aliento, mientras sus ojos se perdían en aquel mar de sangre y en los cuerpos que se extendían a lo largo del salón.

- ¡Sophia! -volvió a llamarla. La anciana se paró al lado de la joven, observándola con aquella risa burlona que adornaba sus labios.

- La huele, la huele… -seguía siseando la bruja. Sophia se giró hacia ella.

- Ya llega. - Una puerta oculta tras un tapiz se abrió al fondo de salón y un hombre convaleciente apareció ante ellos.

Hopkins le había visto tirado en el suelo, y después de comprobar que seguía vivo, corrió hacia la fortaleza. Él se reincorporó como pudo y volvió a dirigirse hacia allí. Encontró al detective y a Hopkins apostados frente a la puerta del salón. El detective se volvió para verlo y su rostro mostró el horror del que ha visto el infierno. En su mano temblaba el revólver, que apuntaba al frente. Christopher se detuvo frente a él y dirigió su vista hacia el interior de la sala. Distinguió a muchos de sus hermanos y a hermanas tendidos sobre el suelo, bañados en sangre y convertidos en una especie de momias deformes, retorcidas sobre sus propias vísceras.

Reconoció al ama de llaves de Astaroth. Estaba tendida sobre el suelo, malherida, pero sonriendo y farfullando palabras sin sentido. Se acercó a ella y pudo ver que una bala le había atravesado el pulmón izquierdo. La sangre emanaba a borbotones de su boca y respiraba con dificultad.

-    La huele, la huele…- musitaba. Se arrodilló en el suelo para contemplar de cerca aquel trozo de carne moribundo y sin poder controlar su propia ira, sus manos se cerraron alrededor del cuello de aquella bruja. Apretó con fuerza, turbado por la locura, hasta que las vértebras se quebraron bajo sus manos. Aun cuando la anciana ya había muerto, él siguió apretando hasta que las uñas se le hincaron en la carne.

Se reincorporó exhausto y sus ojos divisaron una puerta abierta que había al fondo de la sala, semi oculta tras un tapiz.

Se giró hacia Max Magnus, que le estaba apuntando con el revolver. Sus dedos temblaban sobre el gatillo. Caminó hacia él y se detuvo frente a la pistola, que amenazaba con quitarle la vida.

-    ¿Dónde está ella? - le preguntó con furia. El detective trago saliva, pero un nudo en la garganta le impidió contestar.

Astaroth apareció tras la puerta del tapiz, convaleciente. Sus manos ensangrentadas estaban aferradas a su estómago. Alzó la vista hacia él e intentó huir. Max Magnus le disparó un par de veces, y una de las balas le hirió en el abdomen.

Astaroth gruñó, pero se irguió como una bestia y se arrojó sobre él.

Le disparó otras dos veces, pero aquel ser se movió con agilidad y consiguió esquivar sus balas de forma incomprensible. Recordó las palabras de Steiner, que unas

191

noches atrás le alertaron sobre las capacidades físicas extraordinarias de Astaroth, y enseguida comprendió que él sólo no podría acabar con él.

Hopkins se plantó a su lado, disparando sin parar a aquel demonio que no paraba de moverse de aquí para allí por toda la sala, sorteando los cuerpos y los muebles de la estancia.

El estruendo de disparos sacó a la señorita Varona del estado catatónico en el que había quedado inmersa, y se volvió hacía él con una mueca de terror dibujada en su rostro. Sophia apenas había dado un par de pasos hacía él cuando la anciana la agarró por el pelo y la tiró al suelo. Max Magnus la disparó en el pecho y siguió oyendo su risa estridente mientras se desplomaba en el suelo de piedra.

Corrió hacia Sophia, pero Astaroth la alcanzó antes de que él pudiese llegar a ella.

Volvió a dispararle, pero Astaroth consiguió esquivar las balas. Sin embargo, un grito agudo le ensordeció después. Una de aquellas balas pérdidas había herido a la señorita Varona. Astaroth gruñó y antes de que él pudiese dispararle de nuevo, aquel demonio se arrojó contra una de las ventanas de salón. El cristal se hizo añicos y los restos se estamparon con estruendo contra el suelo. Aquel diablo acababa de desvanecerse delante de sus narices.

Había vuelto a fracasar.

Él era un fracasado.

Hopkins le estaba mirando con un gesto de espanto en la cara, con su revólver sin balas colgando de su mano derecha. Tampoco parecía estar mucho mejor que él.

Una risita macabra llegó hasta sus oídos y dirigió la vista hacía el suelo.

La anciana los estaba contemplando con una mueca de dolor desfigurando su sonrisa. El detective la miró con repugnancia. Nunca en su vida se había sentido tan hundido y sobrepasado por los acontecimientos como en aquel momento, y la risita de aquella víbora le hacía sangrar los oídos. La apuntó con la pistola y volvió a apretar el gatillo.

Sin embargo, ella siguió riendo.

Él también se había quedado sin balas.

Se quedó en shock, anclado al suelo, preso de sus pies, que no le permitían moverse.

Sólo el sonido de unos pasos apresurados le hicieron volver en sí. Se giró para ver quién había llegado y se encontró con los ojos de Steiner, que le interrogaban en silencio a pocos metros de distancia.

Pero él no tenía palabras para él.

Steiner pasó a su lado en silencio y estranguló a aquella víbora sin escrúpulos.

Cuando se giró de nuevo hacia él, él seguía apuntando al frente, y Steiner se dirigió hacia él retándole. Deseaba matarlo, y de haber tenido balas le habría volado la cabeza.

-    ¿Dónde está ella? - le preguntó Steiner con furia.

Tragó saliva y un nudo en la garganta le impidió contestar. Descendió el arma y oyó a Hopkins titubear a su lado.

Un leve "Se la ha llevado" se escapó de entre los labios del chico, y el rostro de Steiner empalideció. Giró sobre sus talones y se escabulló a través de la ventana por la que había huido Astaroth poco antes.

Más tarde el fuego se encargó de convertir en cenizas aquella casa y los cuerpos de los que aquella noche habían padecido allí.

Nadie nunca sabría lo que aquella noche había acontecido en el valle de Grotto, pero en la retina de sus ojos quedarían gravadas para siempre las llamas del infierno.

LA REINA DE LAS SOMBRAS

I

Fiord lo estaba examinando desde su silla de ruedas, sin abrir la boca, temiendo romper aquel silencio, y esperando a que al fin fuera él quien hablase primero y le contase qué era lo que había ocurrido en las lejanas tierras heladas de la frontera.

Había llegado a Abery aquella misma mañana, con la ropa ensangrentada y oliendo a lumbre.

Fiord pidió a Héctor que le sirviese algo de comer, pero tenía el plato de patatas entero. Ni siquiera había cogido el tenedor para probarlas.

Sus ojos se habían perdido en algún lugar al otro lado de la ventana, inexpresivos pero serenos.

Se ocultaba ya el sol tras las montañas cuando Max Magnus se encendió un cigarrillo y se volvió hacia Fiord.

Sus ojos ardían de furia mientras el humo del tabaco ascendía hacia ellos.

- He fracasado, amigo mío. – gimió- Esos monstruos son invencibles.

Fiord asintió en silencio mientras estudiaba el rostro demacrado del detective, que había envejecido aquellos días.

- Nadie es invencible, ni siquiera el Diablo lo es- Fiord carraspeó y cruzó las manos sobre su regazo. - No sé qué es lo que ha podido suceder allí arriba. Pero sea lo que sea, tú siempre has sido un luchador, Max Magnus.

195

Sonrió desganado y descendió la mirada hacia el suelo. Fiord tenía razón, pero en aquel momento se sentía como hacía cinco años, abatido, golpeado y sin fuerzas.

- Astaroth tiene a la señorita Varona. Y no tengo ni idea de dónde puede estar Steiner. - musitó volviendo a mirar a Fiord. Éste asintió, comprendiendo la gravedad de la situación.

- Héctor no ha detectado movimientos en casa del abogado. Pero no me cabe la menor duda de que Astaroth volverá a Abery. -El detective le miró de reojo. -Astaroth siempre vuelve. Esta ciudad es su hogar. Aquí hace y deshace a su gusto. Y si tiene a la señorita Varona no creo que el señor Steiner tarde en aparecer.

- No lo sé…- Max Magnus se levantó a su lado y se acercó a la ventana. - Hice un trato con el señor Steiner, sólo espero que sea un hombre de palabra. Sin él jamás podré detener a esa panda de asesinos. En cuanto a la señorita Varona, ni siquiera sé si está viva. La disparé por accidente mientras intentaba detener a Astaroth. - confesó con vez débil.

- Viva o muerta, ella es el menor de tus problemas. ¿Y Hopkins? - preguntó Fiord después.

- Está en la comisaría.

- ¿Los ha visto él? - le preguntó en un susurro.

Max Magnus suspiró.

- Sí, los ha visto. Ha visto el rostro deformado de Astaroth y también ha visto el alma oscura de Steiner. No ve bien que le haya pedido ayuda a ese asesino.

-   Las cosas a veces tienen que ser así. Lo comprenderá y volverá a tu lado. Sólo dale tiempo.

-   Eso espero.

Se revolvió de forma incómoda en el sillón y Fiord estudió con preocupación su ceño fruncido.

-   Puedes quedarte en mi casa el tiempo que quieras. Ya sabes que estoy para ayudarte en todo lo que necesites. Ahora, sé que quieres salir- susurró- La noche ha caído y esas criaturas no tardarán en aparecer. Héctor te acompañará allá donde quieras ir.

Max Magnus asintió y salió del cuarto a trompicones, agradeciendo la compañía de aquel medio gigante. Sin embargo, Fiord no pudo evitar preocuparse mientras lo veía alejarse a través de la ventana.

Aquellos demonios de la noche eran los amos de aquella ciudad y no dejarían que nada ni nadie se interpusiera en su camino.

II

Observó a Sophia con preocupación mientras los copos de nieve de la tormenta caían sobre su rostro. Estaba temblando sobre su regazo y gemía a cada galope.

Apenas quedaban unos minutos para el alba y aquella desventurada no viviría para verlo.

Sentía a Steiner tras ellos, siguiéndolos como un perro de caza, arrastrado por el olor de la sangre y guiado por su propio odio. No quería enfrentarse a él, ya que sus heridas le habían debilitado considerablemente. Debía reponer fuerzas cuanto antes.

Contempló la tez mortecina de Sophia, y sus brillantes ojos suplicantes, que le imploraban que no la dejara morir en aquel bosque. Al menos no aquella noche.

La tormenta apenas le dejaba avanzar, y su corcel estaba luchando sin apenas ya fuerzas contra la fuerza del viento.

De repente, el animal se desplomó, incapaz de seguir.

Tomó a Sophia en brazos y la poso sobre el suelo.

Estaba atemorizada y sus ojos azules cristalinos se apagaban sin remedio. Le levantó el vestido hasta la altura de los muslos y descubrió la bala que la había herido. Estaba hundida en su muslo derecho. La sangre salía a borbotones de aquel agujero y no pasaría mucho tiempo hasta que muriese desangrada.

El demonio se revolvió en sus entrañas, atraído por el olor de aquel veneno. Sintió una pequeña punzada en la encía mientras sus colmillos se alargaban con lentitud, y un escozor en los ojos le nublo la vista durante unas milésimas de segundo.

Sophia dejó de gemir, cohibida ante aquellas dos esferas rojizas que la estaban mirando con hambre.

Se acercó hacia ella, excitado ante aquella imagen de desolación y desfallecimiento, y deslizó la lengua por su carne.

Sophia gimió de dolor y le agarró por la cabellera, en un vago intento de alejarlo de ella. Gruñó y se volvió hacia ella. Lo estaba contemplando con arrogancia, bañada en su propia sangre, y a merced de la muerte, como si no temiese ni a aquella dama de negro ni al demonio que la acechaba con su apetito.

Sus ojos ardientes encontraron su cuello desnudo, donde la carótida palpitaba con debilidad.

- ¿A qué esperas? - le espetó Sophia, mientras lo tomaba por el cuello de la camisa y lo acercaba hacia ella

Sus rostros quedaron frente a frente. Aquella criatura que lo había cautivado la primera vez que la había visto, y a la que había hecho suya con pasión, volvía a embrujarle.

Steiner se había enamorado de ella, pero en aquel momento, mientras sentía toda la oscuridad de su alma, la arrogancia de sus gestos, y su completa entrega a la muerte, se dio cuenta de que él también empezaba a sentir algo por ella.

La bestia se desvaneció y dejó paso de nuevo al hombre.

El gestó de Sophia se relajó y soltó el cuello de su camisa.

- No dejes que muera, Astaroth. – le suplicó- Quiero ver otra luna.

Sophia cerró los ojos y él la observó durante unos segundos, sin saber qué hacer.

Volvió la vista atrás y sintió que Steiner ya no los seguía. La tormenta lo habría detenido de la misma forma que lo había detenido a él. Lo podía imaginar como a un perro enjaulado en medio de aquel bosque de tinieblas.

Quedaba poco para que amaneciera y tanto él como Steiner debían localizar un lugar en el que refugiarse.

Tomó a Sophia en brazos y ella se aferró sin fuerzas a él. Vagó sin rumbo hasta que encontró una gruta en la que guarecerse.

No sabía si Sophia Varona volvería a ver otro anochecer.

III

Sitra y él habían seguido el rastro de sangre de Sophia hasta el bosque, pero la tormenta de nieve les había sorprendido en medio de aquella búsqueda contra reloj; contra la llegada del amanecer.

Se habían refugiado en una cueva, y esperaron con paciencia a que la noche cayera de nuevo para poder reanudar la marcha.

La tormenta había dado paso a una apacible noche estrellada, aunque heladora y con varios centímetros de nieve bajo los pies.

Sitra cazó una ardilla por el camino, y saciaron su sed como salvajes, mientras el animalito moría entre sus manos. Logró recuperar algo las fuerzas, pero seguía sintiéndose igual de fatigado.

No habían avanzado mucho cuando dieron con la gruta en la que se habían refugiado Astaroth y Sophia. Estaba oculta tras unos matorrales y no era más alta que un medio hombre.

Christopher accedió al interior, guiado por el olor de la sangre de ella, que ascendía hasta sus fosas nasales como un perfume encantador. Una parte del suelo de tierra seca estaba

200

manchado con la sangre de ella, y junto a esos rastros había otros más oscuros y densos. Era la sabia sin vida de Astaroth, que también estaba herido.

Suspiró alicaídamente y volvió a salir, donde Sitra lo estaba esperando con semblante serio y una expresión inescrutable en sus ojos negros.

-       Se han ido. Debemos volver a Abery cuanto antes. Ambos están heridos.

Sitra asintió y se despidieron de aquel bosque helado como espectros en la noche.

Se detuvo frente a la casa de Astaroth, que seguía cerrada a cal y canto. Aquella guarida le invitaba a dar media vuelta, pero su cabezonería le mantenía ante sus puertas.

Héctor estaba a su lado, como una estatua de piedra, vigilando cada rincón oscuro de la calle y atento a cada taconeo de zapatos sobre el empedrado.

Sin embargo, era una noche tan heladora que las calles estaban desiertas, y decidió volver al piso de Fiord cuando el frío se instaló en sus huesos como parásitos chupadores de vida.

Se encendió un cigarrillo y empezó a caminar con languidez, arrastrando los pies a su paso, como un alma en pena. Estaba agotado y necesitaba echarse en la cama y dormir.

Héctor lo seguía de cerca, como el más leal de los guardianes. De improvisto y cuando apenas habían avanzado unos metros, entre la niebla de la calle oyeron los pasos de un hombre que se estaba acercando hacia ellos. Max Magnus se detuvo en seco y llevó la mano a la culata del revolver. Su respiración se había agitado, pero volvió a calmarse cuando un borracho apestando a vino barato pasó al lado de ellos.

- ¡Mira por dónde vas, estúpido! - bramó Héctor. Empujó al hombre cuando estuvo a punto de chocar con él. El borracho cayó al suelo y escupió alguna que otra palabra mal sonante, que solo el cuello de su sucia camisa consiguió entender.

Continuaron avanzando calle abajo, haciendo caso omiso de las quejas del viejo. Ya ni las oían cuando distinguieron una silueta a unos metros de distancia frente a ellos. Se pararon en seco y Héctor le miró con preocupación.

- ¿Detective?

Ni se inmutó. De hecho, ni siquiera había llevado la mano al revolver.

Esperó con paciencia hasta que la silueta cobró forma entre la niebla y pudo distinguir a un jinete con el rostro cubierto y que iba envuelto en una capa negra.

Cuando les alcanzó se echó a un lado para dejarle pasar. Descubrió, sin mucha sorpresa, que un segundo hombre misterioso iba agarrado de la cintura del primero.

Pero él sabía quiénes eran aquellas dos almas condenadas.

IV

Aquella gruta oculta tras unos matorrales les serviría para poder resguardarse de la tormenta y protegerse de la luz del sol.

Arrastró a Sophia hasta el interior y la dejó tendida sobre el suelo. Encendió una pequeña hoguera con unas ramas que había encontrado y se desprendió de su capa humedecida por los copos de nieve. Echó una breve ojeada a la puñalada que le había asestado Steiner, y a la herida de bala de aquel policía, al que supuestamente Olaf había matado en Lockham. Ninguna de las dos cosas revestía gravedad, pero eran una molestia.

Volvió la vista hacia Sophia, que seguía con los ojos cerrados. Se acercó a ella y le tomo el pulso en la muñeca. Su gestó se torció cuando comprobó que apenas tenía pulso.

Rasgo una tira de tela de su camisa ensangrentada y se apresuró en hacerle un torniquete, aunque Sophia había perdido tanta sangre que temía que aquello no sirviera de mucho.

Examinó la herida con cuidado, y consiguió extirparle la bala con la punta de la daga. La tomó entre sus dedos y la guardo en el bolsillo de su pantalón.

Sophia había abierto algo los ojos y lo estaba escudriñando a través de las tinieblas de la semi inconsciencia.

Su tez rozaba con aflicción el color de la de los muertos, y sus labios rojizos se habían vuelto purpuras y fríos.

Astaroth volvió la vista hacia el muslo, donde la hemorragia apenas se había detenido. La sangre seguía tiñendo el suelo de color escarlata.

Sophia se estaba muriendo y él la estaba dejando ir. Apretó los puños y se acercó hacia ella. Deslizó sus dedos sobre su cuello, tan tentador y hermoso... Podía hundirle los colmillos en aquel mismo momento e intentar convertirla, pero una transformación en aquella situación no la salvaría. Estaba demasiado débil y ni su cuerpo ni su alma lo soportarían.

Apartó la mano del cuello y posó la vista sobre su propia muñeca.

Se la acercó a la boca y hundió los colmillos en la carne. Apenas sintió un pinchazo y la sangre empezó a aflorar al exterior. Extendió la mano hacia la boca de Sophia.

- Debes comer- le ordenó con voz grave. Sophia asintió y dejó que él acercase la muñeca a su boca escarchada.

Se tendió a su lado y sintió su frío cuerpo inerte. La envolvió con sus brazos para darle calor y dejó que ella se alimentase con su sangre. Si había algo que podía salvarle la vida era la fuerza de aquel veneno, que ella ya había probado y al que tan diligentemente se había entregado.

Se quedó velando por el sueño de Sophia lo que restó de día y solo cuando sus mejillas retomaron el color y su pulso se recuperó de nuevo, apartó la muñeca de su boca.

Para entonces la noche había caído de nuevo, esta vez con un cielo despejado y estrellado.

Sophia entreabrió los párpados y se reincorporó con su ayuda.

La herida había dejado de sangrar y cicatrizaba sin problemas. Se la examinó en silencio antes de vendársela con un jirón de tela.

Había llegado el momento de volver a Abery.

La vida de la señorita Varona ya no corría peligro, pero él sentía que su alma endemoniada agonizaba por momentos.

DULCE VENENO

I

Un niño de apenas unos nueve años llamó a la puerta del piso. Portaba una carta con una firma que reconoció de inmediato y sus dedos temblaron al abrirla. La leyó con avidez, sin apenas dejar tiempo a que sus ojos se detuviesen en cada una de las letras, y la echó al fuego bajo para que las llamas se encargasen de convertirla en cenizas.

- Los años pasan y cada vez pesan más, ¿no es así? - Max Magnus aún contemplaba las llamas en la chimenea cuando Fiord detuvo la silla de ruedas a su lado. - ¿Era de él?

El detective asintió.

- Debo verlo esta noche. Ya ha llegado a la ciudad. – musitó sin fuerzas.

- Héctor te acompañará.

- No, debo ir sólo.

Fiord asintió y arrastró la silla de ruedas hasta la ventana. Max Magnus se acercó a él y tomó asiento a su lado. Los nervios le carcomían por dentro y su mano tembló cuando se encendió el cigarrillo. Aspiró el humo del tabaco y cerró los ojos.

No había conseguido dormir en toda la noche, pensando en los dos fantasmas con los que se había cruzado la noche anterior. Le dolía la cabeza y no tenía apetito.

- Tienes que ver a un doctor- le aconsejó Fiord mientras se masajeaba las rodillas. - Puede darte pastillas para dormir. Yo las tomo de vez en cuando, sobre todo cuando los monstruos de mis pesadillas son demasiado reales.

- Por eso mismo prefiero mantener los ojos bien abiertos. Quién sabe qué puede estar acechando entre las sombras…

Volvió a darle otra calada al cigarro y se hundió en el sillón.

Apenas había echado una cabezadita cuando Héctor irrumpió en la habitación, acompañado por un joven pelirrojo que portaba un cuaderno de notas bajo el brazo.

- Señor. – le llamó Hopkins- Han aparecido tres chicas muertas en los suburbios de la ciudad- le comunicó con voz grave- He acompañado al comisario Grauss al escenario del crimen, muy a su pesar, que me invitaba a quedarme en la oficina con insistencia.

Max Magnus se levantó de un salto y caminó hacia Hopkins a trancos. Podía sentir la mirada preocupada de Fiord tras su espalda.

- No me dio tiempo a examinar sus cuellos. El comisario dio la orden de levantar los cadáveres para incinerarlos sin apenas echarles un ojo. Me pareció muy extraño…

El detective alzó las cejas.

- No les faltaban los órganos. Fueron ataques más desorganizados, perpetrados por una persona muy ansiosa. Pero algo me dice…

Tomó al chico del brazo y lo sacó al pasillo.

\- Esos demonios volvieron a Abery la pasada noche- le informó en un susurro. – Estoy seguro de que si examinamos sus cuellos encontraremos esas dos malditas marcas.

Hopkins asintió de mala gana.

\- Señor, siento lo de mi distanciamiento. Pero, necesitaba pensar. Lo de aquella noche en el valle de Grotto. Esas cosas... - se disculpó con sinceridad- No me había parecido lo más adecuado colaborar de forma unánime con el señor Steiner, teniendo en cuenta que él también...- su voz se quebró antes de poder terminar la frase, y él posó la mano sobre su hombro. El muchacho era una buena persona, arrastrada a un mundo de maldad, al que él lo había conducido.

\- No tengo nada que perdonarte. Te comprendo perfectamente. – le dio unas palmaditas sobre el hombro antes de separarse de él.

Luego se volvió hacia el descansillo del piso y tomó su capa.

\- ¿Han incinerado ya a las chicas?

Hopkins negó con la cabeza.

\- He venido directo desde el escenario del crimen, señor. Tan rápido cómo he podido. Pero estaban de camino al crematorio.

\- Bien, vayamos a ver esos cuerpos antes de que sea demasiado tarde.

El crematorio estaba situado a las afueras de la ciudad, rodeado por un frondoso bosque de arces. El camino estaba cubierto de barro y mancharon con sus sucias botas el suelo de la oficina de la capilla, situada a la entrada del camposanto. Se dirigieron directamente hacia la recepción y se plantaron ante una chica joven y regordeta, que comía unos bollos de chocolate escondida tras una columna de archivadores.

Salió de su escondrijo con mala cara, mientras ocultaba el bollo con un papel de periódico.

- ¿Qué desean? - preguntó con voz estridente.
- Tenemos orden de preparar los cuerpos para la incineración.

La joven examinó a Max Magnus con extrañeza.

- Siempre es Víctor quién se encarga de eso…- espetó con desconfianza. – Está a punto de llegar.

El detective introdujo la mano en el bolsillo interior de su chaqueta y extrajo unas monedas, que se las tendió a la chica sobre la mesa.

- Sólo dos minutos- le susurró. La joven miró en derredor y agarró las monedas como un pajarraco.
- Están en el sótano. Dos minutos- recalcó.

Max Magnus giró en redondo y Hopkins lo siguió a través del estrecho y lóbrego corredor que descendía hasta el crematorio.

En el horno de ladrillos ya ardía el fuego con voracidad y los cuerpos estaban tendidos sobre unas camillas, apostadas en el centro de la sala de azulejos verdosos, cubiertos por unas sábanas amarillentas y mugrientas.

Se acercaron hasta allí, y descubrieron el primer cuerpo. Era el de una niña de unos catorce años, con un rostro angelical y que apenas había empezado a desarrollarse.

Apartó su pelo castaño hacia un lado y examinó su cuello. Su gestó se torció cuando descubrió las pequeñas marcas de aquellos dos orificios sobre su piel. Eran oscuros y un pequeño rastro de sangre seco descendía desde ellos.

Hopkins se acercó a examinarlo y su gestó también se ensombreció. Volvieron a tapar a la niña y se dirigieron a la segunda camilla, donde otra niña de pelo negro azabache descansaba en paz. De nuevo, aquellos agujeritos manchaban su cuello moreno.

Caminaron hacia la última chica, que de la misma manera lucía aquellas dos marcas.

Max Magnus la cubrió con dulzura y suspiró con amargura.

Aquellos demonios se habían dado un festín aquella noche y él no había estado allí para detenerlos.

- Hijos de puta.

Gruñó. Se disponían a salir de la sala cuando oyeron unos pasos que se acercaban desde el corredor.

- Jefe. – le llamó Hopkins en un susurro. – Hay otra puerta trasera.

Antes de abandonar el crematorio reconoció la voz de aquel vendido a Satán, el comisario Grauss.

Farfulló una maldición y puso rumbo a la casa de Steiner. No tenía ni idea de por qué le habría citado aquel malnacido.

II

Había llegado a Abery sin fuerzas, sintiéndose al borde del desfallecimiento. Acompañó a Sophia a la habitación mientras ella le observaba con semblante preocupado.

- ¿Vas a salir, Astaroth? - le preguntó en un susurro, escudriñando su rostro pálido.

No le respondió y extrajo del bolsillo de su pantalón las llaves del cuarto. Las observó durante unos segundos antes de decidirse a cerrar la puerta.

- Llévame contigo. Quiero ver. - susurró. Aquella cosa que le había hablado era el ser oscuro de Sophia Varona, tentado por la sangre. Se preguntó cuánto tiempo pasaría hasta que ella se entregara a la noche por completo.

- No puedes venir.

- Quiero ver. – aquella joven pedía demasiado, pero su cabezonería le hizo cambiar de opinión. Quería ver, pues bien, vería.

Salieron a la calle. Era una hermosa noche de bruma, las que tan bien les ocultaban de las miradas indiscretas de los mortales. Examinó la avenida con cautela para cerciorarse de que el detective y aquel hombre enorme ya se habían marchado. Suspiró aliviado al ver que no quedaba rastro de ninguno de ellos y decidió que lo mejor era ir caminando hasta los suburbios del oeste.

Anduvo con presura y con algún que otro zigzagueo marcando sus pasos, seguido por Sophia, que iba velando por su torpe equilibrio.

Dejaron atrás la suntuosidad de las calles de la parte este de la ciudad y se perdieron en la indigencia de los barrios más marginales de la parte oeste.

Así, paso tras paso, se toparon con tres niñas, de no más de quince años, que prostituían sus cuerpos miserables, escuálidos y repletos de golpes de color verdoso, al fondo de un callejón.

Las niñas se fijaron en Astaroth y quedaron encandiladas por la riqueza de sus ropajes y la belleza de su rostro.

La más morena se aceró a él y le agarró de la mano. Lo llevó hasta el fondo del sucio callejón maloliente, que estaba repleto de ratas y de basura. Las otras dos niñas les seguían de cerca como alimañas, codiciando alguna que otra moneda.

Sophia caminó tras todos ellos, contemplando en silencio los últimos pasos de aquellas criaturas sobre la faz de la tierra.

La niña de cabellos negros se levantó la falda y les mostró su sexo sin vello. Cogió la mano de Astaroth y se la llevó a los genitales. Alzó la vista hacia Astaroth.

- Todo tuyo, guapo.

Astaroth sonrió y apartó la mano de la vagina. Sus ojos color avellana se tiñeron del púrpura de la muerte y agarró a la niña por la nuca. Sophia contuvo la respiración mientras veía como Astaroth se acercaba a su cuello como un lobo hambriento.

Astaroth deslizó la lengua por su piel y sus colmillos se alargaron. Se los hincó a la niña con voracidad y un gemido se escapó de entre los labios de aquella desdichada, que había tenido la mala suerte de cruzarse con aquel ser endemoniado.

Astaroth succionó con gula aquella savia que le devolvía a la vida, y sólo cuando dejó de estar fresca, se separó de su cuello y dejó caer el cuerpo sin vida al suelo.

Los rostros de las otras dos niñas estaban pincelados por el terror. El rostro deformado de aquel hombre las había petrificado y no se habían movido del sitio.

Y ella había dejado que aquel hombre matase a esa niña. No había hecho nada por evitarlo. Era, al fin y al cabo, cómplice de aquello, y desafortunadamente la sed de Astaroth no parecía tener límites aquella noche.

Astaroth se dirigió hacia otra de las niñas. La agarró del cuello antes de que pudiese huir, y le hincó los dientes en un abrir y cerrar de ojos. La tercera niña gritó asustada y dio media vuelta, decidida a escapar de aquel callejón sin salida.

Sophia la miró con espanto. No podía dejar que huyera. Aquella niñita de rostro angelical había visto su cara.

La agarró con fuerza por el brazo y la detuvo con brusquedad. La niña empezó a luchar sin fuerzas bajo sus manos, mientras ella observaba como la segunda víctima de Astaroth se estampaba contra el suelo.

Astaroth caminó hacia ambas, hipnotizado por el cuello de la pequeña, del que no apartaba sus ojos ardientes. Sophia la estaba sosteniendo por los hombros. La pobre criatura se había dado por vencida; sabía que iba a morir aquella noche, y ella, Sophia Varona, la iba a entregar a ese monstruo.

Astaroth se detuvo frente a ellas y sus ojos encontraron los de la niña. La chiquilla estaba sollozando y empezó a murmurar una oración.

Las palabras sagradas llegaron a sus oídos como flechas envueltas en fuego, y soltó a la chiquilla de inmediato. Se cubrió las orejas con las manos para no tener que oír aquellas palabras que le revolvían el estómago y le daban ganas de vomitar.

Se arrodilló en el suelo mientras intentaba contener el vómito en la boca, y vio como Astaroth le arrebataba la vida a aquella pobre niña, que sólo había dejado de orar cuando cayó sin vida al suelo.

Sólo entonces, ella dejó de sentir náuseas y tragó el devuelto que se había acumulado en su boca.

Astaroth la observó sin inmutarse y se acercó a ella con lentitud, deslizándose por el suelo, como una aparición. La tomó de las manos y la ayudó a reincorporarse.

- Ya has visto- le susurró con lengua viperina. - Ahora tenemos que volver a casa.

Sophia asintió y volvió a dirigir sus pasos tras aquel demonio, que la guio de nuevo, entre la bruma de aquella ciudad embrujada.

Llegaron antes de que les cegasen los débiles rayos del alba. Astaroth ascendió las escaleras hasta el piso superior y se fue directo a la habitación.

Ella subió trastabillando tras él.

Se asomó al cuarto y observó a Astaroth desnudarse por completo y tumbarse boca arriba en la cama.

La dedicó una última mirada antes de cerrar los ojos y quedarse plácidamente dormido.

Sin embargo, ella no podría dormir aquella noche; se sentía sucia, culpable, y deseaba quitarse la vida.

Se deslizó hasta el suelo y comenzó a sollozar en silencio.

Aquel demonio se había apoderado de ella y le había arrebatado lo poco que aún le quedaba de humanidad.

III

Hopkins y él se apearon del carruaje ante un edificio de piedra lustrada por el azote de las tormentas y el viento del norte. La luz plateada de la luna los acompañó hasta que se detuvieron frente a la puerta de madera de la entrada principal.

Llamaron al timbre y un conserje de avanzada edad les abrió con torpeza.

Vestía el mismo estilo de túnica negra que la fallecida ama de llaves de Astaroth, y sus ojos grises estaban ahogados en cataratas que a duras penas le dejaban ver sombras en medio de aquellas tinieblas.

\-   Detective- murmuró con un hilo de voz, que apenas consiguió oír. - El señor le espera en el primer piso.

Max Magnus ascendió las escaleras de piedra, acompañado por Hopkins, que caminaba a su lado con expresión seria.

Llegaron a un corredor ancho e iluminado por lámparas de queroseno, en el que había tres puertas. Sólo una de ellas estaba entreabierta y se dirigieron hasta allí.

La luz mortecina de unas velas casi consumidas les recibió en aquel salón, decorado con muebles de exquisito gusto, y tapices de gran calidad que colgaban de las paredes de piedra.

El señor Steiner descansaba sobre un sillón junto al fuego de la chimenea. Se veía hermoso entre los reflejos de las llamas, con su rostro sereno, su mirada seductora y sus maneras elegantes.

Se giró pare saludarlos y les hizo un gesto con la mano para que tomasen asiento a su lado.

- Ayer los vio, ¿verdad, detective? – el tono de Steiner era casi gutural, reflejo de la ira contenida. Sus ojos brillaron con intensidad mientras esperaba la respuesta.

Max Magnus le observó atónito, sin entender cómo podía saber aquello, y asintió con la cabeza.

- La señorita Varona estaba herida de gravedad- siguió hablando. – Por la sangre que perdió, ningún ser humano podría haber sobrevivido…Sin embargo…- sostuvo las palabras entre los labios, tanteando las mismas. - Algo la ayudó a resistir.

Max Magnus descendió la mirada, recordando la bala que el mismo había disparado y que tan desafortunadamente había herido a la mujer.

- Astaroth la alimentó con su sangre corrupta- escupió Steiner con asco. Sonrió sin ganas y su gestó se ensombreció.

-       No entiendo…- musitó Hopkins- ¿La dio de beber …de su sangre?

Steiner asintió mientras se encendía un cigarrillo. Después le ofreció otro a él, que aceptó sin vacilar.

-       La sangre de Astaroth salvó de la muerte a la señorita Varona, pero al mismo tiempo le ha envenenado el alma, y la señorita Varona ya nunca volverá a ser aquella señorita que usted conoció en Lockham. – las palabras de Steiner le desconcertaron, pero Steiner no parecía tener intención de explicar más de lo que ya había dicho.

-       ¿Cómo sabe eso? - preguntó Hopkins.

-       Porque yo mismo conozco los efectos de beber una sangre ponzoñosa como esa…

-       ¿Y qué quiere decir con eso? -Se levantó del asiento, con la mente saturada por las incógnitas, que no le dejaban descansar con sosiego- No entiendo nada.

-       La ha contagiado, detective. – le espetó Steiner con furia, indignado porque él no fuese capaz de entender lo más obvio. Lanzó el cigarrillo al fuego.

-       ¿Contagiada cómo lo está usted, Astaroth, Olaf… y toda su familia del valle de Grotto?

Steiner le traspasó con la mirada y negó con la cabeza.

-       No detective, aún no es como ellos, ni como Olaf, Astaroth o yo, pero ha emprendido un camino sin vuelta atrás.

Resopló aturdido. No comprendía bien lo que el señor Steiner estaba diciéndole. Sus palabras eran turbias, como salidas de la boca de un demente sectario que estuviese dándole un sermón endiablado.

- ¿Qué quiere, Steiner? - explotó con ira- Me vuelve loco con su palabrería indescifrable. Y lo único que yo deseo es atrapar a esos asesinos de niños.

Steiner rio con amargura y sus ojos se tiñeron de color escarlata a la luz del fuego. Su mirada mezquina y sus palabras encriptadas le desasosegaban, pero aquel hombre era la única llave que tenía para poder abrir la puerta del infierno, y no iba a dejarse amedrentar por él.

- Astaroth ha salvado la vida de Sophia Varona y la ha atado a él con su sangre. Ella nunca volverá a Lockham, porque él no la dejará, y el alma de ella se ha vuelto demasiado débil para abandonarlo. Lo necesita.

Steiner le observó con altivez. Hopkins seguía sentado junto al fuego, silencioso, y atento a la conversación.

- Tenemos un pacto, usted y yo- le recordó Steiner. Hopkins alzó los ojos, expectante- Yo le ayudaba a cazar a esos asesinos, usted se colgaba una medalla y cerraba viejas heridas, y a cambio usted me dejaba libre de cualquier sospecha. Y recuperar a la señorita Varona, creo recordar, era algo que nos interesaba a ambos.

Max Magnus chasqueó la lengua y apretó los puños con fuerza para evitar golpear a aquel rufián que de nuevo volvía a jugar con él.

- Yo soy hombre de palabra, detective. – le tranquilizó en un tono más sosegado. - Pero, necesito que usted esté decidido a ayudarme. Necesito que haga caso a todas las instrucciones que le dé.

Max Magnus frunció el entrecejo y observó a Hopkins. El muchacho seguía impertérrito en su asiento, pero sus ojos le pedían que no se dejase enredar por aquel hombre. No obstante, él no era capaz de ver otro camino en aquel momento, y por mucho que le pesara, tendría que acceder.

\- Está bien- masculló. Oyó que Hopkins resoplaba tras ellos y vio que se volvía malhumorado hacia las llamas de fuego. - ¿Qué quiere que haga?

Steiner sonrió y se acercó a él.

\- Todo a su debido tiempo. Pronto me volveré a poner en contacto con usted. Ahora pueden irse.

Se levantó del sofá y Hopkins se colocó a su lado, sin dedicar ni una mirada al señor Steiner. Dieron media vuelta y se disponían a salir del cuarto cuando Steiner le llamó de nuevo.

Inclinó la cabeza para oírle.

\- No se preocupe por las tres niñas muertas. Nadie las echará en falta.

CONFESIONES

I

Se retiró a su cuarto entre lamentos y lágrimas, y sólo cuando amaneció y supo que Astaroth la dejaría en paz, consiguió dormir algo.

Sin embargo, su sueño fue inquieto y perturbador. Los rostros de las tres niñas le habían acechado sin descanso, mientras se reían de ella y le gritaban: "la huele, la huele" ...

Se despertó de un sobresalto, empapada en un sudor frío y con un leve mareo. Estiró las piernas y se levantó con torpeza. Hacía frío aquella mañana y se envolvió con la manta, cojeó hasta la ventana y abrió la cortina de par en par. Las débiles luces de aquel día de finales del invierno le rozaron el rostro con sutileza. Tomó asiento frente a la ventana y permaneció en silencio un largo rato, sin pensar en nada en concreto, pero dándole vueltas a demasiadas cosas. Se examinó la herida del muslo, que apenas le dolía, y recordó la forma en la que Astaroth le había salvado la vida. Porque, al fin y al cabo, de no haber sido por él, ahora ella estaría enterrada bajo tierra.

Suspiró alicaídamente y se sintió culpable por haber pedido a aquel demonio que no la dejase morir, y más por haberle suplicado que le dejase ver "aquello". Pero, aquella noche, sin saber por qué, había sentido un fuerte impulso que le había arrastrado a pedir tal calamidad.

Y sabía que no había sido ella quien lo había pedido, si no, algo que crecía dentro de sus entrañas y le oscurecía el alma.

No necesitaba ser muy inteligente para saber qué era aquella cosa, ya que ese monstruo era el mismo que torturaba a Astaroth y a su amado Christopher cada noche.

¡Ah, Christopher, cuánto deseaba verlo! ¡Cuánto ansiaba sus caricias y sus besos!

Volvió a sollozar pensado en él, y se preguntó si él seguiría acordándose de ella.

Se maldijo por lo estúpida que había sido dejándose embaucar por Astaroth. Pero, lamentablemente, ya no había nada que hacer. El destino y aquel maldito trato la tenían atada a él.

Dejó que la mañana transcurriera como un letargo ante sus ojos. Observó el vaivén de la calle, con sus gentes subiendo y bajando la avenida, envueltos en sus capas oscuras para resguardarse del frío glaciar de aquellas tierras septentrionales y atendiendo sus quehaceres diarios. Sintió envidia de todos ellos, y sintió nostalgia al recordar su vida en Lockham, aquella vida que siempre había detestado, pero que ahora más que nunca desearía poder recuperar.

Se reincorporó con pesadez y se detuvo frente a la ventana. Apoyó la cabeza sobre el cristal. Su respiración agitada dejó un cerco de vaho que limpio con la palma de la mano y observó sus ojos en el reflejo. Estaban vacíos y oscuros. Esos ojos ya no eran los suyos.

II

Se despertó con la llegada de la luna en una noche lluviosa. Se deslizó por el suelo del corredor y se detuvo frente a la puerta de Sophia.

La noche anterior ella se había dejado arrastrar por la sangre, sin embargo, cuando llegaron a casa la culpa le retorcía las entrañas.

No sabía cómo podría haber amanecido aquella noche, pero él necesitaba verla.

Extrajo las llaves del bolsillo del pantalón y abrió la puerta con expectación.

La habitación estaba a oscuras y encontró a Sophia sentada junto a la ventana.

Sophia alzó los ojos hacia él y le observaron inexpresivamente. No entendía por qué, pero no era capaz de saber lo que ella estaba pensando en aquel momento.

Sophia se levantó del diván y se quedó frente a él. Su respiración era pausada y el olor de su cuerpo perfumado. Se excitó al pensar en sus curvas y en la belleza de su cuerpo, y se dio cuenta de que hacía tiempo desde la última vez que había yacido con ella. Sin embargo, el deseo de morderla era abrumador y se alejó de su lado antes de perder el control. Caminó hacia la ventana y dirigió su mirada hacia la calle, donde un hombre envuelto en una capa granate se estaba acercando hacia la casa.

- Me tengo que ir.

Volvió sobre sus pasos y pasó al lado de Sophia. Sintió su mirada inquisidora sobre su espalda y se giró hacia ella antes de abandonar la estancia y encerrarla con llave.

- Prepárate, luego vamos a salir.

Se despidió de ella antes de darle tiempo a que le hiciese alguna pregunta y bajó a su despacho. Antes de salir aquella noche debía ocuparse de unos asuntos importantes, entre ellos deshacerse de Max Magnus, aquel detective entrometido. Max Magnus ya había seguido los pasos de Olaf y de Steiner en la ciudad sureña de Lockham, y por culpa de la torpeza de Olaf, ahora estaba siguiendo sus pasos en la ciudad norteña de Abery.

Aun así, no le cabía la menor duda de que tras los pasos de aquel mundano, estaban las zancadas de Steiner.

Apretó los puños con fuerza hasta que las uñas se le clavaron en la carne.

Steiner.

Ese era el nombre de su problema. Aquel alborotador siempre había sido la pata coja de su mesa. Hacía tiempo que debió deshacerse de él y de otros tantos como él, pero había sido demasiado débil y permisivo.

No obstante, desde lo acontecido en el valle de Grotto las cosas ya no iban a ser como antes. Muchos hermanos queridos habían muerto aquella noche por culpa de los alborotadores.

Y Steiner iba a ser castigado. De momento tenía consigo su tesoro más preciado, y tendría que ser muy cuidadoso si no quería perderlo para siempre.

- Señor. - le llamaron. – No hay rastro de los bastardos que huyeron de Grotto, salvo Steiner, que ha vuelto a la ciudad. En cuanto a los nuestros, vuelven a Abery. Pronto la familia estará aquí.

Astaroth sonrió.

- ¿Quiere que haga algo más? - preguntó Olaf.

- Vete donde ese estúpido de Grauss y dile que Max Magnus me está estorbando. No quiero a la policía sureña tras mis pasos.

Olaf asintió solícitamente y Astaroth volvió a perderse escaleras arriba.

Sophia volvió a perderse junto a Astaroth en las calles de Abery. Sus piernas temblaban a cada paso y su mente se preguntaba con tormento a dónde iba a llevarle aquel monstruo esa noche.

Caminaron en silencio, envueltos por la bruma de la noche, y ya bien entrada la madrugada se detuvieron frente a las puertas de un cementerio de las afueras de la ciudad.

Astaroth abrió la verja de forja, que chirrió de manera quejumbrosa, y accedió al interior del camposanto.

Sophia se detuvo a la entrada, incapaz de seguir a Astaroth.

- Vamos- le ordenó.

Se puso en marcha a regañadientes y le siguió a través de las antiguas tumbas enmohecidas, mientras sus pies se hundían en el barro del camino.

La bruma desapareció poco después y se detuvieron frente a un mausoleo majestuosos, aunque maltrecho por el paso del tiempo. Tenía dos columnas jónicas a cada lado de la puerta de hierro, y un hermoso dintel, adornado con escenas de la santa Biblia. Al observar con más detalle los gravados sobre el mármol ennegrecido se dio cuenta de que las figuras eran demonios y criaturas del Apocalipsis. Sobre el techo abovedado, unas gárgolas y la figura de un demonio salvaguardaban el acceso a la pequeña edificación.

Astaroth se acercó hasta la puerta y extrajo unas llaves del bolsillo de su pantalón. La abrió con dificultad y empezó a descender unas estrechas escaleras de piedra cubiertas por hojas podridas.

-       Astaroth...- le llamó cuando él se perdió escaleras abajo.

Farfulló unas palabrotas y se acercó hasta el primer escalón. Comenzó a descender a tientas, con el corazón en un puño, preguntándose qué le estaría esperando allí abajo.

Una leve luz la iluminó cuando llegó al piso bajo, que olía a humedad. Había un sarcófago de piedra en el centro de la estancia, ante el que Astaroth se había detenido. Había encendido un candelabro que apoyó sobre el sarcófago y se giró para mirarla.

Sophia se acercó a él, y observó las letras talladas sobre la piedra. Estaba gravado el nombre Astaroth y bajo él una fecha que databa de hacía casi seis siglos. La respiración se le detuvo. Aquella tumba era mucho más antigua que el propio mausoleo y camposanto.

-       ¿Es tu ancestro? ¿Es este tu panteón familiar?

Astaroth sonrió y deslizó la mano sobre el gravado.

-       Esta es mi tumba, querida Sophia. – Se volvió a ella para mirarla, pero los ojos de la joven seguían perdidos en las letras de aquel nombre.

-       Morí en el valle de Grotto y allí me enterraron, a las afueras del castillo de mi familia. Pero, salí de entre la tierra a la noche siguiente, hambriento y confuso.

Me perdí en la oscuridad, sin nadie que pudiese guiarme a través de ella. Todo el pueblo me buscó sin descanso al averiguar que mi tumba estaba vacía, pero fui afortunado y conseguí escapar de aquella plebe enfurecida.

Mi hambre era tal, que comí sin descanso hasta que el ansia cesó por completo. En aquel tiempo fui capaz de transformar a tres hombres y tres mujeres, que fueron quienes mandaron construir este sarcófago y ocultarlo en el castillo familiar. Pero eso sucedió muchos años después de mi muerte, cuando ya los huesos de mis padres descansaban bajo tierra desde hacía tiempo.

Conseguí reconstruir mi vida, y volver al castillo de mi familia, haciéndome pasar por un descendiente muy lejano. – sonrió vagueza, mientras recordaba todo aquello- Nadie en aquel maldito páramo me pregunto nada. Los pocos locales temían demasiado a cualquier miembro de aquella familia maldita, cuyo uno de sus antepasados se había despertado de entre los muertos como una abominación. -Sophia le observaba embelesada, atrapada por la historia. - Mi presencia ahuyentó a los pocos que aún vivían en el valle, y mis hijos se vinieron a vivir conmigo.

-       ¿Cómo te convertiste, quién te transformó? - preguntó en un susurró.

-      Nadie me convirtió, sólo una maldición fue la causante de mi estado. La maldición de una hechicera que se había enamorado de mí, y a la que rechacé.

Sophia guardó silencio.

-      El amor es difícil…- susurró Astaroth. - Yo nunca he amado a nadie. He tenido muchas compañeras y he yacido con muchas mujeres… pero no he llegado amar a ninguna de ellas.

Miró los ojos de Sophia, aquella criatura a la que había salvado la vida, y cuya alma era tan hermosa y compleja.

-      Mis primeros hijos me abandonaron al de un tiempo. Estaban deseosos por viajar y conocer nuevos mundos… y nunca volví a saber de ellos. Se desperdigaron por la tierra, creando sus propios clanes, y de esos clanes otros muchos más…Yo no he hecho más que preocuparme por mis descendientes… desde los primeros años. Sufriendo sus muertes y sus pesares.

Se volvió hacia ella y tomó sus manos entre las suyas.

-      Mi familia está al borde de la extinción, Sophia- le confesó con pesar- Y no sé qué hacer para evitarlo. Con las autoridades y las gentes deambulando tras nuestras sombras, cada vez es más difícil salir a cazar. La gente moderna está ciega y no sabe apreciar la belleza de la noche. Y entonces me pregunto…- alzó las manos de Sophia hasta sus labios y las besó con dulzura- ¿Cómo es posible que tú si lo hayas visto?

Sophia titubeó. Astaroth la estaba confundiendo con aquella sinceridad, dejándola ver lo que le preocupaba. Mostrándose como un hombre y no como un monstruo.

227

-   Tú también sufres… lo vi en tus ojos mientras te alimentaba para salvarte la vida. Y me hechizaste con tu pesar. Pobre Sophia…- volvió a besar sus manos. – Déjame cuidar de ti...- se acercó a ella y la besó. Aquel beso le pilló desprevenida y no fue capaz de separarse de él. Astaroth la embelesaba sin comprender cómo.

-   Déjame cuidar de ti…- susurró con voz grave. Ella asintió, como hipnotizada, y Astaroth sonrió mientras acercaba las manos hasta la falda de ella.

Necesitaba saciar su deseo y ella estaba solicita.

III

La mañana llegó de improvisto, cuando apenas había conseguido conciliar el sueño, y él y Hopkins se apresuraron en vestirse y en desayunar algo. Querían marchar cuanto antes a la comisaria para ponerse a trabajar.

-   ¿Noche inquieta? - Fiord no le quitaba el ojo de encima, examinando su aspecto dejado de aquel día, mientras masticaba una tostada con mermelada de ciruela.

-   Algo así…- farfulló. Bebió el café de un sorbo y se levantó apresuradamente, golpeando con el borde de la chaqueta. el plato que contenía los restos de su tostada. - Cuídate amigo. - le aconsejó Fiord antes de que saliera del piso.

Caminó a zancadas bajo la lluvia de aquella mañana, con Hopkins siguiéndole de cerca, y llegaron a la comisaria poco después, calados hasta los huesos. Los truenos se oían desde el fondo de las montañas y los rayos iluminaban las paredes de la oficina del comisario Grauss, que los esperaba con semblante serio tras su escritorio.

- ¡Oh, detective! - exclamó con asombro al verlo. - O debería decir simplemente Max Magnus...- le tendió un telegrama que iba dirigido a él.

Hopkins se acercó para verlo, y ambos pudieron comprobar que provenía de la oficina de policía de Lockham.

El pulso de Max Magnus se alteró mientras lo leía, y no fue capaz de controlarlo. Dejó el papel sobre la mesa, mientras Hopkins lo observaba con desconcierto.

- Bien. - El comisario se levantó de su asiento- Me temo que ya no hay razón para seguir hablando con usted, ahora que ya no trabaja para la policía estatal.

El comisario sonrió a regañadientes y Max Magnus lo miró atónito desde donde estaba sentado. Astaroth había jugado sucio y con triquimañas había conseguido echarlo del cuerpo de policía.

- Es un bastardo vendido a Satán- Saltó de su asiento y se abalanzó sobre el comisario. Lo agarró por el cuello amarillento de la camisa y lo acercó a su cara. Le escupió en las mejillas mientras le hablaba- Nadie ni nada va a detenerme, ¿lo entiende? Dígale eso al malnacido de su jefe.

Le soltó de improvisto y lo lanzó contra la pared. El comisario gruñó, pero antes de que pudiese llamar a sus colegas para que lo detuviesen, él y Hopkins ya habían abandonado el edificio.

Fiord contemplaba a Max Magnus en silencio mientras estudiaba la serenidad de su rostro y oía el castañear de sus dientes.

Y él sabía el porqué de tal comportamiento.

El señor Astaroth se había valido del comisario Grauss para echar al magnífico detective Max Magnus del cuerpo de policía. No sabía qué mentiras se habrían inventado para poder hacerlo, pero había pedido a Héctor que se encargase de averiguarlo.

El medio gigante había traído nuevas desasosegadoras. Al parecer habían denunciado una falta de ética profesional y dejadez en el trabajo del detective, apoyándose en actos infundados que el propio comisario Grauss afirmaba haber visto. Desafortunadamente, los hilos maquiavélicos de Astaroth surcaban las tierras de norte a sur, donde en más de una región contaba con la ayuda indiscriminada de hombres como Grauss.

Suspiró de forma desolada, dando vueltas a su cabeza sin cesar, y sin saber qué paso dar a continuación.

De la misma forma que la impotencia le inquietaba a él, también torturaba a su amigo.

Hopkins estaba observando a ambos con el ceño fruncido, con la libreta de notas sobre sus pantorrillas.

Max Magnus le había ordenado que volviera a Lockham y que retomase sus tareas diarias, con objeto de no perder su puesto de trabajo, pero la fidelidad que le ligaba a Magnus era mayor que la que le ataba al escritorio de la ciudad sureña, y esa misma mañana había mandado su carta de renuncia.

Max Magnus era un buen detective, con sus dudas y fallos, como cualquier persona de a pie, pero que se caracterizaba por la constancia y el buen hacer en su trabajo.

Los acontecimientos se habían complicado en los últimos meses, y Max Magnus había tenido que tomar complicadas decisiones, con las que él no había estado de acuerdo. No obstante, se preguntaba hasta dónde estarían dispuestos a llegar para destapar a todas aquellas bestias asesinas. Para empezar todos habían desaparecido sin dejar rastro la fatídica noche sangrienta en el valle de Grotto, y segundo, estaba claro que las influencias de Astaroth llegaban más allá de lo que jamás podrían haber imaginado.

Ya no solo era cuestión de atrapar al asesino de Erika Fever, de la prostituta sin nombre o de las tres pequeñas niñas, era menester detener y destapar a toda aquella familia de asesinos. La gente tenía derecho a saber que chupadores de sangre habían sembrado la tierra de muertos desde hacía siglos, y sólo así, destapando sus hábitos de vida anormales, la gente común tendría la oportunidad de mantenerse a salvo de ellos, si es que había alguna forma de hacerlo.

Hacía poco que había caído la noche y la cena caliente los esperaba a la mesa. Se sentaron a comer en silencio, y apenas habían terminado la sopa cuando Héctor entró en el comedor y les informó de que un tal señor Steiner les esperaba en el descansillo.

Max Magnus apartó su plato de mala gana, y Fiord indicó a Héctor que le hiciese pasar.

El hombre apareció en el comedor, con su semblante serio habitual y su mirada seductora de costumbre.

Saludó a todos y tomó asiento a la mesa. Echó un vistazo a los platos de sopa de lentejas, y no puedo evitar una mueca de desgana.

- ¿Qué quiere? - le increpó Max Magnus.

Steiner sonrió.

- Antes de nada, siento lo de su empleo...- le dijo sin mucha sinceridad- Hace ya un par de semanas que me enteré, pero no tuve ocasión de venir a verle.

Max Magnus resopló y Fiord le pidió paciencia con la mirada.

- Los aliados de Astaroth han llegado a la ciudad. - le informó. – Las calles no tardarán en llenarse de muertos y de sangre.

Max Magnus le estudió de soslayo, preguntándose por qué le estaba contando todo aquello.

- ¿Qué quiere que yo haga? Ya ni siquiera soy policía.

Steiner sonrió y se levantó de la silla.

- Mañana a media noche en mi casa. – le indicó antes de irse- Puede llevar a Hopkins.

Max Magnus gruñó y apretó los puños con fuerza para controlar la furia que le impulsaba a dar una paliza a aquel sinvergüenza.

EL CAZADOR

I

Salió de casa del amigo de Max Magnus y se encontró con Sitra, que lo esperaba en la calle. Tenía hambre y necesitaba recuperar fuerzas.

Se detuvo a las puertas de un burdel mal oliente que apestaba a enfermedad y a alcohol, y se perdió escaleras arriba, rumbo a una habitación en la que sentía a un alma agónica.

Se coló como un fantasma en la habitación y entre las sombras del pestilente cuarto, encontró tendida sobre el catre a una joven de no más de diecisiete años, que respiraba con dificultad y ardía en fiebre.

Se sentó a su lado y apartó los cabellos mojados de sus mejillas coloradas.

- Me muero…- musitó ella. – Llévame contigo.

Steiner asintió y su rostro sereno se volvió deforme. Hundió los colmillos en el cuello de la chica y bebió hasta que ella quedó seca.

Se apartó extasiado, con la sangre endulzando su lengua, y abandonó la habitación a hurtadillas como un ladrón.

Sitra lo esperaba en la calle, observando el zigzagueo de los borrachos, y se giró cuando lo vio aparecer.

- Vamos. - le ordenó. Caminaron en silencio, como dos espectros de la noche, ocultos bajo las capuchas de sus capas negras, mientras sorteaban a las prostitutas y esquivaban los pasos inseguros de los borrachos, hasta que alcanzaron de nuevo la seguridad del mundo noble y burgués.

Echaron sus capuchas hacia atrás al llegar a una de las avenidas principales de la ciudad, y se detuvieron ante una mansión majestuosa, donde se estaba celebrando una fiesta.

Un coche acababa de detenerse a la entrada de la casa y Christopher reconoció al conductor de inmediato, a pesar de que se ocultaba bajo una capa granate.

Gruñó cuando Astaroth descendió del coche y su corazón se paralizó cuando descubrió que Sophia bajaba tras él, hermosa y enigmática, como la primera vez que la había visto.

- Señor. – le llamó Sitra. – No es buena idea, y lo sabe.

Steiner se giró hacia él, malhumorado.

- Hay unos cuantos humanos. Astaroth no hará nada. Espera aquí.

Dio la espalda a Sitra y caminó con paso decidido hacia la entrada principal. No tenía ninguna invitación y como era de esperar el mayordomo se negó a dejarle pasar. Sin embargo, supo encandilarle, o más bien le pagó bien, y al fin, se coló en la mansión sin montar ningún tipo de alboroto.

Un camarero pasó a su lado y le tendió una copa de champan, que bebió de un sorbo. Después su mirada se posó en cada uno de los rostros de aquella velada. No habría más de unas cuarenta personas, y divisó a Astaroth junto a la orquesta, con un grupo de unas siete personas, entre las que estaba Sophia Varona, embelesando a todos los allí presentes.

Caminó con decisión y se plantó de forma inesperada ante Astaroth.

- Steiner- le saludó guardando la compostura. Sophia se sobresaltó a su lado y su mirada se perdió en sus ojos verdes. Pudo sentir su nerviosismo y el latir acelerado de su corazón. - ¿Qué te trae por aquí?

Christopher sonrió.

- Sólo quería saludar a un viejo amigo. Soy Christopher Steiner- se presentó. Poso un beso sobre las manos desnudas de las damas, que cayeron rendidas a sus pies. Su último beso fue para Sophia y aspiro el aroma de su suave piel mientras dejaba que sus labios gozasen con su tacto.

- Le presento a mi esposa. - le anunció Astaroth cuando se separó de ella. Le dirigió una sonrisa maquiavélica.

- ¡Oh! - exclamó. - No sabía que os habíais casado.

Una mujer regordeta y con cara risueña se volvió a él para hablarle.

- Precisamente el señor Astaroth nos estaba contando cómo había conocido a la señorita Sophia.

Christopher sonrió y le dedicó una mirada impertérrita, que Sophia se la mantuvo sin contestar.

- ¿Y cómo fue eso, señora Astaroth? - le preguntó con malicia. Sophia titubeo antes de hablar.

- Bueno, yo soy de Lockham y el señor Astaroth y yo nos conocimos en uno de sus viajes a la ciudad por tema de negocios…- explicó.

-    ¡Me quedé fascinado cuando la vi por primera vez en aquella fiesta! Y me enamoró con una mirada...- Astaroth tomo el mentón de Sophia y poso un pequeño beso sobre sus labios. Las mujeres le observaron encandiladas mientras no podían evitar suspirar como idiotas. Steiner sonrió sin ganas, atónito ante aquel espectáculo inverosímil.

La orquesta empezó a tocar una melodía diferente y todos se volvieron para escucharla.

-    ¿Podría bailar con su esposa? Si no es mucha molestia, claro. - Los ojos de Christopher brillaban como el fuego, y la ira nubló los de Astaroth, que aceptó, intimidado ante el grupo de personas que les estaban observando.

Sophia se separó de Astaroth con timidez cuando él tomó su mano.

-    Sophia- le susurró al oído cuando se juntaron para bailar. – Cómo te extraño.

Ella asintió y sus piernas temblaron. La dicha era tal en aquel momento que ambos se olvidaron de la mirada airosa de Astaroth y de los cuchicheos de la gente. En aquel instante eran sólo él y ella.

-    Ven conmigo, Sophia.

La arrastró de la mano fuera del salón de baile. Sabía que Astaroth se daría cuenta y de que no tardaría en mandar a alguno de los suyos para que fueran a buscarlos. Sin embargo, había mucha gente importante en aquella velada y no podía armar jaleo. Sabia, por lo tanto, que contaban con algo de tiempo.

-    Tenemos que salir de aquí.

Sophia asintió, pero junto a la puerta principal estaba Olaf haciendo guardia. Otro par de secuaces de Astaroth irrumpieron en el pasillo y corrieron a esconderse en una de las salas de corredor.

Christopher cerró la puerta tras él y después se volvió a ella con ímpetu.

- ¡Oh, Christopher! No podemos salir de aquí. – Se abalanzó sobre el para besarlo, antes de que el tiempo se acabase para ellos. Él beso el cuello desnudo de ella y dejó que sus manos inquietas se perdiesen bajo su falda. Ella gimió cuando la hizo suya y se separaron extenuados.

Sin embargo, la dicha duró poco. Un estruendo proveniente del corredor les sobresaltó de improvisto y salieron de su escondite a hurtadillas. Allí, a las puertas de la entrada de la casa, les estaba esperando Astaroth con seis de sus secuaces.

- Debes irte, Christopher. Antes de que nos descubra.

- No puedo dejarte con él.

Sophia negó con la cabeza.

- No puedes hacer nada. Debes irte. Te lo suplico…

Se separó de él antes de poder retenerla a su lado. Sophia caminó hasta Astaroth con seguridad y el rufián la agarró del brazo y volvió a llevarla a la pista de baile, donde el resto de los invitados les estaban esperando.

Sin embargo, él no podía dejarla con él.

Volvió sobre sus pasos y de nuevo irrumpió en la pista de baile. Allí estaba él, agarrándola con firmeza por el brazo. Retándole a él con la mirada. Y si, supo que no había nada que hacer. Nada, al menos, en aquel momento.

- Señor Steiner. – le llamó una voz. Se volvió para ver quién era y se topó con cuatro acólitos de Astaroth. - Será mejor que se vaya...- le mostró un revolver que escondía bajo la chaqueta. – No queremos que la señora Astaroth amanezca con los sesos esparcidos por la almohada, ¿verdad?

Christopher gruñó y abandonó la casa de mala gana.

Sitra le estaba esperando fuera.

- Le dije que no entrara. - le recordó. Christopher asintió y se pusieron en camino con presura, deseando alejarse de allí lo antes posible. Sin embargo, alguien le llamó desde la entrada de la casa.

Era Sophia que había salido a su encuentro.

Se giró para verla, pero antes de poder alcanzarla, Astaroth apareció a su lado y la agarró con brusquedad por el brazo, obligándola a volver dentro.

Sus pasos volvieron a llevarle hasta la mansión, pero antes de poder llegar a la puerta principal, cuatro criaturas de ojos rojizos le cortaron el paso.

II

Habían vuelto a casa poco después de que Christopher se fuera de la fiesta, y había sentido la ira de Astaroth mientras iban en el coche. Astaroth no había abierto la boca, pero sus ojos castaños habían dejado paso a las esferas rojizas que ella tanto temía.

Llegaron a la mansión poco después de la media noche y Astaroth se dirigió al salón. Ella caminó tras él y tomó asiento frente al fuego, junto a él.

- Sophia- su tono de voz fue ligero - ¿Qué es lo qué te ocurre? He compartido mis secretos contigo, te he mostrado cosas… y aun así sigues decepcionándome con tu actitud caprichosa. - Alzó sus garras hacía ella y apretó con fuerza sus mejillas. Gimió e intento librase de él, pero Astaroth se abalanzó sobre ella y ambos cayeron al suelo con un golpe seco.

- Sophia, Sophia…- susurró mientras seguía estrujando su rostro. - Eres muy difícil.

La soltó de improvisto y se levantó del suelo. Se colocó el traje y después la levantó a ella. Sus ojos ardían como el infierno, y su gesto serio era aterrador. No era Astaroth quien estaba con ella en el salón, era su demonio.

- Te voy a enseñar una cosa que te va a gustar.

La agarró por el brazo y la arrastró por el pasillo. Se detuvieron frente a una portezuela que había oculta tras un tiesto con una planta de interior, y Olaf apareció de entre las sombras para mover el tiesto y dejarles paso libre.

Astaroth la arrastró escaleras abajo y la oscuridad les envolvió al llegar al sótano. De repente la puerta del sótano se cerró de un portazo y Astaroth la soltó.

- ¿Astaroth? - musitó casi sin aliento. Estaba paralizada por el terror, y ni siquiera era capaz de gritar para pedir ayuda. El demonio de Astaroth era un ser endiablado que disfrutaba haciendo sufrir al resto.

-       Sophia. – la llamaron. La llama de una vela iluminó con tenuidad la estancia y se topó con Astaroth de improvisto.

Astaroth alzó el brazo y le mostró una daga de plata. La acercó a su muñeca y se la abrió. La sangre empezó a caer al suelo y Sophia lo observó espeluznada.

-       Es tuya. Es lo que quieres. Ven a mí.

Negó con la cabeza.

No quería esa porquería.

-       Es tuya. La necesitas. Tienes hambre, lo sabes.

No quería mirar aquella ponzoña, sin embargo, Astaroth la estaba tentando, y no era capaz de desviar la mirada de aquella sabia negruzca. Sin saber por qué, se acercó a él como hipnotizada y le tomó la mano. Apretó con fuerza la herida para evitar que aquella ponzoña siguiese cayendo al suelo.

-       ¿No es hermosa? Es para ti…, lo he hecho para ti.

Descendió la mirada y observó la sangre de Astaroth, que estaba empapando sus propias manos. Se separó de él y las alzó hasta su rostro. Estaban negras y corruptas, como su alma.

-       Es para ti…- gruñó Astaroth. Se acercó a ella y empezó a lamer la sangre de sus dedos, con un hambre y un placer tal, que le causó cierta envidia.

-       ¿No la hueles? - le preguntó.

Asintió. Claro que olía ese embelesador perfume… ¿Cómo no olerlo?

Llegaba hasta sus fosas nasales como el aroma de las flores en plena primavera.

Tomó la muñeca de Astaroth y titubeó antes de empezar a sorber con ansia. Ese líquido la cautivaba y la ponía a merced de aquel demonio, pero era incapaz de evitarlo.

Astaroth sonrió y la separó con dulzura, la agarró por la nuca y la atrajo hacia sí.

-    No vuelvas a desobedecerme.

Ella asintió como una idiota sin personalidad.

Astaroth la soltó con brusquedad y ella chocó con una mesa que había tras su espalda. Se giró y descubrió con horror el cuerpo de un anciano que estaba tendido boca arriba sobre la mesa, abierto en canal como un puerco.

-    Qué demonios...

Se llevó las manos ensangrentadas a la boca, para ahogar un grito.

Astaroth la abrazó por detrás y su contacto le produjo un escalofrió.

-    Ssss...no pasa nada. Nadie le echará en falta.

La soltó de improvisto y ella se volvió para verle. Sus ojos volvían a ser castaños. De nuevo era Astaroth el hombre.

-    A veces pierdo las formas...- se disculpó. – No te preocupes por él. Esto lo hacen prácticamente todos los días en las clases de medicina. Ahora deja que te limpie esas manos, te he puesto pedida.

La agarró por el brazo y la llevo escaleras arriba. Creyó que Olaf volvía a cerrar la puerta del sótano, pero estaba como mareada... y no tenía una buena percepción de lo que estaba pasando.

Astaroth la llevó a su cuarto y la desprendió de su vestido. Después la llevó hasta la cama y la ayudo a tumbarse.

- Estoy mareada...

- No te preocupes. Te pondrás bien. Ahora debemos dormir. El sol está a punto de salir.

Se tumbó a su lado y entrelazo su mano a la de ella. Después cerraron los ojos y no volvieron a abrirlos hasta la siguiente noche.

III

Durante siglos los hombres les habían perseguido sin descanso, hambrientos por derramar su sangre oscura y densa sobre la tierra. Pero sólo algunos habían sido los únicos capaces de acabar con sus condenadas vidas inmortales.

Había pasado mucho tiempo desde que el último cazador había muerto a manos de uno de ellos, y desde entonces no se habían encontrado con ninguno más.

Sin embrago, Max Magnus reunía todas las aptitudes y las ganas para convertirse en el nuevo cazador de vampiros.

Su alma era oscura, su mente maquiavélica, su desdén sin fronteras, y su ira eterna.

Y él necesitaba a alguien que le ayudase a mantener a raya a los bastardos vástagos de Astaroth, que estaban llegando a Abery como hordas, atraídos por el discurso sangriento y alentador de su amo, el Primero de todos.

Max Magnus se presentó con Hopkins de manera puntual en su apartamento.

Sitra los guio hasta el salón y tomaron asiento frente al fuego. Era una noche heladora la de ese día, y Max Magnus y Hopkins temblaban de frío.

- ¿Qué quiere? ¿Por qué me ha hecho llamar otra vez? - le pregunto el ex detective.

Steiner le tendió un libro con tapas de piel humana.

- ¿Qué es esto? - escupió con impaciencia. Hopkins se acercó a él para mirar el libro.

- Es una copia del libro original… todo cazador de demonios tiene uno.

- ¿Cazador? - Max Magnus lo abrió y comenzó a ojear los dibujos cromados y las letras latinas. – Yo no sé latín…

- Usted no… pero su joven ayudante sí. - Miró a Hopkins y el joven se sonrojó. - Hopkins es un joven inteligente y sabio, seguro que puede traducírselo. Le recomiendo que lo lea y lo memorice bien. Ahí está todo lo que necesita saber sobre las criaturas como yo…

Max Magnus cerró el libro.

- Quiere que me convierta en cazador.

Steiner asintió.

- Si quiere vencerlos, necesita conocer sus secretos. Y ahí está todo lo que necesita saber- le explicó. Se encendió un cigarrillo y le ofreció otro a Max Magnus, pero el detective no lo aceptó. Le observó sorprendido y volvió a guardarse la cajetilla en el bolsillo. - Está sin empleo y yo quiero contratarle. Les pagaré bien a ambos.

Hopkins descendió la mirada, y miró al detective de soslayo, esperando con impaciencia su respuesta.

- Magnus, sólo así podrá acabar con ellos. - le recalcó. - Le estoy ofreciendo mucho.

- Lo sé. —contestó al fin el ex detective. - Y me pregunto, ¿por qué un demonio me ayudaría a matar a otros como él?

Steiner sonrió.

- Me guio siempre por el pacto que tenemos. Quiero acabar con Astaroth y sus secuaces, y sólo no puedo. Debo buscar a los hermanos que piensan igual que yo para poder derrocar y terminar de una vez por todas con su mandato.

Max Magnus asintió.

- ¿Y ser usted el nuevo Líder? - Steiner sonrió con languidez.

- Eso no lo decido yo, los hermanos escogemos a los líderes. Es costumbre que el líder sea el más antiguo de nosotros, y créame, yo soy muy joven. - Steiner se levantó de su asiento y caminó hacia el escritorio. Abrió uno de los cajones y extrajo un mapa. Lo abrió sobre la mesa y Hopkins y Max Magnus se acercaron hasta él.

Era un mapa muy detallado del continente.

- Nosotros estamos aquí. - señaló con el dedo índice la ciudad de Abery en el mapa. – Esta es la comarca del señor Astaroth, y aquí en el valle de Grotto está su castillo. - deslizó el dedo por el mapa hasta detenerlo más arriba. - Las montañas blancas, y al otro lado un tierra inhóspita y desconocida, donde se asienta una de las familias de los primeros hijos de Astaroth.

- Eso está muy lejos. A un mes y medio a caballo. ¿Está seguro de lo que dice?

Steiner asintió.

- Allí me dirigí cuando me separé de mi padre. Quería alejarme lo más posible de él, y se decía que allí había otro clan. – cerró el mapa y lo volvió a guardar en el cajón. – Astaroth tuvo tres hijos y tres hijas; los Primeros Hijos. Le abandonaron al de unos años, en busca de nuevas tierras que conquistar y noches que ver. El castillo de su padre… era demasiado simple… Uno de ellos volvió con él muchos años después…

Hopkins tragó saliva.

- Hugo Olaf.

- Así es. Y ese bastardo le ha servido con fidelidad desde entonces. El resto de hijos jamás volvieron y Astaroth nunca más supo de ellos. Sin embargo, quiso el destino que yo me topase con una de sus hijas, la más preciada de ellas, allí donde os he dicho. Ella no piensa como él.

Max Magnus escuchó con detalle todo lo que Steiner le estaba contando, y meditó con cautela todas y cada una de sus palabras. Sin embargo, seguía teniendo tantas dudas…

- Lea el libro, y sus dudas desaparecerán. – como siempre Steiner le había leído el pensamiento. - No debemos dejar que Astaroth tiña estas tierras de sangre. Eso sería el fin para los humanos y también para los míos. O sino recuerde la Inquisición y a las plebes enfurecidas... fueron tiempos muy oscuros... rece para que no vuelvan. Ahora váyase y sólo venga a verme cuando tenga una respuesta.

IV

Desde aquella salida en la que se habían encontrado con Christopher, Astaroth la había llevado a un par de fiestas más y le había hecho compañía todas las noches. Le hablaba de sus hijos, de sus primeros tiempos, de sus amantes, de los hombres a los que había matado... y ella le escuchaba hechizada, deseando que el alba no llegase nunca, esperando con paciencia a que él le diera de beber.

Tenía tanta hambre...

Y era un hambre de color rojo.

Se levantó de la butaca y caminó hacia la librería para coger otro libro, pero Astaroth la detuvo.

- Déjalo, va a amanecer. Debemos ir a dormir.

Volvió a dejar el libro en su sitio y paso por su lado con desaire.

- ¿Qué ocurre?

Astaroth la agarró por la cintura y la detuvo en seco. No era capaz de mirarle a los ojos, temerosa de que él pudiese descubrir lo que le ocurría.

- Nada- susurró. Se separó de su lado y caminó hacia las escaleras. Astaroth la siguió de cerca.

Ya en el primer piso, entro en su cuarto y esperó a que él cerrase la puerta con llave. Sin embargo, Astaroth se detuvo a la entrada de la habitación, con gesto serio y con las llaves colgando de su mano derecha.

-       Ya te dije en su día que puedes pedirme lo que quieras.

Sophia descendió la mirada hacia las llaves, aquella maldita cosa que la encerraba entre esas cuatro paredes.

-       No me encierres. – pidió, intentando ocultar el temblor de su voz.

-       Está bien.

Astaroth giró sobre sus talones y se fue a su habitación. Lo oyó cerrar su puerta y después ella se apresuró a cerrar la suya.

Se sintió extraña porque al fin era libre de alguna manera.

Se acostó sintiéndose mejor que en las anteriores noches y esperando un agradable sueño, Sin embargo, cuando cerró los ojos el sueño no terminaba de vencerla.

Una risa burlona llegaba a sus oídos, las niñas le hincaban sus diminutos colmillos en el cuello, y los cadáveres del sótano de Astaroth se levantaban e irrumpían en su cuarto para abrirle en canal y extirparle los órganos.

Y la puerta de su habitación no estaba cerrada con llave.

Se levantó de la cama y salió al pasillo. Estaba a oscuras y la madera crujió bajo sus pies desnudos.

Se detuvo al llegar al borde de la escalera y se asomó con cautela, pero desde donde estaba no era capaz de ver la puertucha del sótano. Debía bajar algún peldaño.

A cada paso que la acercaba más al piso bajo el latido de su corazón se descompasaba por momentos. Se asomó al pasillo, pero desde donde estaba seguía sin poder ver la puerta.

Debía avanzar más… y no se sentía con fuerzas.

Volvió sobre sus pasos y llegó al piso superior de nuevo. Arrastró los pies por el suelo, mientras intentaba controlar su respiración agitada. Se detuvo al llegar a la puerta de la habitación y accedió al interior a hurtadillas, temiendo despertar a los fantasmas de esa casa.

Sin embargo, no fue lo suficientemente silenciosa y despertó a Astaroth.

- ¿Qué ocurre, Sophia?

Se acercó a él. Estaba tendido sobre la cama y se le vía tan tranquilo y sosegado; tan en paz…

- ¿Puedo dormir a tu lado?

Astaroth sonrió y abrió las sabanas de la cama. Se acurrucó bajo ellas, como si fuesen a protegerle de los monstruos que tanto temía.

Astaroth volvió a cerrar los ojos y ella se giró para darle la espalda.

Al menos ya no tenía nada que temer.

La noche le dio la bienvenida de nuevo y se despertó de improvisto.

Se giró en la cama y se encontró con los ojos avellana de Astaroth.

- ¿Has dormido bien?

Asintió y se reincorporó con zozobra. Se sentía algo mareada y la cabeza le iba a estallar.

- Estás débil. – Astaroth la agarró y la volvió a recostar - ¿Qué quieres ahora?

No contestó. Aquel maldito sabía lo que quería, pero prefería hacerse de rogar.

- No me hagas esto…

Astaroth negó con la cabeza.

- No sé a qué te refieres.

Sophia le agarró con fuerza por la muñeca.

- ¿Por qué te gusta jugar conmigo?

El demonio rio y se colocó sobre ella. Le mostró sus colmillos y después se los hincó en la mano. Sophia gimió y Astaroth empezó a beber su sangre. Aquel malnacido la estaba consumiendo, y ella se sentía cada vez más frágil y cansada.

- Eres tan sabrosa. - Se acercó y la besó para que ella pudiera degustar su propia sangre. Su lengua se afanó en saborear cada gota que aún quedaba en la boca de Astaroth, pero cuando ya no encontró más, se separó de él, más hambrienta que antes.

- Tengo hambre…- suplicó. El demonio sonrió y se auto mutiló su propia mano. Sophia la tomó entre las suyas y se la acercó a la boca.

Bebió hasta que la vista se le nublo y después volvió a caer en un sueño profundo.

V

Había pasado casi una semana desde que había tenido aquella reunión tan extraña con el señor Steiner, y seguía sin saber qué hacer.

249

Hopkins le había traducido el Libro del Cazador y lo habían examinado al detalle.

Ahora lo sabía todo acerca de esos seres, a los que los cazadores habían llamado Vampiros.

Lo sabía todo de ellos. Hasta cómo había sido creado el primero de ellos… y cómo transformaban a sus hijos. Sabía que no era cuestión de morder y esperar, sino de un proceso mucho más largo y laborioso que requería de mucha paciencia, pero sobre todo de encontrar al alma oscura adecuada. Y ahora, al fin, comprendía lo que Steiner en su día, y ahora Astaroth estaban haciendo con la señorita Varona. Y lo peor de todo era que ella lo sabía de alguna manera.

Ella conocía los secretos de aquellos monstruos de la misma forma que ahora él los conocía también, y ella había decidido entregarse a ellos. Nadie podría detenerla.

Aquello que Steiner siempre había descrito como una enfermedad, no era más que el propio mal personificado. Atados a la sangre, a la bestia y a las sombras.

Sólo Dios y la luz podrían guiarle a lo largo de ese camino de sombras. Pero para ello necesitaba fe, y él nunca había sido creyente. Su razón había dirigido su vida y las supercherías no habían tenido cabida en ella. Sin embargo, ahí estaba, ojeando las ilustraciones de aquel libro maldito. Estudiando el rostro de Satán y familiarizándose con sus triquiñañas y juegos.

Y sentía miedo.

Un miedo que nunca antes había tenido y que sólo pudo alejar rezando como nunca lo había hecho. Y lloró para desprenderse de los pesares de su alma.

Y al fin, cuando se libró de aquella carga, visitó a Steiner.

- ¿Si, Magnus? - Steiner estaba ocupado con unos papeles que tenía sobre el escritorio y esperó a que terminase de escribir para hablarle.

- Sois el Mal. - Dijo. – Y ahora comprendo que con mi experiencia como policía jamás os habría vencido. Mi trabajo infructuoso de tantos años sólo se debió al mero desconocimiento, por no saber a qué me estaba enfrentando. Pero ahora lo sé, y sé cómo deteneros.

Steiner le estaba mirando en silencio, sin parpadear y con el rostro sereno.

- Soy el nuevo cazador. – Anunció mientras se sentaba frente a Steiner, ansioso por abrumarle a preguntas.

Salieron de casa a la noche siguiente, después de que el vampiro le hubo iluminado en aquel mundo de tinieblas, y se dirigieron hasta los suburbios del este de la ciudad, donde los secuaces de Astaroth se alimentaban con voracidad desde que habían llegado a Abery.

Steiner se dirigió al burdel en el que había matado a la joven enferma de tuberculosis. Se acercó a la madame, una mujer vieja, absurdamente maquillada y embutida en un vestido demasiado pequeño para sus carnes.

- Hace unas semanas había aquí una joven enferma de tuberculosis. ¿Cómo sigue?

La mujer le miró extrañada pero su gesto se suavizó cuando Steiner le tendió unas monedas.

-   Muriooo…- confesó con un hilo de voz. - Pero no por la enfermedad. La habían succionado la sangre…- la mujer se santiguó.

-   ¿Dieron aviso a la policía? - preguntó Magnus.

-   Claro… pero ese bastardo del comisario sólo se la llevó sin más. Y no me prestó atención a lo que le dije sobre esas dos cosas en su cuello. Sólo me dijo que estaba loca y drogada…- rio con nerviosismo.

-   ¿Sabe si ha habido más casos como los de la chica?

La mujer se acercó a ellos y les echó a la cara su aliento fétido. Una mezcla de comida podrida con bebida barata.

-   Llevamos unas noches en las que han aparecido más muertos desangrados… pero la policía nos toma por locos. Sólo se llevan los cadáveres y ya no volvemos a saber más.

-   Gracias.

Steiner y Magnus salieron al exterior. El cazador se encendió un cigarrillo y le ofreció otro a Steiner.

-   Ese Grauss es un malnacido. Me gustaría saber cuánto vale su fidelidad. - Magnus resopló. - Lleva los cadáveres al crematorio, pero dudo que tenga tanta capacidad como para poder deshacerse de tantos sin levantar sospechas.

Él y Steiner se pusieron a andar.

-   Hay que deshacerse de ese comisario.

Magnus asintió, pero en su mirada, Steiner percibió dudas.

-       No se preocupe. Yo me encargo de Grauss. Pero vaya acostumbrándose al trabajo sucio. La muerte es la maleta de su viaje. Ahora a lo que íbamos.

Steiner le guio a través de las calles del suburbio, alentado por su propio sentido y olfato sobrenatural, que enseguida los llevó hasta un callejón oscuro.

-       Hay dos. - le avisó Steiner. - Están comiendo. Es su turno.

Magnus asintió y comenzó a caminar en dirección a aquellas bestias. Enseguida se dieron cuenta de su presencia y soltaron los cuerpos que estaban succionando, que cayeron al suelo como sacos de arena.

Un vampiro se le echó encima, pero antes de que pudiese tocarlo consiguió hundirle en el corazón la daga empapada en agua bendita. El demonio gritó y se desintegró frente a sus ojos. El otro demonio corrió hacia él y le disparó una vez en el torso. La bestia gimió y cayó hacia atrás, antes de que pudiese levantarse Magnus se abalanzó sobre ella y le cortó el cuello con la daga. El monstruo se desintegró bajo él.

Steiner se acercó a él.

-       Buen trabajo, cazador. – le felicitó. – Vamos, hay otro no muy lejos de aquí.

Y así, aniquilando vampiros transcurrió la noche. Antes de que cayera el alba él y Steiner volvieron a casa, donde Hopkins y Sitra los estaban esperando.

VISITA INESPERADA

I

Estaba furioso y su furia no tenía limites aquel día. Olaf había irrumpido en su habitación poco después de que se hubo echado a dormir, y no le había traído buenas noticias.

Sophia se reincorporó a su lado y observó a Olaf con la misma cara de sorpresa que él.

- ¿Qué pasa? - Se levantó y se cubrió con la bata de seda. Salió al pasillo y cerró la puerta tras él.

- Esta noche han matado a siete de los nuestros.

- ¿Qué? - Su mente se nubló. - ¿Quién ha sido?

Olaf negó con la cabeza.

- No sabemos. En cuanto caiga la noche saldré de nuevo.

- Más te vale traerme algo útil…- le amenazó. Volvió a entrar en la habitación y se tumbó en la cama. Sophia estaba esperando algún tipo de explicación, pero en aquel momento no quería ni hablar ni oír su voz.

- Astaroth…

- Ssss…- la cortó mientras cerraba los ojos. Si vas a molestarme, vete a tu cuarto.

Sophia se levantó de la cama y salió de la habitación. No la volvió a ver hasta que volvió a anochecer.

Salió en busca del comisario Grauss y no necesitó mucho tiempo para dar con él. Se había colado en su oficina a través de la ventana y había olido una de sus camisas sudorosas. Aquel olor le había llevado hasta el camposanto, donde el comisario, junto a otros tres hombres, se afanaban en echar a una fosa común una docena de cadáveres.

Se deslizó hasta ellos y se colocó detrás uno de los chicos sin que le vieran. Le hundió los colmillos en el cuello y lo dejó caer al suelo cuando murió.

Se acercó hasta los otros dos hombres y se abalanzó sobre ellos como una sombra. Los degolló ante la mirada atónita del comisario, que estaba paralizado por el terror, con la boca abierta y una mancha de orina manchando sus pantalones beiges.

Steiner rio.

-       ¿Cuánto vale eso, comisario? - Dijo señalando la mancha de la cobardía. Grauss titubeó y calló de rodillas al suelo.

-       No me haga nada, yo estoy con vosotros. Trabajo para tu señor Astaroth…-sonrió con nerviosismo.

-       Ya…- Steiner caminó hacia él, blandiendo la daga ensangrentada en su mano derecha. Le mostró los colmillos antes de hablar de nuevo. - Lo que pasa es que yo no trabajo para Astaroth.

Se abalanzo sobre él y ahogo su grito mientras le clavaba los colmillos en el cuello.

Le soltó cuando sació su sed y se limpió la boca con un pañuelo.

-       Estúpido.

Alzó su cuerpo en brazos y lo lanzó a la fosa común. Después hizo lo mismo con los cuerpos de sus tres ayudantes, y al final los impregnó a todos con cal viva.

Llegó a casa poco despúes, satisfecho por el trabajo realizado, y se sentó tras el escritorio. Sitra le sirvió una copa de sangre de animal, pero la rechazó con educación.

- He comido demasiado esta noche.

Sitra asintió y salió del despacho. Después abrió uno de los cajones del escritorio y tomó un papel y una pluma. Sopesó con cautela el mensaje que quería trasladar en su misiva, y sólo cuando estuvo seguro de lo que quería decir, comenzó a escribir. Aquella carta iba dirigida a alguien que apreciaba a la señorita Sophia Varona, y que estaba seguro de que podría ayudarle a sacarla de la casa de Astaroth.

- Sitra. – llamó. El mayordomo apareció en la sala y se paró a su lado. - Entrega esta carta en mano.

Sitra tomó la carta y observó a quién iba dirigida. Alzó las cejas, asombrado, pero no dijo ni una palabra. Dio media vuelta y abandonó la casa de inmediato.

Christopher se asomó a la ventana y lo vio partir en su corcel negro, camino de Lockham.

Bajó al salón y encontró a Sophia sentada frente al fuego de la chimenea.

Se sentó a su lado y la observó por el rabillo del ojo. Podía percibir al monstruo que la estaba consumiendo con lentitud y aunque ella pretendía fingir que estaba bien, él sabía que estaba débil y cansada.

-        ¿Qué ocurre Astaroth? - pregunto sin apartar la mirada del fuego. – Pareces angustiado.

Astaroth chasqueó la lengua y sonrió con pereza.

-        Nada que deba preocuparte. – le cortó drásticamente. Sophia se giró hacia él algo molesta, pero él la ignoró. No tenía por qué explicarle que lo que le preocupaba era que en las últimas noches algunos de sus hijos habían desaparecido sin dejar rastro.

De repente, Olaf apareció en el salón con gesto serio.

-        ¿Qué ocurre?

-        Han muerto cuatro más de los nuestro, y el comisario Grauss lleva desaparecido seis noches. Nadie en la comisaria había dado aviso oficial de búsqueda hasta hoy.

Astaroth se levantó de un salto y se abalanzó sobre Olaf. Lo asió de las solapas de la camisa y lo atrajo hacia sí. El rostro de Olaf seguía impertérrito como una estatua.

-        Te dije que quería información.

-        Y la tengo.

Astaroth sonrió y soltó a su hijo. Se colocó el traje y volvió a sentarse junto a Sophia, que atendía la escena en silencio.

-        Dime- le ordenó con voz grave.

-        De los nuestros nadie sabe ni ha visto al que ha acabado con ellos. Pero yo mismo he examinado los escenarios, y puedo decirle que el que lo ha hecho es una persona que conoce las armas y los métodos que acaban con nosotros, de forma fulminante y sin dejar rastro.

Astaroth gruñó.

- ¿Un cazador?

Olaf asintió.

- El último cazador murió hace mucho tiempo, y el último libro se quemó en la hoguera junto a él.

- Pues alguno ha resucitado de entre los muertos. - insistió Olaf. - En cuanto al comisario… seguí su rastro desde la comisaria hasta el camposanto, en concreto hasta una fosa común, donde su cuerpo se está desintegrando entre la cal.

- ¿Y?

- Percibí otro rastro muy familiar… el de Steiner.

Astaroth alzó los ojos, asombrado, y se volvió hacia Sophia, que lo miraba sin pestañear.

- Ves, Sophia, tu amado no es mejor que yo. Mata a policías inocentes y los deja pudrirse entre la cal viva. – tomo sus manos entre las suyas. - Puedes irte Olaf.

El hombre asintió y los dejó solos. Sophia luchaba por deshacerse de sus manos, pero él se las estaba agarrando con fuerza.

- Es un asesino… pobre comisario…- Astaroth suspiró y se acercó a ella. – Estás débil. Deberías comer algo.

Sophia negó con la cabeza.

- Ahora no, Astaroth. - suplicó. Astaroth asintió con la cabeza y se levantó de su lado. – Entonces púdrete en tu hambre.

Sacó la daga de plata que siempre llevaba consigo y se hizo un pequeño pinchazo en el dedo pulgar. Una gota de sangre rodo por el dedo y la chupó con la lengua.

Sophia le miro airada, mientras luchaba contra esa cosa que se revolvía en su estómago cada vez que olía aquel líquido rojizo.

- ¿No la hueles? - caminó hacia ella y se detuvo a su lado. Sophia alzó los ojos hacia él, y descendió la mano hasta su boca. Posó el dedo sobre sus labios herméticos.

- Púdrete en tu hambre o come. – Sophia entreabrió los labios y una tímida lengua lamió su dedo. Pero aquello era insuficiente para el hambre voraz que se le había despertado.

- ¿Tienes hambre?

Sophia asintió, de nuevo estaba hechizada por el embrujo de aquella savia.

Astaroth sonrió, aparto el dedo de la boca de Sophia y se hizo una incisión en la mano.

- Ten.

Le tendió su mano ensangrentada y ella bebió con angustia, como si no hubiese bebido en años. Cuando terminó se apartó tambaleando y él la cogió en brazos y la llevó a la habitación.

Tenía que saciar su ansia de carne.

II

El timbre había sonado con insistencia unas cuantas veces, y a muy a su pesar, tuvo que levantarse de la cama de mala gana.

Olaf apareció entre las sombras del corredor y se apresuró a atender la llamada. Se acercó a la mirilla de la puerta y su gesto se torció cuando se giró para hablarle.

- Es la tía de la señorita, señor - susurró para que no pudieran oírle. El timbre volvió a sonar mientras ellos vacilaban ante él.

- ¿Qué hace aquí? – preguntó Astaroth retóricamente mientras se ataba la bata. Consultó la hora en el reloj que colgaba de la pared y vio que era la hora del almuerzo. Gruñó ante aquella visita improvista.

- ¡¿Holaaaaa?!- gritaron desde fuera.

- Oh, atiéndela antes de que monte un espectáculo.

Se separó irritado de Olaf y subió las escaleras de dos en dos. Irrumpió en el cuarto y se acercó a trancos hasta Sophia, que seguía durmiendo profundamente. La balanceó con brusquedad por los hombros para despertarla.

- Despierta. -la llamó mientras ella abría los ojos con pereza. Sophia le miró aturdida mientras temblaba de pies a cabeza.

- ¿Qué pasa? - le preguntó en un susurro.

- Tu tía está aquí. ¿Qué significa esto? - la zarandeo con brusquedad mientras la llevaba hacia el armario y sacaba al azar un vestido para que se vistiera.

-       ¿Aurora? Qué hace aquí…- se libró de él de un empujón y le agarró por las solapas de la bata- ¿A qué la has traído, bastardo?

Por la preocupación del tono de su voz y el temblor repentino de sus piernas, supo que Sophia no tenía ni la más remota idea de lo que Aurora estaba haciendo en Abery.

-       Vístete- le ordenó.

Sophia se vistió con presura y él se puso uno de los trajes que colgaban de las perchas del armario.

Bajaron las escaleras con el corazón en la garganta y se dirigieron hacia el salón, donde una mujer delgada, excesivamente enjoyada y empapada en un perfume denso y mareante, les estaba esperando con calma junto al fuego.

Aurora se volvió hacia ellos al oírlos entrar, y sus ojos se abrieron como platos. Sonrió levemente pero su gesto se endureció al ver a Astaroth.

-       ¡Tía! - Sophia caminó hacia ella y la abrazó con dulzura. Tembló entre los brazos de la mujer, que se separó de ella con incomodidad.

-       Shopia, querida, ejem… Te creía con el señor Steiner- miró a Astaroth, que se estaba acercando a ella con paso lento- Preséntame a este señor…- escupió la palabra con desdén y se irguió como un soldado cuando se detuvo frente a ella. Era alto y apuesto, de mirada intensa y unos rasgos muy varoniles.

-       Soy Theodoro Astaroth, el esposo de su sobrina. - tomó la mano de Aurora y la besó. La anciana la apartó de forma inconsciente. - Encantado de conocerla. ¿Qué tal ha ido el viaje desde Lockham?

Los tres tomaron asiento y Aurora miró a su sobrina de forma intrigante.

- Eee...- titubeó- Largo para una señora de mi edad, pero no podía obviar la carta de mi querida sobrina. Me alerté mucho al saber que estaba tan enferma y que quería verme- explicó. Astaroth asintió y Sophia le lanzó una mirada preocupada, que no paso por alto para Aurora.

- Estoy mejor...- Sophia sonrió y se volvió para mirarla. Sus ojos eran un horizonte de tristeza y un abismo de oscurantismo.

- ¿Y el señor Steiner? - preguntó Aurora sin que sus mejillas se ruborizasen. – Te fuiste de improvisto de viaje con él, y ahora, te encuentro viviendo en casa de otro señor. Estos comportamientos no me parecen apropiados para una dama de tu categoría.

Astaroth se dirigió con la mejor de sus maneras a aquella chismosa anticuada.

- El señor Steiner no resultó ser tan buen hombre como parecía ser. Gracias a Dios su sobina está ahora conmigo. - Sophia asintió a su lado.

Aurora alzó las cejas en un gesto de asombro y estudió a ambos con desconfianza.

- Qué vueltas da la vida, señor Astaroth. Pero podían haber tenido algo más de consideración conmigo y al menos haberme informado de esto. Un caballero de verdad lo habría hecho - se quejó. Astaroth sonrió burlonamente. -

Bueno… ya que he venido hasta aquí, querría quedarme unas semanas para hacer turismo por estas tierras y por supuesto, conocerle a usted, señor Astaroth.

Se dirigió a él de forma directa, sin darle tiempo a replicar, y antes incluso de que pudiese abrir la boca, Aurora ya se había levantado y había arrastrado a su sobrina escaleras arriba, decidida a instalarse en la casa.

Olaf apareció entre las sombras y se detuvo a su lado.

- Vigila a esa fulana.

Olaf asintió y se perdió escaleras arriba, donde Sophia estaba ayudando a Aurora a instalarse en su antiguo cuarto.

Aurora aprovechó el resto de la tarde para echar la siesta y reponer fuerzas. El viaje había sido largo y agotador, y sus malogrados huesos no estaban acostumbrados a tanto trajín.

Se presentó en el comedor a la hora de la cena y se sorprendió al descubrir que su única comida iba a ser una sopa de cebolla. Comió con ganas y miró extrañada el plato entero de Astaroth y el medio a terminar de su sobrina.

Apenas hablaron alguna que otra banalidad durante la cena y se sintió muy incómoda ante su anfitrión. Incluso ante su sobrina, que parecía rehuirla constantemente. Acababa de terminar la sopa cuando se dirigió a Astaroth.

- Mañana me gustaría poder pasar el día con mi sobrina para que pueda enseñarme la ciudad – Astaroth le lanzó una mirada fría, pero ella esperó con paciencia la respuesta del hombre.

- Mi esposa no acostumbra a salir… y menos ahora que ha estado tan enferma- Astaroth se acercó a Sophia y se detuvo tras su espalda. Apoyó sus garras sobre sus hombros y sintió el leve temblor de ella.

- Es mejor que me quede en casa, tía. Aún no me encuentro muy bien. Ve tú.

Aurora sonrió con melancolía y observó a aquella pareja tan peculiar mientras abandonaban el comedor. Ella podía ser una viuda amargada, pero la experiencia de la vida le había brindado la oportunidad de distinguir a los machos dominantes como Astaroth de los que de verdad amaban a sus esposas.

- Un pequeño paseo, querida- insistió mientras la veía alejarse -. ¿Acaso no tienes derecho a tomar un poco el aire?

Astaroth gruñó y se volvió a ella de mala gana.

- Yo digo lo que se hace en esta casa. – le espetó- Si no le gusta puede volver a la suya. Ahora mi esposa y yo nos retiraremos a descansar. Buenas noches.

Agarró a Sophia del brazo y la arrastró escaleras arriba, mientras maldecía a aquella vieja.

Entraron en el cuarto y cerró con llave tras él. La ira le atormentaba en aquel momento y el monstruo clamaba por salir a desahogarse.

Se apoyó contra la puerta mientras sentía un leve picor en los ojos y una suave punzada en la encía.

-       Astaroth…- le llamó Sophia desde el fondo de la habitación. El pánico se había apoderado de ella y trastabilló contra la cama.

Se giró hacia ella, con los ojos inyectados en sangre y el hambre ahogándole. Sophia estaba aterrorizada, pero los pasos decididos de sus pies le llevaron hasta ella. Poso su gula sobre su cuello y ella lo ocultó con rapidez de su vista. Sophia se abalanzó contra su pecho y le agarró por los brazos.

-       Sal de aquí, sacia tu hambre, pero no conmigo. – Sophia se separó de su lado y él observó su semblante, que había retomado la compostura y la serenidad. Su mirada se había enfriado y el temblor había cesado. El hambre de él había llegado hasta ella y la sangre la había vuelto a hechizar…

Volvía a estar atada a él.

Llevó las manos hasta su falda y se la levantó hasta la altura de la cintura. Se tendió sobre ella encima de la cama y le hizo el amor con fogosidad.

Cuando se separaron tenían la respiración entrecortada y los corazones a punto de salírseles del pecho.

-       Tengo sed…- Sophia se retorció a su lado y le agarró del brazo para atraerlo hacia sí. La examinó con lastima, pero volvió a ofrecerle su sangre.

Se aferró a su muñeca como una víbora y no apartó la mirada de su sangre negruzca hasta que sació su sed por completo.

Cuando terminó estaba como sumida en un estado de semi inconsciencia, extenuada y a merced de la noche. Decidió dejarla descansar y él salió a dar una vuelta. La noche era larga y él tenía hambre.

Se despertó temprano, mareada y con nauseas. Se giró hacia el lado izquierdo de la cama, donde Astaroth seguía durmiendo y se acercó a él. En una de las comisuras de su boca descubrió un pequeño rastro de sangre y supo de inmediato que aquella noche él había salido a cazar. Un cosquilleo le atravesó la espina dorsal y de repente se le abrió el apetito. Se colocó a horcajadas sobre él, anhelando degustar aquel pequeño rastro rojizo de su boca. Apenas había deslizado la lengua sobre los labios de Astaroth cuando él se despertó como aletargado.

La agarró por la nuca y la atrajo hacía él.

- ¿Tienes hambre de nuevo? - le preguntó con voz ronca.

Asintió.

- Bien, espera a esta noche. Tengo un regalo para ti- La apartó con tosquedad de encima suyo- Ahora déjame descansar.

Sophia se separó de él a regañadientes y se vistió en silencio. Abandonó la habitación poco después y se dirigió al comedor, donde su tía la estaba esperando a la mesa para desayunar.

- Buenos días, querida. – la saludó mientras le servía una taza de café con leche.

Tomó el tazón entre las manos, pero el olor de aquel bebedizo le provocó náuseas y fue incapaz de acercárselo a la boca.

Aurora la examinó con semblante preocupado, mientras se apresuraba en terminar el suyo.

- Me gustaría salir a dar una vuelta, querida.

Sophia la miró desganada y negó con la cabeza.

- No estoy de humor, tía- contestó mientras se levantaba- Vete tú.

Aurora asintió y la observó abandonar el comedor arrastrando los pies, apática y sin vida.

III

Esperaba con impaciencia la visita de Aurora. Aquella mujer había llegado a Abery la noche anterior, acompañada por Sitra, y ya se había instalado en casa de Astaroth.

Había quedado en reunirse con ella esa misma mañana, para que pudiese decirle como había visto a Sophia y cuándo creía posible poder sacarla de aquella maldita casa. La señora se había comportado como cabía de esperar. Su carta, llena de descripciones horrendas sobre el hombre que maltrataba a su sobrina, la había angustiado por completo. Le recalcó en varias ocasiones que sólo ella podía acercarse a Sophia y presentarse en casa de Astaroth, pero que cuidase muy bien de no desvelar que había sido él quien la había llevado hasta Abery.

Sitra apareció a media mañana en el despacho, acompañando a Aurora, y por el rostro serio que traía ella, supo que no le llevaba buenas noticias.

- Por favor. - la invitó a sentarse frente a él. - ¿Cómo ha ido el viaje?

Aurora suspiro profundamente mientras se sentaba y se aplisaba la falda.

- Largo, agotador, inquietante. Sobre todo, teniendo en cuenta el contenido de su carta. ¿Cómo quiere que esté? - le espetó- Me dice que un hombre controla a mi sobrina y que no le deja ni a sol ni a sombra, en contra de su voluntad. Y qué sólo yo puedo entrar en esa casa para ayudarla a salir de allí.

- Es una situación complicada...- afirmó Christopher.

- La cuestión es, cómo ha podido usted permitir esto, y cómo es qué no ha hecho nada hasta ahora. – su tono de voz fue en ascenso, hasta que se convirtió en un molesto pitido agudo. - ¿Por qué diablos no la ha sacado usted de allí?

La observó con rudeza y expulsó las palabras con odio.

- Astaroth no me dejaría acercarme ni a un metro de ella sin hacerla daño. Usted tiene que convencerla para que salga de allí. A la luz del día, para que ese hombre no pueda seguirlas. Astaroth sufre la misma enfermedad que yo, y es realmente sensible a los rayos del sol. – explicó.

Aurora le miró angustiada.

- Es demasiada responsabilidad para una vieja como yo.

Christopher sonrió lánguidamente.

- Usted le debe muchas cosas a Sophia. Por su culpa ella estuvo a punto de quitarse la vida. Es hora de recompensarla.

Aurora apretó los dientes y descendió la mirada, humillada.

- Ese hombre la controla. Es un títere en sus manos. Lo teme, le obedece. No se irá conmigo sin más sólo porque yo se lo pida.

Steiner asintió.

- Lo sé- le dio la razón. – Convénzala de alguna manera para que salga de esa casa con usted, y cuando ese día llegue, no dude en que yo estaré cerca para ayudarla.

Aurora negó con la cabeza y apretó las manos sobre su regazo hasta que los nudillos se le pusieron morados.

- Va a ser complicado. - musitó apenas sin fuerzas.

- Usted haga todo lo que pueda. Cuantos más días permanezca Sophia al lado de ese hombre, más complicado será sacarla de esa casa. - Se levantó del asiento y bordeó la mesa de roble para acercarse a Aurora. - Confío en usted. Es una mujer fuerte. Y ahora vuelva con ella.

Aurora asintió y se despidió de él sintiéndose algo aturdida.

Tomó el carruaje que le esperaba a un par de manzanas del piso del señor Steiner y llegó a casa de Astaroth con la cabeza hecha un lio y los nervios a flor de piel. El señor Steiner parecía verlo todo muy sencillo, pero ella, no obstante, lo veía todo demasiado complicado.

Descendió del carruaje con torpeza y cuando el coche se perdió de vista, entró en la casa. Como siempre estaba sumida en las sombras y encontró a su sobrina al refugio de las del salón, sentada como una estatua frente al fuego de la chimenea.

Se reclinó en el asiento junto a ella y agradeció el calor de las llamas en sus rodillas quejumbrosas.

- Tía. - la llamó Sophia. Se volvió a ella y examinó con congoja la oscuridad de sus ojos, los que eran el reflejo de su alma.

- Está noche Astaroth y yo vamos a salir. No nos esperes para cenar.

Aurora asintió.

- ¿A dónde vais, querida?

Sophia sonrió.

- A dar una vuelta, tía- se acercó a ella y acaricio su rostro surcado de arrugas. El tacto de su piel fría le provocó un escalofrío, y se contuvo para no alejarse de ella. Era como si su sobrina no fuese su sobrina, sino algo que se había disfrazado de ella- ¿Quién te escribió esa carta? - le preguntó de improviso.

Aurora calló, paralizada ante el ser que le había hablado.

- Tú, querida. - Cogió su mano y la alejó de su rostro. Antes de que callera la noche debía avisar al señor Steiner sobre aquella desconcertante actitud y sobre aquella misteriosa e inusual salida.

Astaroth le había pedido que se arreglase con esmero y ella lo hizo lo mejor que pudo. No tenía muchas ganas de salir aquella noche y menos de tener que ir con Astaroth. Sin embargo, él siempre conseguía que hiciese lo que él quería. Cada vez que bebía su sangre se convertía en su títere, y lo peor de todo era que anhelaba volver a saborear una vez más su esencia, tan maldita y sabrosa, y que tan mal le hacía sentirse.

Se volvió hacia la puerta cuando Astaroth irrumpió en la habitación.

Caminó hacia ella y la tomó de las manos.

- Estás preciosa- susurró con lascivia. Se acercó a ella y la besó con avidez para que pudiese sentir el sabor de su boca maldita. Se separaron con la respiración entrecortada. - Ahora ven conmigo.

Bajaron al piso bajo y salieron a la calle. Olaf les estaba esperando frente a la casa y les ayudó a subirse al carruaje negro.

- ¿A dónde vamos? – preguntó a Astaroth una vez que se pusieron en marcha. El hombre sonrió y guardó silencio. Sophia suspiró y se giró hacia la ventana. Era una estrellada noche templada y alguna que otra pareja caminaba de la mano por las avenidas empedradas de Abery.

El coche se detuvo en una plaza ovalada de adoquines, frente a un teatro de mármol perlado de ventanas alargadas, donde varias personas se acumulaban a la entrada del edificio. Iban engalanadas en sus mejores trajes y las mujeres lucían sus joyas más valiosas.

Astaroth la ayudó a apearse del coche y la acompañó hasta la entrada principal.

Todos se giraron para ver a la pareja de moda, y Astaroth saludó a unos y otros, cortes, pero apresuradamente.

-       Entremos.

La agarró del brazo y la acompañó hasta el vestíbulo, donde un chico joven con la cara abarrotada de espinillas los acompañó hasta su palco, desde el que tenían una vista perfecta del escenario y del resto de asistentes.

Tomaron asiento el uno junto al otro, y la inquietud le oprimió el pecho cuando las luces se apagaron por completo.

La orquesta comenzó a tocar y al de unos segundos una mujer rolliza apareció en el escenario, acompañando a las notas musicales con su voz de soprano.

Se le erizaron los vellos del brazo y se quedó embelesada escuchando su elegante canto, pero salió de su ensimismamiento cuando Astaroth rozó su mano con la suya.

Se volvió para mirarlo y él se acercó a su oído para hablarle.

-       Ven conmigo. – Astaroth se levantó de su asiento y esperó a que ella le siguiese.

Abandonaron el palco y siguió a Astaroth con paso inquieto a través de los corredores laberinticos del teatro. Sus pasos los llevaron hasta los oscuros y húmedos pasillos del subsuelo, iluminados tan solo por unas antorchas anticuadas.

-       ¿Qué hacemos aquí?

Astaroth no la contestó. Acababan de atravesar un largo corredor de paredes de arenisca y suelo húmedo, y se habían detenido frente a una puerta de madera podrida.

-       ¿Tienes hambre? - le preguntó antes de abrirla.

Algo se revolvió dentro de ella.

Aurora volvió a presentarse en su casa al poco de haberse ido. No le había traído nuevas muy sosegadoras y se había ido directo hasta la casa de Astaroth en cuanto cayó la noche. Esperó con paciencia en el interior de su coche hasta que al fin Astaroth y Sophia salieron de la casa y se montaron en el carruaje. Mandó a Sitra que siguiera el carruaje de Astaroth a través de las calles empedradas de Abery, y cuando vio que se detenía frente al teatro, supo a dónde la llevaba aquel bastardo.

Aceleró el paso y se coló con agilidad en vestíbulo, aprovechando un momento de agitación entre los asistentes retrasados. Se separó de ellos con disimulo y se dirigió hacia una puertucha semi-oculta en uno de los pasillos del piso bajo que cerró con cuidado tras él.

La débil luz de las antorchas le mostró el camino hacía los corredores del subsuelo y dirigió sus pasos hasta allí. Caminó con presura, pero con los cincos sentidos alerta, y se detuvo en seco al llegar a un pasillo largo y estrecho, con paredes de arenisca y suelo húmedo. Sus ojos encontraron la puertecita del fondo, iluminada por la luz de una única antorcha. El corazón le dio un vuelco y se sintió al borde del colapso. Él ya había estado en esa sala, pero Sophia jamás tendría que haberla visto.

El monstruo se alteró dentro de sus entrañas y consiguió apaciguarlo no sin esfuerzo.

Tenía tanta hambre, y la olía tan cerca, tan apetitosa...

La bóveda circula no era muy espaciosa y la luz mortecina de las velas se reflejaba en las estalactitas milenarias. En el centro de la cavidad había un altar de mármol ennegrecido, hasta el que Astaroth la llevó. Su corazón empezó a latir con angustia, alterado por lo que sus ojos acababan de descubrir.

Se giró hacia Astaroth con una expresión de desconcierto deformando su rostro, y éste se paró frente a ella.

- Es para ti.

Desvió de nuevo la vista hacia la mujer desnuda que estaba tumbada sobre la fría piedra. Estaba atada de pies y manos, con un pañuelo blanco tapándole la boca. Una expresión de terror adornaba sus tristes ojos negros, abnegados en lágrimas.

Sophia contempló su rostro, maduro pero hermoso, y sus cabellos castaños y ondulados. Después descendió la mirada hacia su cuello, y una sed repentina le inundó la boca.

- ¿Tienes hambre? - gruñó Astaroth. Se detuvo frente a ella, al otro lado del altar, esperando su respuesta.

Sophia volvió la vista hacia aquella desconocida, que no dejaba de moverse y le imploraba misericordia con la mirada.

Ella no quería verla morir, ella deseaba desatarla y dejarla libre. Pero, esa cosa que crecía dentro de ella, que le nublaba el seso y le arrastraba a Astaroth, le pedía comer.

Acercó las manos al cuerpo de la mujer y las posó sobre su vientre desnudo, que se agitaba bajo ellas. Estaba algo abombado, caliente y apetitoso.

- ¿Tienes hambre? - le volvió a preguntar Astaroth. Alejó las manos de aquel cuerpo fogoso y alzó la mirada hacia él. La estaba examinando con sus dos cuencas rojizas y con los labios apretados para evitar una sonrisa deforme.

Sin saber por qué asintió con la cabeza y un tímido "sí" se escapó de entre sus labios. Astaroth sonrió y acercó sus afilados colmillos hasta el cuello de la mujer. Sophia lo observó beber y tragar aquel bebedizo rojo mientras su propia boca se hacía agua. Sentía tanta envidia de Astaroth mientras lo veía gozar de aquella manera tan impía... Se acercó a él como un espectro, y cuando se detuvo tras su espalda, Astaroth se separó de la mujer, que había dejado de moverse y gemía con debilidad.

Se tendió sobre ella, guiada por algo que no podía controlar, y a sus fosas nasales llegó el olor metálico de la sangre. Deslizó la lengua por su cuello y saboreó la sangre con un placer indescriptible. El bebedizo le inundó la boca y le enloqueció la mente, y mientras tanto pudo sentir a Astaroth tras su espalda. Estaba disfrutando con aquel espectáculo dantesco; observándola a ella y viendo como la muerte se hacía dueña del alma de aquella desventurada, que había dado su último aliento bajo su gula.

Se separó de aquel cuerpo inerte con lentitud y fue incapaz de mirar el rostro de la mujer. Hundió la cabeza sobre sus senos desnudos, exhausta y confundida, mientras un nudo en la garganta le asfixiaba con crueldad.

Astaroth se acercó a ella y recogió los despojos de la poca dignidad que aún le quedaba.

-   ¿Tienes hambre? – le preguntó con perversidad. La agarró por los hombros y la reincorporó con suavidad. La atrajo hacia sí y sus rostros quedaron frente a frente. Los ojos de Astaroth aún ardían y sus dientes estaban teñidos de escarlata.

-   Ya no- susurró mientras las lágrimas surcaban sus mejillas.

Avanzó por el corredor con paso firme pero precavido. Apenas le faltaban unos metros para alcanzar la puerta, cuando cuatro hombres salieron de entre las sombras y le bloquearon el paso.

Gruñó al ver sus rostros deformes y se detuvo en seco.

-   No eres bienvenido aquí, hermano- bramó uno de ellos. La daga que blandía en su mano derecha brillo a la luz de las llamas.

-   Lo sé. - Steiner sonrió y se abalanzó sobre él. Extrajo la daga del interior de su bota derecha y degolló al hombre antes de que pudiese asestarle un puñetazo.

Giró para apuñalar en el abdomen a un segundo atacante que se había echado sobre él, pero un tercero le hirió en la espalda y ambos cayeron al suelo con brusquedad. Consiguió asestarle varias puñaladas en el costado izquierdo y lo lanzó con fuerza contra otro hombre que avanzaba hacia él como un troll. Le lanzó la daga antes de que pudiese llegar hasta él y cayó al suelo. Se acercó hasta él y extrajo el arma de su corazón. Lo observó retorcerse de dolor hasta que quedó convertido en poco más que una momia de piel seca y deforme.

- Púdrete en el infierno.

Se puso de nuevo en camino y antes de alcanzar la puerta, ésta se abrió de improvisto. Astaroth se asomó en el corredor con total tranquilidad. Tenía el mentón manchado de sangre y una sonrisa torcida dibujada en los labios.

- Steiner. Veo que has recuperado tus facultades- Astaroth echó una ojeada a los cuerpos desintegrados del suelo, y después volvió la vista hacia él.

Christopher gruñó y su mirada encontró tras Astaroth los ojos azules de Sophia Varona, que se estaba ocultando tras Astaroth intentado, sin éxito, que él no pudiese descubrir la abominación en la que se había convertido.

Sin embargo, era inútil. Él la conocía bien y sabía indagar en la oscuridad de su alma, de la misma forma que ella sabía hacerlo en la suya.

Sophia dio un paso al frente y se situó al lado de Astaroth. Le mostró su mentón ensangrentado y le dejó al descubierto la penitencia de su alma. Se había convertido en un monstruo, pero al que seguía amando a pesar de todo.

Sophia titubeó antes de dar el primer paso, pero cuando fue a dar el segundo, Astaroth la agarró con brusquedad y la situó frente a él. Acercó la daga al cuello de Sophia y un hilito de sangre comenzó a rodar por su piel.

- No la hagas daño. – Gruñó desde donde estaba, a tan solo unos metros de ella. Tan cerca, pero a la vez, tan lejos.

Astaroth rio.

- Tenemos un trato, Sophia- le recordó con maldad. Sophia descendió la mirada y lo maldijo por vencerla con tanta facilidad.

- Vete, Christopher- le suplicó con un hilo de voz. - Vete, por favor. No me busques más. Si te importo, vete ahora. Antes de que sea demasiado tarde.

Apenas acababa de terminar de hablarle cuando seis bestias surgieron de entre las sombras y se situaron entre Sophia y él. Resopló de impotencia, consciente de que no podría vencer a todos los secuaces de Astaroth. Podía matar a aquellos seis demonios, pero luego vendrían más a por él, y mientras, la vida de Sophia Varona pendía de las manos maquiavélicas de Astaroth.

- Volveremos a vernos.

Dio media vuelta, mientras los ojos azules de Sophia aún le quemaban las retinas.

Aquellos demonios salieron tras él para darle muerte.

CONTIGO O SIN TI

I

Llegaron a casa bien entrada la madrugada y la oscuridad de la mansión les envolvió en silencio.

Olaf los esperaba en el salón, junto a Aurora, que fingía leer un libro. Por el semblante de su ceño fruncido supo que la preocupación le había impedido dormir aquella noche.

Olaf se levantó al verlos y pasó de largo a su lado, perdiéndose escaleras arriba.

Aurora cerró el libro y lo dejó sobre la mesilla de té. Se levantó con cuidado y camino hacía ellos. Sophia podía sentir su inquietud, y se culpabilizó por ello.

Aurora se detuvo frente a ella, pero antes de que pudiese abrir la boca para decir algo, le cortó con sequedad.

- Ve a la cama, tía- le ordenó con voz firme. Aurora asintió a regañadientes y les dejó a solas. Astaroth sonrió complacido y caminó hacia el mini bar. Se sirvió una copa de whisky y le invitó a otra a ella, que rechazó con desgana.

Se sentía indispuesta en aquel momento, sin apenas fuerzas y con leves mareos que le impedían caminar, así que se dejó caer en el diván como un saco de arena y cerró los ojos.

Astaroth se sentó a su lado y acarició su mejilla.

- Es el efecto de la sangre- le explicó con frialdad- Tu cuerpo debe acostumbrarse a ella. Debes darle tiempo.

279

No le contestó. Sólo quería matar a aquel malnacido. Por su perversidad, ella había sucumbido a la oscuridad, y Christopher podía estar muerto en aquel momento. Contuvo las lágrimas para que Astaroth no pudiese ver su debilidad y aprovecharse de ella.

- Debes descansar. - Astaroth la tomó en brazos y la llevó hasta la habitación. La tendió en la cama y la arropó como si fuese una niña.

Pasaron días hasta que despertó de nuevo.

Había conseguido deshacerse sin mucho esfuerzo de aquellos secuaces de Astaroth, que habían resultado ser torpes y encontrarse incluso más débiles que el mismo.

Había llegado a casa poco antes de la llegada del alba, con algún que otro rasguño que Sitra se encargó de desinfectar.

- Debes avisar a Max Magnus para que venga a verme sin demora. – le ordenó. Sitra asintió y dejo el vendaje sobre el escritorio. Salió de la habitación, cerrando la puerta con sigilo tras él, y cuando se quedó a solas aprovechó para tumbarse un rato e intentar descansar algo.

Sin embargo, su sueño fue desasosegador y fue incapaz de alejar la imagen de Sophia de sus pensamientos.

Sophia Varona estaba entregada a la oscuridad y al poder de la sangre. No había vuelta atrás para ella. Su alma humana ya no existía y sólo deseaba poder ser él quien finalmente la transformara y la acogiera en aquel submundo.

Pero para ello tenía que sacarla de casa de Astaroth antes de que fuera demasiado tarde, y necesitaba que Max Magnus y Aurora le ayudasen. No podían esperar más.

La puerta se abrió de improvisto y Max Magnus irrumpió a trompicones. El detective tomó asiento a su lado y cruzó las manos sobre su regazo.

- Me hace llamar cada dos por tres, como si estuviese a su disposición. Espero que mi visita no sea en balde. Estoy harto de usted…

El detective se encendió un cigarrillo y no le ofreció ninguno a él. Se reincorporó en el diván y ni siquiera se molestó en mirar a Max Magnus a la cara. A él tampoco le gustaba tener que pedirle favores.

- Hay que sacar a la señorita Varona de esa casa. Su vida corre peligro. Y para ello necesito que durante las horas de sol no se separe de los muros de ese edificio.

II

Apareció en el salón de improvisto y se sobresaltó al verla. Estaba radiante, hermosísima entre las sombras de aquella casa maldita, sin embargo, su mirada vacía estaba perdida en el abismo más oscuro.

Olaf también alzó la vista hacia ella y se apresuró a preguntarle si necesitaba algo. Sophia negó con la cabeza. Aquel hombre era un fastidio, no la había dejado ni a sol ni a sombra desde aquella extraña noche de hacía más de una semana.

Sophia tomó asiento a su lado.

281

-       ¿Qué hora es? ¿Cuánto tiempo he estado durmiendo? - preguntó con voz cansada.

-       Acaba de anochecer, querida. Llevas en cama más de una semana. Estaba muy preocupada por ti, pero el señor Astaroth no me permitió verte.

Olaf se levantó de su lado y le lanzó una mirada recriminatoria.

-       ¿Dónde está él?

Aurora alzó los hombros y Olaf se apresuró en contestar.

-       Ha salido un momento. Pero en seguida estará aquí. - Su tono de voz fue grave y Sophia comprendió a qué había salido Astaroth. Suspiró alicaídamente y sintió que de improvisto se le abría el apetito.

-       Tengo hambre…- murmuró entre dientes.

-       Puedo traerte algo de la cocina. -se ofreció Aurora- Aunque la verdad es que la despensa de esta casa está muy desatendida.

Sophia negó con la cabeza y se revolvió con inquietud en su sillón.

-       No, tía. No hace falta. Esperaré a que llegue Astaroth. - su tono de voz sonó apagado y distante y no pudo evitar preocuparse por ella. Si bien físicamente lucía un aspecto envidiable, por dentro parecía estar consumida, y se preguntó si acaso podía ser posible que no se hubiese recuperado del todo. Desde aquella noche que había salido con Astaroth no la había vuelto a ver, y había tenido que soportar las amenazas de aquel monstruo insensible, que la invitaba ahora su ahora también a marcharse de esa casa.

Sin embargo, no pensaba hacerlo sin su sobrina.

La puerta de la entrada se abrió de un golpetazo y Astaroth irrumpió en el salón, con la capa mojada y un fino hilo rojizo descendiendo de la comisura izquierda de sus labios. Olaf le hizo un gesto para que se la limpiara, y Astaroth extrajo un pañuelo blanco del bolsillo de su chaqueta. Se desprendió de la mancha en medio de una sonrisilla torcida, que sabía que iba dirigida a ella.

-       Buenas noches a todos. - saludó después. Le dedicó una mirada fría y después caminó hacia su sobrina. Sophia se había quedado embelesada observando su boca y se acercó a él para hablarle con voz queda.

-       Tengo mucha hambre, Astaroth.

El hombre asintió y acarició su mano.

-       Llevas días en la cama, es normal.

Hizo un gesto a Olaf y el hombre abandonó la sala.

-       ¡Oh!, ella no está bien- saltó Aurora, con la yugular hinchada a causa de la ira. - Apenas es capaz de sostenerse. ¿Porque no llama a un maldito médico?

Astaroth sonrió y alzó a Sophia en brazos.

-       No necesita un médico, vieja zorra. - escupió con odio- Tiene hambre, eso es todo.

"¿Vieja zorra?"

¿Cómo se atrevía a hablarle con tan mala educación?

¿Cómo se atrevía a tratar a su sobrina como si fuera un juguete de su propiedad?

Saltó del asiento de un brinco y se abalanzó contra él, en un intento desesperado por liberar a su sobrina de las pezuñas de aquel animal. Sin embargo, Astaroth la empujó con fuerza y cayó al suelo con estrépito. Sus huesos se resquebrajaron y un fuerte dolor le atravesó el cuerpo de la cabeza a los pies. Comenzó a gemir sin consuelo mientras veía como Astaroth abandonaba la sala con su sobrina en brazos, y se aferró a su rosario para rezar por el alma de Sophia Varona.

Sólo Dios podría protegerla de aquel demonio.

Llevaba más de una semana vigilando sin descanso la casa de Astaroth, y si bien durante el día era él quien no se separaba de sus muros, durante la noche Steiner deambulaba por las calles como una rata, a pesar de que los aliados de Astaroth lo buscaban sin descanso.

Pero, desgraciadamente, no habían notado nada extraño en todos aquellos días. Ni Sophia ni su tía habían salido de la casa, aunque no era de extrañar, pues Astaroth no las dejaba salir a solas. Aquel rufián había salido alguna que otra noche para comer, pero apenas abandonaba la casa no tardaba mucho en regresar.

Se encendió un cigarrillo y abrió un poco la ventanilla del carruaje para que el humo saliera por el hueco. Hopkins estaba repasando unas notas.

-       No debería fumar tanto, jefe. Algo que apesta no puede ser bueno para la salud.

Asintió con la cabeza y miró el cigarrillo con desgana.

- Ojalá fuera tan sencillo…

Volvió la vista hacia la casa de Astaroth y de repente su corazón le dio un vuelco. Acababa de ver que Aurora había abierto las cortinas del salón de par en par…

- ¿Qué coño?

Hopkins apoyó la libreta en el asiento de enfrente y se acercó a él como un niño curioso.

- Algo no marcha bien… - susurró.

Se despertó en el suelo, con el cuerpo atrofiado y el rosario aferrado en las manos. Se levantó como pudo y caminó a tientas hacia el ventanal del salón.

Estaba cansada de tanta oscuridad. Aquellas tinieblas no eran para ella.

Abrió las cortinas de par en par y la luz del sol de aquella mañana templada iluminó la estancia con timidez.

Arrastró los pies hacia el pasillo y miró la puerta principal. Al otro lado la esperaba la libertad.

Sus piernas temblaron mientras consideraba salir de la casa.

Sin embargo, era una vieja enferma. ¿Cuánto más podría vivir?

Su sobrina, no obstante, era joven y tenía toda una vida por delante. No podía dejarla a merced de aquel demonio. Tenía que hacer todo lo posible por sacarla de esa casa.

Volvió la vista hasta la escalera que conducía al piso superior, donde Astaroth tenía a Sophia en una de las habitaciones.

Empezó a ascender con torpeza, con la cruz de Cristo entre las manos y las oraciones saliendo de entre sus labios. Trastabilló varias veces antes de llegar al piso, pero consiguió mantener el equilibrio, no sin dificultad. Se acercó a la ventana del pasillo y descorrió la cortina. Volvió a ponerse en camino y se acercó a hurtadillas hasta la habitación de Astaroth y de Sophia. Apoyó con cuidado de hacer ruido la oreja sobre la puerta, pero no oyó nada. Giró y entre las sombras del fondo del pasillo divisó una silueta de ojos radiantes y rojizos. Dio un respingo y alzó la Cruz hacia aquella cosa que se acercaba hacia ella. Cuando el espectro se detuvo al borde de las sombras del pasillo descubrió con estupor que aquellos ojos malditos eran los de Olaf.

- Aléjate de la puerta, zorra estúpida- le ordenó con una voz distinta a la que ella conocía. Era una voz más grave y ronca, que emanaba desde lo más profundo de su pecho.

- Quiero ver a mi sobrina, bestia infernal. – bramó. El crucifijo tembló entre sus manos y las piernas le flaquearon, pero consiguió alzar el crucifijo frente a él. Posó la mano sobre el pomo de la puerta y lo hizo girar con mano temblorosa.

- Padre nuestro, que estás en los Cielos… - empezó a orar con tono firme. Abrió la puerta y la oscuridad del cuarto le invitó a dar media vuelta. La respiración se le entrecortó y las palpitaciones de su corazón se detuvieron durante unos segundos.

- ¿Sophia? - llamó con voz temblorosa.

Se detuvo en secó, esperando oír su voz, pero no obtuvo respuesta. Solo atisbó a oír el movimiento inquieto de Olaf al fondo del pasillo y un alboroto proveniente del piso bajo.

- ¡Sophia! - la volvió a llamar.

Una risita estridente y malvada azotó sus tímpanos como una tormenta de invierno, y al fin las piernas le traicionaron y cayó al suelo, vencida por el pánico. Incluso creía haberse orinado encima.

Alguien entró en la habitación y se detuvo tras su espalda, pero no fue capaz de volverse para ver quién era. Dos cuencas malditas bañadas en el escarlata de la sangre la estaban observando desde la cama.

- Astaroth, aléjate de ella- gruñó el hombre que acababa de entrar.

- Detective- le saludó la cosa con voz ronca.

Max Magnus no titubeó y disparó al demonio antes de que pudiese atacarlos. Astaroth esquivó la bala y se abalanzó sobre él. Cayeron al suelo y rodaron hasta el pasillo. Astaroth gruñó cuando la luz del sol rozó su espalda y agarró al detective por las piernas para arrastrarlo de nuevo hasta las sombras de la habitación. Sin embargo, el detective consiguió escabullirse.

Aurora se puso en pie con torpeza y caminó hacia la cama. Palpó el colchón con nerviosismo y sus manos dieron con un bulto blando. Deslizó los dedos hasta el rostro de Sophia y comprobó que estaba fría.

- Sophia, querida niña- sollozó como nunca lo había hecho. Se volvió hacia atrás al oír otro par de disparos y descubrió a un joven pelirrojo, que acababa de herir a Astaroth en la espalda.

Agarró a Sophia por los hombros y la sacudió con ímpetu para que se despertara. La joven abrió los ojos con pesadez.

- Tía...- susurró con apenas un hilo de voz. - No me encuentro bien...- Aurora se inclinó sobre ella y beso su mejilla.

- Te pondrás bien. - susurró.

El chico joven atravesó la habitación y descorrió las cortinas.

- Maldición.

Las ventanas de aquel cuarto estaban tapiadas con tablones de madera. Se volvió hacia ellas.

- Hay que sacarla de aquí.

- Querida, apresúrate- Aurora la agarró del brazo y con ayuda del joven la levantaron de la cama.

- Tía, no quiero salir- Sophia intentó zafarse de ambos, pero entonces Max Magnus se acercó a ellos y la agarró con fuerza. Estaba malherido y tenía el rostro desencajado por el dolor. Con ayuda de Hopkins había conseguido desprenderse de Astaroth y lo había arrastrado hasta las sombras del fondo del pasillo, donde aguardaba como un lobo hambriento. Asió a Sophia por el brazo y la arrastro escaleras abajo, mientras con la otra mano apuntaba al frente con su revólver. Hopkins ayudaba a Aurora, que no dejaba de rezar y de mirar en derredor presa del miedo.

Llegaron al piso bajo, pero antes de poder alcanzar la puerta principal una sombra atravesó el techo y se plantó frente a ellos, obstaculizándoles la salida.

- ¡Saldremos Astaroth, no puedes impedírnoslo! – Alzó la pistola hacia aquella cosa y disparó varias veces. Astaroth esquivó alguna que otra bala, y aulló por el dolor que le estaban provocando las quemaduras de los rayos del sol. Volvió a surcar el techo en busca de la protección de las sombras del piso superior. Desde allí abajo podían oír sus lamentos. Los lamentos de un demonio vencido por unos simples mortales. Los lamentos del orgullo herido.

El detective descendió la mirada al suelo y distinguió un rastro negruzco y denso. Era la sangre de Astaroth, al que había herido con sus balas benditas.

Sophia se agitó bajo su brazo, intentando desprenderse de él.

- Tengo hambre. – susurró mientras su mirada se perdía en aquella mancha. Max Magnus la agarró con fuerza, abrió la puerta de la entrada principal y todos salieron a la calle. Atravesaron el jardín a trompicones y se plantaron en la avenida, donde algún que otro vecino los miró con extrañeza.

Sophia gruñó y se revolvió bajo sus brazos.

- Déjeme detective. Tengo hambre. ¿Dónde está Astaroth? - suplicó mientras la arrastraba calle abajo. - ¡Astaroth! - gritó con impotencia.

- Camina, querida- le suplicó Aurora. Max Magnus la tomo en brazos y solo cuando se habían alejado unas cuantas manzanas de la casa de Astaroth, pararon para poder recuperar el aliento. Se sentaron en un banco, bajo la sombra de un roble torcido.

Aurora no dejaba de gemir, y él, malherido como estaba, no podía con el peso de Sophia, que apenas conseguía mantenerse erguida.

- Querida- Aurora tomó asiento al lado de ella y acarició su hermosa melena rubia - ¿Qué te ha hecho?

Sophia se volvió a ella y la tomó de las manos.

- ¡Tía! - sollozó. – Astaroth... me controla el alma. Lo tengo metido aquí. - le llevó la mano hasta el corazón y Aurora asintió con pesadumbre. - No puedo dejarle.

- ¡Qué dices, querida! – la agarró por los hombros para tranquilizarla- ¡Claro que puedes!

Sophia negó con la cabeza.

- Tengo tanta hambre, me siento tan débil... sólo él puede alimentarme...

Max Magnus se arrodilló a su lado.

- Hay alguien más que puede ayudarte. - susurró.

La asió por el brazo y la arrastró con dificultad a lo largo de la calle

- Por las sombras, detective. Este sol es muy intenso.

Gimió Sophia. Max Magnus asintió y se puso al resguardo de las sombras de los castaños de la calle y de los edificios de piedra. Sophia respiraba con dificultad, como si estuviese sufriendo una especie de ataque de ansiedad, y antes de que cayera al suelo presa del agotamiento, Hopkins detuvo un carruaje. Se metieron dentro, ante las miradas curiosas de algún que otro transeúnte que pasaba por la calle.

- ¡Rápido, Sitra! ¡Rápido! - Ordenó Max Magnus después de meterse en el coche.

Sophia Varona acababa de cerrar los ojos sobre su regazo.

III

No se había separado de Sophia desde que Sitra y el resto habían llegado a casa con ella.

Su sueño era inquieto y él intentaba velar por él lo mejor que podía.

Mientras acariciaba sus largos cabellos podía sentir al monstruo que se agitaba dentro de sus entrañas. Ese monstruo que Astaroth había sembrado en ella y que tanto la estaba enfermando.

Aurora se paró tras él y se giró para ver qué quería.

- ¿Ha despertado ya?

Christopher negó con la cabeza.

Aurora observó con angustia el rostro empalidecido de su sobrina.

- Dios, no dejes que se vaya- se arrodilló en el suelo y empezó a orar. Sophia comenzó a revolverse en la cama y Christopher tomó las manos de Aurora para hacer que se detuviera.

- Eso no va a hacer que se mejore- le dijo. Esas ganas de vomitar y esos mareos repentinos que, con el tiempo, él había aprendido a controlar, aún afectaban a Sophia. Aurora le observó extrañada, aunque no le cabía la menor duda de que una mujer tan devota como ella sabía perfectamente lo que estaba ocurriendo con el alma de su sobrina.

- Su carta, señor Steiner, me inquietó mucho- se sinceró- ¡Pero esto! - apuntó con el dedo índice a Sophia, y las lágrimas inundaron sus ojos. Después se alejó cojeando hasta el fondo de la habitación.

Christopher suspiró y volvió a mirar a su amada criatura de las sombras, que luchaba contra la ponzoña de Astaroth que corría por sus venas.

Así debieron de pasar varias horas, hasta que poco antes de que cayera la tarde, los ojos azules de Sophia Varona se abrieron con tedio.

- Christopher...- susurró al verle. Extendió los brazos hacia él y la envolvió entre los suyos. - No sé qué me pasa, pero tengo tanta hambre...- le confesó cuando se separaron. Se acercó a ella y tomó sus manos entre las del él. – Tengo tanta hambre…

- Lo sé, Shopia, lo sé- su voz sonó lejana y apretó los dedos de ella entre sus manos. Sophia intentó zafarse de él, mientras se retorcía de dolor.

- La huele, la huele…. - Balbuceó Sophia con una voz que no era la suya. Era la voz de Astaroth que hablaba a través de ella. Christopher la agarró por los hombros y obligó al demonio a que le mirase a él. Los ojos de Sophia se habían teñido del color negro de la noche, y sus labios se habían tornado en una sonrisa deforme. El monstruo había salido a saludarle.

-      ¿Tienes hambre? – le preguntó con voz ronca. Sophia asintió y volvió a retorcerse bajo sus manos. Steiner la observó quedamente, recordando con pesar el dolor que el mismo había sufrido en sus carnes, cuando siglos atrás había bebido la ponzoña de Hugo Olaf.

Obligó a que su ser endemoniado saliera, atraído por el ser oscuro de Sophia, y permitió que mutilase su propia carne. Acercó su muñeca a la boca de Sophia, y la condenada bebió de su veneno con avidez.

Aurora apareció tras él, acompañada por el detective, y las lágrimas rodaron por su rostro mientras veía a su sobrina entregarse a aquella sabia maldita.

-      Debemos irnos. Astaroth no tardará en aparecer. - les susurró con voz grave.

-      ¿Pero a dónde? - le preguntó Max Magnus. Steiner se giró para mirarlo y le brindó una mirada ahogada en la preocupación.

-      Mucho más allá de las montañas. Ya sabes bien dónde.

Steiner se separó de Sophia y se dirigió a todos ellos.

-      Aurora, usted debe venir con nosotros- le ordenó. La mujer dio un respingo y le lanzó una mirada angustiosa. —Astaroth no dudará en mandar a alguno de sus sicarios a Lockham para obtener información de usted.

-      ¿Pero qué pasa con mi sobrina? - preguntó con un hilo de voz- Necesita ver a un sacerdote... - ya no dijo médico la muy devota.

- No necesita ver a nadie. - le cortó. - Su tiempo se ha agotado y ella ya ha elegido.

Aurora sollozó.

- ¿Qué son ustedes? ¡Hijos de Satán! - gritó. - ¿Qué le habéis hecho? - Max Magnus se giró para agarrarla por los hombros e intentar calmarla.

- Ella ya no es su sobrina. Si va a darnos problemas vuelva a Lockham, pero entonces dese por muerta. Usted decide. - Aurora descendió la mirada y se dio por vencida. Max Magnus la soltó y volvió a dirigirse a Steiner.

- Debemos irnos ya.

Steiner asintió. Tomó a Sophia en brazos y salieron a la calle, donde Sitra les estaba esperando con el carruaje. Aurora, el joven ayudante y Max Magnus se perdieron en el interior. Después el fiel mayordomo se acercó a él, le cubrió con una capa y le protegió del sol con un paraguas. Apenas unos cuatro pasos le separaban del coche, pero los rayos del sol quemaron su delicada piel, y contuvo un gemido.

Se sentó junto a Max Magnus y recostó a Sophia Varona sobre su regazo. Sitra cerró la puerta y la oscuridad del interior les envolvió a todos.

Observó en silencio a su amada reina de las sombras, mientras el coche abandonaba la embrujada Abery bajo los rayos de sol de aquel día despejado.

ALMA CONDENADA

I

Abrió los párpados con lentitud y sintió un intenso dolor mientras lo hacía. Sus huesos se quejaron y los músculos de su cuerpo gimieron. Estaba sucumbida al dolor y al hambre, que atormentaba a su boca y a su intestino putrefacto.

Se reincorporó con torpeza de la cama y apoyó los pies en el suelo. La madera carcomida estaba fría y se le clavó alguna que otra astilla en la planta de los pies. Apenas había conseguido erguirse con dificultad cuando se tambaleó y volvió a caer sobre el colchón. Gruñó de impotencia y Christopher se acercó para ayudarla.

- Estás débil. No debes esforzarte. - Sophia le lanzó una mirada hastiada.

- Lo que necesito es comer...- suplicó en un susurro. Maldijo a Christopher mientras lo veía negar con la cabeza, y añoró a Astaroth, quien le habría dado de su sangre sin pestañear.

- Acabas de comer...- le recordó con brusquedad, consciente de lo que ella estaba pensando. Pensamientos que además le herían. – Ya no te hace efecto. Estás demasiado contaminada.

Se acercó a ella y acarició su hermoso rostro, al que apenas unos pocos milímetros le separaban de las mejillas pálidas de la muerte.

\- Sophia…- Besó sus fríos labios y se perdió en el sabor de su boca, bañada en su propia sangre. Hacía tiempo que no comía, y la tentación era fuerte. Se separó de ella y la observó a los ojos, aquellos ojos que ya no eran los de Sophia Varona, si no el principio del algo en el que se convertiría.

\- Hazlo, Steiner. Hazlo.

"Hazlo" …

Habían salido de Abery hacía unas cuatro noches, y habían cabalgado sin cesar hasta llegar a una casa destartalada en un camino de tierra que no llevaba a ningún sitio. Desde que habían salido de Abery no habían vuelto a encontrarse ni con Astaroth ni con alguno de sus secuaces, pero eso no significaba que aquel demonio no anduviese cerca.

Astaroth querría venganza y no pararía hasta conseguirla.

Max Magnus se sentó sobre un tronco que había tirado en el suelo frente a la entrada de la casa y se encendió un cigarrillo. Sitra se acercó a él en silencio y se detuvo a su lado.

\- ¿Qué ocurre? - le preguntó mientras echaba una bocanada de humo.

\- Debe venir conmigo.

Max Magnus se giró con brusquedad y le observó extrañado.

\- Ha llegado la hora. No deje que la tía de la joven se entrometa.

Max Magnus asintió a regañadientes y Hopkins se acercó a él.

- ¿Qué ocurre, jefe?

Posó su mano sobre el hombro del chico y sintió la inquietud del ayudante.

- Ha llegado el momento.

Hopkins asintió y descendió la mirada hasta el suelo.

Arrastraron los pies hasta la casa y al entrar en el vestíbulo ordenó a Hopkins que se quedase con Aurora. La mujer no debía sospechar nada de lo que iba a pasar aquella noche, pues de saberlo, no permitiría tal locura.

Él subió los escalones y se detuvo en el pasillo del segundo piso. Sitra lo esperaba frente a la puerta de la habitación.

- Cazador. - le saludó. - No puede entrar, ya lo sabe.

Magnus asintió y se detuvo frente a Sitra.

- Cuando ocurra ella estará hambrienta, debe dejar que coma.

- ¿Y qué va a comer?

Sitra sonrió.

- No se preocupe por eso, yo me encargo.

Chasqueó la lengua y se encendió un cigarrillo. Mientras aspiraba el humo del tabaco era incapaz de alejar de su mente aquellos dibujos endiablados del Libro del Cazador, donde el diablo mordía a su acolita y le daba la bienvenida en aquel mundo de llamas y sombras.

Christopher desnudó a Sophia para desprenderla de las ropas haraposas del camino. Después la lavo con agua fría para relajar su cuerpo de la fatiga del viaje, y por último la tendió sobre un lecho que había acomodado junto al fuego de la chimenea. Él se quitó sus ropas y se tumbó a su lado.

Acarició su rostro y se acercó a sus labios. La besó con pasión, dejándose enredar por la inquietud de su lengua y la fogosidad de sus manos, que con tanta delicadeza acariciaban su espalda.

Su completa entrega, su deseo y ansiedad, hizo que Steiner saliese, muerto de hambre.

Sophia le entregó su cuerpo y le juró amor eterno mientras le ofrecía su cuello.

Steiner se tendió sobre Sophia y deslizó la lengua desde las mejillas hasta la carótida, donde se detuvo al sentir el bombeo de sangre bajo sus labios.

Los entreabrió y rozó con los colmillos la carne joven y tersa de Sophia. Dudó unos segundos antes de morderla, pero cuando lo hizo, dejó que el demonio se alimentase con avidez

Sin embargo, mientras comía, sintió algo dentro de ella.

Algo que no había percibido antes...

La puerta se abrió de improvisto y Steiner irrumpió en el corredor con el mentón cubierto de sangre y el ceño fruncido.

- Vístela. - le ordenó a Sitra, que de inmediato entró en la habitación y cerró la puerta tras sí.

-   ¿Ya está? – le preguntó a Steiner. Sin embargo, aquel engreído paso de largo y se dirigió al piso bajo.

-   Será malnacido…

Salió tras él y tiritó de frío cuando Steiner salió a la calle. Se alejaron un poco de la casa y de improvisto Steiner se paró en seco. La bruma los envolvía a ambos, pero consiguió distinguir sus ojos rojizos cuando se volvió para hablarle.

-   Astaroth está aquí.

Max Magnus desenfundó su revólver y apunto al frente. Poco después Sitra apareció tras ellos. Llevaba a la señorita Varona en brazos. Se acercó para verla. Tenía el cuello bañado en sangre, la mirada perdida y el rostro ceniciento.

-   ¿Qué le ocurre? - Steiner no le contestó. - ¿Señorita Varona?

Sophia no contestó. Era obvio que la transformación no había salido como era de esperar. Por lo que había leído en el Libro, el transformado moría después de ser mordido, y pasadas un par de horas o tres volvía a despertar, como un muerto viviente.

Sin embargo, del cuello de la señorita Varona no dejaba de emanar sangre a borbotones.

-   ¡Steiner!

Se acercó a aquel bastardo, pero Steiner lo empujó con brusquedad.

-   Cazador…no se entrometa. - gruñó. Después tomó a Sophia de entre los brazos de Sitra y se perdió entre la densa bruma del bosque.

Astaroth lo estaba esperando allí.

II

El sol le había producido graves heridas en la piel y había tenido que esperar con paciencia a que cayera la noche para poder salir, alimentarse y recuperar fuerzas.

Abandonó Abery junto a cuatro buenos hijos y ordenó a Olaf que mientras él estuviese fuera se ocupase de los asuntos de la familia en la ciudad.

- Sabe que allí a dónde va, no es bienvenido.

Astaroth asintió.

- Lo sé. Pero no hay nada más que pueda hacer.

Habían viajado sin descanso, guiados por el olor a fatiga del grupo, y se habían detenido poco antes, a una distancia prudencial de aquella casucha semi destartalada de piedra.

- Señor, ¿quiere que los matemos? - le preguntó uno de los acólitos que le había acompañado. Astaroth le miró con desgana y posó su mirada en la niebla que se alzaba ante sus ojos castaños. Allí, tras aquella bruma heladora estaba Sophia Varona. Volvió la cabeza hacia el hombre, que esperaba su contestación de forma impaciente.

- No. Yo me encargo.

Comenzó a caminar con pesadez entre la bruma, dirigiendo sus pasos hacia la casa, guiado por la sangre de Sophia y el hambre de Steiner.

Aquel rebelde la estaba transformando, y lo maldijo en silencio, pues él había anhelado hacerlo desde hacía tiempo. Deseaba haber podido acoger a aquella formidable criatura en el seno de su familia, y poder tener al fin, una compañera con la que compartir la soledad de las noches venideras.

Se detuvo a unos metros de la casa, al resguardo del follaje del bosque y de la densa niebla, a esperar con paciencia el desenlace de aquel rito. Sin embargo, su sexto sentido le advirtió de que algo no iba bien...

Su paciencia comenzaba a agotarse cuando de improvisto Steiner apareció frente a él, con el rostro desfigurado por la ira, y con Sophia Varona entre sus fuertes brazos. Descendió la mirada hacia los ojos cerrados de Sophia y después contempló extasiado la sangre que surcaba su cuello. La vida abandonaba el cuerpo mortal de aquella hermosa mujer, pero la vida inmortal no parecía renacer en ella. Steiner no había culminado la transformación y él sabía por qué.

\- ¡Astaroth! - le gritó Steiner. Avanzó hacia él, y se detuvo a pocos palmos de distancia - Lo sabías, ¿verdad?, por eso estás aquí.

Sonrió vagamente y se acercó más a él. Guardó silencio y descendió la mirada hasta el rostro de Sophia, que colgaba hacia atrás, pálido y sublime, como el de una bruja. Las salpicaduras color escarlata adornaban su cuello y su generoso busto.

\- Ahí la tienes, bastardo. - Steiner la posó sobre el frío suelo, y él la contempló impertérrito.

Ahí a sus pies, medio muerta, yacía Sophia Varona, la madre de su hijo.

Algo se revolvió en su interior y chasqueó la lengua.

Nunca había querido a nadie, pero era cierto que había sentido algo extraño desde que había conocido a la señorita Sophia Varona aquella extraña noche en la que Olaf la había llevado a su casa. Sophia Varona le había enredado en una telaraña más peligrosa que la suya propia, y había quedado atrapado en ella como un insecto indefenso cuando apenas unos días atrás había sentido a aquel pequeño ser creciendo poco a poco dentro de ella. Su hijo medio humano, un pequeño milagro en aquel mundo donde esas cosas no existían.

Y si, suponía que esa era la razón por la que había ido hasta allí. Porque él siempre había velado por el bienestar y la seguridad de su familia.

Hincó las rodillas en el barro y tomó la cabeza de Sophia entre sus manos. Estudió su rostro con amargura y sintió algo de congoja en su interior. La mujer se estaba muriendo y no le quedaba mucho tiempo para dejar ese mundo mortal.

-       Si lo hago Steiner, debes dejar que me lleve a mi familia conmigo.

Christopher gruñó.

-       Hazlo, maldito seas. Hazlo de una vez.

Steiner se arrodillo frente a él y se acercó a la mejilla de Sophia. Posó un beso y se separó de ella con abatimiento.

-       Christopher…- susurró ella sin apenas fuerzas. Alargó la mano y tomó la de Steiner. Después con la otra mano tomó la suya y le miró con dureza. - Deja que me vaya con Christopher si no quieres que me deshaga de tu vástago maldito.

Steiner la observó sorprendido y alzó la mirada hacia él.

Gruñó. Sabía que aquella bruja sería capaz de deshacerse del niño. Su alma era oscura, su corazón solo tenía un dueño, y su alma partencia al Diablo.

- Como quieras, Sophia.

Descendió el rostro hasta el cuello de ella y le hincó los colmillos. Mientras bebía, el odio le surcaba las venas como un torbellino. Aquella mujer había jugado con él, y no le había dado opción a poder hacer otra cosa. Si quería salvar a su hijo no nato tendría que dejar que ella se fuese con Steiner.

Cuando hubo bebido toda su sangre, las manos de Sophia se abrieron y se separaron de las de ellos.

Se separó de ella con la boca ensangrentada y miró a Steiner, que le estaba observando con desconfianza.

- Ya está hecho.

Ambos descendieron la mirada hacía Sophia.

Tenía los ojos cerrados y su respiración se había detenido.

Ella viviría para ver una nueva luna. El Mal le estaba dando una nueva oportunidad de vivir, y la pequeña criatura luchaba con fuerza.

- Cuida de la madre de mi hijo- le pidió. - Pero recuerda que cuando él nazca no habrá una noche en la que no piense volver a por ellos.

Dio media vuelta y su capa ondeó al viento. Se perdió en medio de la bruma, abatido y confuso.

Aquella noche le habían vencido, pero volvería a por su hijo y su mujer, aunque fuese la última cosa que hiciese en lo que le quedaba de aquella vida condenada.

III

Steiner había llegado al rato de haberse perdido en las lindes del bosque con la señorita Varona en brazos. Su rostro estaba serio y su ceño fruncido. Max Magnus lo dejó pasar de largo, sin molestarse en preguntar qué había ocurrido allí afuera, pero consiguió ver el par de mordeduras que Sophia tenía a cada lado del cuello, y dedujo que o bien Steiner le había mordido dos veces, u otro vampiro había bebido su sangre.

Faltaban pocas horas para el amanecer cuando los ojos de Sophia Varona se abrieron de nuevo.

Steiner cogió su mano y se acercó a su oído para hablarle. Desde donde él estaba no fue capaz de oír lo que aquel demonio le estaba susurrando, pero sabía con certeza que eran palabras oscuras y ponzoñosas destinadas una vez más a confundirla.

Sitra se acercó a él.

- La señorita está bien. Pero ahora debe dejar al amo y a su nueva hija a solas.

Max Magnus asintió y abandonó la habitación a hurtadillas. Hopkins lo esperaba frente a la puerta de la entrada de la casa, observando la llegada del sol desde el dintel de piedra.

-   ¿Y ahora? - le preguntó. El joven tenía unas marcadas ojeras negruzcas, consecuencia de la fatiga y de la falta de horas de sueño. El cazador frunció el ceño ante aquella pregunta para la que no tenía ninguna respuesta. Decidió guardar silencio y posó la mano sobre el hombro del joven Hopkins, su leal pupilo, que admiraba a su lado y con melancolía el amanecer de aquella mañana de primavera.

El demonio había sido voraz, pero apenas había sentido dolor. Tan sólo una punzada aguda al principio, cuando Christopher había hincado los colmillos en su carne. Después, todo se había vuelto borroso y confuso. No sabía por qué Christopher se había separado de su lado de improvisto y la había dejado tendida en el suelo, desangrándose como un perro. Pero no había tenido fuerzas para llamarlo y suplicar como una idiota desesperada. Más que nunca deseaba vivir. Más incluso que cuando le había pedido a Astaroth en aquel maldito bosque que hiciese lo que fuera necesario para salvarle la vida.

Sin embargo, se quedó inconsciente y perdió la noción de lo que estaba ocurriendo a su alrededor. Ni siquiera sabía si seguía con vida o si ya había muerto. No al menos hasta que sintió a Astaroth a su lado y volvió a recuperar la conciencia.

Había oído la conversación entre Christopher y Astaroth con total claridad, como si su sentido se hubiese agudizado de alguna manera sobrenatural, y se horrorizó al descubrir que estaba embarazada.

Qué estúpida había sido. Que ignorante no haber sentido a esa criatura dentro de su vientre. Y, sin embargo, ahí estaba, un pequeño monstruo, un hijo extraño y no deseado. El hijo de Astaroth.

¡Oh, Astaroth!... que de nuevo le había salvado la vida.

Cómo la confundía siempre. Cómo deseaba alejarse de él para poder yacer entre los brazos de Christopher, pero a la vez anhelaba la pasión con la que Astaroth la unía endiabladamente a él.

¡Qué confusa estaba! Cómo necesitaba a ambos. Con qué ansía había renacido en ese nuevo mundo de oscuridad bajo los colmillos de los dos.

Sin embargo, había elegido permanecer al lado de Christopher. El amor que sentía por él era mucho más fuerte que el hechizo enfermizo que la unía a Astaroth.

Se había despertado de súbito, acompañada por su propia respiración pausada y tranquila, que oía con claridad. A su lado el fuego bajo la calentaba con intensidad y se alejó un poco de la chimenea. Se desprendió de la manta que le cubría el cuerpo y descubrió que estaba desnuda.

Se reincorporó con torpeza y notó con sorpresa que no sentía ninguna molestia o dolor en el cuello.

Se llevó la mano a los orificios que descansaban sobre su yugular, y primero palpó los dos agujeros del lado izquierdo, que eran la marca que su amado Christopher había dejado sobre su piel. Después pasó la palma de la mano sobre los dos agujeros que Astaroth le había dejado en el lado derecho.

Suspiró y volvió a tumbarse sobre la cama en la que había yacido con Steiner horas atrás.

Se sentía levitar, como si su cuerpo no fuera más que aire, pero sabía que dentro de ese vacío crecía algo oscuro que le mantenía con los pies en la tierra. Algo muy pesado y maligno, que había detenido los latidos de su corazón, la había desprendido de su alma, y la había ayudado a renacer en ese nuevo mundo.

Percibía todo lo que la rodeaba de manera excepcional, como si sus sentidos se hubiesen sobre agudizado. Sabía que Sitra estaba tras la puerta de su cuarto, y que Steiner la vigilaba desde las sombras de la habitación. Su aura era enigmática, pero sabía que estaba molesto con ella y confuso por el niño que crecía dentro de sus entrañas. Esa semilla que sentía cómo tomaba forma dentro de su vientre.

Se llevó la mano a la barriga y notó las pulsaciones de su hijo, sin embargo, no oyó las suyas. Su cuerpo estaba muerto, y su corazón había dejado de latir horas atrás.

Christopher se acercó a ella y se sentó a su lado. Con su ayuda volvió a reincorporarse y examinó la estancia con meticulosidad. Descubrió con asombro que era capaz de ver más allá de las sombras del cuarto. Distinguía a la perfección los pocos muebles de la habitación, y la luz de la luna llegaba hasta sus pupilas como los rayos cegadores del sol. No era una luz pálida y débil, sino resplandeciente y blanca, hermosa y cálida. Y sentía esa calidez sobre su piel, que se había vuelto fina y marmórea.

Era todo tan intenso y diferente. Había tantos colores, tantas sensaciones… y, sin embargo, ella no era capaz de sentir mayor placer o felicidad de la que había sentido antes.

Alzó los ojos hacia Christopher, con una mueca de terror dibujada en su rostro, que había adquirido la belleza de sus mejores años.

- Hay tanto vacío…- susurró. - No siento nada, salvo a esta cosa en mis entrañas que me pide comer…

Steiner asintió y sonrió con languidez. Tras la tímida curvatura de sus labios se escondían muchas verdades a medias.

- Ya no volverás a padecer por las cosas mundanas de la vida mortal, que tanto sufrimiento y preocupación traen consigo.

Sophia negó con la cabeza. Bien cierto era que la vida mortal era dura, y que la suya había sido triste y ardua, un difícil camino que ella había tenido que recorrer a solas. ¿Pero no era esa vida mundana y mortal la que le había llevado a descubrir el más hermoso de los sentimientos?

- ¿Y el amor, Christopher, no es algo mundano pero eterno? ¿Entonces qué es lo que tú sientes por mí, lo que yo con tanta devoción sentía por ti?

Christopher guardó silencio.

- Amor en una palabra de cuatro simples letras. – contestó con voz grave. - Lo que yo sé con certeza es que mis noches son más oscuras cuando no estás conmigo.

Steiner se levantó de improvisto, turbado y con los ojos brillantes. Sophia intentó detenerle, pero sólo consiguió llamarle con voz débil antes de que abandonase la habitación.

- Y este hijo…- musitó con repugnancia. - ¿Qué va a ser de él? Esta cosa… que no quiero.

Christopher abrió la puerta.

- Es un niño, nada más que eso. - contestó, aun sabiendo que eso no era cierto.

Había salido el sol y se retiró a dormir a un cuarto oscuro que Sitra le había acondicionado lo mejor que había podido. Sin embargo, no descansó con sosiego, perturbado por su mente intranquila que no dejaba de maquinar. El hijo que Sophia llevaba en sus entrañas, aquel semi vampiro hijo de Astaroth, agitaba su sueño.

La noche volvió a sorprenderle en medio de tales quebraderos de cabeza, y volvió al cuarto de Sophia para ver cómo estaba ella. Sin embargo, no la encontró allí.

Descendió al piso bajo y descubrió que allí lo esperaba ella. Su belleza eclipsaba la luz de la luna. Era una reina entre las sombras, la más hermosa criatura que jamás había visto.

Sophia estaba sentada frente al cazador, el ayudante y su tía Aurora, que la examinaba con desconcierto y algo de desconfianza.

Steiner se acercó a ella y posó las manos sobre sus hombros. Sophia se giró para mirarlo.

Sus ojos azules eran el espejo de la oscuridad y podía percibir a su monstruo, ahora apaciguado, pero desconcertantemente fuerte y ansioso. La fuerza de aquel monstruo provenía de la semilla que Astaroth había sembrado en ella, la que le había trasmitido a través de su sangre y su mordedura. No obstante, por sus venas también corría la templanza que él le había trasferido. Sólo esperaba que ella aprendiese a equilibrar aquellas dos fuerzas para que la bestia permaneciese apaciguada.

- Christopher...- susurró al verlo. Inclinó la cabeza para rozar la mano de él con su fría mejilla, y después se separó con ternura. La observó durante unos segundos antes de volver a hablar, y se percató de que Sophia había ocultado las cicatrices de su cuello con un pañuelo color burdeos de seda.

Aurora se levantó con torpeza de su butaca y no puedo evitar ocultar un gesto de dolor mientras intentaba mantenerse en pie.

- Estos huesos...- se quejó mientras se apoyaba en el brazo de Max Magnus. - No estoy para estos trotes. Debí volver a Lockham...

Sophia la estudió en silencio y Christopher percibió su preocupación.

- Debemos irnos cuanto antes. Mi tía necesita descansar en un lugar más apropiado. Además, Astaroth está cerca.

Christopher la miró extrañado, pues él no era capaz de sentir a Astaroth. Debía estar lo bastante lejos como para que él no pudiese sentirle, pero lo bastante cerca para que Sophia pudiese hacerlo. Astaroth le había dotado de un gran poder de percepción, y se preguntaba que otras cualidades habría heredado de su medio padre.

- Debemos irnos si él está cerca- sentenció Max Magnus. Hopkins asintió a su lado.

- Tiene razón Magnus, debemos partir ahora mismo.

Steiner dio media vuelta y salió. Sitra los estaba esperando fuera, junto al coche. Ayudó a subir a Aurora y a Sophia, y después Hopkins subió tras ellas.

Sin embargo, Max Magnus se acercó a él antes de subir. Su gesto era sombrío y su semblante parecía preocupado y confuso. Se acercó a él para hablarle al cuello de la camisa.

- Steiner…esas dos marcas que vi la otra noche…- gruñó. - No me trate por tonto.

Steiner sonrió. Aquel hombre era muy observador. No había detalle que se le pasase por alto. Suspiró antes de contestar con despreocupación, como tantas otras veces ya lo había hecho con Max Magnus.

- No pude terminar la transformación, así que Astaroth lo hizo por mí. – sus palabras sonaron pesadas a pesar de sus esfuerzos por restarle importancia a aquel suceso. - Es hija de ambos, pero ella decidió quedarse conmigo. - Max Magnus resopló con hastío. Aquel hombre siempre le hacía perder la paciencia con sus explicaciones a medias. Steiner debió de leerle el pensamiento porque se apresuró a hablar. - Ese bastardo la ha dejado embarazada… yo no podía terminar la transformación… no, sabiendo aquello. Así que fue

Astaroth quien finalizó la transformación para poder salvar a su hijo.

Max Magnus guardó silencio y recordó una parte del Libro del Cazador que hablaba sobre aquellos medios humanos, llamados dhampyr, de extraordinarias cualidades, heredadas de su progenitor vampiro, pero sin sus debilidades. Eran capaces de distinguir a los vampiros con facilidad y de enfrentarse a ellos y darles muerte

Eran, sin duda alguna, los mejores cazadores de vampiros.

Y entonces ¿Por qué Astaroth había decidido salvar a Sophia y de esa manera también al dhampyr?

Sólo podía haber una respuesta para aquello.

Una palabra de cuatro simples letras

PARTE III

EL VIAJE

I

Steiner le había comprado. Le había comprado para que le ayudase a sacar a la señorita Varona de casa de Astaroth, pero eso ya estaba hecho.

Estaba harto de él. Necesitaba un poco de aire, pensar y volver a sus quehaceres. Esos dos chupasangres ya no le necesitaban para nada más y estaba decidido a hacérselo saber a Steiner.

Acababa de anochecer y Sitra detuvo el choche a un lado del camino para que estirasen las piernas un rato. La señorita Varona ayudó a Aurora a apearse del coche y se quedó junto a ella dando un pequeño paseo. La anciana no hacía más que quejarse por culpa de sus dolores de huesos.

Steiner se había apoyado contra la puerta del coche y se había encendido un cigarrillo. Él y Hopkins se acercaron hasta él. Los miró con indiferencia cuando se plantaron frente a él.

\-   Hopkins y yo nos vamos. No hace falta que nos pague más. Este viaje hacia el norte ya no es cosa nuestra.

Steiner sonrió entre dientes y pegó una calada al cigarro antes de contestar.

\-   No puede irse todavía, Magnus. Le necesito.

Hopkins desvió la vista hacia él, esperando con el corazón en un puño que no accediese a nada más.

\-   No. Ya no me necesita.

Le dio la espalda y empezó a caminar con las manos metidas en los bolsillos de su capa. No había recorrido una gran distancia cuando Steiner volvió a llamarle. Se giró de mala gana.

- Magnus. Lilith puede darnos cobijo, pero no sé cómo reaccionará cuando le presente a Sophia y sepa que en su vientre lleva al hijo de Astaroth, un vamphyr.

- ¿A qué se refiere? Pensaba que era un lugar seguro.

- Es más seguro que otros a este lado de las montañas, pero tampoco me fio de ella por completo. Además, Astaroth juró volver a por su familia cuando el bebé naciera. Aún lo necesito. La señorita Varona aún le necesita. No puede abandonarla a ella y a su tía.

Magnus giró la cabeza hacia su joven ayudante. Hopkins subió y bajó los hombros y después le hizo un gesto de asentimiento con la cabeza.

- Steiner. Esto es lo último que me pide. – Aseguró con voz firme. - Los acompañaré hasta Argante, pero una vez allí y si no hay problemas adicionales, Hopkins y yo nos iremos de una vez por todas.

Steiner asintió. Sophia se acercó hasta ellos y se paró junto a Christopher.

- Tengo hambre. - susurró a su lado con voz cansada. La observó en silencio y después asintió con la cabeza.

Sophia aún no había comido nada desde que había sido transformada, y tanto su salud como su aspecto habían empeorado en los últimos días. Él mismo se sentía débil y enfermizo.

- Está bien. Pararemos en el siguiente pueblo y podrás comer.

Guio a Sophia por las calles de aquel pueblucho al que acababan de llegar y entraron en la única taberna que encontraron, situada en el bajo de un edificio de piedra grisácea.

Un olor a sudor rancio y a estancia cerrada les taponó las narices y cuando sus ojos se adaptaron a la tenuidad de la sala, la examinaron con minuciosidad. Un hombre semi inconsciente por culpa del alcohol dormitaba sobre la barra de la taberna con la cabeza apoyada sobre los antebrazos. Al fondo de la estancia y junto al fuego bajo otro par de hombres más jóvenes bebían unas jarras de cerveza de trigo y charlaban animosamente entre ellos. El tabernero volvía de su mesa, de servirles una ración de patatas al horno con especies. Por el olor, distinguieron el tomillo y la albahaca, pero sus estómagos protestaron de asco.

Los hombres detuvieron su jovial cháchara cuando cerraron la puerta tras sí, y el tabernero volvió a ponerse tras la barra, desde donde los examinó con recelo.

Christopher se acercó a él y cruzó las manos sobre la barra.

- Mi esposa y yo hemos recorrido un largo camino y estamos sedientos. Nos gustaría tomar unas copas del mejor whisky que tengáis.

El hombre gruñó y se manoseó la barba canosa que le caía poco más abajo de la barbilla.

- Me temo que no tengo ninguna botella decente que ofreceros…- se disculpó de la mala gana. - No es habitual ver por estas tierras a extranjeros… Nadie osa vagar ni perderse por estos páramos olvidados de la mano de Dios.

Christopher sonrió.

- Entiendo, entonces nos conformaremos con dos copas del whisky que tenga.

El hombre asintió a regañadientes y tomó del aparador de madera que había tras su espalda una botella sucia de cristal. La apoyó sobre la barra y después tomó dos copas sucias de una vitrina. Las llenó de whisky y se las ofreció con apatía.

- Aquí tiene. – Christopher le dio una moneda y le dijo que se quedase con el cambio. El hombre asintió y se guardó la moneda en uno de los bolsillos de su sucio pantalón descolorido.

Él y Sophia tomaron asiento en una mesa junto al fuego. Los hombres que estaban sentados junto a ellos se voltearon para observarlos.

- ¿Son del otro lado de las montañas, ein? - peguntó uno de ellos. No tendría más de treinta años, pero le faltaban todos los dientes y su rostro estaba sonrojado por el alcohol. El otro hombre asintió a su lado. Sería más o menos de su misma edad. Le faltaban los dedos de la mano izquierda y algún que otro diente. Los que conservaba estaban más negros que blancos, y se balanceaban con timidez en sus encías enfermizas.

- En efecto, de allí venimos.

- ¿Y que trae a gente de tan postín a estas tierras infértiles? Ni comida hay para los animales...ein... sólo ratas y escoria... aiii. No es lugar para damiselas eiii.

Sophia le mantuvo la mirada y el hombre le sonrió con socarronería. Estaba borracho y parecía que llevaba tiempo sin ver a una mujer.

- Nos encanta viajar y queríamos explorar estas tierras de sur a norte.

El tabernero le miró con desconfianza y gruñó tras ellos, sin decir una palabra.

- ¿Más al norte? – preguntó el borracho. – Eiiii... no, no... allí sólo hay fantasmas... nadie va tan arriba... soló los locos.... Y una vez que van ya no vuelven nunca más.

- ¡Berger! - le amonestó el tabernero. - No me gusta que se hablen de esas cosas en mi casa, ya lo sabes eii.

El hombre asintió y guardó silencio de inmediato. Sin embargo, el otro se levantó de la mesa y se acercó a ellos.

- ¿Puedo? - Christopher asintió y el hombre se les unió a la mesa. – No vayan más lejos... Allí arriba sólo deambula el Diablo, se dice que la duquesa de Argante es el mal personificado...- susurró mientras miraba en derredor y se santiguaba.

- No creo en las chuperterias, soy un hombre de ciencia. - le cortó. Berger negó con la cabeza y dio un trago de su jarra de cerveza.

-        No, no… esto es cierto. Yo he visto con mis propios ojos esos cuerpos sin órganos y sin una gota de sangre… eiii, con los agujeritos en el cuello…. – se llevó la mano al cuello y los dedos le temblaron cuando los posó sobre la yugular. Aquel hombre había visto todo aquello, y sin duda, no podía olvidarlo y hacer como si esos muertos y esos demonios de la noche no existiesen. Existían, y sin saberlo, estaba hablando con dos de ellos.

-        ¿Y quién hace eso? - le preguntó Sophia con voz queda. Sus ojos brillaban de emoción y la bestia gozaba con aquel relato.

-        El Diablo, señora. El Diablo los come. Lleva siglos haciéndolo… todo el mundo lo sabe, y por eso nadie sale de noche de casa ni sube tan arriba. Esos son sus dominios….

Sophia guardó silencio y admiró el respeto con el que el hombre hablaba de todo aquello.

-        No vayan…no vayan eiii…Allí de donde vienen, también los hay. Claro que los hay, pero son tierras más pobladas y modernas, el Mal pasa más desapercibido eiii, pero el Diablo está en todas partes.

Extrajo un crucifijo que colgaba de una cadena de hojalata de su cuello y lo besó con devoción.

Sophia apartó la mirada de inmediato y el hombre pareció darse cuenta. La observó extrañado y después volvió a guardar el crucifijo bajo su camisa amarillenta y mal oliente. Se levantó con cautela, mientras los observaba con miedo. Su compañero se había puesto en pie.

319

- Será mejor que se vayan... - ordenó el tabernero con voz firme. – No nos gustan los forasteros y menos a estas horas de la noche. Nadie viajaría por estos lares a estas horas, y menos con una mujer tan hermosa...

Christopher asintió y se bebió la copa de whisky de un sorbo. Se puso en pie y Sophia le imitó.

Sus ojos se habían teñido de rojo.

- En efecto, será mejor que nos vayamos. Pero antes nos gustaría comer algo.

Habían bebido con voracidad hasta que se sintieron completamente satisfechos. Sophia se acercó a él zigzagueando y él la tomó del brazo para ayudarla a caminar. Había sido su primera cacería y se había dejado guiar por la bestia que dormitaba dentro de ella. Había sido exhausto pero gratificante al mismo tiempo, y la sangre fresca les había devuelto las fuerzas y la belleza.

Salieron a la calle, dejando los cadáveres en el interior de la taberna, y ni se molestaron en cerrar la puerta al salir.

Montaron en el caballo y galoparon sin cesar hasta llegar de nuevo al campamento que habían asentado en un claro de un bosque cercano.

El fuego de la hoguera estaba encendido y junto a ella dormitaba Aurora y Hopkins. Max Magnus y Sitra los estaban esperando con impaciencia.

- Estábamos preocupados, queda poco para que amanezca. Debemos empezar a recoger todo. – indicó Sitra.

Christopher descabalgó y ayudó a Sophia a bajar del caballo negro.

- Hemos ido lejos… Pero ya estamos de vuelta, Sitra.

El hombre asintió y se volvió para terminar de empaquetar las pocas cosas que llevaban con ellos.

Sophia se acuclilló junto a su tía y la despertó con dulzura. Aurora abrió los ojos con pereza.

- Nos vamos tía. – la ayudó a reincorporarse y la mujer se quejó quedamente. Apenas la había reincorporado cuando sintió unas ganas repentinas de vomitar. Se inclinó, apoyó las manos en las rodillas y vomitó a los pies de Aurora.

La mujer pegó un grito y se cubrió la boca con las manos. El terror había desfigurado su rostro.

Max Magnus y Christopher se acercaron hasta ellas y contemplaron con indiferencia el charco de sangre que manchaba la escarchada hierba.

- ¡Hija mía! ¿Estás enferma, querida?

Volvió a reincorporarse y se limpió la boca con la mano. Miró a su tía con angustia sin saber qué contestar y se volvió hacia Christopher en busca de apoyo.

- No pasa nada, Aurora. Faltan unas tres jornadas para llegar a la ciudad de Oban, allí buscaremos un médico para que le haga un chequeo. – la tranquilizó con voz melodiosa y Aurora asintió más complacida. - Será mejor que marchemos.

Max Magnus se acercó a Aurora y la ayudó a dirigirse hasta el coche, donde Sitra ya los estaba esperando.

- Son náuseas por el embarazo. Mi mujer mortal tenía muchas. - la tranquilizó mientras le limpiaba las salpicaduras de sangre de la boca con un pañuelo. Sophia asintió y descendió la mirada al suelo.

- Lo siento, Christopher. Este hijo debería ser tuyo.

Él se separó de ella. El rostro de Sophia era el reflejo de los remordimientos y el auto castigo. Ninguno de los dos quería a ese hijo de Astaroth, pero, sin embargo, ahí crecía dentro de su vientre.

- Deshazte de él si no lo quieres. - le espetó al final. Sophia pegó un respingo y enseguida se dio cuenta de que las palabras se habían escapado de su boca sin darse apenas cuenta.

- Christopher...- musitó ella. Él la ignoró y dio media vuelta. Subió al coche y Sitra le hizo un gesto a ella para que se apresurase. Los rayos de sol comenzaban a colarse entre las ramas de los árboles y la claridad empezaba a cegarla.

Se dirigió a zancadas hasta el coche y cuando el sol apareció por completo ya se habían alejado de allí con brío.

II

Los días siguientes habían sido duros. Las náuseas habían incrementado y se sentía muy cansada. Además, para cuando llegaron a Oban volvía a sentirse de nuevo débil y hambrienta. La criatura la consumía.

Oban era un hervidero de podredumbre. No sabía si alguna vez aquella mole de piedra habría visto una época más gloriosa, pero si lo había hecho, ni siquiera la propia ciudad recordaba cuándo.

Se hospedaron en uno de los mejores hostales de la ciudad, pero ni siquiera llegaba a la categoría de los de media clase de Lockham.

Examinó la habitación con desgana y se dejó caer en la cama. El colchón era duro y las sabanas estaban ásperas. Aun así, se quedó dormida de inmediato.

Para cuando se despertó volvía a ser de noche. Christopher estaba sentado junto a la ventana, viendo el ir y venir de las gentes que entraban y salían de los bares que abarrotaban aquella alameda de adoquines. Se encendió un cigarrillo y empezó a fumar en silencio.

Se acercó al él y se sentó sobre sus rodillas. Desde que él había sabido que ella estaba embarazada no la había vuelto a tocar, pero ella deseaba sentirlo dentro de ella. Le amaba tanto, pero le extrañaba aún más.

Se acercó a sus labios y los besó. Su boca sabía a tabaco, pero no le disgustó. Sólo quería sentir su lengua en su boca sedienta.

Sin embargo, él la apartó con delicadeza mientras apagaba el cigarrillo en el cenicero que había dejado sobre la repisa de la ventana.

- Sophia…- la agarró por la nuca y la atrajo hacia sí. – Estoy tan herido…

- Lo sé. Pero yo sólo te quiero a ti, Christopher. ¿Acaso no estoy contigo?

Christopher volvió a soltarla y ella contempló sus ojos verdes, aquellos ojos en los que tantas noches se había perdido, pero que ya no la miraban como antaño… Se separó de él y se detuvo frente al cristal. Observó el ajetreo de la calle. A tanta pareja riendo a carcajadas, a tanto amante besándose en la oscuridad de las callejuelas.

Estaba celosa de todos ellos.

Ella quería volver a tener algo así.

Le quería a él.

- Christopher. - se volvió a él para hablarle. Lucía más seductor y enigmático de lo habitual aquella noche. Cualquier mujer habría caído rendida a sus pies, a pesar de su altanería y arrogancia.

- ¿Acaso ya no me deseas? En esto es en lo que me he convertido por ti. Para estar contigo. No puedes rehuirme siempre. No puedes.

Se abalanzó sobre él y no le dejó tiempo para rechazarla. Su boca se perdió en la de él y sus manos surcaron su piel por debajo de la camisa.

Christopher le hizo el amor con pasión, y ella aspiró cada uno de sus jadeos y acarició cada centímetro de su piel. Habían gozado como noches ya muy lejanas lo habían hecho, y al fin, sintió que él volvía a pertenecerle. Sin embargo, cuando cayeron exhaustos y bañados en sudor sobre la cama, el rostro de Astaroth volvió a atormentarla, y con él, el hijo que llevaba dentro.

Se levantó con sigilo para no despertar a Christopher y caminó a hurtadillas hasta el biombo que había al fondo de la habitación.

Se deshizo de la bata de seda negra y se contempló con pesar en el espejo. Su vientre se hinchaba con cada día que pasaba, y había tenido que deshacerse del corsé, que tanto le aprisionaba los prominentes pechos y el abdomen.

Deslizó la mano por el vientre abombado y sintió los latidos del hijo de Astaroth, tan pausados y constantes.

No sabía de cuántas semanas podría estar, pero por la fisionomía de su cuerpo calculaba que debía estar casi de veinte.

Torció el gestó y apartó la mano de la tripa.

Aquella tripa que crecía y crecía…

Descendió la mirada hacia el suelo y la ira le nubló la vista.

Odiaba a ese hijo, pero, sin embargo, cuando pensaban en Astaroth, no lo odiaba a él.

Y lo sentía tan cerca…

Sabía que él la vigilaba desde las sombras como un fantasma. Él estaba allí fuera, velando por el bienestar de su hijo y porque ella cumpliese su palabra.

Volvió a alzar la mirada al frente y se contempló de nuevo en el espejo.

Debía deshacerse del niño. No importaba lo que Astaroth pudiese hacerle a ella.

Ese niño no debía nacer.

III

Hacía ya algo más de una semana que habían dejado Oban y habían vuelto a adentrarse en aquellos páramos lóbregos.

La soledad reinaba en aquellas tierras y se topaban de tanto en cuanto con pequeños puebluchos de no más de cien habitantes, cuyas gentes les observaban con desconfianza y temor.

Aquellos norteños no estaban habituados a los forasteros, y menos a unos tan peculiares.

A las supersticiones y a sus recelos se sumaba su poca hospitalidad, y por ello apenas conseguían que les hospedasen en sus casas.

Debido al trajín del viaje, la salud de Aurora había empeorado de forma preocupante en las últimas semanas, y sus quejidos lastimeros eran difíciles de soportar. Sitra le había preparado algún que otro bebedizo de hierbas, pero apenas conseguía mitigar sus dolores.

La noche acababa de llegar y la luna mortecina brillaba con intensidad en el cielo raso.

Montaron el campamento en un claro del bosque y Sophia ayudó a su tía a recostarse dentro de la tienducha.

-        Ayyy, querida… me muero- sollozó mientras le agarraba por el brazo. - No me quedan fuerzas para seguir… me duele todo el cuerpo.

Sophia la examinó con lástima. Era cierto, Aurora se moría. Ella era capaz de oler la putrefacción de su cuerpo, y olía la pestilencia de sus órganos y de sus huesos descompuestos. No debía de quedarle mucho tiempo de vida. Pero un corto tiempo a merced del dolor.

-        ¡Oh, querida!… nunca pensé ver lo que vi…- Aurora deliraba a causa de la fiebre y Sophia tomó su mano para calmarla. - Son demonios, querida, ellos han robado tu alma, lo sé… tus hermosos ojos azules no son los que eran…

Aurora alzó la mano hasta su cuello y la desprendió con delicadeza del pañuelo burdeos que ocultaba las pequeñas cicatrices de Christopher y de Astaroth.

Aurora cerró los ojos y tímidas lágrimas rodaron por sus mejillas.

- Tía…

Aurora giró la cabeza para evitar su caricia. Sophia la miró con pesar. Al fin, ella había descubierto en lo que se había convertido.

Un demonio.

Una asesina.

Un ser oscuro y sin alma.

- No necesito explicaciones… tengo parte de culpa. Nunca te mostré el suficiente afecto, querida…

Sophia apretó sus manos entre las suyas.

- Nada de esto es culpa tuya. Yo lo elegí. Yo lo quise. Porque amo a Christopher Steiner. Desde el momento en que lo vi lo amé. Lo amaré para siempre y vagaré por el Infierno aferrada a su mano. – se palpó la cicatriz con delicadeza, mientras recordaba el día en que él había estado a punto de dejarla morir. - Este es el precio de su amor.

Se sorprendió al escuchar sus propias palabras. Tan concisas y ciertas. Aquella condena era el precio del amor de Christopher Steiner, y su hijo era el del Astaroth.

- Rezaré por ti, querida. Aunque Dios ya te haya olvidado.

Aurora gimió y su gestó se desencajó de improvisto, fruto de un dolor agudo.

- Querida… que sufrimiento… no puedo más, no puedo. Mis huesos… mis huesos…

Sophia se inclinó sobre ella y la besó en la frente. Ardía como el fuego y el sudor empapaba su pelo canoso. Se separó de ella para volver a contemplar su rostro pálido.

- Si deseas hacer un último acto bondadoso, querida, líbrame de este sufrimiento.

Sophia negó con la cabeza y sollozó sin lágrimas.

- Hazlo, querida. Te lo suplico, no puedo más… piedad.

- No, tía. No voy a hacerlo.

Aurora volvió a gemir y el dolor afloró en sus ojos.

- Come, querida. Te ofrezco mi sangre… come. Tienes que comer.

- Para, tía.

Se tendió sobre ella y besó su frente. Los ojos empezaron a escocerle y apretó la mandíbula para evitar que los colmillos asomasen de entre sus labios.

Pero allí estaba él, ansiando paliar su hambre.

Enterraron a Aurora bajo la protección de un arce milenario, y Max Magnus se encargó de colocar en su tumba una cruz de madera que había armado con unos palos secos. Sólo él y Hopkins le dedicaron una oración, que se perdió en el cielo estrellado de aquella fría noche.

- Que descanse en paz.

Max Magnus pasó de largo junto a ella, sin ni siquiera mirarle a la cara. Sabía que él estaba furioso, y que jamás le perdonaría lo que había hecho. Ni siquiera ella misma sabía si había sido la bondad de su ser humano o la maldad de la bestia la que había guiado sus acciones esa noche.

Estaba confusa, pero su falta de empatía no le provocaba mayor o menor desasosiego. No sentía ni padecía por ninguno de sus actos.

Era un monstruo más. Un psicópata.

Y allí, en la lejana colina, Astaroth disfrutaba con todo aquello.

- Sophia, ¿Ocurre algo? - preguntó Christopher tras ella. Apartó la vista de la colina y se volvió hacia él.

- Está cerca.

Christopher asintió y la tomó del brazo.

- No nos dejará nunca. Él vendrá a por mí. Lo sé.

Christopher la tomó del mentón y la miro a los ojos. Sus ojos verdes le trasmitían tranquilidad y su voz sonó segura cuando le habló.

- No mientras yo esté aquí. Te lo juro.

Besó sus fríos labios, y de alguna manera, mientras lo hacía, supo que aquel juramento nunca lo podría cumplir.

Astaroth la quería a ella.

Y ella no podía dejar de pensar en él.

Su hechizo era intenso. Por más que intentaba deshacerse de él, se estremecía al evocar las manos de Astaroth sobre su piel desnuda. Y sí, era una necia si pensaba que aquellas caricias de Astaroth habían estado guiadas por el

329

amor, porque no lo habían estado. Astaroth nunca la había amado. Sólo la había deseado. Sólo había jugado con ella.

Pero ella había entregado media alma a aquel Diablo.

Las cicatrices de su cuello se lo recordaban cada noche.

- ¿A dónde estamos yendo?

- Más al norte, en los profundos bosques del interior, hay una ciudad olvidada y antigua. Más inmensa que Lockham y más embrujada que Abery. Son los dominios de Lilith y ella nos dará cobijo.

- ¿Lilith? - preguntó en un susurro, temerosa de que Astaroth pudiese oírla.

- Su Primera Hija, la primera de sus Primeros Hijos.

Sophia alzó las cejas y recordó la historia que Astaroth le había narrado sobre sus Primeros Hijos, aquellos que le habían abandonado como a un perro pulgoso. ¿Sería ella mejor que aquellos vástagos traidores? No, ella era peor que todos ellos.

No sólo había abandonado a su creador para marcharse con su amante, había abandonado al hombre con el que había yacido, al padre de su hijo. Ella lo había separado de él, en un acto de puro egoísmo.

- La ciudad nos protegerá de las miradas indiscretas y podremos vivir como una pareja normal y corriente.

Sophia sonrió con tristeza.

- Nunca fuimos como el resto, y nunca lo seremos, Christopher Steiner.

Se puso de puntillas para besarlo y se estremeció cuando él la abrazó con fuerza.

Nunca serían como el resto.

"Nunca"

Hacía casi cinco largos meses desde que había transformado a Sophia Varona, desde que por última vez había degustado su sangre y había acariciado su suave piel. Y aunque el paso del tiempo nunca le había causado ningún tipo de desasosiego, esos cinco meses se habían sucedido más pausados que todos los siglos pasados juntos.

Anhelaba a Sophia Varona y la deseaba tener entre sus brazos. Ansiaba palpar su vientre abultado y sentir las patadas de su hijo en la palma de su mano.

Y, sin embargo, allí estaba él. Pudriéndose en su propio malestar, acorralado por la imagen del hermoso rostro de Sophia Varona.

La había seguido sin descanso a través de las tierras del norte, poniendo su propia vida en peligro, y ahora, ante las puertas del reino de Argante, sus pies se habían detenido de improvisto, incapaces de avanzar a través de aquellas tierras bajo el dominio de su Primera Hija.

Estudió el paisaje con abatimiento y maldijo a las montañas nevadas por entorpecer su camino.

No podía pasar al otro lado de la frontera. No, si no quería desencadenar una guerra para la que aún no estaba listo.

Dio la media vuelta cuando al carruaje negro en el que viajaba Sophia se hubo perdido en la lejanía y ya no fue más que una mota oscura en el horizonte.

Allí marchaban ella y su hijo.

Su familia.

¿Qué podía hacer?

Bufó y arrastró los pies por el camino embarrado.

LILITH

I

Argante estaba anclada en el tiempo, aferrada al pasado con cadenas de hierro, temerosa de las nuevas eras. Las lámparas que colgaban de los muros de las casas iluminaban con timidez sus calles empedradas y angostas, desde las que se divisaba el cerro sobre el que se asentaba el castillo de Lilith. Aquel esperpento de piedra ennegrecida y musgo verdoso era su hogar, y era más antiguo incluso que las memorias de la propia ciudad.

La muralla que antaño había protegido el castillo de los ataques enemigos estaba semiderruida y accedieron al patio de armas por la puerta principal, que estaba abierta de par en par.

Accedieron al patio adoquinado y se detuvieron al descubrir a una mujer de cabellos negros que les estaba esperando frente a la puerta de acceso a los salones.

Se apearon del coche y caminaron hacia ella.

La mujer los observó uno por uno. Estudió sus rostros como el pintor a su modelo y desnudó sus almas como el hombre a su mujer en la noche de bodas.

Sonrió con gravedad cuando sus ojos descubrieron el vientre abombado de Sophia, y ella posó las manos sobre él, intentando proteger a su hijo de la mirada indiscreta de aquel cuervo hambriento.

Su sonrisa desapareció como un témpano de hielo bajo el sol y se dirigió con voz seria pero melodiosa a Christopher.

- No debiste venir aquí. No con tanta compañía. - le amonestó. Se deslizó hacía él, y la cola de su vestido blanco perla ondeó tras ella.

- Ha sido un viaje largo desde Abery. Necesitamos descansar. Y necesito hablar contigo en privado. Hay cosas que debo explicarte.

Lilith sonrió a regañadientes.

- Steiner, mi familia siempre te ha estimado y sabes que eres bienvenido. - Se detuvo un momento y chasqueó la lengua antes de volver a hablar. — Siempre han sido extrañas las circunstancias que nos han unido, y estoy anhelando saber la causa de este nuevo encuentro. — Dio la media vuelta. - Por favor, seguidme.

Lilith parecía resentida, y no sabía muy bien si se debía a aquella visita inesperada o a su propio descuido por haberla olvidado durante tantos años. Hacía casi medio siglo desde la última vez que había estado en Argante, aunque habían intercambiado alguna que otra carta a lo largo del tiempo. A parte de su irritabilidad, era consciente de que además tendría que negociar con una mujer muy cabezota.

- Eres un amigo fiel y te estimo, Christopher Steiner. Sin embargo, esta noche me has defraudado y sabes muy bien por qué.

Christopher guardó silencio y su mirada se perdió en las llamas del fuego bajo. Se encendió un cigarro antes de hablar con voz grave.

- No podía dejarla con él. Ahora Sophia es mi compañera.

Lilith sonrió con languidez y su rostro se tornó malévolo.

- Extraña elección... hacerte cargo de una mujer que ha yacido con Astaroth y que está embarazada. – chasqueó la lengua y cruzó las manos sobre las pantorrillas. - Puedo oler al embrión desde aquí, flotando en el líquido amniótico de su madre. Astaroth vendrá a por su hijo y mi clan corre peligro si ella se queda. No debiste traerla, Steiner. No debiste.

Christopher dio un par de caladas antes de contestarla. La paciencia comenzaba a agotársele.

- Astaroth no vendrá a por ellos hasta que la criatura haya nacido. Eso lo sé con certeza.

Lilith se acercó a él y sus rostros quedaron frente a frente. El de Lilith era marmóreo y perfecto, y su aroma embelesador.

- ¿Tú crees que ella haría algo a ese pequeño vamphyr? ... Astaroth debió dejarlos morir. Y matarte a ti después. ¿Por qué no lo hizo, Steiner? ¿Por qué?

Lilith sonrió con pesar y guardó silencio. Volvió a separarse de él.

- No lo sé.

Lilith sonrió.

- Claro que lo sabes. La razón es la misma por la que tú se la entregaste a él para que culminase la transformación. Ama a su hijo, y la ama a ella también.

- ¿Acaso debí dejarla morir?

- No voy a decirte lo que debiste o no hacer. Pero sé que sabes que eso te habría evitado muchos problemas. A todos, al fin y al cabo.

Lilith le observó con gravedad.

- Tú también has amado, Lilith. Amaste mucho a Astaroth y tampoco le mataste. ¿Lo harías ahora o lo sigues queriendo?

Lilith sonrió con vagueza y sus ojos azules como el océano se tiñeron de un rojo apastelado.

- Siempre le he amado. Ya lo sabes. Pero el odio y la desidia es más fuerte. Perdí a casi todo mi clan por su enfermiza política de sangre y muerte. Cazaron a cientos de los míos y los vi padecer como a perros callejeros… sin poder hacer nada para poder salvarlos. Mi clan estaba al borde de la extinción por culpa de Astaroth. Y nos hemos mantenido alejados de su influencia de forma satisfactoria durante muchos siglos. He conseguido aumentar el número de miembros del clan, no sin esfuerzo. Y ahora ella pone en peligro a mis hijos. – señaló con el dedo índice el piso superior, donde Sophia esperaba en su cuarto. -No voy a permitir ni una muerte más a este lado de las montañas.

- Tienes razón. Nos estamos extinguiendo. Eso es una realidad. A mí ya no me queda ningún hermano directo, y sólo tengo dos semi hijos. Sin embargo, Astaroth y los suyos se han descontrolado en Abery. Por las calles de la ciudad corre la sangre y los cadáveres se amontonan en las fosas comunes. Dentro de poco será una ciudad sin ley y la gente nos perseguirá como a perros. No importa dónde nos escondamos. Ellos nos encontrarán, allá donde estemos. Ya sea al otro lado de la frontera o a este otro. Debemos detenerlos. Por eso estoy aquí, para pedir ayuda a tus clanes.

Lilith guardó silencio y meditó sus palabras con cautela. Era una mujer inteligente y sabía que la peste de Abery tarde o temprano también se expendería a Argante.

\- Astaroth es peligroso. Siempre lo ha sido y debemos detenerle. Pero ella no puede quedarse, Steiner. No quiero que Astaroth se acerque a los míos.

\- Comprendo, y no voy a suplicarte. Sin embargo, necesito algo de margen hasta encontrar un lugar seguro para ella. No debes preocuparte, antes de que el bebé nazca, ella ya no estará aquí, te lo prometo. Mientras tanto te pido que permitas que se quede a merced de la protección de tus muros.

Se levantó del asiento y caminó hacia la chimenea. Se apoyó sobre la repisa y el calor de las llamas llegó hasta su rostro.

Oyó que tras él se reincorporaba Lilith. Se detuvo tras él.

\- Te estimo mucho, y me duele verte sufrir tanto. Esa mujer ya nunca más será tuya, y lo sabes. Como mío nunca más será Astaroth. - sus palabras fueron dulces, pero hirieron su lastimado corazón. – Enviaré una partida de exploradores a Abery para que nos informen de cómo está la situación allí, y me pondré en contacto con los patriarcas de los clanes para ver qué podemos hacer. En cuanto al resto, ella deberá irse de aquí antes de que el bebé nazca.

Asintió con desgana y Lilith le dejó a solas.

Necesitaba pensar.

Necesitaba una copa.

Agarró su chaqueta y abandonó el castillo a trancos.

Lilith les había ofrecido una habitación bastante acogedora del primer piso, próxima a la que le había ofrecido al detective y a Hopkins.

Acababan de instalarse cuando Christopher se despidió de ella y fue a reunirse con Lilith. Sin embargo, hacía bastante rato ya de eso, y aún no había vuelto.

Decidió abandonar el calor de su cuarto para buscarlo en el salón del piso bajo.

La sala estaba vagamente decorada, y el crepitar de la chimenea y el eco de su respiración eran algo del escaso mobiliario de la estancia.

Caminó hacia el sillón que había frente a la chimenea y se sorprendió al descubrir a Lilith allí, en una de las butacas de tela deslucida.

La mujer resplandecía ante las llamas doradas del fuego, envuelta en su vestido blanco y en el misticismo oscuro de su alma.

Su rostro era hermoso y perfecto, como el de las efigies griegas que había visto en los museos de Lockham. Debía de haber tenido poco más de veinte años cuando Astaroth la había transformado, pero la mirada cansada de sus ojos dejaba entrever la sabiduría de un ser anciano que había visto pasar de largo demasiados siglos.

Aquella mujer enigmática era hija de Astaroth, y se preguntó mientras se sentaba frente a ella, si sabría engatusarla tan bien como Astaroth ya lo había hecho antes.

- Querida hermana. – la saludó con voz delicada. – ¿Cómo te encuentras? Ha sido un viaje largo, debes estar fatigada y hambrienta.

Lilith tomó una jarra de cristal que reposaba sobre la mesilla que había a su lado y llenó dos copas de un líquido rojizo. Se la ofreció y Sophia la tomó entre sus manos. Olió la sangre de animal y pegó un sorbo, pero aquel bebedizo no le supo tan exquisito como la sangre humana y volvió a dejar la copa sobre la mesilla.

- El viaje ha ido bien. – contestó al fin. Lilith sonrió.

- La pesadez de tus palabras parece sugerir lo contrario. - Lilith dio un sorbo de su copa y después volvió a hablarle.

- ¿Venís de Abery, no es cierto? Está lejos esa maldita ciudad… ¡Debiste verla hace siglos! No era más que un pueblucho con unas pocas edificaciones y una catedral a medio levantar. No he vuelto desde entonces. No puedo ni siquiera imaginarme cómo es ahora.

Sophia suspiró y sus recuerdos la llevaron de nuevo al cementerio de lápidas olvidadas, donde se alzaba el panteón de piedra ennegrecida de Astaroth el mortal.

- Lo sé… es hermoso ese panteón.

Sophia alzó las cejas y sus manos temblaron sobre su regazo. Lilith volvió a sonreír, con aquella sonrisa enigmática que tanto se parecía a la de Astaroth.

- Fue un obsequio para nuestro padre, aquel que nos brindó la inmortalidad y una nueva vida bajo la protección de las sombras. – susurró con melancolía. Deslizó el dedo índice sobre el borde de la copa, y después volvió a beber. – Hace siglos que no le veo. ¿Cómo está él?

Sophia contestó con reserva. Las palabras de Lilith podían ser apacibles, pero ella era capaz de sentir la mezquindad de su alma y distinguir la maldad que las envolvía.

- No he estado mucho tiempo con él, y no creo que pueda contestar a esa pregunta de la manera que os gustaría. No sé cómo lo recordáis. No sé cómo era cuando os transformó...- las palabras le quemaron la lengua y oyó la risita de Lilith. Esperó con paciencia hasta que la mujer dejó de reír.

- Bueno hay cosas que supongo que no cambian a pesar del paso del tiempo. – Lilith se levantó de la butaca y se plantó frente a ella. Se sintió pequeña y amenazada y se levantó también. - Su hambre siempre ha sido voraz e insaciable. Su pasión no tiene fronteras y sus palabras son embaucadoras. ¿O me equivoco?

Los ojos de Lilith resplandecían e incluso pudo notar un leve rubor en sus prominentes pómulos.

- ¿Me equivoco, querida hermana? - Se acercó hasta ella y extendió la mano hacia su cuello desnudo. Deslizó la mano por la cicatriz que los colmillos de Astaroth habían dejado sobre su carne.

-    ¡Oh! - exclamó extasiada. - Hace tanto tiempo que no veo una de sus preciosas cicatrices. Hace siglos desde que no me cruzo con alguno de sus hijos directos.

Lilith separó la mano y después la descendió hasta su vientre abombado. Su gesto se había torcido y había perdido la belleza de hacía unos instantes.

Se apartó con brusquedad. Estaba muerta de celos, lo sabía. Y no le apetecía tener que soportar aquello.

-    Estoy cansada, me retiro a mi cuarto. - se despidió y pasó de largo mientras sentía la mirada odiosa de Lilith sobre ella, que le traspasó como el más afilado de los puñales.

-    Deshazte del niño, Sophia Varona. No te traerá más que problemas.

La víbora habló tras ella.

Y en el fondo, esa víbora tenía razón.

II

Dejó a Hopkins dormitando y él salió a dar una vuelta por la ciudad. Necesitaba despejar su mente y alejarse de Steiner y de la señorita Varona por unas horas.

La presencia de Steiner era agotadora, pero el misticismo de la señorita Varona era exhausto. Aquellos dos seres eran perturbadores y se preguntaba hasta cuándo sería capaz de soportar aquella situación. Comenzó a llover y entró en el primer bar que vio, donde un joven calvo tocaba una triste melodía al piano.

Pidió una copa de whisky a la camarera tetona de la barra y se sentó en una de las mesas del fondo.

Compró una caja de cigarrillos a una niña que deambulaba como una pequeña prostituta por el bar y se encendió uno. Aspiró el aroma con placer y cerró los ojos con pachorra.

-   ¿Detective Magnus? - le llamaron. Abrió los ojos y se giró para ver quién era. Un hombre elegantemente vestido con un traje negro acababa de tomar asiento frente a él.

-   ¿Quién es usted? - le preguntó con desconfianza. El hombre sonrió y dejó entrever un incisivo inferior de oro. Al instante reconoció a aquel malhechor, al que había detenido años atrás por estafar a una anciana millonaria.

-   Stuart...- gruñó. – Saliste de la cárcel, por lo que veo...

El hombre rio y entrelazó las manos sobre la mesa.

-   Ya no me llamó Stuart, detective. Ahora soy Rupert Velkar. Adopté mi nueva identidad al de poco de salir de prisión...Ni recuerdo ya cuándo fue eso. Pero ya sabe, detective, el dinero lo compra todo. Y yo tenía más de lo que jamás había imaginado. No me va mal... - confesó. - ¿Qué hace usted tan al norte?

Max Magnus guardó silencio.

-   Qué importa lo que yo haga aquí...

- Sí que importa, detective. Importa mucho si viene con dos de esos demonios y se hospeda en casa de la duquesa...

Max Magnus le miró sorprendido.

- Usted no es uno de ellos, lo sé... a ellos los huelo como a la mierda.

- Mis asuntos no le conciernen...- le espetó con furia.

- Ya veo... claro que no..., pero sólo quiero que sepa que debe andar con ojo con esos hijos de Satán. No crea ninguna de sus palabras...

- Sé cuidar de mí mismo, señor Velkar. - entrelazó las manos sobre la mesa, imitando el gesto de Rupert. - ¿Y cómo sabe de esas abominaciones?

Rupert sonrió y le mostró una pequeña cicatriz en su cuello.

- Uno intentó morderme, pero lo maté antes de que pudiese hincarme sus asquerosos colmillos del todo. - volvió a entrelazar las manos. – De eso hace tres años, detective. Y desde entonces no he dejado de estudiarlos desde cerca. Mi posición y mis contactos me han otorgado una buena posición en la corte de la duquesa... Tenga cuidado con ella, detective.

Rupert se puso en pie.

- Supongo que nos veremos con mayor asiduidad...

Max Magnus también se puso el pie.

- Lo dicho, detective Magnus. Hasta otra.

El hombre desapareció entre el gentío del bar dejando tras sí sólo el rastro de su sombra.

Descendió la vista hasta su copa de whisky y la terminó de un trago.

Salió del bar y tomó un carruaje que le llevó directo a la fortaleza de Lilith.

Se dirigió hasta su habitación, pero Hopkins asomó la cabeza antes de que él abriese la puerta del cuarto.

- ¡Jefe! - le llamó. El muchacho tenía cara de dormido, pero le había estado esperando con estoicismo.

- ¿Qué ocurre, muchacho?

- El señor Steiner ha llegado hace poco. Se ha reunido con Lilith y quería verle. Creo que ha salido a buscarle

Max Magnus gruñó. ¿Qué querría aquel desgraciado…? No le dejaba tranquilo. Era siempre lo mismo. Magnus por aquí, Magnus por allá.

- Está bien. Vamos, anda.

Hopkins salió al pasillo y cerró la puerta tras sí.

Caminaron hasta el cuarto de Steiner y de Sophia y se detuvieron frente a la puerta. Llamó con los nudillos, sin embargo, nadie le contestó.

Miró a Hopkins extrañado y abrió la puerta con sigilo.

- ¿Steiner? - llamó, mientras entraba en la habitación

El fuego crepitaba en la chimenea y las sábanas de la cama estaban revueltas. Sin embargo, allí no había rastro ni de Steiner ni de la señorita Sophia Varona.

Se paró en medio de la estancia y guiado por su sexto sentido, sus ojos se detuvieron en el biombo con letras chinas que había al fondo de la habitación.

Arrastró los pies hasta allí, con el corazón en un puño, sabiendo que algo horrible le estaba esperando al otro lado.

El agua de la bañera estaba teñida de rojo y la señorita Varona yacía con los ojos cerrados y la cabeza ladeada. En el suelo había unas tijeras ensangrentadas.

Corrió hasta ella y la sacó con brusquedad.

- ¡Hopkins! Acércame una toalla.

El joven pasó junto a él y le pasó una toalla blanca del aparador en la que envolvió a Sophia. La tomó en brazos y la llevó hasta el cuarto. Cuando estuvo sobre la cama descubrió con espanto que sangraba con abundancia de los genitales.

¡Pero qué había hecho!

- Iré a buscar un médico.

- ¡Corre, muchacho, corre por lo que más quieras!

Hopkins abandonó el cuarto y él se inclinó sobre Sophia.

Apretó la toalla contra sus genitales, en un intento vago por detener la hemorragia. El rostro pálido de la señorita Varona le estaba diciendo adiós con nostalgia, y sus ojos se llenaron de lágrimas.

Llevaba semanas latoso con ella y apenas le había dirigido la palabra. Pero él la quería. Cómo no hacerlo después

345

de lo que había sufrido por ella; después de todas las cosas que había hecho para salvarla.

Hopkins irrumpió de nuevo en la habitación y él se giró sobresaltado. Steiner iba con él.

- ¡Sophia! - Steiner corrió hacia la cama y se detuvo a su lado. Observó con horror la sangre densa y negruzca que empapaba la toalla y la sábana y sus ojos se encontraron con los de él.

Le suplicó con la mirada. Le estaba pidiendo que la salvara. Que le salvara a ella y al niño, si es que seguía vivo después de lo que ella había hecho.

- Haga algo, maldito perro. - le rogó.

Steiner titubeó durante unos segundos que se le hicieron horas, hasta que pareció retomar la serenidad y se mordió la muñeca con sus afilados colmillos. Acercó la muñeca a los labios de Sophia y dejó que ella bebiese.

Max Magnus se apartó y los contempló en silencio. Quiso rezar, pero desgraciadamente, Dios no podía ayudarles.

El doctor examinó a Sophia, tomó su pulso y después dejó un frasco de cristal sobre la mesita de noche.

- Ha sido afortunada. – sentenció con voz grave mientras se volvía hacía él y terminaba de guardar sus artilugios en el maletín. - Su vida no corre peligro y en unos días volverá a encontrarse bien.

Steiner se acercó a él.

- ¿Y el niño? - preguntó en un susurro. El doctor sonrió con timidez.

\- Está bien, gracias a Dios el embarazo sigue su curso.

Apretó la mandíbula y sus dientes castañearon. Aquel pequeño diablo era fuerte como su padre y estaba destinado a nacer. Aquella había sido su única oportunidad de poder ver al feto yacer sin vida sobre las sábanas ensangrentadas de la cama.

\- Diluya dos gotas del contenido del frasco en un vaso de agua. Dos veces al día, una por la mañana y la otra antes de que ella se vaya a dormir. El brebaje templará sus nervios, por lo menos hasta que dé a luz. Luego le recomiendo que se ponga en contacto con un psiquiatra. Lo más probable es que muestre rechazo por el bebé cuando nazca y necesite tomar algún otro tipo de medicación para sobrellevar la nueva situación.

El doctor agarró su maletín, se despidió de él y salió de la habitación. Él volvió a acercarse a la cama y Sophia se despertó cuando él se sentó a su lado.

Christopher tomó sus manos entre las suyas y las acarició con dulzura.

\- Lo siento.

\- No vuelvas a hacer una cosa así, Sophia.

Sophia asintió con la cabeza, pero sus ojos tristes estaban decepcionados.

\- Sabe lo que he hecho.

Christopher la miró sorprendido.

\- Él lo sabe todo. Y me castigará por haber roto mi promesa.

- Aquí no te pasará nada. Deja de pensar en Astaroth. Debes descansar.

Se separó de ella y salió de la habitación.

Sophia estaba decepcionada y él también lo estaba. Pero no iba a dejar que una cosa así volviese a suceder. No quería perderla a ella.

- ¿Todo bien?

Se volvió, y entre las sombras del corredor reconoció la voz de Lilith. Distinguió sus cuencas rojizas suspendidas en el aire, ardiendo en furia. Estaba más decepcionada incluso que ellos.

- Todo bien, pero necesito encontrar un lugar más tranquilo para ella. Tal vez puedas ayudarme.

- Claro, te pondré en contacto con mi abogado. Se encargará de encontrar una propiedad adecuada para los dos.

Aquella mujer despechada parecía encantada de poder ayudarles, pero en el fondo se moría de ganas de ver muerta a Sophia Varona.

III

Se mudaron a una mansión de los barrios más lujosos de la ciudad. La habían alquilado por un año y los vecinos ya se había apresurado en ir a saludarles e invitarles a alguna que otra cena. Sin embargo, no estaban para fiestas.

Físicamente, Sophia se había recuperado por completo, pero su ceño estaba más taciturno de lo habitual, y su mirada más oscura que antes.

La preocupación le impedía dormir y la fatiga comenzaba a deslucir su hermoso rostro.

Sabía, que más pronto que tarde, tendrían que salir a comer.

- Steiner. Este lugar no es seguro para la señorita Varona. Esa mujer no me gusta. – Magnus se sentó frente a él. Acababa de encenderse un cigarrillo. Hopkins se sentó a su lado.

- Todavía no podemos irnos de aquí. Necesito encontrar un lugar para ella y el bebé. Además, debo ver a Lilith y saber si hay noticias de Abery y de Astaroth.

Sitra se acercó a ellos y les sirvió unas copas de vino.

- A mis oídos han llegado rumores de que una gran señora de la ciudad ha organizado una fiesta para celebrar la entrada del verano. Y Lilith, la duquesa de Argante, es la invitada de honor. Tal vez pueda aprovechar la ocasión para hablar con ella.

Sitra le tendió un sobre de exquisito papel blanco.

- Ahí tiene su invitación, señor.

Sitra se despidió de él y Steiner rompió el sello. Sonrió mientras leía la invitación de la señora Strathan para asistir a su casa dentro de dos semanas.

Sophia había encargado un lujoso vestido a la mejor modista de la ciudad. La suma de dinero que le pagó fue suficiente para que su atuendo la mantuviese entretenida la mayor parte del tiempo y otros pedidos quedasen a la cola del suyo.

Sonrió al verse en el espejo y deslizó la mano por el vientre.

Aquel ser crecía día a día, y cada noche se preguntaba con pesar si el día en que meciese a la criatura entre sus brazos y viera sus pequeños ojillos, sería capaz de amarla un poco.

Christopher irrumpió en la habitación y se paró frente a ella.

- Estás preciosa, como siempre.- le dijo para animarla. No fue capaz ni de devolverle una sonrisa y le agarró de las muñecas para ayudarle a colocarse los gemelos de plata.

- No quiero entretenerme mucho en la fiesta. Estoy fatigada y hambrienta. Necesito descansar y comer. - le recordó con dureza.

- Lo sé...yo también estoy débil. - confesó mientras se separaba de ella y se colocaba la chaqueta del traje. - Hoy, Sophia, saldremos a comer. Lo prometo. Pero ahora debemos irnos. Sitra nos está esperando.

Bajaron al salón, donde Max Magnus y Hopkins los estaban esperando. Magnus ni se giró para verlos. Llevaba semanas taciturno, esquivándole la mayor parte del tiempo.

- Espero poder hablar con Lilith esta noche, Magnus. Y espero que pueda darme nuevas de Abery. Estaremos de vuelta antes de que salga el sol.

Max Magnus asintió y los acompañó al exterior. Era una noche templada y estrellada. Ayudó a la señorita Varona a subir al carruaje y después se quedó contemplando el coche hasta que lo perdió de vista.

- Hasta luego, bastardo.

La señora Strathan era una mujer madura, entrada en carnes, de pelo cenizo y astutos ojos azabache.

Se pasó casi toda la velada elogiando lo hermosa que era la señora Steiner, y lo apuesto y elegante que era él. Sin embargo, no mencionó a la duquesa de Argante ni una sola vez, y eso, que era su invitada de honor. A la fiesta habían acudido las más altas autoridades de la ciudad, y lo mejor de lo mejor de la clase burguesa. Pudo reconocer a algunos rostros de ocasiones anteriores, y a algunos hermanos y hermanas, que como Sophia y él intentaban pasar desapercibidos en ese mundo de mortales.

Su impaciencia comenzaba a ser palpable cuando la señora Strathan anunció la llegada de la duquesa Lilith de Argante.

Hicieron una reverencia cuando la mujer entró en el salón y después la duquesa comenzó a saludar a unos y a otros. Llegó hasta ellos poco después, acompañada por la señora Strathan, y su gestó se torció al ver el vientre abombado de Sophia.

- Enhorabuena por el hijo que espera, conde Steiner. - soltó con malicia. Giró la cabeza con desdén, la envidia que le corroía las entrañas era difícil de disimular. – Hace semanas que nos os veía. ¿Cómo fue la mudanza? ¿Ya os habéis instalado?

Volvió la cabeza hacia ellos, con una sonrisa hipócrita adornando sus finos labios.

- En efecto, ya estamos instalados. Ahora ya podemos descansar.

Lilith asintió y la señora Strathan asintió a su lado. Estiró la mano hacia el vientre de Sophia y sonrió con dulzura al acariciarlo.

- En nada tienen a la criatura aquí. - La señora Strathan volvió a separarse de ella. - En poco más de un mes. Y créame señora Steiner, he tenido doce hijos, no me suelo equivocar.

Sophia sonrió con desgana.

- Estamos ansiosos. - Contestó con voz firme, aunque su tono de voz sonó más frío de lo esperado.

La señora Strathan se despidió de ellos, y Lilith iba a hacer lo propio cuando Christopher se lo impidió.

- Lilith, necesitamos hablar en privado.

La mujer asintió.

- En efecto, Steiner. Seguidme, por favor.

Dio la vuelta con sutileza, dejando el olor de su perfume aflorado tras ella, y la siguieron hasta el despacho del piso bajo.

Christopher cerró la puerta y tomaron asiento en unos sofás que había junto al fuego de la chimenea, que crepitaba con vaguedad.

- Astaroth anda cerca. Lo presiento. - Lilith se aplisó la falda de su vestido azul marino. - Anda muy cerca, esperando a que ese niño nazca para llevárselo con él.

Sophia le lanzó una mirada airada.

- Como ya dije, nos iremos antes de que eso suceda. – Christopher se encendió un cigarrillo. - ¿Qué nuevas hay de Abery?

Lilith torció el gesto y sus ojos se oscurecieron.

- Abery es una ciudad sin ley. Los cadáveres se amontonan en el cementerio y la Iglesia ha comenzado una caza de brujas como hacía siglos que no se veía. No pasará mucho tiempo hasta que el pánico y esa institución se expanda por todo el país, e incluso cruce fronteras y llegué hasta Argante. - sentenció Lilith. – Tenemos que detener el foco de Abery para evitar que esa peste nos ponga en peligro a todos.

Christopher asintió y dio una calada al cigarro.

- Me he reunido con los patriarcas de mis clanes y todos están de acuerdo en que hay que atajar el problema de Abery cuanto antes. Sin embargo, los clanes que apoyan a Astaroth nos superan en número, y es algo a tener en cuenta. No podemos empezar una guerra que no podemos ganar. Eso llevaría a mi familia a la extinción.

- Y entonces, ¿Qué habéis decidido?

Lilith se levantó de su asiento y caminó hasta la ventana. Alzó la mirada al cielo estrellado y gimió con pesar.

- No estamos preparados para enfrentarnos a Astaroth y a sus seguidores. – Guardó silencio un momento y cuando volvió a hablar su tono de voz sonó melancólico. - Hace siglos que debí matarlo. – confesó más para sí misma que para ellos. - Cada clan del norte enviará a un mercenario a Abery para que limpie la ciudad de los acólitos de Astaroth– les dijo cuando recuperó la compostura.

- ¿Mercenarios? – Christopher lanzó la colilla al fuego y entrelazó las piernas. - ¿Desde cuándo un mortal sin la adecuada instrucción es la mejor opción para enfrentarse a uno de los nuestros?

- Cuando no hay nada mejor. El último cazador murió hace mucho tiempo. Hay un campamento en las estepas del este dónde se les ha proporcionado una instrucción adecuada y completa.

- ¿Y a quién mandas tú?

Lilith sonrió y la puerta del despacho se abrió de improvisto. Ante ellos se presentó un hombre fuerte y alto, de rostro moreno y melena oscura que llevaba sujeta en una coleta baja. Sonrió lánguidamente y mostró un diente de oro que brillaba en su boca de perlas blancas y perfectas.

- Rupert Velkar, para servirles.

El hombre se acercó a ellos, estrechó con confianza la mano de Steiner y posó un beso sobre la de Sophia. Después se quedó de pie junto a Lilith.

- Rupert es un hombre leal y con unas cualidades excepcionales para la lucha. Hará un buen trabajo.

Ruper Velkar asintió y dirigió una mirada indiscreta al vientre de Sophia Varona. Después se dirigió a Steiner.

- La señora me ha explicado la situación y estoy en condiciones de poder ayudarles a encontrar un lugar seguro en el que esconderse antes de que yo parta a Abery.

Sophia miró a Christopher con desconfianza y Lilith volvió a hablar antes de que ella pudiese hacer ninguna réplica.

- El señor Velkar es un viajero empedernido. Conoce las estepas del este y muchos de sus pueblos. Os guiará hasta allí.

Steiner estudió a ambos con desgana y no pudo disimular una sonrisa torcida.

- El tiempo se agota y tenemos que solucionar este pequeño improvisto… - Lilith señaló la barriga de Sophia. - Sin embargo, los dos mortales que os acompañan no podrán ir con vosotros. Sería un grupo demasiado grande y llamativo.

- Max Magnus y Hopkins trabajan para mí. Debo consultarlo con ellos.

Rupert Velkar se dirigió a Lilith con aire desenfadado pero elegante.

- Señora, está bien. El detective y el chico pueden venir si quieren. Magnus y yo somos viejos conocidos y es hombre sabio y bien apañado. Seguro que no me causa problemas.

Lilith asintió.

- Como quieras, es cosa tuya. Pero haz bien tu trabajo, que para eso te pago. – volvió a dirigirse a Steiner y a Sophia. - Dentro de dos semanas los mercenarios marcharán hacia Abery, y vosotros dejaréis Argante lo antes posible. Me entristece que tenga que ser así, pero no puedo hacer otra cosa. La familia no quiere a ese niño aquí. – Lilith caminó hacia la puerta del despacho. - Ahora vayamos a bailar, la señora Strathan se estará preguntando por qué nos estamos demorando tanto, y es una mujer muy quisquillosa, creedme.

Salió de la habitación seguida por Velkar, que no cerró la puerta al salir. Sophia se levantó del sofá con la ayuda de Christopher. Aquella barriga cada día pesaba más y los pies hinchados eran un martirio.

-   Esa mujer no me gusta. Pero ese hombre me gusta menos.

-   Estoy de acuerdo contigo, pero no podemos hacer otra cosa. Estamos solos aquí. Hablaré con Magnus más tarde. Ahora salgamos de esta casa, tenemos que comer algo.

El rostro de Max Magnus estaba descolorido y el cigarrillo temblaba entre sus grandes dedos. Steiner le había explicado la situación, y al igual que él, desconfiaba tanto de Lilith como de Rupert Velkar.

Él no conocía a Lilith, pero si a Rupert, y Velkar era un malhechor que se había vendido a Lilith por unas cuantas monedas.

Había entregado su alma a la duquesa Lilith de Argante, como él se la había entregado a Christopher Steiner. Sin embargo, él era un hombre de honor con un propósito claro: acabar con Astaroth y matar a esos demonios. ¿Acaso Rupert Velkar se había vuelto tan honorable como él con el paso de los años?

No lo sabía, pero lo dudaba. E iban a partir junto a esa alimaña hacia las estepas del este, en busca de un lugar seguro para la señorita Sophia Varona y su hijo.

Sabía que, como él, Steiner también estaba preocupado.

-   Ninguna tierra de por medio detendrá a Astaroth, Magnus.

Max Magnus asintió con la cabeza de mala gana.

-   ¿No hay forma de que nos podamos quedar en Argante algo más de tiempo? ¿No puede Lilith darnos algo más de margen? Nos está dejando a nuestra merced. Está condenando a la señorita Varona y a su hijo a la muerte. - dio una calada a su cigarrillo mientras esperaba con paciencia la respuesta de Steiner.

- Ese niño pone en peligro a la ciudad y a la familia de Lilith, y por ello, no quieren a Sophia aquí. Pensé que se mostraría más dispuesta a ayudar, pero me equivoqué.

Max Magnus gruñó y apagó el cigarrillo de mala gana en el cenicero.

- No podemos irnos, Steiner. Astaroth nos encontrará.

Steiner le observó con expresión seria.

- No querrá ver la ira de Lilith, cazador. Créame, si ella lo ordena, tenemos que irnos.

Max Magnus se llevó las manos a las sienes y resopló con frustración.

- Magnus - le llamó. – Sé que tenemos un trato, usted y yo. Y me ha servido bien y con lealtad. Me ayudó a rescatar a la señorita Varona, y yo le conté todo lo que debe saber para poder cazar a esos demonios de sus pesadillas, que por tantos años había estado persiguiendo sin éxito. - Max Magnus le escuchó atentamente, desconcertado con aquellas palabras. - Cazador, ha llegado el momento de que nos separemos. Ya no requiero de sus servicios.

Max Magnus le observó impertérrito, sin saber muy bien qué contestar.

- Magnus, usted es un buen hombre y un gran policía. Salvó a la señorita Varona, la mortal, pero ahora su alma ya no le pertenece. Debe cazar. Debe acabar con Astaroth. Y tal vez, cuando ese día llegue, ambos volvamos a encontrarnos. Ya sé que le echaron del cuerpo, pero siempre puede abrir un despacho y trabajar como detective privado, y seguir la pista de Astaroth y los suyos con ayuda de Hopkins.

Steiner se levantó del sillón y caminó hacia él. Le extendió el brazo para que le estrechase la mano. La observó por unos segundos antes de volver a hablar.

- ¿Y adónde iré, Steiner? Ya no soy nadie.

Steiner sonrió.

- Donde su instinto le lleve, detective.

Max Magnus volvió la vista hacía la mano de Steiner. Se la estrechó con fuerza mientras le miraba a los ojos, y después ambos se separaron en silencio.

Max Magnus se acercó a la ventana y se encendió un cigarrillo mientras veía salir a Steiner de la casa.

La señorita Sophia Varona le estaba esperando fuera, junto a Sitra y aquel malnacido de Rupert Velkar.

- Hasta pronto señorita Varona. - se despidió de ella a través del cristal y su corazón se agitó cuando ella alzó la vista para verle. Lucía hermosa como siempre. Embrujada como todas las noches. Acechada desde meses.

Aspiró el aroma del tabaco y cerró los ojos.

Para cuando los volvió a abrir el carruaje ya había desaparecido. Sin embargo, él sabía a dónde iba.

EL HIJO PRODIGO

I

Rupert Velkar era un hombre silencioso que en las dos semanas que llevaban de viaje sólo había abierto la boca para comer y dejar escapar algún que otro exabrupto.

Sin embargo, la inmundicia de su alma corrupta y enferma lo revelaba todo por él.

No era un hombre de fiar, y sus actos sólo estaban regidos por el dinero que le aguardaba tras las empresas logradas con éxito. Así pues, no le pasó desapercibida la bolsa de terciopelo negro que colgaba de su cinturón, llena de monedas que seguramente Lilith le habría dado.

Velkar era un malhechor, un asesino, y un mal hombre. Un hombre que no tendría reparos en matar a un recién nacido, a aquel vamphyr que quitaba el sueño a la duquesa de Argante.

Aquel niño que ni siquiera había nacido era un desasosiego para todos. Para él, para Sophia, para Lilith y para Astaroth. Y, sin embargo, unos lo querían vivo y otros, muerto. Ni siquiera él mismo sabía si prefería verlo entre los brazos de Sophia o enterrado bajo metros de tierra húmeda.

Acababa de anochecer y pararon en un pueblo bastante concurrido. Reservaron dos habitaciones en uno de los pocos hostales del centro, situado en una plaza cuadrada de suelo de piedra, con un pozo en el centro del adoquinado.

Rupert Velkar se perdió en el interior de su cuarto y él cerró la puerta del suyo después de que Sophia y Sitra entraran en la habitación.

Sophia se tendió en la cama y gimió. Sitra se acercó a ella y le acomodó unas almohadas tras la cabeza.

- Christopher. - le llamó. Se sentó a su lado. - Llevo un rato con contracciones…- susurró mientras el rostro se le desfiguraba por el dolor. – He estado disimulando porque no quería que Velkar lo supiera…

Asintió y Sitra se detuvo frente a ellos.

- Yo me encargó de él, señor. No se acercará a ella.

Christopher le dedicó una mirada de agradecimiento.

- No es él quien me preocupa…

Miró a Sophia con gesto serio y sus manos temblaron cuando agarró las de ella.

- Astaroth está cerca. Lo presiento.

Sophia cerró los ojos y en silencio ahogó otro gemido de dolor.

- Debemos buscar a alguien para que atienda a la señorita durante el parto. – Sitra se encaminó hacia la puerta, pero Sophia lo llamó antes de que la abriera.

- No, Sitra. Velkar no debe sospechar nada, y Astaroth tampoco. Tendremos que hacerlo nosotros.

Sitra intercambió una mirada angustiosa con él.

- Está bien, Sophia. Todo irá bien. - besó su frente con dulzura

- Será una larga noche.

Habían llegado a aquel pueblucho poco después de que lo hicieran Steiner y el resto.

Aquel demonio le había dejado libre y le había aconsejado que se dejase guiar por su instinto, y su instinto le había llevado tras los pasos de Sophia Varona.

Algo le decía que debía estar cerca de ella y vigilar a aquel truhan de Velkar. Sin embargo, aquel hombre no era la mayor de sus preocupaciones.

Temía encontrarse con Astaroth acechando en cualquier esquina, esperando a hincarle los colmillos para acabar con su vida.

Sólo durante las horas de sol descansaba con sosiego, pero desde hacía unas semanas ni siquiera conseguía pegar ojo.

- Jefe. - le llamó Hopkins. Se paró frente a él y se colocó las gafas. Extrajo la libreta del interior de su chaqueta y ojeó rápidamente sus anotaciones. - Hay cinco posadas en el pueblo. He chequeado en todas y están en una de las del centro. - Max Magnus asintió complacido y le dio una palmadita en la espalda. Se encendió un cigarrillo y se dirigieron a la posada avanzando entre calles escarchadas de casas de piedra oscura. Aquel pueblo tendría poco más de seis mil habitantes y las calles estaban vacías a aquellas horas de la noche.

Sólo se cruzaron con algún que otro borracho que volvía a casa después de una larga tarde junto a la barra de la taberna.

Para cuando se detuvieron frente a la puerta del hostal ya se había terminado de fumar un tercer cigarrillo. Hopkins alzó la mirada hacia una de las ventanas del segundo piso.

- Ahí están jefe.

Alzó la vista y comprobó que, de las cinco ventanas de aquel piso, sólo una tenía luz. Las del piso bajo estaban a oscuras, y todos en aquel hostal dormían plácidamente a esas altas horas de la madrugada.

- Jefe. – le llamó Hopkins en un susurro. – No deberíamos quedarnos aquí fuera. No es seguro.

Asintió y entraron en la posada. El calor del hogar les recibió con regocijo y un apetitoso olor a sopa de pollo y verdura llegó hasta sus narices. El estómago de Hopkins rugió con estruendo y el joven se llevó las manos a la tripa con vergüenza. La joven que atendía la recepción le sonrió con dulzura. No tendría más de dieciséis años, pero tenía una gran barriga de embarazada y aspecto fatigado. Parecía más mayor de lo que era.

- ¿En qué puedo ayudarles?

Max Magnus se plantó frente al mostrador y le tendió unas monedas.

- Queríamos reservar una habitación doble, por favor. Primer piso si es posible.

La jovencita asintió y se dio la vuelta hacia el tablón con llaves que colgaba de la pared tras su espalda. Había dos hileras para las llaves. En la de arriba había tres llaves de hierro, y en la de abajo colgaban dos.

-       Tengo una habitación libre al fondo del pasillo y otra en el centro. - Se giró para hablarle y esperó su respuesta con una sonrisa que mal adornaba sus dientes amarillentos.

-       La del centro estará bien.

La joven asintió y le tendió las llaves.

-       Habitación tres.

Cogió las llaves y se dirigió hacia las escaleras. Hopkins arrastraba los pies por el suelo de madera. Se veía cansado y con ojos rojizos. Se tendió en la cama nada más entrar en el cuarto y él apagó la luz de la lámpara de aceite. Se sentó junto a la ventana y al de poco rato oyó los ronquidos de su joven ayudante.

Sin embargo, él no podía dormir. No, después de escuchar esos pasos ajetreados en el piso superior, tan poco habituales en aquellas reservadas y silenciosas criaturas. Algo acontecía en el cuarto de Sophia Varona, y él creía saber qué era.

Se llevó la mano al bolsillo de la chaqueta y sacó un cigarrillo. Iba a encenderlo cuando entre la niebla divisó una sombra misteriosa al fondo de la calle.

Volvió a guardar el cigarrillo y extrajo el revólver de la guantera.

Aquel hijo se Satanás acababa de llegar, y con él cuatro malditos vástagos de cuencas escarlata.

II

Astaroth acababa de llegar y les estaba esperando en la plaza. La niebla lo semi ocultaba a él y a los suyos de las miradas supercheras de los vecinos de aquel pueblo, sin embargo, no conseguía ocultarlo de ellos.

Christopher se había acercado a la ventana y le había observado en silencio con las manos apoyadas sobre la repisa.

Cerró las cortinas y giró con lentitud. Se acercó hasta la cama y se acuclilló para examinar a Sophia. Había dilatado mucho y no faltaba mucho más para que la criatura asomase la cabeza.

Sophia estaba empapada en sudor y gemía en silencio a cada contracción. Sitra se afanaba en secarle las perlas de sudor de la frente.

- Christopher. - le llamó en un susurro. Volvió a reincorporarse y se sentó junto a ella. - No falta mucho, lo sé. Y no hay nada que se pueda hacer. Prométeme que dejarás que me vaya con él, no podría verte morir. No podría…- gimió y las lágrimas asomaron en sus ojos azules.

Ella tenía razón. Sitra y él no podrían vencer a Astaroth y sus secuaces. Les superaban en número y en fuerza.

Pero era incapaz de dejarla ir.

Las esperanzas de poder protegerla se habían evadido cuando Lilith les había ordenado abandonar Argante, el único sitio en el que ambos podrían haber estado a salvo.

Y allí, en medio de la fría estepa, no había nada que hacer.

- Christopher, prométemelo.

Sophia le suplicaba, pero él no podía atender sus lamentos.

- No puedo. Lo siento.

Se tendió sobre ella y la besó en los labios. Ella le agarró la mano intentando mantenerlo a su lado, pero él se zafó con dulzura.

- Sitra, vigila a Rupert Velkar, que no se acerque a ella.

Sitra asintió y salió de la habitación a hurtadillas para no despertar a Rupert Velkar, que roncaba en la habitación contigua.

Sophia volvió a cerrar los ojos y ahogó otro gemido. Él se acercó a ella y se agachó entre sus piernas. Podía ver la cabeza de la criatura, tan pequeña y morada.

- Sophia, debes empujar con todas tus fuerzas.

- No, Christopher... no me dejes, maldito seas...

Hopkins se despertó sobresaltado y buscó a Max Magnus entre las sombras del cuarto. Lo encontró junto a la ventana, con gesto serio.

- Jefe, él está aquí. Lo he visto en una pesadilla...

Max Magnus se acercó a él y le ayudó a reincorporarse.

- Es la hora, chico. Él está aquí así que eso significa que el niño está en camino.

Le mostró un revólver con balas benditas y ambos se acercaron a la ventana.

Entre la bruma caminaba la personificación del Mal, acompañado por sus pequeñas abominaciones.

- Hopkins, no quites ojo a esas ratas de la plaza. Si intentan algo no dudes en dispararles. Y recuerda, debes darles en el corazón o en la cabeza.

Hopkins asintió mientras cogía el revólver que le tendía Max Magnus. En los últimos meses aquel hombre se había convertido en un padre para él, y si debía morir ayudándolo, sería un honor poder hacerlo luchando contra aquellas cosas chupasangre.

Max Magnus respiraba con agitación y las zancadas ligeras de Astaroth resonaban en el empedrado de la plaza.

Solo el llanto inconsolable de un bebé les hizo dar un respingo.

Sophia Varona acababa de dar a luz y Astaroth iba a buscar a su familia.

Hopkins le miró aterrorizado. El momento había llegado.

Se asomaron a la ventana y apuntaron con mano firme a aquellas cosas que avanzaban como muertos vivientes hasta el edificio de piedra.

Estaban a punto de dispararles cuando oyeron un ruido estrepitoso de cristales. De repente una sombra veloz se precipitó ante sus narices al otro lado de la ventana.

Max Magnus asomó la cabeza al exterior para ver quién había saltado, y su rostro empalideció cuando distinguió a Steiner en el suelo.

- Hopkins, cubre a Steiner. Yo iré al cuarto de la señorita Sophia Varona.

El joven asintió y Max Magnus alcanzó la puerta de la habitación a trancos.

III

- No, Christopher… no me dejes, maldito seas.

Sophia gruñó y volvió a empujar en silencio. El dolor era intenso y ansiaba que ese niño saliera de su vientre antes de que la reventara.

Volvió a empujar con otra contracción y de repente lo sintió. Se reincorporó para ver a aquel bebé, que lloraba con estridencia.

Christopher agarró al bebé ensangrentado y se lo tendió a ella en silencio, sin detenerse a observarlo. Sin querer mirar al hijo de Astaroth.

Ella lo acogió entre sus brazos temblorosos, pero fue incapaz de descender la mirada hacia aquella cosa que lloraba en su regazo.

- Nos vemos pronto, Sophia. Siempre volveré a ti. En esta vida o en otra.

Christopher le dio la espalda y en tres zancadas alcanzó la ventana del cuarto.

Atravesó el cristal con estruendo y las cortinas ondearon al viento helador tras él.

- Maldito seas, Astaroth. - susurró con voz queda. Estaba exhausta y el lloro del niño llegaba hasta sus oídos como un martilleo.

Deseaba tirarlo por la ventana, lanzárselo a Astaroth para que se lo llevase con él.

Las lágrimas rodaron por sus mejillas mientras se maldecía a si misma por ser una madre tan horrenda.

No sabía qué hacer, no sabía a dónde ir. No sabía qué hacer con aquella cosita que se retorcía entre sus brazos y a la que todavía no había ni mirado.

La puerta del cuarto se abrió de forma ruidosa y se giró con el corazón latiendo con fuerza.

- Detective... - susurró más tranquila.

Max Magnus se acercó a ella. Su rostro lucía sereno como siempre, pero percibía la ansiedad que le roía por dentro.

- Rápido, señorita Varona.

Extendió los brazos hacia ella para tomar al bebé y ella se lo tendió con delicadeza.

Max Magnus descendió la mirada hacia la criatura mientras la mecía entre sus brazos para intentar calmarla.

- Es una niña preciosa. - susurró alzando de nuevo la vista hacia ella.

Asintió con apatía y se dio cuenta de que ni siquiera se había molestado en comprobar el sexo del bebé.

- Tenemos que cortar el cordón.

Sophia se volvió hacia la mesita de noche y le tendió unas tijeras que Sitra había desinfectado.

Max Magnus tendió a la niña sobre la sábana ensangrentada y cortó el cordón umbilical con rapidez. Después tomó a la niña en brazos y la arropó con una toalla blanca que encontró sobre el tocador. Se acercó otra vez a ella mientras volvía a descender la mirada hacia la criatura, que entre la calidez de sus fuertes brazos había dejado de llorar.

Sin embargo, la dulzura de su rostro desapareció bajo una máscara grotesca.

- ¿Qué ocurre? - le preguntó con voz queda mientras se le revolvía el estómago. Max Magnus se acercó a ella y le mostró a la pequeña.

Tragó saliva y por primera vez miró al bebe. Estaba amoratado por el esfuerzo y sus ojillos brillaban a causa de las lágrimas.

Aquellos dos ojos verdes chispeaban con intensidad.

Astaroth le estaba esperando con arrogancia, rodeado por cuatro de sus secuaces. Le estaba sonriendo con altanería, sin quitarle el ojo de encima, y retándole, como siempre lo hacía, en silencio.

Tenía ganas de matar a aquel malnacido. A aquel demonio que no les dejaba vivir tranquilos. A aquel monstruo que había teñido de sangre las calles abruptas de la hermosa y embrujada Abery. Aquel hombre que quería separarle de Sophia Varona.

- Steiner, ya te lo advertí. Volvería a por mi familia en cuanto el niño naciera. – alzó los ojos al cielo, como si estuviese haciendo una plegaria a Dios. – No queremos armar mucho alboroto en este pueblucho de gente supersticiosa. Sabes tan bien como yo que en cuanto vean lo que somos nos lincharán como a perros.

Astaroth tenía razón, pero ello no iba a detenerle. Si tenía que armar un alboroto para detenerlo, no dudaría en armarlo.

- Vamos, Steiner. Fuera de mi camino.

El tono de Astaroth sonó rudo y firme, sin embargo, prefirió ignorarlo. Caminó hacia él y se detuvo a un par de metros de distancia.

- No. Antes tendrás que matarme.

Astaroth sonrió y agarró la daga de plata de la que nunca se separaba. Steiner sacó la suya y su mano la aferró con firmeza.

- Tu y yo, Astaroth. Deja a tus chicos fuera de esto.

Astaroth asintió y sus labios dibujaron una sonrisa torcida. Le encantaban esos retos, esos juegos donde él podía mostrar su superioridad, donde podía dejar de manifiesto quién era el Líder; quién era el más fuerte.

- Me parece justo.

Hizo un gesto al resto para que le dejasen solo, y cuando las criaturas se perdieron en la oscuridad de la noche y la salvaguarda de la niebla, Astaroth se abalanzó sobre él con frenesí. Ambos cayeron al suelo y sintió el golpe seco en su columna. Astaroth estaba sobre él, gruñendo como un perro rabioso, mientras intentaba hundirle la daga en el cuello. Le aferró la muñeca con fuerza y sintió su fría piel alrededor de su mano. La punta de la daga le raspó la capa superior de la dermis antes de alejarlo de su lado de un empujón. Astaroth cayó hacia atrás y antes de que pudiese reincorporarse se lanzó sobre él. Las dos cuencas rojizas de aquel monstruo brillaban en la oscuridad, y le propinó un par de puñetazos en el rostro antes de que aquellas dos esferas consiguieran hechizarle. El dolor en los nudillos de su mano derecha fue intenso, pero desapareció tan pronto como Astaroth le golpeó en un costado, dejándole sin respiración por unos segundos.

Se separó de él zigzagueando, pero consiguió esquivar una puñalada que iba directa a su corazón.

Recuperó el aliento y el equilibrio de golpe, y alzó la daga hacia Astaroth cuando volvió a abalanzarse sobre él.

Un líquido caliente empezó a descender por el filo de su daga hasta alcanzar su mano, y comprobó que había herido de gravedad el brazo izquierdo de Astaroth.

Sonrió al oírlo gemir.

- ¿Esto es lo mejor que sabes hacer, Astaroth? - rio. La furia eclipsaba los ojos de aquel demonio, que de repente se tiñeron de un rojo más intenso.

- Prepárate para morir, Steiner. Arderás en el Infierno.

Sophia ascendió la mirada hacia Max Magnus. El hombre la estaba mirando en silencio, esperando una explicación. Sin embargo, no era capaz de articular palabra.

Aquella niña, la hija de Christopher Steiner, corría peligro.

Si Astaroth descubría que no era suya, la mataría sin dudar, sin escrúpulos. Y después descargaría toda su ira sobre ella.

- Debes llevártela, detective. Llévatela lejos de aquí.

371

Max Magnus la observaba sin saber qué hacer.

- Pero a dónde…

- No sé…sólo llévala contigo. Astaroth no puede saber que está viva.

- ¿Y tú? ¿Qué harás? ¿Cómo me pondré en contacto contigo?

El alboroto que provenía del exterior la estaba desconcertando y no la dejaba pensar con claridad. Christopher estaba luchando contra Astaroth, pero no pasaría mucho tiempo hasta que alguno de los dos cayese vencido sobre el suelo.

- Le mandaré un telégrafo a la oficina de Lockham. Una vez al mes, a mediados. Un telégrafo simple para saber si estamos a salvo y seguimos bien. - Se acercó hacia la niña y la observó con lágrimas en los ojos. Era hermosa y adorable. Y ella sólo la había odiado. Incluso había intentado deshacerse de ella. Se acercó a su frente y la besó con dulzura, mientras se le hacía un nudo en la garganta. - Adiós, pequeña.– Alzó la vista hacia Max Magnus. El hombre estaba pálido y el bebé temblaba con timidez entre sus brazos.- Ahora váyase, cazador. Y no vuelva nunca. No me busque más.

Astaroth corrió hacia él y le tumbó en el suelo de una embestida

El dolor traspasó su columna como un rayo y Astaroth se colocó a horcajadas sobre él antes de que pudiese reincorporarse. Alzó la daga sobre su cabeza, dispuesto a hundírsela en el pecho, y al fin, la sonrisa desapareció de sus labios.

Aquel monstruo iba a matarlo. Podía sentir el gozo de Astaroth mientras le aplastaba las costillas con su peso.

- Muere, Steiner.

Astaroth hizo ademán de descender la daga sobre su pecho, pero gritó de dolor antes de poder hacerlo y cayó hacia atrás sobre el suelo helado.

Se giró con asombro para ver quién había disparado a Astaroth en el costado, y en una de las ventanas del primer piso del hostal pudo distinguir una cabellera rojiza.

Volvió la vista hacia Astaroth. La sangre negruzca manchaba el suelo blanquecino, pero a pesar de la herida de bala, le estaba sonriendo con socarronería.

Apoyó la mano en el suelo y se reincorporó con torpeza. Apenas había conseguido erguirse por completo cuando Astaroth volvió a embestirle en las costillas.

Cayó al suelo de rodillas y descendió la mirada con angustia hacia la daga que asomaba de su vientre.

Astaroth acababa de apuñalarle y luchaba por hundirle la daga en el estómago.

El dolor era leve pero la herida era grave, y un repentino sabor ocre inundó su boca.

Tenía que separarse de Astaroth antes de que fuese demasiado tarde. No podía dejar a Sophia en manos de aquel monstruo.

Gruñó mientras el rostro de ella nublaba su mirada, y los nudillos se le pusieron blancos mientras sacaba la daga de su cuerpo. Astaroth luchaba con fuerza, intentado sin éxito, que aquel puñal no le dejase libre. Sus ojos brillan de ira, anhelando verlo muerto.

Alzó la pierna y le propinó una patada en las costillas. Astaroth trastabilló hacía atrás, como un borracho, pero consiguió mantener el equilibrio.

Descendió la vista hacia el abdomen y descubrió con horror que la sangre empapaba su camisa negra. Las fuerzas le estaban abandonando sin piedad.

Apenas se había puesto en pie otra vez cuando Astaroth le volvió a embestir como un animal salvaje.

Le sostuvo la mirada mientras la daga no hacía más que entrar y salir de su estómago. Alzó la mano hasta el rostro de Astaroth e intentó hundirle los dedos en los ojos. Sin embargo, las fuerzas le habían abandonado por completo.

Cayó de rodillas al suelo, y la mano se deslizó por el rostro de Astaroth, dejando un rastro de sangre en sus mejillas.

-     Muere…- le susurró mientras le apuñalaba por última vez.

Astaroth le sonrió y aquel maldito arqueo de labios le enfureció.

Aún tenía el puñal en su mano derecha, y no necesitaba mucha fuerza para hundírselo en el costado herido. Sonrió cuando el rostro de Astaroth se desfiguró de improvisto.

Astaroth le soltó y él cayó al suelo como un saco de arena. No tenía fuerzas para levantarse de nuevo, y maldijo a Astaroth mientras la mirada se le nublaba con pesadez.

Sin embargo, aún pudo ver cómo Astaroth se extraía el puñal del costado y lo arrojaba al suelo con violencia.

Los ojos se le cerraron después y oyó que Astaroth se acercó hasta él arrastrando los pies por el adoquinado.

\-   Muere, Steiner.

Le propinó una patada en el estómago y gimió sin fuerzas.

Iba a morir desangrado sobre el suelo escarchado aquella noche de verano. Iba a morir como un perro pulgoso.

Se levantó de la cama con torpeza y con fuertes molestias en el vientre y en sus genitales. Caminó a trompicones hacia la ventana y contempló con espanto que Astaroth estaba apuñalando a Christopher.

Se llevó la mano a la boca para ahogar un grito, y se giró, incapaz de poder mirar.

Astaroth era superior a todos ellos, nadie podría vencerle. Y cuando acabase con Christopher, iría a buscarla a ella.

"A mí, y al bebé".

Y allí no había ningún niño…

Debía hacer algo de inmediato.

Y por desgracia, ese ser malévolo, ese monstruo, ese demonio que la guiaba hacia la oscuridad, le acababa de dar una solución.

Se colocó una toalla alrededor de sus genitales a modo de pañal y salió al corredor a hurtadillas.

En la habitación de al lado dormitaba Rupert Velkar, pero por el alboroto proveniente del interior, sabía que Sitra se estaba ocupando de él.

Atravesó el pasillo y llegó hasta las escaleras que bajaban hasta el primer piso.

Descendió con cautela, casi levitando, para evitar que la madera podrida crujiese bajo su peso, y se detuvo al llegar al piso bajo, donde estaba la recepción.

Tras el mostrador dormitaba la joven niña con el vientre abombado, tumbada en posición fetal sobre un catre.

La débil luz de un candil iluminaba su rostro joven pero demacrado, y su respiración pausada amortiguaba los sonidos de sus tímidos pasos sobre la madera de roble.

Se detuvo a su lado y la observó durante unos segundos, mientras lo poco que le quedaba de moral humana la guiaba a no acabar con la vida de aquella criatura inocente.

Pero allí estaba él. Su monstruo. Su yo más poderoso, oscuro y hambriento.

Se arrodilló al lado de la muchacha y contempló su lozano cuello sabroso. Apoyó la nariz sobre su piel y aspiró su aroma; una mezcla de sudor rancio y comida, que disimulaba de mala manera el olor de la sangre que corría como un torbellino por sus venas.

Le entró hambre y le hincó los colmillos sobre la yugular. Succionó con ansia, mientras la joven convulsionaba bajo sus garras.

Cuando dejó de moverse, se separó de ella y la colocó boca arriba. Desgarró la fina tela de su camisa grisácea y dejó al descubierto su escaso busto y el prominente vientre abombado. Necesitaba abrirlo y sacar al feto del interior.

Se acercó hasta el mostrador de la recepción y rebuscó en los cajones con nerviosismo. Encontró una pequeña navaja en el fondo de uno de ellos y se abalanzó sobre el cuerpo inerte de la chiquilla.

No sabía cuánto tiempo le quedaba hasta que Astaroth irrumpiera en el hostal reclamando lo que le pertenecía, pero sabía que no debía de ser mucho, por lo que debía darse prisa.

Acercó el filo de la navaja al vientre de la joven y le practicó una cesárea.

Extrajo al feto y lo envolvió en la toalla que había llevado consigo. Estaba caliente y lo posó en el suelo con descuido.

Se volvió hacia el cuerpo sin vida de la niña y lo empujó con fuerza hasta que cayó al suelo con un golpe sordo. Lo cubrió con la manta del camastro y lo empujó hasta que quedo bien escondido debajo del catre. Devolvió la navaja a su lugar y cogió al feto. Las manos le temblaron con cobardía, pero recuperó la compostura ante el alboroto que llegaba desde la plaza. Tenía que darse prisa.

Apagó la vela de un soplo y se perdió escaleras arriba, rumbo a la habitación.

Sitra la estaba esperando dentro.

-	¿Qué ha pasado?

El hombre contempló el feto que llevaba envuelto en la toalla y la observó extrañado.

-	Debes irte, Sitra. Astaroth está en camino.

Los pasos del demonio retumbaban en el corredor del piso inferior, y el hombre la miró con angustia.

-	No puedo dejarla, señora.

Sophia negó con la cabeza.

- Llévate el cuerpo de tu señor. No sé si sigue con vida…. – la voz se le quebró. - No lo dejes ahí fuera tirado como un perro…

Sitra asintió a regañadientes y se aproximó a la ventana a zancadas. Le dedicó una última mirada antes de desaparecer de su vista y poco después la puerta se abrió de improvisto. Astaroth irrumpió en la habitación como una bestia.

Estaba herido, la sangre negruzca empapaba sus lujosas ropas, y sus manos estaban teñidas de rojo. En la derecha colgaba ensangrentada la daga de plata, con la que tantas veces había mutilado sus carnes para autoalimentarse y beber el uno del otro.

Apartó la mirada de la daga, pues sabía que aquella sangre que manchaba el fino metal era la de su amado Christopher.

De no haber sido por él, jamás hubiese podido salvar a su hija.

- Sophia- la llamó. Como siempre, le sonrió seductoramente y le habló con templanza, con objeto de tranquilizarla y sosegarla de alguna manera. - De nuevo volvemos a estar juntos.

Avanzó hacia ella con la mirada fija en sus ojos azules. Los de él estaban rojizos y brillaban con intensidad a la luz de la lámpara de aceite.

Se detuvo a escasos centímetros de ella y pudo oler la sangre, la suya propia y la de Christopher, que manchaba sus ropas.

- Déjame verlo.

Sophia extendió los brazos y le tendió al bebé, que estaba envuelto como una mortaja en la toalla ensangrentada.

Astaroth descendió la mirada hacia él y su ceño se frunció. Ella también miró a la criatura. Estaba amoratada, con los ojillos cerrados, y aún podía sentir su cuerpecito cálido a través de la toalla de algodón.

- Lo siento… - gimió Sophia. – Nació vivo, pero luego…- cayó al suelo de rodillas y dejó a la criatura a los pies de Astaroth. - Merezco que me castigues… - Empezó a llorar con la cabeza gacha. El pelo húmedo por el sudor ocultaba su rostro de la mirada recriminatoria de aquel ser rabioso.

No quería verlo, no quería ver el rostro del hombre que había matado a Christopher Steiner.

Astaroth se acuclilló a su lado y la tomó de los hombros con brusquedad. La incorporó y le obligó a que le mirase a los ojos.

Esas dos cuencas malditas estaban coléricas.

REGRESO

I

Hopkins estaba meciendo a la criatura entre sus brazos. Había resultado tener una buena mano para los bebés.

Aún recordaba su cara petrificada cuando irrumpió en la habitación del hostal llevando entre los brazos a la recién nacida.

Habían escapado por la puerta trasera de la posada, abandonando aquel pueblo a altas horas de la madrugada, como dos forajidos.

No fue capaz de articular palabra hasta que el sol les dio la bienvenida desde las lejanas montañas. Hasta que supo que ya no corrían peligro, y entonces le explicó a Hopkins lo que había pasado.

Que aquella niñita no era hija de Astaroth, si no de Christopher Steiner. Que el padre de aquella niña yacía medio muerto en medio de la plaza, y que su madre se había sacrificado por salvarla.

El estómago se le encogía cada vez que pensaba en Sophia Varona. No era capaz de alejarla de su pensamiento.

¿Astaroth la habría matado?

Y si no lo había hecho, ¿Qué había sido de ella?

Aquello le torturaba día y noche, pero no podía volver a buscarla, había prometido a la señorita Varona poner a salvo a aquel bebé. Y estaba decidido a hacerlo.

Habían viajado sin descanso a través de caminos secundarios, parándose en grandes ciudades, donde pasarían más desapercibidos.

Y al fin, tras casi tres meses y medio de fatigoso viaje, habían llegado a Lockham.

No se atrevió a volver a su antiguo apartamento, y Hopkins tampoco parecía querer volver al suyo.

Por lo que, después de hospedarse durante unas cuatro noches en un hotel, decidieron alquilar un apartamento en las afueras de la ciudad.

La noche había caído de nuevo y Hopkins dejó a la niña en la cuna.

Max Magnus repasó la estancia con cautela, colocando crucifijos en cada una de las paredes, y antes de que Hopkins se echase a descansar, ambos rezaron con devoción, con las rodillas hincadas en el suelo y la vista fija en el Cristo que habían colocado sobre la repisa de la chimenea del salón.

Sólo así parecían sentirse más seguros cuando caía la noche; cuando aquellos demonios podían acecharles.

Se acercó a la cuna y observó en silencio el dormitar tranquilo y despreocupado del bebé.

Suspiró con resignación y la arropó con dulzura antes de volver a sentarse junto a la ventana, con el revólver en la mano.

Le quedaban por delante dos largas horas antes de que Hopkins le hiciese el relevo. Se encendió un cigarrillo y contempló con lástima el cielo encapotado de Lockham, a donde nunca imaginó volver de nuevo.

Cuando amaneció se vistió con presura, y como cada día, se dirigió a la oficina de telégrafos.

Preguntó si había algún mensaje para él, pero de nuevo le contestaron que no.

Volvió sobre sus pasos, con la cabeza gacha, recordando a la señorita Sophia, e inconscientemente sus pasos le llevaron a la antigua mansión de la familia Varona.

Alzó la vista hacia el primer piso, hacia la ventana del antiguo cuarto de la señorita, y apretó los puños con fuerza. Se sentía hundido, vencido. De nuevo, aquellas criaturas le habían derrotado. Y ahora, con aquel bebé a su cargo, no podía salir a buscarlas.

- ¿Detective? - le llamaron. Se volvió con rapidez y el sol le cegó por un momento. Cuando sus ojos se hicieron a la luz pudo distinguir la silueta de un gran hombre. - Al fin lo hemos encontrado.

Max Magnus asintió y estrechó la mano de Héctor.

Aquella sí que era una sorpresa.

- Mi señor os espera, está deseando hablar con usted.

Fiord se había instalado en un apartamento del centro de la ciudad. Como de costumbre lo encontró sentado en su silla de ruedas, junto a la ventana del salón, viendo el ir y el venir de la gente de la calle.

Fiord volvió la cabeza para saludarlo cuando entró en el cuarto y descubrió con tristeza que su aspecto se había deteriorado bastante desde la última vez que lo había visto, hacía ya unos cuantos meses.

Tomó asiento a su lado, en un sillón frente a la ventana, y se mantuvo en silencio hasta que su amigo se dirigió a él con el mismo tono sosegado de siempre.

-        Querido amigo- le saludó mientras le sonreía vagamente. - Te he buscado por mar y por tierra. Te perdí el rastro en Argante, pero mi instinto me llevó hasta aquí. Por alguna razón, sabía que volverías.

Max Magnus se encendió un cigarrillo y su ceño se frunció.

-        No tenía a dónde ir. Perdí a Astaroth. Y creo que Steiner murió luchando contra él. Y no tengo ni idea de dónde puede estar la señorita Varona… si es que sigue con vida.

Fiord torció el gesto.

-        Hui de Abery hace meses… aterrado ante la pila de cadáveres amontonados en el cementerio. Había toque de queda, pero aun así esos demonios se las ingeniaron para matar a unos y a otros. Los hombres más valientes salieron a cazarlos y atraparon a varios de ellos. Sin embargo, la ceguera del nuevo comisario me llenaba de cólera. Otro rufián ligado al dinero de Astaroth, Stilton se llama éste…Intenté hablar con él. Hacerle entrar en razón. Intenté por todos los medios que hiciera algo para detener a aquellos asesinos. Pero me amenazó de muerte…- suspiró con entereza y contempló con tristeza el cielo soleado de aquella mañana de últimos de otoño. - Aún conservo varios amigos en Abery; Astaroth volvió allí hará ahora un par de meses…

El rostro de Max Magnus se iluminó por un momento. Aquella era una gran noticia.

Sabía dónde podía encontrar a aquel malnacido, y al fin saber si Sophia Varona estaba con él.

Fiord debió de leerle el pensamiento porque se apresuró en continuar.

- Ella está con él. - susurró. - Llegaron una noche lluviosa, en un carruaje negro y ostentoso tirado por seis majestuosos corceles negros. Él quería que todos los suyos supieran que ya había llegado. Que el señor oscuro de Abery había vuelto a sus dominios. Y con él, su esposa, la hermosa señora de Astaroth.

El cigarrillo se consumió entre sus dedos y lo dejó en el cenicero que había sobre la mesita de té.

Al fin sabía que Sophia Varona estaba viva.

Pero en manos de ese demonio...

- No debes ir, Max Magnus. - le avisó Fiord antes de que pudiese confesarle sus intenciones. - Esa ciudad le pertenece y él te conoce. En cuanto a la señorita Varona, ella ya no es de los nuestros Lo supe en cuanto vi sus ojos...deberá apañárselas con los de su especie.

El detective negó de mala gana.

- Lo sé, amigo. Sé que es una locura volver a Abery. Pero mi conciencia...

- Eso es lo de menos. Tienes que olvidarte de ella y debes acabar con esas criaturas. Viaja, persíguelas, mátalas.

- Ojalá fuera tan sencillo...

Se levantó del asiento y se paró frente al cristal de la ventana. Un hombre acababa de chocarse con un lazarillo y había caído al suelo. El chiquillo se escapó como una exhalación después de robarle el monedero. Volvió a girarse.

- Tengo bajo mi tutela a la hija de Steiner y de Sophia Varona, no puedo abandonarla. - confesó al fin. Los ojos de Fiord se abrieron como platos y suspiró alicaídamente.

- No puedes criar a una niña...- le espetó, como si él mismo no lo supiera. Nunca se había casado, no había tenido hijos, y no tenía familia. Era un hombre solitario, incapacitado para educar. – Debes buscar una niñera o una institutriz que te ayude. Si es por el coste yo puedo ayudarte.

- Ese no es el problema. Steiner me pagó bien y tengo buenos ahorros. – Volvió a tomar asiento frente a Fiord. - No me fio de nadie. Ese es el problema.

Fiord frunció el entrecejo y cruzó las manos sobre el regazo.

- Debes buscar a alguien. Héctor y yo podemos ayudarte. Prepararé algunos papeles para que conste que eres el tutor de la niña y todo sea más sencillo. Tengo un buen amigo abogado que puede ayudarme.

Max Magnus guardó silencio. ¿Quién en Lockham iba a creerse que él, Max Magnus el solitario, era tutor de una niña?

II

Abery ya no era la ciudad embrujada que le había visto llegar hacía meses. Se había convertido en una ciudad a merced del miedo a la noche, la sangre y las bestias.

385

Las gentes acudían en masa a la iglesia a escuchar el sermón enfervorecido de los sacerdotes, y los unos y los otros se acusaban de brujería y de adoración a Satán. La era oscura de la Iglesia parecía estar viendo el renacer de aquellos años de persecución y juicios eclesiásticos.

Se habían quemado a una docena de mujeres en piras en medio de la plaza Mayor, y los sepultureros y voluntarios se afanaban en enterrar bajo cal viva los cuerpos de aquellos con la señal del diablo en el cuello.

Los hijos de Olaf y de Astaroth acampaban a sus anchas en Abery, ocultos en sus mansiones de piedra negra, bajo la protección de sus títulos nobiliarios y su dinero.

Olaf había llevado a la ciudad al abismo, y sus ojos resplandecían de gozo al ver las piaras de fuego, con las inocentes mujeres gritando de dolor y de miedo.

Sin embargo, Olaf volvía a estar bajo las órdenes de Astaroth, y con su llegada, había llegado algo de calma a la ciudad.

El nuevo comisario no había tardado en reunirse con él para explicarle la gravedad de la situación en Abery, y al final Astaroth había accedido a hacer algo a regañadientes.

El humor de Astaroth empeoraba día a día. Estaba taciturno, silencioso y meditativo.

Y así llevaba desde que habían abandonado aquel pueblo de las estepas del noroeste.

Aquella maldita noche no se borraría jamás de las retinas de los ojos…

\-   Lo siento… - gimió Sophia. – Nació vivo, pero luego…- cayó al suelo de rodillas y dejó a la criatura a los pies de Astaroth. - Merezco que me castigues… - Empezó a llorar con la cabeza gacha. El pelo húmedo por el sudor ocultaba su rostro de la mirada recriminatoria de aquel ser rabioso.

No quería verlo, no quería ver el rostro del hombre que había matado a Christopher Steiner.

Astaroth se acuclilló a su lado y la tomó de los hombros con brusquedad. La incorporó y le obligó a que le mirase a los ojos.

Esas dos cuencas malditas estaban coléricas.

\-   Debería matarte Sophia Varona…- agarró su mentón y lo apretó con fuerza. Sus manos ensangrentadas mancharon su rostro y pudo oler la sangre de Christopher. Las lágrimas luchaban por surcar sus mejillas, pero consiguió mitigarlas antes de que él pudiese verlas.

Debía ser fuerte. Estaba cansada de que Astaroth jugase con ella.

\-   Aparta tus sucias manos de mi cara. - le dijo. Astaroth rio y la soltó con violencia.

\-   No vales para nada, Sophia. Por tu culpa Steiner ha muerto, y ni siquiera has sido capaz de traer al mundo a una criatura con vida… - miró con decepción al feto que yacía a sus pies, y por un momento creyó que las piernas le iban a fallar.

Sophia Varona era una mujer maldita. Su alma oscura había dejado paso a un monstruo horrible, incapaz de dar vida. Ella era muerte, como él también lo era.

Se maldecía por su mala fortuna. Y a pesar de todo aquello y de la gran decepción que se había llevado, no era capaz de matar a Sophia.

Una palabra de simples cuatro letras que prefería no mencionar era la culpable de su debilidad.

¡Cómo odiaba sentir aquello!

Alzó la vista de nuevo hacia Sophia. Le estaba mirando con recelo, con sus dos cuencas azules inexpresivas mirándole a través de los mechones de pelo rubio.

Apretó los puños hasta que las uñas se le clavaron en la palma de la mano. Se abalanzó sobre ella sin pestañear y cuando cayeron al suelo, oyó bajo su peso el gemido de Sophia.

Se colocó sobre ella, con la respiración agitada, y acercó sus manos hasta su cuello.

No podía controlarse.

Cerró las manos alrededor de su cuello y empezó a apretar con fuerza. Cuanto más fuerte apretaba más se sosegaba él.

Sophia alzó las manos hasta su rostro y sus uñas alargadas le arañaron la piel. Se estaba revolviendo bajo su peso para intentar escapar de él sin éxito. Sus ojos azules se habían teñido de rojo y le odiaban con ímpetu.

Aquella aversión y sumisión era hermosa. Su ser oscuro era bello y luchador. Era una criatura perfecta entre los suyos...

Abrió las manos con lentitud y contempló con indiferencia las marcas amoratadas que había dejado alrededor de su cuello níveo.

Sophia respiraba con dificultad y no apartó la mirada de ella hasta que se hubo recuperado.

Sophia alzó la mano hacía él y le propinó una bofetada.

- Te odio. – escupió con asco. Astaroth sonrió y la agarró por las muñecas. Desvió la vista hacia ellas y sus ojos se toparon con las cicatrices de los cortes que ella se había hecho para él y para Steiner.

Anhelaba volver a saborear su sangre y esperaba con ansia que ella bebiese de la suya.

Acercó la boca hacia su piel y tuvo ganas de abrirle la carne y de beber en aquel mismo instante. Sin embargo, no era el momento. Faltaban un par de horas para que amaneciera y no podían quedarse en aquel lugar.

- Llegará el momento en que volvamos a beber el uno del otro. – se dijo a sí mismo.

Se acercó a su boca y besó los labios que durante tantos meses había echado en falta.

Sintió la repulsión de ella, pero no le importó. Sabía que tarde o temprano volvería a él. De la misma forma que antes. De la misma forma que se había dejado transformar por él.

****

En poco más de tres semanas se había recuperado por completo. Su nuevo cuerpo se regeneraba a una velocidad anormalmente veloz y era fascinante la forma en la que recuperaba las fuerzas gracias a la sangre. De nuevo volvía a verse bella y seductora ante el espejo, y eso no había pasado desapercibido para Astaroth.

Después de abandonar aquel pueblo de las estepas, se habían acomodado en una casona abandonada y apartada del páramo. Tras dar a luz estaba demasiado débil para huir, y tampoco tenía ni idea de dónde estaba. No tenía manera de escapar de Astaroth.

Sólo podía esperar a volver a Abery, y tal vez allí, dejarle de una vez por todas…

Astaroth posó la mano sobre su hombro desnudo y alzó la vista hacia él.

No habían hablado en días, pero no hacía falta que le dijese lo que quería de ella. Sus malditas cuencas rojas se lo estaban pidiendo en silencio.

Se reincorporó frente a él. Tomo la daga de plata de su mano, que con tanta firmeza le estaba ofreciendo, y se abrió la muñeca sin pestañear.

Astaroth acercó la boca hasta la muñeca y succionó con éxtasis. Aquel demonio gozaba con su sangre.

Se separó de ella poco después con el mentón ensangrentado y se lo limpió con un pañuelo que llevaba en el bolsillo interior de la chaqueta.

Sus ojos escarlatas retomaron su color avellana habitual y ella suspiró con alivio. La bestia había dejado paso a Astaroth el hombre, sin embargo, el hombre parecía querer más de ella.

La agarró del mentón y estudió su rostro a la luz de las llamas de la chimenea. Sintió su mano fría y suave sobre su piel y un escalofrío le recorrió la espalda. Había gozado con el tacto de esas manos sobre su cuerpo. Esas mismas manos que habían apuñalado a Christopher y que habían intentado estrangularla.

Se apartó del él con brusquedad, pero Astaroth la agarró por la cintura y la atrajo hacia sí. Los labios fríos de Astaroth estaban a tan solo unos milímetros de los suyos, y sus manos temblaban sobre su cintura.

- Déjame, Astaroth.

Su tono de voz fue cortante y él se separó de ella de inmediato.

- Me rehúyes. No lo hacías antes, cuando venías a buscarme a mi cama.

Astaroth caminó hacia el minibar y se sirvió una copa de whisky. No le ofreció ninguna a ella, pues sabía de sobra que no bebía.

Se sentó frente al fuego de la chimenea y ella se quedó tras él. No tenía ni ganas ni fuerzas de contestarle. Aquellos actos habían estado guiados por una especie de hechizo fuera de su control. Ahora, sin embargo, ella era la dueña de sus actos.

- Me porté bien contigo. Te salvé dos veces la vida. Te transformé cuando Steiner no pudo hacerlo. Y te dejé marchar. - giró la cabeza y apoyó el brazo sobre el posacabezas del sillón. Lucía seductor aquella noche, como siempre lo hacía. – Y aunque intentaste matar a nuestro hijo y a pesar de que tu cuerpo marchito dio a luz un hijo débil que murió al nacer, te perdoné. Y aquí estás conmigo. Bajo mi protección. A merced del aprecio que te tengo.

Sophia le estudió con ira. Aquel demonio estaba otra vez jugando con ella, como siempre lo había hecho. Quería embaucarla, hechizarla con su palabrería.

Y si, era verdad, le había salvado la vida dos veces. Pero ya se había cobrado esas vidas. Se había llevado la de Christopher y había alejado a su pequeña de su lado...

Ya no lo debía nada.

- Si tan desagradecida soy..., si tan poco valgo. Si no sirvo para nada. ¿Por qué no me dejas ir?

La mirada de Astaroth se ensombreció y la descendió hasta la copa de whisky que sostenía en la mano.

Cuando habló su tono de voz sonó suave y sincero.

- Ya sabes por qué.

III

La dulce señorita Dee resultó ser una joven muy apañada. El rostro se le iluminaba cada vez que sostenía en brazos a la pequeña y sus manos jugueteaban con sus manitas regordetas graciosamente.

Fiord había dado en el clavo, aunque había sido Héctor quién le había echado el ojo.

Dee tendría poco más de veinte años y había estado vendiendo su cuerpo en los burdeles del sur de la ciudad durante la mitad de su vida.

Sin embargo, los niños eran su perdición, y dedicaba el poco tiempo libre que tenía en cuidar de los hijos de otras prostitutas. Desgraciadamente no eran pocas las que se quedaban embarazadas de algún cliente. Las que tenían algún dinero ahorrado acudían donde alguna curandera para que les practicase un aborto de mala manera. Algunas conseguían deshacerse del feto, otras morían al de unas horas, y unas pocas volvían con el niño aún en sus entrañas.

Max Magnus le explicó a Dee que la pequeña era su sobrina. Que su hermana había fallecido en el parto y que él era su único pariente con vida.

- Tendrás comida y techo a cambio de que cuides bien de ella. No te faltará de nada, y te asignaré un sueldo semanal.

Dee asintió y le devolvió una amplia sonrisa de dientes bastante blancos. Su rostro moreno y ovalado resplandecía de felicidad y sus ojos negros y pequeños le agradecieron en silencio.

- ¿Cómo se llama?

Max Magnus guardó silencio. En los meses que llevaba con la criatura no había pensado en ningún nombre. Aquello era algo que correspondía hacer a los padres, pero dadas las circunstancias, tendría que ser él el que lo eligiera. Pensó el nombre durante unos segundos antes de contestar.

- Heulyn.

- ¡Oh, es precioso! Es norteño, ¿verdad? ¿Qué significa?

Max Magnus sonrió.

- Rayo de sol.

Dee se había quedado en casa con Heulyn, y él y Hopkins habían decidido ir a ver a Fiord.

393

El ex comisario les estaba esperando junto a la ventana, leyendo un grueso libro de páginas amarillentas. Lo apartó a un lado cuando se sentaron frente a él.

- ¿Qué tal sigue Heulyn?

- Muy bien. Creciendo mucho. Y yo cada día encogiendo más

Hopkins esbozó una sonrisa y le miró de soslayo. El joven había recuperado el color de su rostro y en los últimos meses había logrado recuperar parte de la tranquilidad de su vida pasada. Había vuelto a trabajar para la policía lockhamia y se había vuelto a enfrascar en el estudio de sus expedientes antiguos. En su tiempo libre solía acudir a la biblioteca con regularidad, con objeto de recabar información útil sobre los chupasangres.

El muchacho había conseguido una gran cantidad de datos útiles que, junto al Libro del Cazador, que mantenían a buen recaudo bajo llave en un baúl, les ayudaría a entender mejor el modo de vida de aquellos seres oscuros.

- ¿Y ahora, amigo, qué te preocupa? Tu ceño se frunce cada vez que vienes a verme. Acabas de abrir una oficina y no te va nada mal como detective privado. No deberías estar así.

- Lo sé, lo sé. Pero no puedo dejar de pensar en Astaroth y en la señorita Varona.

- La señora de Astaroth. - le corrigió Fiord. Magnus le miró de soslayo, como un niño al que le acabasen de echar una reprimenda.

- Necesito volver al norte. Necesito ir tras Astaroth y sus secuaces. ¿No te han llegado más noticias de Abery?

- Lo mismo que las últimas. Abery está más calmada y han atrapado a varias de esas criaturas…

Los mercenarios que habían mandado Lilith y los patriarcas del otro lado de las montañas estaban haciendo un buen trabajo, pero no le contó nada de aquello a Fiord. Había cosas que prefería mantener en secreto.

- Descansa, Max. Solo hace seis meses que llegaste de las estepas. Date algo de tiempo.

Max Magnus asintió y él y Hopkins se despidieron de Fiord después del café.

Era un día templado y soleado de finales de invierno y decidieron volver a casa andando.

Dieron un rodeo por la avenida donde estaba la mansión de la familia Varona, y alzaron la vista de forma inconsciente hacia la ventana del cuarto de la señorita Sophia.

Los cristales estaban sucios y la enredadera ascendía hasta la ventana de forma desordenada y laberíntica.

- ¿Detective?

Max Magnus se llevó la mano al revolver y el corazón le brincó en el pecho.

Aquella maldita voz no podía ser cierta.

Hopkins y él giraron la cabeza.

El diente de oro relumbraba bajo los rayos de sol.

CONDENADA

I

Rupert Velkar iba por su tercera copa de whisky y no parecía tener muchas ganas de hablar.

Le estaba mirando en silencio, esperando a que fuese él quién le acribillase a preguntas como en los viejos tiempos, pero sus labios se mantenían sellados, a la espera de que fuese él quien le dijese algo. Que le dijese cómo había terminado para Steiner aquella maldita noche en las estepas.

- No lo vi. – dijo al fin, después de dar el último trago. Se encendió un cigarrillo y le ofreció otro a él, que no aceptó. Rupert se volvió a guardar la cajetilla en el bolsillo de la chaqueta. - Sólo había un rastro de sangre negra sobre el suelo helado. Brillaba bajo la luz del sol y se perdía bosque adentro, donde le perdí la pista…- Rupert tenía una sonrisa socarrona estampada en la cara mientras le contaba todo aquello. - Sólo quería matar a aquel moreno que me había dado una paliza de muerte… lo demás ya daba todo igual.

- ¿Qué es lo demás?

- Detective, ya lo sabe. Usted es perro viejo, ¿verdad? Por eso nos siguió. – suspiró desganado. - Aquella mujer me pagó más de lo que yo le habría pedido por matar a la chica y al bebé.

- ¿Y sus escrúpulos dónde quedan? ¿Un bebé? Dios mío Rupert, dónde queda tu dignidad.

\- Mi dignidad… hace tiempo que la perdí. ¿Dónde queda la suya, detective? Viajaba con dos demonios, y les lamía la mierda del culo con gusto.

Max Magnus apretó los puños con fuerza y los dientes le castañearon en su boca seca. Necesitaba otro trago. Llamó a la camarera, y una joven con un busto prominente y labios rojos le sirvió otra copa a él y a Rupert.

\- ¿Dónde está Sophia, detective? ¿Dónde está la criatura?

Max Magnus pegó un sorbo y sonrió entre dientes.

\- Dile a tu señora que Astaroth se la folla todas las noches. Seguro que eso le agrada…

El gestó de Rupert se ensombreció y se dio cuenta de que sus dedos temblaron alrededor de la copa de cristal.

\- La criatura nació muerta. - Rupert ni se inmutó. Esperó con paciencia a que él dijese algo.

\- ¿Y por qué se fue de allí como un cobarde? No es eso algo típico en usted, detective…

\- Nadie puede vencer a Astaroth. Si alguien podía hacerlo era Steiner, y agonizaba en el suelo. Ya no había nada que yo pudiera hacer. – se encendió un cigarrillo y estudió a Rupert a través de la cortina de humo. Su gesto rudo de siempre estaba empañado por la preocupación de sus ojos. Aquel malnacido ocultaba algo. Y algo le había llevado hasta allí. - Y usted, ¿qué hace aquí?

\- Aún no lo sé… sigo mi instinto. Ese sexto sentido que siempre me ha guiado bien. Y esta vez, bajo la luna de las estepas, cuando perseguía a Steiner y aquel moreno por el bosque, de repente me dijo: Rupert, da media vuelta. Nunca encontrarás a esos dos demonios. Busca al detective.

- Y aquí está…
- Y aquí estoy…

Rupert se levantó de improvisto y rebuscó algo en el bolsillo de su pantalón. Extrajo unas monedas y las lanzó sobre la mesa. – Déjeme invitarle al último trago

Se puso el abrigo y el sombrero y volvió la cabeza hacia él antes de dejarle sólo.

- Por cierto, no recordaba que fuera tan aficionado a la leche. Las botellas de cristal se amontonan a la puerta de su apartamento. Que tenga buen día.

Rupert desapareció como una exhalación y su mirada se perdió en la puerta de madera del bar, que se había quedado entreabierta cuando aquel villano salió a la calle.

Heulyn dormitaba a pierna suelta entre los brazos de Dee. Hopkins había empaquetado lo básico y él le había ayudado con los detalles de última hora.

Debían irse de allí cuanto antes. Rupert no debía saber que la niña estaba viva. No tenía ni idea de a qué juego estaba jugando aquel malnacido, pero prefería no entrar en él.

- La señorita Varona posee tierras en los valles del oeste. La casona era de sus padres. Os esconderéis allí.

Hopkins le estaba estudiando con gesto serio. Los brazos le colgaban sin vida a los lados del costado y su mirada volvía a verse intranquila. Aquella misma mañana había dejado el trabajo de nuevo.

- Jefe, debe venir con nosotros.

Max Magnus negó con la cabeza.

- No puedo. Rupert me sigue. He de deshacerme de él. He hablado con Fiord, y Héctor os acompañará. Es un hombre fuerte Hopkins, venció a uno de "ellos". Debes confiar en mí. Nadie puede encontrar a la niña, Hopkins. Nadie.

El muchacho asintió con desgana, como un niño que sabe que no le queda más remedio que obedecer a su padre.

- No nos deje, jefe.

Max Magnus posó la mano sobre el hombro de Hopkins.

- Volveré a por vosotros, Hopkins. Sois mi familia. Sois como hijos para mí.

Los ojos de Hopkins se abnegaron en lágrimas y bajó la mirada hacia el suelo.

- Ahora debéis iros. Héctor esperará a Dee abajo, llevará a la niña con ella. Tu marcharás después. Yo me encargo de que él no os siga.

- ¿Y después? Va a ir a buscarla, ¿verdad?

Max Magnus asintió con lástima.

- Debo saber cómo está la señorita Varona. Debo volver a Abery y enfrentarme a esos monstruos. Necesito saber qué fue de Steiner. Algo me dice que él sigue con vida.

Se acercó a Hopkins y le tendió la mano para estrechársela.

- Vete Hopkins, es la hora.

Hopkins se separó de él en silencio y no le quitó el ojo de encima hasta que se perdió como un fantasma entre la niebla de Lockham.

Después él comprobó que su revólver estuviese cargado y salió a la calle.

Había llegado la hora de cazar.

II

Bajó al salón y entre las sombras descubrió a Astaroth bebiendo sangre de una copa de cristal. Se sentó frente a él y estudió su gestó taciturno y su mirada perdida en las llamas del fuego de la chimenea.

No le había dicho qué le preocupa, pero no era necesario ser muy inteligente para saberlo: sus hijos estaban siendo cazados, y él estaba sentado allí sin hacer nada.

Y ella no podía dejar de pensar en la razón de semejante actitud.

¿Acaso Astaroth temía algo?

Desechó esa idea de inmediato. Astaroth no temía a nada ni a nadie. En todo caso era un hombre prudente. Pero desde que habían llegado a Abery se estaba comportando de forma extraña y ella no tenía manera de saber qué demonios podía pasarle.

Su convivencia era tensa y distante. De vez en cuando le daba de beber de su sangre y ella bebía un poco de la de él, pero sabía que él quería algo más de ella y cuando la noche les daba la bienvenida no podía dejar de preguntarse si él la obligaría a yacer a su lado.

400

- Son noches extrañas, Sophia. - Astaroth se giró para mirarla.– Mis hijos han vuelto a ocultarse, atemorizados ante la plebe y esos asesinos aficionados que juegan a ser Dios. Mañana colgarán a otras dos mujeres… El mundo está loco.

Sophia suspiró. Odiaba aquello.

Desde que habían vuelto a Abery apenas salían un par de noches al mes para comer y recuperar fuerzas. Todo el mundo sospechaba de todos, más de hombres que se movían como alimañas en las sombras bajo la luz de la luna.

En teoría, a ojos de los mortales, el conde Astaroth había abandonado la ciudad meses atrás junto a su esposa, y no había vuelto jamás. Para sus hijos, el Líder, el señor de aquellos dominios, había vuelto a casa.

El primogénito Olaf había vuelto a servirle con gusto, y de nuevo ella había tenido que acostumbrase a su incómoda presencia. Olaf no se había sorprendido al verla llegar a Abery convertida en uno de ellos, como si de alguna manera, hubiese estado esperando ese momento.

- Abery es una ciudad muerta. - Estaba airada y su ira se plasmó en su tono de voz. - Olaf, tú… habéis creado esto: esta manzana podrida.

- Esta manzana podrida ha sido mi hogar durante decenios. Yo soy el gusano que habita dentro...Como tú también lo eres.

Sophia negó con la cabeza.

- Lilith ha mandado aniquilar a docenas de tus hijos y tú te quedas aquí, agazapado sin hacer nada.

Astaroth se reincorporó de mala gana y se paró frente al fuego de la chimenea.

Su piel brillaba con la luz de las llamas y sus ojos ardían como el fuego.

- ¿Crees que no me duele verlos morir? ¿Verme a mí mismo en esta situación de impotencia? - volvió la cabeza hacia ella. - No es momento de actuar, Sophia. Los ánimos siguen caldeados en la ciudad. La plebe está enaltecida y el clero más poderoso que nunca. No podemos arriesgarnos. Es tiempo de ser pacientes. Pero llegará la hora de la venganza. Lilith será castigada por lo que ha hecho.

Sophia se levantó del sillón y se paró a su lado. Sabía que le estaba ocultando algo. Ese discurso no era propio de él.

El Astaroth que ella conocía habría salido a matar con sus propias manos a los asesinos que estaban aniquilando a sus hijos, sin importar la plebe o el clero tiránico.

Claro que se vengaría de Lilith por lo que había hecho. Y ella estaba deseando que lo hiciera.

Quería ver muerta a esa mujer.

Esa víbora que no les había dado protección ni a ella ni a Christopher cuando habían acudido a ella en busca de ayuda; que además había mandado a Rupert Velkar para matarla y matar a su hija. Esa mujer que les había dejado a ella y a Christopher al acecho de Astaroth.

Esa zorra era la culpable de su fatal destino.

Iban a matar a Lilith y cuando lo hicieran, ella defecaría sobre sus cenizas.

- Que odio tan intenso, Sophia. - Astaroth lo había notado. Que estúpida. Debía ser más precavida. - La odias incluso más que yo. Qué bello.

- No hay belleza en odiar, Astaroth. Si no una gran frustración que me ahoga por dentro. – Se giró hacia él y su rostro casi rozó el suyo. Como cada noche, sintió el deseo de Astaroth. Él luchaba contra su instinto cada vez que la tenía cerca. Era tan gratificante verlo padecer de aquella forma. Verlo sufrir por lo que no tenía.

Astaroth alzó la mano y acarició su mejilla. La última vez que aquella mano fría había rozado su piel había sido meses atrás, en las estepas, cuando la abofeteó con fuerza.

- No me gusta esta aversión que me tienes. – Empezó a bajar la mano hacia sus labios y se detuvieron con timidez sobre ellos, pero se apartó de ella de inmediato.

- Olaf ha necesitado tiempo para localizar y desenmascarar a todos los mercenarios. En unas noches saldremos a por ellos.

Astaroth arrastró las palabras mientras se perdía en la profundidad de sus ojos azules. Sabía que quería besar sus labios, hacerla suya como antes. Dormir junto a ella y despertar a su lado.

Pero su castigo era no hacerlo.

Alzó la mano con determinación y volvió a acariciar su mejilla.

Aquella dulce caricia era para ella.

Aquellos labios se los estaba ofreciendo a ella.

- Ya una vez te dije que podías pedirme lo que quisieras, Sophia- sus labios estaban casi rozando los suyos y sintió que un escalofrío recorría su espalda de arriba abajo, llenándola de energía. - Acabaremos con esos mercenarios y cuando lo hayamos hecho, marcharemos juntos a Argante y mataremos a Lilith con nuestras propias manos. Juntos, mi reina de las sombras, seremos los amos de estas tierras.

El éxtasis la embriagó mientras oía a Astaroth decir todo aquello, y cuando los labios de él rozaron con timidez los suyos, sintió el ardor que los consumía.

Ella le había castigado durante meses, pero si quería tenerlo a sus pies, debería ser memos dura.

Al fin, abrió la boca y dejó que su lengua se metiera en su boca.

De nuevo, volvía a estar condenada a él.

III

Rupert Velkar no era estúpido y le había seguido el rastro hasta Lockham. Sin embargo, si era algo imprudente.

Dee y Héctor se habían marchado con Heulyn poco antes de que Hopkins saliera a la calle. Y en cuanto se oyeron los primeros taconeos sobre el empedrado, Rupert Velkar apareció de entre las sombras para ir tras Hopkins. El joven debía tomar un carruaje al final de la calle, y Rupert le siguió con cautela y en silencio, sin molestarse en mirar hacia atrás.

Hopkins acababa de subirse al coche y Rupert estaba pagando a otro cochero cuando se detuvo tras él y posó la boquilla del revolver en su zona lumbar. Velkar dio un respingo.

- Buenas tardes, señor Velkar. ¿Podemos dar un paseo?

Rupert le hizo un gesto al cochero y el hombre le devolvió las monedas de mala gana. Max Magnus le agarró por el brazo y lo arrastró calle abajo.

- ¿Qué formas son estas, detective? - empujó a Rupert a un callejón y le apuntó con el revolver. Rupert Velkar le estaba sonriendo como un bobalicón, pero en el fondo sus nervios estaban a flor de piel. Sus manos habían temblado y una gota de sudor frío le descendía por la sien izquierda. – No es capaz de dispararme.

- Rupert, hace años que nos conocemos, pero para bien o para mal, yo ya no soy el hombre que conoció. Si tengo que dispararle, lo haré.

La sonrisa se borró del rostro de Rupert y su gesto se desencajó.

- Está bien, detective. ¿Qué quiere saber?

- ¿Sigue trabajando para esa mujer, Lilith?

Rupert negó con la cabeza.

- No, después de mi fracaso, no me atrevería a volver donde ella.

- ¿Por qué me sigue entonces?

- Ya se lo dije... mi instinto… No podía rastrear a Steiner y al moreno, así que me dije que era mejor y más fácil rastrearle a usted.

-    Bien, ¿Pero para qué? - seguía apuntándole con firmeza y cuanto más le escuchaba más ganas tenía de apretar el gatillo y volarle los sesos. Estaba harto de la gente que daba tantas vueltas a las cosas. Quería respuestas directas, nada de rodeos. Estaba harto de que jugasen con él. - Rupert, ¿Por qué me sigue, bastardo?

Rupert apretó los dientes y contestó a regañadientes.

-    Curiosidad, detective. Quería saber por qué iba usted con esos dos vampiros. Por qué Lilith quería matar a esa niña... y no, no es sólo porque sea hija de Astaroth. Hay algo más... y usted lo sabe. Y, además, quiero encontrar a Steiner y al moreno. Ese hombre se merece una paliza al menos como la que él me dio a mí. Pensé que si le seguía a usted podría llegar hasta ellos...

Max Magnus descendió el revólver.

Aquel hombre era un cobarde. Había fallado a Lilith y no podía volver a Argante, a menos si quería seguir con vida.

Era un malhechor, y Sitra le había dado una paliza. Su orgullo herido le jugaba una mala pasada y quería vengarse del moreno.

En cuanto a la niña... siempre había sido un curioso. Y sólo quería saber si podía sacar provecho por algún lado...

-    No sé dónde están ni Steiner ni Sitra. Para ser más conciso, no sé ni si Steiner está vivo. En cuando al bebé, ya le dije que nació muerto.

Rupert sonrió, pero en seguida borró la sonrisa socarrona de su cara.

-    Sé que se marcha, detective.

- Así es.
- Y Hopkins no va con usted.
- Hopkins tiene su propia vida. Se cansó de verme perseguir demonios.
- Entonces, es lo que va a hacer. Perseguir demonios, detective… o cazador.

Max Magnus guardó el revólver y caminó hacia Rupert Velkar. Se detuvo frente a él y se dirigió a él con tono lúgubre.

- Voy a Abery para unirme al resto de mercenarios que mandaron desde Argante. Creo que usted iba a hacer lo mismo antes de que nos interpusiéramos en su camino.

Rupert asintió.

- Así es. La duquesa me pagaba por ello. Por vigilar y mantener bajo control a sus hijos. Pero ahora nadie me paga. ¿Lo va a hacer usted, detective?

Max Magnus negó con la cabeza.

- No. Yo no pago a asesinos de niños. Voy a cazar a esas bestias y usted va a venir conmigo y me va a poner en contacto con los mercenarios argentinos. Si intenta algo juro que le vuelo los sesos, o peor, le entrego a la duquesa y dejo que ella decida qué hacer con usted.

Rupert Velkar tragó saliva. Se le había hecho un nudo en la garganta.

- Es su trabajo, ¿no, Rupert? Cazar a los chupasangres. Pues es lo que va a hacer. Vamos a cazarlos. Los mataremos a todos, Rupert. A todos esos vástagos y a sus padres. A Astaroth y a Lilith. Y tal vez, por el camino, nos crucemos con Steiner- Hizo una pausa y recordó a Steiner tirado en el suelo, medio cadáver.

-    Si es que sigue vivo…

-    Si es que sigue vivo.

Rupert se llevó la mano al bolsillo de la chaqueta y extrajo una cajetilla. Cogió un cigarrillo y ofreció otro a Max Magnus. El cazador lo aceptó.

-    Está bien, cazador, detective…Iré a Abery con usted y mataremos a todos esos monstruos. A los hijos, a los padres, a Astaroth, a Lilith y a … Sophia Varona.

Max Magnus tragó saliva y sintió que se le hacía un nudo en la garganta. Era algo que siempre olvidaba pero que era tan cierto como que el sol sale por la mañana.

Estimaba a la señorita Varona, incluso la quería, pero ella ahora era una de ellos.

-    A todos, Rupert.

Rupert Velkar sonrió y después se encendió el cigarrillo.

"A todos, Rupert…"

CAZADORES DE SOMBRAS

I

Las lastimeras calles empedradas de Abery les dieron la bienvenida una lluviosa mañana de invierno. A cada paso examinaba cada uno de los edificios de piedra que se alzaban a cada lado de las avenidas, y sus ojos se perdían en los descuidados jardines que antaño habían lucido verdes y floreados. Definitivamente, Abery había perdido la hermosura mística y perenne de antaño.

Lucía triste y gris. Una mole de piedra sin vida, deshabitada y a merced del miedo y la superchería.

Había visto un par de hogueras en alguna que otra plaza, con los rastrojos y las ramas secas preparadas para arder en cualquier momento.

¿Qué alma inocente sería la próxima víctima de aquella quema de brujas?

Se pararon frente la puerta de madera de un hostal situado en la orilla este del río.

Rupert entró primero y se desprendió de su capa empapada. Sus botas embarradas mancharon el suelo de piedra hasta la recepción, donde un hombre entrado ya en años y con lentes, les recibió con gran sorpresa.

- Una habitación doble, por favor.

El hombre agachó la cabeza y rebuscó en un cajón del escritorio. Extrajo unas llaves y se las tendió a Rupert.

- Tercera habitación, primer piso.

Rupert cogió las llaves y se encaminó hacia las escaleras.

- Si yo fuera usted no me quedaría más de una noche.

Rupert obvió el comentario y se perdió escaleras arriba, pero él se acercó al mostrador para hablar con el anciano. Sus ojos se veían cansados y su rostro estaba pálido y enfermizo.

- ¿Y eso por qué, buen hombre?

El anciano le brindó una sonrisa torcida, que le provocó un escalofrío.

- El mal acecha en la ciudad, señor. Es como una peste. Se lleva cada noche a pobres almas inocentes.

El anciano rebuscó algo en el bolsillo de su pantalón y le mostró un rosario de cuencas de madera. Max Magnus descendió la vista hacia él. Llevaba noches sin rezar.

- No me separo de él. El Señor me ayuda cada día.

- A mí también me ayuda algo, aunque no es Él quien baja del Cielo a librarnos del Mal.

El anciano asintió, no muy convencido.

Max Magnus le dio la espalda y se dirigió hacia las escaleras. Mientras ascendía los escalones pudo escuchar el llanto del hombre y el repiqueteo de las cuencas de maderas al chocar entre sí.

Estaba rezando.

Rupert y él se despertaron temprano y con las primeras luces de la mañana, cuando aquellas bestias dormían, salieron a la calle.

Los trabajadores se afanaban en sus quehaceres diarios, con el ceño fruncido y una expresión de preocupación desfigurando sus rostros.

El panadero horneaba el pan, pero se le había cocido más de lo necesario.

El frutero se peleaba con las naranjas que se habían caído del cesto y rodaban por el pavimento mojado.

La pescadera se quejaba de la mala calidad del pescado que le habían suministrado, y mientras un pequeño ladronzuelo se llevaba una sardina sin que ella se diera cuenta.

Y Rupert Velkar y él deambulaban entre todos ellos, como dos fantasmas, con paso decidido. Sólo aminoraron el paso al llegar a la mansión de piedra de Astaroth, donde se pararon a la entrada del jardín.

Las piernas le temblaron al dirigir la vista hacia la puerta principal de la casa, mientras luchaba por alejar los malos recuerdos que le evocaban.

-   ¿Es aquí?
-   Aquí es.

Rupert Velkar alzó la visa hasta las ventanas cerradas a cal y canto del piso superior. Ojeó el jardín y el acceso de piedra hasta las escaleras de la puerta principal, cuyas hierbas estaban altas y descuidadas, y el paso sucio y embarrado.

-   Parece como si hiciese mucho tiempo que nadie viviese aquí.

411

Max Magnus le sonrió y se encendió un cigarrillo. Alzó la vista hacia la ventana del cuarto de Astaroth. Estaba seguro de que él y la señorita Sophia Varona estarían allí dormitando a esas horas del día.

- Créame Rupert. Astaroth está ahí dentro. Mi sexto sentido nunca me falla.

Se alejaron de la casa y empezaron a andar con paso tranquilo. Un hombre regordete que llevaba atado con la correa a un border collie pasó junto a ellos, y Max Magnus volvió la cabeza para dirigirse a él.

- Señor, disculpe.

El hombre se paró en seco y le miró aterrorizado.

- ¿Siii?

- Perdón, no quería asustarle. ¿Sabe usted si hay alguien en la casa del abogado?

El hombre negó con la cabeza.

- ¡Oh! Me temo que no. Hace meses que el señor Astaroth se fue de la ciudad, y me temo que no ha vuelto. Afortunado él, que se fue mucho antes de que comenzara esta plaga de muertos.

- Gracias.

Max Magnus se despidió de él. El hombre había confirmado sus sospechas. Astaroth vivía como una alimaña, agazapado en su madriguera, aguardando el momento oportuno para salir.

- Bien, Rupert. Vayamos a ver a esos amigos mercenarios suyos. ¿Dónde decía que se reunían?

Astaroth y ella se levantaron con la luz de la luna. Se reunieron en el salón, como cada noche, y ella abrió la contraventana. Observó con agrado que era una noche estrellada y de luna llena.

Astaroth se paró a su lado y su vista se perdió en algún lugar tras las montañas. En algún lugar muy al norte. En un lugar llamado Argante.

- Es una lástima que aún no podamos salir, Sophia.

Asintió y giró la cabeza hacía él.

Los nervios vencían la templanza habitual de Astaroth, y por eso sabía que, aunque aún no había llegado el momento de salir a cazar a los mercenarios, esa noche no quedaba lejos. Y cada vez que pensaba en ella, más excitada se sentía. Al fin podría salir de esa casa, abandonar Abery, marchar al norte... y en cuanto pudiera, escapar de Astaroth y buscar a Sitra y a Christopher.

Eso era lo único que guiaba todos sus actos. Lo que le había hecho acercarse de nuevo a Astaroth, hacerle compañía, escuchar su palabrería, darle de beber de su sangre y de entregarle sus labios.

Sin embargo, había algo que aún no le había ofrecido, algo que él deseaba cada noche con más fervor. Y si quería tenerlo a sus pies por completo debería ofrecérselo más pronto que tarde.

Suspiró mientras pensaba en todo aquello y hacía acopio de valor para poder acostarse con él esa misma noche, y así dar por zanjado aquel asunto.

Astaroth se separó de ella y se sentó junto al fuego de la chimenea. Como cada noche ella fue a sentarse a su lado. Sabía lo que venía a continuación. El serviría unas copas de sangre, le ofrecería una a ella y después le deleitaría con alguna historia.

Sin embargo, decidió que no quería una noche más como aquellas.

- Dame tu daga, Astaroth. - le ordenó con voz firme, incluso se sorprendió a si misma al oír su tono de voz. Astaroth volteó la cabeza y la estudió con precaución. – Dámela.

Astaroth se revolvió en el asiento y le tendió la daga. Esa daga de la que nunca se separaba y con la que había apuñalado a Christopher. Se la tendió y ella la tomó entre sus manos. Observó el filo y un escalofrío le recorrió la espalda. En su cabeza era capaz de ver las gotas de sangre de Christopher manchando el fino metal. El estómago se le revolvió y apartó la vista.

- Dame tu mano.

Astaroth se la tendió muy despacio, como si temiese que fuera a amputársela.

El pulsó le tembló cuando le hizo el corte y la sangre negruzca comenzó a caer y a manchar su falda negra.

Aquella maldita sangre.

Se llevó la muñeca a la boca y cerró los ojos antes de sentir la sangre en su boca. No quería beberla, pero sabía que, si no lo hacía, no sería capaz de acostarse con él.

El dulce veneno le embriagó el sentido del gusto, pero separó la muñeca antes de morir envenenada.

Cuando abrió los ojos, Astaroth la estaba observando deslumbrado, excitado, anhelando que ella diese el siguiente paso.

Dejó la daga sobre la mesilla y se levantó del sillón. Se detuvo frente a él.

Los ojos de Astaroth estaban centelleando cuando los alzó hacia ella, y se levantó también del asiento. Se quedó de pie frente a ella mientras oía su respiración ronca.

- Sophia…

Se acercó al él antes de que siguiera hablando. No estaba preparada para oírle decir más mentiras.

Le dio sus labios y mientras se besaban ella le desabrochó la camisa.

Se estremeció al sentir de nuevo su torso fuerte bajo sus manos y estuvo a punto de separarse cuando las manos de él tantearon su espalda en busca de los lazos del vestido.

Sin embargo, Astaroth era un amante consumado. Sus manos la desprendieron de sus ropas más rápido incluso de lo que recordaba.

La atrajo hacia él y la envolvió entre sus brazos. Besó su cuello; la marca que él le había dejado cuando la había mordido. Sin embargo, no besó la marca de Christopher.

La agarró por la cintura y la tendió en el suelo. Sintió su peso sobre ella y gimió. Oyó su jadeo y su respiración agitada.

Estaba haciendo una locura.

Pero ya estaba hecho.

II

Los mercenarios que habían llegado desde Argante no eran más que unos pobres aficionados. Unos hombres corrientes a los que les habían explicado más mal que bien a la clase de monstruos a los que se tendrían que enfrentar a cambio de una importante suma de dinero.

Se consideró afortunado. Él no era uno de ellos.

Gracias a la copia del Libro del Cazador que Steiner le había entregado meses atrás, y que había estudiado con ahínco, él conocía a esas bestias mejor que ninguno de ellos.

Sin embargo, guardó silencio. No quería hacerse notar ante esos hombres que estaban bajo el mando de la duquesa de Argante.

Serían una veintena y rondaban los veinte muchos y cincuenta y pocos años. Apenas abrieron la boca para hablar, y ninguno se sorprendió al ver llegar a Rupert Velkar, otro asesino aficionado, acompañado por un desconocido que iba ataviado con una capa, un sombrero negro y cara de pocos amigos.

- Rupert, al fin te apareces. Te dábamos por muerto – el primero en hablar fue un joven de cabellos castaños claros, con algún que otro mechón rubio cayéndole de forma desenfadada sobre la frente, con piel carcomida por la viruela.

Rupert no le contestó y tomó asiento a su lado, sobre un barril de vino que estaba apoyado contra la pared de arenisca de la bodega. Aquel lugar bajo tierra llevaba tiempo deshabitado y lo habían estado utilizando como punto de encuentro desde que habían llegado a Abery.

- ¿Quién te acompaña? - preguntó otro. Max Magnus volvió la cabeza hacia él. Era un hombre de poco más de treinta años, de pelo encrespado color anaranjado, como el tono del sol al atardecer. - Sabes que no nos gustan los extraños, y menos en esta ciudad…

- Él viene conmigo. Yo ya no trabajo para la duquesa. No sé si ya lo sabíais o no. Pero bueno, os lo digo yo de antemano, que luego no quiero líos. - Se encendió un cigarrillo y ofreció otro al joven de cabellos anaranjados. El chico negó con la cabeza y cruzó los brazos delante del pecho. - No, no sabíamos nada.

El ambiente se tensó y la actitud arrogante de Rupert Velkar no ayudó a relajarlo.

- Mi amigo y yo hemos venido desde lejos para ayudaros a cazar a esos demonios. Por lo que hemos oído, habéis estado haciendo un gran trabajo desde que habéis llegado.

Otro hombre se acercó a él para hablarle.

- Si, hemos matado a muchos bastardos. Pero aún son muchos los que andan por ahí. Sin embargo, llevan una temporada que no salen mucho, así que no conseguimos encontrarles.

Rupert asintió con gravedad.

- ¿Y a qué se debe eso?

- Se rumorea que su señor volvió a la ciudad para poner un poco de orden, pero de momento ninguno de nosotros lo ha visto.

Max Magnus sonrió entre dientes. Claro que Astaroth había vuelto. No sabía si para poner orden o no. Pero lo que él sabía después de la calma siempre llegaba la tormenta. ¿Cuándo llegaría? Esa pregunta era la gran incógnita.

- La cabeza de ese bastardo vale oro, Rupert. Pero Lilith lo quiere vivo. El que se lo entregue será rico…

Rupert tiró la colilla al suelo y la apagó con la suela de la bota.

- Eso me da lo mismo. Sólo quiero matar a esos engendros. La noche no tardará en caer. ¿Alguna nueva más?

Todos negaron con la cabeza.

- Nada nuevo, Rupert. – un hombre tuerto de melena rubia se había levantado de su barril. - Ahora, será mejor que tu amigo y tú os marchéis y vayáis por vuestra cuenta.

Rupert asintió. Aquel grupo de estúpidos no iba a ser de gran ayuda. Mejor era dejarles solos y ya está.

Salieron de la bodega tan pronto como les invitaron a irse. El sol de la tarde les calentó las mejillas y decidieron volver al hostal para descansar antes de que atardeciera. Les esperaba una larga noche.

Rupert Velkar se sentó sobre la cama y se desprendió de las botas. Se recostó con la ropa de calle y estiró los brazos sobre la almohada, por encima de su cabeza.

Max Magnus tomó asiento al lado de la ventana. Sacó el rosario del bolsillo de su chaqueta y apretó las cuencas entre sus dedos. Empezó a rezar en un murmullo, pero Rupert le distrajo.

- No han sido de gran ayuda. Están más que ciegos. El dinero les ciega.

- ¿No lo hace contigo? - Max Magnus apoyó el rosario sobre la repisa de la ventana.

- Jaja... de vez en cuando.

Rupert cerró los ojos y empezó a roncar al de un rato. Él volvió a tomar el rosario y terminó la oración que poco antes había empezado.

La noche no tardó en llegar y volvieron a ir a casa de Astaroth. Se escondieron tras las sombras de los árboles del otro lado de la calle, y decidieron esperar pacientemente hasta ver a alguien salir del edificio.

- ¿Está seguro de que ahí hay alguien detective? - Rupert Velkar no era santo de su devoción y le contestó de mala gana.

- Ya le dije que sí. Sólo es cuestión de esperar el momento oportuno. Tal vez hoy no sea la noche. Puede que mañana tampoco. Pero esa noche llegará.

Desafortunadamente, aquella noche no fue la noche, y volvieron al hostal arrastrando los pies por la acera.

Rupert bostezaba a cada paso, no por sueño, sino más bien por aburrimiento, y al llegar a la habitación se echó en la cama de mala gana.

- Detective, no sé si mi espíritu aventurero está hecho para esta clase de vigías sin acción.

Max Magnus frunció el entrecejo y se tumbó sobre su cama.

- Puede ir con sus amigos y cazar a los hijos más débiles de Astaroth. Nada le une a mí.

- ¡Oh detective! - gruñó. - Sabe de sobra que ya no me aceptan en el grupito. Tampoco me gustan tanto como usted.

Chasqueó la lengua y cerró los ojos.

- Despiérteme al medio día.

Llevaban acercándose hasta la casa de Astaroth cuatro noches, y a la quinta Rupert Velkar decidió no acompañarle más. Se aburría, fue lo que le dijo.

Sin embargo, él se acercó hasta la mansión como todas las otras noches. Se escondió detrás del tronco de uno de los robles de la avenida y se encendió un cigarrillo. Hacía un frío de perros aquella noche y cuando ya ni sentía los dedos de los pies le pareció ver por el rabillo del ojo un movimiento de cortinas en el piso inferior, donde recordaba que estaba el salón.

Salió de su escondite y dirigió la vista hacia el ventanal. Sin embargo, no advirtió nada.

Su imaginación le tenía que haber jugado una mala pasada.

Decidió marcharse de allí cuando otro movimiento de cortinas llamó su atención. Esta vez lo había visto sin lugar a dudas.

Y entre las telas tupidas había distinguido dos ojos azules.

II

- Sophia. - la llamó Astaroth. Cerró la cortina y se giró hacia él. Esa noche estaba más tranquilo de lo habitual, sin embargo, ella era un manojo de nervios.

¿Qué hacía el detective Max Magnus en la ciudad? Meses atrás, en las estepas, le había advertido de que no debía buscarla bajo ningún concepto.

Y si él estaba allí, ¿Dónde estaba su hija? ¿Quién cuidaba de ella?

La preocupación le nublo la mirada y Astaroth debió darse cuenta. Se levantó del sillón de cuero y avanzó hacia ella. Apoyó las manos sobre sus hombros.

- ¿Estás bien?

- Si, sólo un poco aburrida.

Tomaron asiento frente al sofá que había junto a la chimenea.

- ¿Seguro que estás bien? Te noto preocupada.

- Ya sabes lo que me preocupa. -mintió a medias. "La noche" estaba cerca. Astaroth aún no se lo había confirmado, pero por las largar reuniones que había tenido con Olaf y con algún otro miembro de confianza de la familia, algo le decía que no tardarían en salir y matar a los mercenarios de Argante.

Y Max Magnus estaba allí.

Debía alertarle de lo que iba a pasar. Ponerle a salvo. Y con él, también a su hija.

Alguien llamó al timbre de la puerta principal y Olaf se presentó poco después en el salón junto a un hombre delgaducho y alto, de unos cuarenta y muchos, de piel oscura con una cicatriz que atravesaba su rostro desde la mejilla izquierda hacia la frente sobre el ojo derecho. Advirtió por su uniforme beige y su capa negra que era un policía aberyano.

- Comisario Stilton. - Astaroth le invitó a sentarse en un sillón junto a ellos. - ¿Quiere tomar algo? - Olaf se plantó tras la espalada del nuevo comisario de Abery. Stilton negó con la cabeza.

- Estoy bien, gracias. No acostumbro a beber estando de servicio.

- Como quiera. - Astaroth hizo un gesto a Olaf para que le sirviera una copa de whisky a él. Aspiró el aroma del alcohol antes de dar un trago. Olaf volvió a su sitio en silencio. - Bien, usted dirá.

Stilton carraspeó antes de hablar. Ni siquiera se había quitado la capa, por lo que dedujo no iba a quedarse mucho.

- Mis hombres y yo, con la ayuda de Olaf, hemos podido identificar a todos los mercenarios y averiguar dónde se reúnen dos veces por semana. – Se hurgó en el bolsillo interior de su capa y extrajo un trozo de papel arrugado. Se lo tendió a Astaroth y éste lo ojeó antes de lanzarlo al fuego bajo. - Esa es la dirección.

Stilton se levantó de improvisto y salió de la casa acompañado por Olaf. La puerta de la entrada se cerró de un golpetazo por culpa del aire y Olaf volvió a irrumpir en el salón.

- La próxima reunión es dentro de dos noches. Mismo sitio, misma hora de siempre. De día.

Astaroth negó con la cabeza.

- No podemos actuar de día, Olaf.

Sophia contuvo la respiración. Estaban hablando de "esa noche".

- Lo sé. Pero hemos averiguado dónde duerme cada uno de ellos. Inclusive el detective lockhamio. Podemos actuar esta misma noche, amo.

Sophia pegó un respingo, y Astaroth no pudo disimular un gesto de sorpresa.

- ¿Max Magnus? ¿Qué hace aquí? Lo daba por asunto zanjado.

- Uno de mis observadores lo reconoció en la última de las reuniones. Iba acompañado por otro hombre, al que no habíamos visto antes.

Astaroth gruñó y apretó la copa de cristal tallado entre sus dedos. Se hizo añicos y un trozo de cristal se le clavó en la palma de la mano.

- Lo quiero muerto. De una vez por todas, Olaf. Muerto. - Se puso en pie y se colocó el traje. Los pantalones negros se le habían empapado con licor y el aroma de las notas de la madera del whisky inundó la sala.

- Esta noche, Olaf, saldremos a matar a todos ellos. Busca a los mejores hijos y que cada uno se ocupe de aniquilar a uno de esos mercenarios. El detective hijo de perra es asunto mío.

Olaf asintió y salió de la casa. El reloj dio la media noche y ella miró de soslayo a Astaroth, que seguía de pie, impasible y sin decir palabra.

- Bien, Sophia. Aquí tienes tu noche. Cuando zanjemos esto partiremos a Argante con la familia. Y Lilith se arrepentirá de haber metido las narices donde no la llaman. Voy a cambiarme, me he puesto perdido. Ahora vengo.

Astaroth se fue hasta las escaleras y cuando lo oyó cerrar la puerta del cuarto se abalanzó hacia el escritorio. Tomó un papel y garabateo un simple mensaje. Corrió hacia el ventanal y descorrió la cortina.

No sabía si el detective seguiría allí fuera, pero debía hacer todo lo posible por alertarle.

Sin embargo, no podía salir de aquella casa.

No podía dejar a Astaroth.

Ese malnacido era la llave de Argante. Sin él nunca podría llegar hasta Lilith e intentar buscar a Christopher en las estepas.

Su respiración se agitó cuando apoyó la frente en el cristal.

Maldito Magnus... ¿Dónde estaba?

Oyó la puerta en el piso superior y sabía que Astaroth no tardaría en aparecer de nuevo en el salón.

Apoyó el papel contra el cristal, sin saber muy bien si Magnus lo estaría leyendo.

"Huye"

LA NOCHE

I

El nuevo comisario de la policía de Abery acababa de salir de la casa de Astaroth, y se agazapó tras el tronco del roble para que no le descubrieran. Volvió la vista hacia la casa y la respiración se le entrecortó cuando leyó el mensaje de la señorita Varona.

Tenía que volver al hostal y alertar a Rupert Velkar. Después tendrían que darse prisa para avisar a los enviados de Argante antes de que fuera demasiado tarde para ellos.

Corrió como un demonio por las calles desiertas de aquella ciudad de fantasmas, esquivando a los centinelas que se aseguraban de que todos los aberyanos cumplieran el toque de queda de las nueve de la noche.

Llegó al hostal empapado en un sudor frío a causa del ajetreo. Se paró frente a la puerta trasera del edificio y sacó de uno de los bolsillos del pantalón las llaves de la puerta que había robado al anciano recepcionista.

Arrastró los pies hasta la recepción y por la abertura de la puerta del cuartucho del recepcionista pudo ver que éste estaba durmiendo. Tenía el rosario de cuencas de madera aferrado entre las manos. El pobre hombre se había debido de quedar dormido mientras rezaba.

Cerró la puerta y después se dirigió hacia las escaleras.

Subió con sigilo y se paró frente a la puerta de la habitación. Rebuscó las llaves y entró cerrando la puerta

425

detrás de sí. El respirar profundo de Rupert le dio la bienvenida y se acercó a él en menos de cuatro pasos. No quería pegarle un susto de muerte así que lo zarandeó con cuidado para que se despertara.

- Le había oído entrar. – Dijo abriendo un ojo. Le sonrió y se reincorporó en la cama. - Duermo, pero a la vez no duermo. Desde que aquel moreno me despertó a golpes ya no he vuelto a dormir igual.

Max Magnus le dio la espalada y se acercó a la ventana del cuarto. No sabía por qué aquella maldita noche le parecía una calcomanía de la noche en la que la señorita Varona había dado a luz en las estepas.

- Debemos irnos. Y debemos alertar a sus compañeros. Algo va a pasar.

Rupert se detuvo a su lado y examinó la calle desierta. Las cenizas de las hogueras de aquel día de quema de brujas aún seguían suspendidas en el aire, como copos de nieve contaminados.

- Me está asustando, detective. ¿Cómo demonios sabe eso?

Max Magnus se giró hacia él.

- La señorita Varona ha sido quien me ha alertado.

- ¿Ha estado con ella?

Negó con la cabeza.

- Me ha dejado un mensaje. - Agarró la bolsa con las pocas cosas que había traído desde Lockham y comprobó que su revolver estuviese cargado con balas bañadas en agua bendita. – Salgamos de aquí. Hay que avisar al resto.

Se puso en camino cuando Rupert le agarró por el brazo y lo detuvo en seco. Se dio la vuelta para ver qué quería.

- Demasiado tarde.

- Vamos, Sophia. - Astaroth se puso la capa y le hizo un gesto con la mano para que se acercase a él. Sin embargo, ella siguió sentada en el sofá. No iba a salir esa "noche". No iba a matar a nadie esa noche. Ella no podía hacer eso.

Ella, pero ¿y esa cosa dentro de sus entrañas?

Apartó aquel pensamiento de su cabeza y se volvió hacia el fuego bajo.

- Ve tú. Yo te espero aquí.

Astaroth sonrió con aquella sonrisa seductora de siempre, y se pasó la mano por los mechones castaños que le caían sobre la frente.

- Me temo que no te puedo dejar sola. Esta noche es de los dos. - esperó con paciencia de santo a que ella le dijese algo, sin embargo, prefirió no contestarle. Se levantó a regañadientes y caminó hacia él. Avanzaron hasta el descansillo y se puso la capa.

- Espero que tengas hambre.

No contestó y empezó a caminar junto a Astaroth. Llevaban sin salir algo más de un par de semanas y agradeció poder respirar algo de aire fresco. Sin embargo, había un deje a olor a lumbre en el aire y alzó los ojos hacia el cielo. Las cenizas revoloteaban sobre los edificios de piedra como mariposas contoneándose bajo el sol de la primavera.

- Dios mío. - musitó mientras pensaba en las personas que habrían ardido en las hogueras de aquel día. - ¿Qué hemos hecho?

Se paró en seco mientras las piernas comenzaban a temblarle con timidez.

- No hemos sido nosotros, Sophia. - Astaroth se paró frente a ella. El aroma de su caro perfume consiguió camuflar por un momento el olor a carne quemada. – Han sido los enviados de Dios en la tierra los que lo han hecho. Él siempre tan misericordioso…

Astaroth volvió a ponerse en marcha y ella se situó a su lado. Parecían dos muertos vivientes andando entre las calles angostas de Abery. Estuvieron caminando un buen rato sin abrir la boca hasta que Astaroth volvió a dirigirse a ella.

- Por lo que me ha comentado el comisario Stilton, el nuevo obispo de Abery es bastante estricto. Ni siquiera él puede meter mano en los asuntos de Iglesia. Pero a mí me da lo mismo. El obispo vive de día. Yo lo hago de noche. ¿Te importa a ti?

Se volvió para mirarle a la cara. La estaba escudriñando con la mirada, y algo le dijo que estaba jugando con ella otra vez.

- ¿A qué te refieres?

Astaroth sonrió con timidez, pero se vio extremadamente atractivo bajo la luz de las antorchas de la calle.

- ¿Te importa lo que Dios haga sobre la tierra?

Pestañeó varias veces, con asombro, y apartó la mirada de Astaroth.

- Me da exactamente igual. – Contestó, aunque más bien fue la "cosa" dentro de ella la que habló. – Nunca he creído en Él. Siempre me dejó desamparada. Pero me importan las personas, Astaroth.

- Que más te darán. A esos que arden no los conoces de nada. Que paguen por sus pecados. Todos los tienen. Tú los tenías. Yo también era un pecador. Sin embargo, a nosotros nos han brindado una segunda oportunidad.

Astaroth estaba empezando a hastiarla con su conversación, y mientras la estaba hablando ni siquiera se había dado cuenta de que se acababan de detener frente a un hostal de la parte este de rio.

- ¿Tú nunca creíste, Astaroth? - le preguntó mientras alzaba la mirada hacia las ventanas del primer piso. Estaban todas a oscuras, pero sabía que el detective estaba en una de esas habitaciones. Maldita sea, ¿por qué no había huido?

Astaroth también alzó la mirada hacia el primer piso. A su lado oyó que volvía a hablarle, esta vez en un tono más suave.

- Yo sólo creo en mí.

Sophia se volvió a él y le agarró del brazo, en un vago intento por retenerle junto a ella.

-       Astaroth, deja al detective. Mata al resto. Él ha venido a por mí, pero yo no quiero ir con nadie más que contigo.

Volvió a soltarle, esperando que él la contestara. Que se creyera su mentira.

-       Ya te lo he dicho. Sólo creo en mí. No me fio de nadie.

Avanzó hacia la puerta del hostal y ella se quedó esperándolo bajo la luz de la luna.

-       Debemos irnos.

Max Magnus se apartó de la ventana y abandonó la habitación seguido de Rupert Velkar.

Maldito Astaroth. No habían tenido tiempo suficiente para poder avisar al resto. Bajaron las escaleras de dos en dos y alcanzaron la puerta trasera. Nada más salir a la calle una sombra se plantó ante ellos. Dieron un respingo y alzaron el revólver hacia aquella silueta negra.

-       Baje eso, detective. – reconoció la voz de la señorita Varona. Sonaba igual de dulce que siempre, aunque hacía muchos meses desde la última vez que la había oído. Lamentablemente, lo que le había hablado era una cosa de esas, a los que él había ido a cazar.

Bajó el revólver, aunque Rupert mantuvo el suyo en alto.

-       Detective…- le llamó. Rupert no se fiaba de ella, y él no estaba muy seguro de si también lo hacía. Sophia avanzó hacia él y se echó la capucha hacia atrás. Sus ojos azules le recibieron con angustia. Estaba más bella que nunca.

- ¿Todo bien?

Max Magnus asintió.

- Todo bien. - sabía a qué se refería ella, y pudo distinguir un destello de esperanza en sus ojos vacíos.

- Debe irse. Astaroth va a matarle. El resto de la familia ha ido a por los mercenarios de Argante. No tienen nada que hacer aquí. Abery es del señor de la noche, de Astaroth. - matizó ella. – Debe volver a su sitio. Me lo prometió.

Max Magnus negó con la cabeza.

- No debe preocuparse. Todo está bien. Pero yo debo acabar con esto.

- No puede sólo.

- Lo sé. Necesito a Steiner y a sus aliados. Algo me dice que él sigue vivo.

Sophia guardó silencio y no pudo ni siquiera imaginarse qué era lo que se le estaba pasando por la cabeza.

- No queda tiempo. Astaroth está en camino. Vaya a Argante, detective. Nos encontraremos allí.

Sophia volvió a ocultar su rostro bajo la capucha negra y desapareció de improviso.

Él se había quedado estupefacto y Rupert tuvo que acercarse a él para sacarle de su ensimismamiento.

- Debemos irnos.

Pasó a su largo y él le siguió como una sombra.

Ellos habían escapado aquella noche, pero el resto no había tenido tanta suerte.

A la mañana sus cabezas clavadas en picas a las puertas de la ciudad los vieron marchar de Abery con los primeros rayos de sol.

Aquella manzana podrida era de Astaroth.

Y Astaroth era el príncipe gusano.

PARTE IV

PERRO PULGOSO

I

- ¿Qué ha pasado?

Contempló el feto que Sophia llevaba envuelto en la toalla y la observó extrañado.

- Debes irte, Sitra. Astaroth está en camino.

Los pasos del demonio retumbaban en el corredor del piso inferior, y la miró con angustia.

- No puedo dejarla, señora.

Sophia negó con la cabeza.

- Llévate el cuerpo de tu señor. No sé si sigue con vida…. – la voz se le quebró. - No lo dejes ahí fuera tirado como un perro…

Asintió a regañadientes y se aproximó a la ventana a zancadas. Titubeó antes de saltar al vacío, sintiéndose culpable por abandonarla de aquella manera. Ella era su medio hermana, la compañera de su señor, e iba a abandonarla para dejarla a su suerte.

Distinguió en el suelo la silueta oscura de su señor y algo le revolvió las tripas. Al fin y al cabo, él era su padre, a él le debía lealtad.

Dedicó una última mirada a Sophia antes de desaparecer de su vista y de que la puerta de la habitación se abriese de improvisto.

Aterrizó en el suelo con agilidad y corrió hacia Steiner. Estaba empapado en su propia sangre oscura, con la cabeza ladeada. Se inclinó sobre él y le giró el rostro. Estaba ceniciento y sus ojos verdes cerrados a la noche.

Estaba muerto.

O al menos, casi muerto.

Lo irguió por las axilas y se lo echó a la espalda. Las rodillas se le inclinaron levemente, pero consiguió reunir las fuerzas necesarias para salir corriendo de aquella plaza adoquinada.

Cuando alcanzó las sombras de una de las calles laterales volvió la vista atrás y alzó la mirada hacia el cuarto de Sophia.

Allí estaba Astaroth.

Allí estaba para reclamar lo que era suyo.

Suspiró y volvió a ponerse en camino. Los cuatro secuaces que habían acompañado a Astaroth no debían de andar lejos y él no podía enfrentarse a ellos. Divisó un caballo atado a la columna de piedra de un edificio y se acercó a él. Dejó a Steiner sobre la silla, desató las riendas y montó.

- Amo, aguante.

Susurró antes de ponerse en camino.

No tenía ni idea de a dónde ir. No sabía qué hacer para ayudar a su amo.

Bueno sí lo sabía. Steiner debía comer. Y debía comer mucho. Sin embargo, estaba al borde del desfallecimiento y no quedaba mucho tiempo hasta la llegada del sol.

El tiempo se agotaba.

Agitó las riendas y dejó atrás ese pueblo olvidado. Tenía que encontrar cuanto antes un lugar seguro en el que

Steiner pudiese comer, y recordaba haber visto una granja cerca del camino principal, no muy lejos de donde estaban ahora.

Se dirigió hasta allí como uno de los jinetes del Apocalipsis y el caballo se desplomó en el suelo fruto del agotamiento cuando pararon frente a la casa de madera podrida.

Tomó a Steiner en brazos y empezó a caminar con paso decidió por el sendero embarrado. Se paró frente a puerta principal destartalada y pegó unos golpecitos con la punta de su bota.

Un joven de menos de treinta años se acercó hasta la puerta y le mostró su rostro alargado a través de la mosquitera rota.

- Mi amigo ha caído del caballo. Necesita cuidados con urgencia.

El joven descendió la mirada hacia Steiner. Su cabeza estaba ladeada hacia atrás y la capa negra ocultaba la sangre de su abdomen cosido a puñaladas.

Maldito bastardo. ¿Por qué tardaba tanto? Que les dejase entrar de una vez.

- Cariño, ¿ocurre algo?

Una mujer poco más joven que el granjero se paró tras su espalda. Iba en camisón y agarraba con fuerza la manta apolillada que colgaba de sus hombros.

- Este hombre necesita ayuda.

Al fin le abrió la puerta. Entró en la sala, donde el fuego crepitaba en la chimenea y dos niñas gemelas jugaban con sus muñecas sucias junto al calor de las llamas.

Las niñas pararon el juego y le dirigieron una mirada aterradora a su madre.

Esas gentes no estaban acostumbrados a los forasteros, y menos a abrir la puerta de su hogar a un par de desconocidos.

- Túmbele ahí.

El granjero señaló el sofá mugriento que había frente al fuego bajo y se apresuró a acomodar a Steiner. El hombre le colocó una almohada bajo la cabeza y después intercambió una mirada de preocupación con su esposa.

- No te quedes ahí parada sin hacer nada. Calienta un poco de agua.

La mujer salió corriendo de la sala y se perdió en la cocina.

Las niñas se acercaron a su padre a hurtadillas y se detuvieron tras su espalda.

Cuatro sanos y jóvenes humanos. Era un buen comienzo. Podía ser un comienzo para Steiner.

El granjero desabrochó la capa de Steiner y no pudo disimular su sorpresa cuando descubrió la gravedad de las heridas.

- Esto no lo ha hecho ninguna caída, señor. – le espetó mientras se erguía y agarraba a sus dos hijas por la mano. – Fuera de mi casa. No podemos ayudarles.

La mujer acaba de entrar en la sala, sosteniendo una olla de agua hirviendo entre las manos.

- No podemos irnos. Estamos hambrientos. Necesitamos recuperar fuerzas.

El rostro de Sitra se desfiguró y la mujer pegó un grito cuando vio sus colmillos. La olla se resbaló de sus manos enclenques y el agua hirviendo se extendió por todo el suelo. Las niñas aullaron cuando el agua rozó sus pies desnudos y el granjero se apuró a cogerlas en brazos.

Mientras sostenía a sus pequeñas no le quitaba ojo. Ese condenado sabía que iba a morir. Y junto a él sus dos ángeles y su esposa.

Se abalanzó sobre el hombre para evitarle más sufrimiento, y les hincó los colmillos. Mientras lo mordía el pobre hombre seguía agarrando con fuerza a las niñitas, como si ni en la muerte quisiera separarse de ellas.

Ahogó los gritos de las niñas poco después, mientras veía como la madre desaparecía en la cocina. Volvió poco después, llevando un cuchillo de matanza en la mano. Pobre ilusa. No iba a poder hacer nada contra él.

Soltó a las pequeñas, que cayeron al suelo junto a su padre. La mujer grito al verlas semi muertas y se echó sobre él. Pero antes si quiera de que pudiese herirle con el cuchillo, la agarró del pelo y le traspasó la carne con sus colmillos.

Mientras comía se dio cuenta de que Steiner empezaba a revolverse en el sofá.

La olía. Olía la sangre.

Arrastró a la mujer por los pelos y la colocó sobre su amo.

- Coma, señor. Esto es todo para usted.

Steiner ni abrió los ojos, pero sus colmillos encontraron el cuello moreno de la granjera. Sostuvo su cabeza mientras bebía con ímpetu y cuando terminó con ella, arrastró por el suelo de madera el cuerpo de las dos gemelas. Gimieron mientras las arrastraba por los brazos como si fueran sacos de patatas, pero no sintió lástima por ellas.

Steiner debía comer. No importaba el precio o el sufrimiento ocasionado.

Le ayudó a terminar de beber del cuello de las niñas escuálidas, y después le obligó a beber la sangre del granjero. Cuando terminó, había retomado algo el color y las heridas de su estómago tenían mejor aspecto. Sin embargo, no había sido alimento suficiente. Había perdido mucha sangre y estaba muy débil. Tenía que comer más.

Consultó la hora en el reloj de cuco de la pared del salón y comprobó que aún tenían tiempo suficiente como para huir de allí y comer algo más por el camino.

Volvió a tomar a Steiner en brazos y salió de la casa. Divisó una caballeriza destartalada cerca de la casa y dirigió sus pasos cansados hasta allí.

Dejó a Steiner en el suelo helado y abrió la puerta del establo. Encontró un par de caballos y decidió ensillar al que parecía más fuerte.

Acababa de sacarlo al exterior cuando un olor conocido le puso en alerta.

Giró la cabeza hacia el camino principal y en la lejanía divisó la sombra de un jinete oscuro.

- Velkar.

Farfulló. Pensó que estaba muerto después de la paliza que le había dado. Sin embargo, ahí iba el malnacido.

Sonrió con pesadez. "Mala hierba nunca muere"

Acomodó a Steiner en el caballo y después montó él.

Velkar no podía alcanzarles.

Y sólo había un lugar donde no podría dar con ellos.

Sonrió mientras ponía rumbo hacia las sombras del bosque.

II

-   ¿Amo? - le llamaron. Entreabrió los ojos y entre la tenue luz de las llamas de la hoguera vislumbró el rostro moreno de Sitra. Echó un vistazo en derredor y vio que estaban en una cueva pequeña y húmeda.

-   ¿Estoy muerto?

Sitra negó con la cabeza y se acercó a él para darle de beber de un cuenco. Saboreó la sangre de zorro y bebió con avidez hasta que no quedo ni una gota.

Volvió a recostarse con la ayuda de Sitra y cerró los ojos con lentitud. Estaba muy mareado y le dolía el abdomen, como si pequeñas crías de cuervo le estuviesen comiendo los intestinos.

Hijo de perra. Astaroth era un hijo de perra.

-   ¿Qué ha pasado? - preguntó con agotamiento, sin querer saber muy bien la respuesta. Temía lo que su fiel amigo pudiese confesarle. Temía que Sophia estuviese muerta.

-   No es momento para eso, señor.

-   Dime.

Sitra resopló.

-   No lo sé muy bien, amo. La señorita dio a luz y estaba sosteniendo a la criatura entre los brazos cuando la

dejé. Y después le vi a usted. Ella me pidió que le ayudase y…
simplemente me fui.

Sitra descendió la mirada, como un niño pequeño
que no está muy seguro de si ha hecho bien o mal.

Sin embargo, en ese mundo por el que vagaban, nada
era blanco o negro. Todo era complicado. Sus decisiones
difíciles de tomar y sus manos manchadas de sangre por cada
una que tomaban.

- Está bien, Sitra. No te atormentes por lo que
no tienes culpa. - musitó sin muchas ganas. - ¿Qué hora es?

- Faltan aún unas cuatro horas para el
anochecer. En cuanto salgamos de esta cueva le buscaré algo
más para comer.

Steiner asintió con la cabeza. Estaba colérico. Y en
aquel estado no podía hacer nada para disipar ese odio.

Todo se había vuelto en su contra.

La zorra de Lilith que no les había dado protección.

El bastardo de Velkar.

Y Astaroth.

¿Qué decir de él?

Sólo quería matarlo.

- Volvemos a Argante, Sitra.

Sitra negó con la cabeza.

- No es buena idea, señor. La duquesa quiso
matar a Sophia y al bebé. Estará esperando noticias de Velkar.
Noticias de un fracaso que él nunca le llevará. Cuando la vea,
¿qué le dirá?

Steiner sonrió.

- Llévame a Argante, Sitra.

III

La ciudad les dio la bienvenida una fría noche de bruma. El castillo de la duquesa parecía un esperpento en lo alto del cerro, sin embargo, no se dirigieron a él.

Sitra le llevó hasta un hotel de media categoría del centro y alquiló una habitación doble para los dos.

Se recostó en la cama con ayuda de Sitra y después su leal compañero salió a cazar algo para él.

Durante el viaje de regreso a Argante había comido lo suficiente como para que las heridas de su estómago se mejorasen bastante, sin embargo, seguía estando falto de fuerzas. Y antes de reunirse con Lilith quería recuperarse por completo. Física y mentalmente.

Para evitar que Lilith descubriera que ya había llegado a la ciudad, él y Sitra se registraron con otras identidades en el hotel, y cambiaron sus ropajes lujosos por otros más modestos.

Sitra llegó poco después con un bebe muerto entre los brazos. Se lo dejo a los pies de la cama y él bebió la sangre de la pobre criatura inocente hasta que no le quedo ni una gota.

Mientras comía no pudo dejar de pensar en el bebé de Sophia y de Astaroth. ¿Cómo luciría?

Él no se había atrevido a mirarle cuando lo había tenido entre las manos. Esa bola llorona y caliente...

Devolvió el cuerpo del bebé a Sitra y se tumbó en la cama.

El alba estaba a punto de sorprenderle y necesitaba descansar y recuperar fuerzas.

-    Le prepararé una pipa de opio para que le ayude a descansar.

Asintió mientras oía como Sitra volvía a alejarse de su lado.

La señora Strathan era muy aficionada a las fiestas, y al fin, estaba recuperado del todo para poder presentarse de nuevo en sociedad en una de esas veladas.

No había recibido ninguna invitación para la fiesta de esa noche, pues nadie en aquella ciudad sabía qué hacía ya casi cuatro meses que el conde Steiner había vuelto, no obstante, decidió acudir sin más.

Sitra había encargado al mejor sastre de la ciudad un traje a medida para aquella ocasión, que le sentaba como un guante. Había recuperado la belleza de antaño, las fuerzas y la seguridad perdida.

Se coló en casa de la señora Strathan cuando la fiesta ya había comenzado y de inmediato las miradas de los asistentes se posaron en él.

Unos lo recordaban de la última vez que había estado en Argante con Sophia, y el resto, eran los hijos camuflados de Lilith, que sabían quién era él de sobra.

Encontró a la señora Strathan al fondo de la pista de baile, junto a una mesa con canapés de marisco y foie de pato, hablando animosamente con un grupo de cuatro ancianas ridículamente maquilladas.

Apartó la vista de la comida y le dedicó su mejor sonrisa a la anfitriona de aquella noche.

La señora Strathan pareció sorprendida al verle y se separó del grupillo para saludarle.

- Conde Steiner. - le saludó mientras le tendía la mano. Se la tomó con delicadeza para besársela. - ¿Cuándo ha llegado? Hace como casi seis meses desde la última vez que le vi. La duquesa nos dijo que usted y su esposa habían partido de nuevo. Nuevas tierras que descubrir, dijo.

La anciana sonrió con nerviosismo.

- En efecto. Así es. Pero yo he tenido que volver por temas de negocios. Mi esposa ha preferido quedarse en casa al cuidado de nuestro hijo. – mintió. Era lo mejor que sabía hacer. Mentir y mentir.

- ¿Dónde se instalaron? ¿Cómo están ellos?

- ¡Oh! Adquirimos una espléndida propiedad más al norte. Ellos están estupendamente. ¿Cómo está usted? ¿Cómo han ido las cosas por la ciudad? – cambió de tema de inmediato. No podía seguir hablando ni de Sophia ni de ningún bebe. Le retorcía las entrañas.

- Yo no me puedo quejar. Con honestidad, para la edad que tengo, sólo sufro de algún que otro dolor de cabeza de tanto en cuanto.

- ¡Oh! Ya quisieran mujeres más jóvenes que usted estar como luce hoy. Está formidable.

La señora Strathan rio con tontería y detuvo a un camarero que sostenía una bandeja repleta de copas de champan. Agarró dos y le ofreció una a él. Siguió hablando después de dar un sorbo.

– Conde Steiner, quién me diera juventud. Su esposa es muy afortunada. La última vez que estuvo aquí dejó embelesadas a todas las jovencitas casaderas… bueno, y a las casadas también.

- Quién me diera a mí más años…

Steiner la sonrió y brindó con ella. Volvieron a beber de sus copas.

- ¡Oh, conde! Me distrae, jiji… ¿Qué me había preguntado…? ¡Ah, sí! – se acercó a él y le agarró por el brazo. Ya la tenía encandilada. – Pues por aquí las cosas como siempre. Fiestas, cenas, tés. Nada nuevo ni interesante.

Atravesaron la pista de baile y la señora Strathan le llevó hasta una salita más silenciosa, donde tomaron asiento.

- ¿Y la duquesa? No la he visto esta noche.

El rostro de la anciana se endureció y dejó su copa de champán sobre la mesita de cristal.

- Hace como unos tres meses que no la veo. Dice estar muy ocupada, algo con unos negocios en el sur, al otro lado de las montañas. Pero, sinceramente, desde que usted se fue, no volvió a ser la misma.

Steiner se hizo el sorprendido, pues sabía muy bien qué era lo que preocupaba a Lilith.

Velkar había fracasado.

Ella había fracasado.

445

-       Bueno, la duquesa y yo somos grandes amigos. Mi partida le entristecería, supongo. En cuanto a los negocios, yo también tengo alguna inversión en el sur. Y por lo que dicen los periódicos hay algunos puntos problemáticos por allí. Gracias a Dios, no tengo nada invertido en Abery, pero tal vez la duquesa sí. Y créame, no es momento para invertir en esa comarca.

La duquesa se santiguó.

-       ¡Qué horror, conde Steiner! Recemos para que lo de Abery nunca pase en Argante. La gente está loca. Yo creo en Dios, y como en Dios también creo en el Diablo. Pero lo que la Iglesia está haciendo en Abery… no tiene nombre. Anda un asesino suelto y se dedican a matar a inocentes aberyanos en vez de buscar al malhechor.

-       ¿Cree que sólo se trata de una persona?

-       Eso es lo que prefiero creer.

Steiner esbozó una sonrisa. La prensa era muy comedida cuando hablada de Abery. La gente no tenía ni idea de lo que estaba pasando realmente allí. Se lo vendían como una especie de Jack el Destripador e Inquisición a la moderna. Todo ello, gracias a las manipulaciones de la policía aberyana y de todos los vendidos a Astaroth.

-       Por lo menos las cosas están mucho más calmadas. Recemos para que sigan así. Por el bien de sus gentes.

-       Recemos.

La señora Strathan se levantó de improvisto y él la imitó.

- Conde, será mejor que volvamos a la fiesta. No me gusta dejar desamparados a mis invitados.
- Por supuesto.

La tomó por el brazo y la acompañó de nuevo a la pista de baile.

- Ha sido todo un placer volver a verle. La dejo con sus invitados. Ya le he robado bastante tiempo.
- ¡Oh, conde! Usted puede robarme todo el tiempo que quiera jiji.

Dejó a la señora Strathan en buenas manos, en concreto, en las del mismo grupo de ancianas con el que estaba cuando había llegado, y después de charlar un poco con unos y con otros, volvió al hotel.

Ya había conseguido lo que quería: hacerse de notar.

Seguro que alguno de sus hermanos ya había ido a avisar a Lilith de que él había vuelto.

De que aquel perro a punto de morir en las estepas del norte había vuelto para hincarle los colmillos.

EL RETORNO

I

No habían pasado ni dos noches desde que había ido a la fiesta de la señora Strathan cuando un emisario de Lilith llamó a la puerta de la habitación del hotel.

Sitra se encargó de recibirle y después de despacharle con celeridad, le entregó un mensaje que iba dirigido a él.

Antes de romper el sello se encendió un cigarrillo y aspiró el aroma del tabaco con placer.

- Veamos qué quiere la duquesa.

Rompió el sello y leyó la nota con rapidez. No era un mensaje ni largo ni rebuscado. Sonrió mientras dejaba el papel sobre la mesa.

- Esta noche voy a necesitar un carruaje, Sitra. Lilith quiere que vayamos a tomar una copa a un restaurante bastante concurrido del centro. Así se asegura de que tanto yo como ella no corramos peligro.

- Me parece prudente. ¿Necesita algo más?

Apagó el cigarrillo en el cenicero y se levantó de la butaca con ímpetu.

- No, de momento. Voy a darme un baño. Nos vemos luego.

Llegó al restaurante antes de la hora acordada, con intención de llegar antes que Lilith. Era un lugar agradable, con luz tenue, exquisita decoración colonial y un pianista senior tocando al fondo de la sala. Sin embargo, prefirió acomodarse en una mesa un poco apartada del resto.

- ¿Quiere tomar algo, señor?

El camarero que le había atendido era un chico de no más de diecisiete años, que portaba con elegancia una bandeja con copas de champan.

- Dos copas del mejor vino blanco que tengáis.

El chico se perdió tras el mostrador de la barra y volvió poco después con dos copas de excelente vino sureño.

Acababa de pedirle la segunda cuando Lilith apareció frente a él acompañada de un secuaz con cara de pocos amigos.

- Puedes irte. Espérame afuera.

Despachó al hombre y se sentó frente a él sin saludarle. Llevaba un elegante vestido rojo de gran calidad, que pocas mujeres en aquella ciudad podían permitirse. Sin embargo, ni sus ropajes, ni las joyas que lucía, conseguían disimular su rostro demacrado y taciturno.

Lilith pegó un sorbo al vino antes de hablarle.

- ¿Cuándo llegaste, Christopher?

- Hace casi tres meses. – se encendió un cigarrillo y el camarero se acercó a entregarles la carta. – No vamos a cenar, muchas gracias.

El chico dio media vuelta y volvió a dejarles a solas.

- Podías haber venido a verme antes.

- ¿En serio? Vaya, Lilith. No pensé que me creyeras tan iluso. ¿Acaso crees que no sé qué contraste a Velkar para que matase al bebé y a Sophia?

449

Lilith esbozó una sonrisa y cruzó las manos sobre el mantel blanco de la mesa.

- Sólo estaba siendo precavida. En caso de que Sophia se pusiera de parto antes de salir de mis tierras. Eso fue lo acordado: que ella se marcharía de aquí antes de dar a luz. Y no lo hicisteis hasta que ya fue muy tarde. No podía arriesgarme. No quiero a Astaroth merodeando por aquí por las decisiones imprudentes de otros.

- Temes a ese malnacido más de lo que pensaba, Lilith. Te creía con más coraje, y pensé que, finalmente, nos permitirías quedarnos en Argante. Pero, me equivoqué. Y tú traicionaste la confianza que te tenía.

Dio otra calada a su cigarro antes de seguir hablando. A través del humo pudo distinguir que Lilith se sentía algo incómoda con aquella conversación.

- No he venido a echarte nada en cara, Lilith. Todos tomamos decisiones complicadas en momentos extremos. Yo también lo he hecho…

- Todas ellas, complicadas o no, tienen un mismo fin: proteger nuestra especie. Subsistir en este mundo que poco a poco nos consume. – la voz de Lilith sonaba cansada, como si los problemas de los últimos meses la hubiesen vencido. - Rupert nunca volvió, Christopher. – confesó después. - Nunca supe lo que pasó en las estepas, de verdad. Hasta hace bien poco…

La examinó expectante, esperando saber de una vez por todas que había sido de Sophia y del bebé.

- Mis emisarios en Abery me han confirmado que ella y Astaroth han vuelto a la ciudad… Sin el bebé. Tan sólo ellos dos.

La respiración se le cortó de repente. Al fin sabía con certeza que Sophia estaba viva, pero ¿qué había sido del bebé? ¿Acaso habría muerto? Y entonces, ¿Por qué ella seguía con él? ¿Por qué no dejaba a Astaroth de una vez por todas?

- Deberías olvidarla para siempre. Te lo advertí. Ella ya nunca será tuya. Y ya ves, en Abery reina junto a su amante sanguinario.

- Cállate. No he venido a hablar de ella. Si no de él.

Apagó el cigarro de mala gana en el cenicero.

- ¿Mandaste a los mercenarios a Abery? ¿Qué ha pasado?

- Están limpiando las calles de los hijos impíos de Astaroth. Olaf sumió la ciudad en el caos, pero gracias al buen trabajo de nuestros enviados, las cosas vuelven a estar algo más calmadas.

- Sin embargo, Astaroth sigue vivo. ¿Qué pasa con él, Lilith? ¿Acaso no vas a matarlo?

El rostro de Lilith se endureció. Astaroth significaba para ella lo que Sophia para él. A él le jodía tener que hablar de Sophia Varona, pues bien, Lilith se jodería hablando de Theodoro Astaroth.

- Controla tu lengua. No olvides con quién estás hablando. No eres nadie para decirme qué hacer o no. La cabeza de Astaroth tiene un alto precio. Quien me lo traiga vivo será rico.

- Lilith, esos asesinos amateurs no van a traerte a Astaroth, ni vivo ni muerto. Y lo sabes. ¿Qué piensan de todo esto los patriarcas de tus clanes? ¿Te apoyan en esto? ¿O acaso no les has dicho toda la verdad? ¿Acaso no les has dicho que no te atreves a matar a Astaroth?

Las manos de Lilith temblaron con timidez alrededor de la copa y supo que había dado en el clavo.

- Ningún mortal puede acabar con él, Steiner. Y dudo que alguno de los nuestro también pueda. Él es el Primero de todos. Es más fuerte que cualquiera de nosotros. La mayoría de los nuestros le apoya. En Abery se han asentado muchos de sus hijos, pero créeme si te digo que aún quedan muchos a este lado de las montañas.

- He recorrido esas tierras al otro lado de la frontera durante decenios, Lilith. Y créeme, si yo también te digo que, muchos apoyan a Astaroth, pero que otros no simpatizan con su política. Nuestra especie se muere. Nos estamos extinguiendo. Y Astaroth, a pesar de lo que él crea, no está haciendo ningún bien a nuestra raza. Nos pone en peligro a todos mostrándose ante los humanos, asesinándolos en masas solo por tener el estómago repleto. Lo de Abery, es sólo el comienzo de lo que ha creado. La plebe se ha vuelto loca, nuestros hermanos se han descontrolado. Es el comienzo del Apocalipsis. Y todos tenemos las de perder. Los humanos y los pocos vampiros que quedamos. No quiero acabar con una estaca en el corazón, Lilith. Como tú tampoco, ni nadie, lo quiere.

Las mejillas de Lilith se sonrojaron por la cólera. La estaba poniendo al límite, lo sabía, pero necesitaba que ella comprendiera que Astaroth era un peligro.

- Tú sola no puedes vencerle. Yo sólo tampoco puedo. Ninguno de los hermanos puede. Pero si nos unimos, podemos acabar con él. Juntos Lilith, podemos quitarlo de en medio de una vez por todas.

Lilith resopló. Se veía cada vez más abatida y se dio cuenta de que era la primera vez que la veía así.

- No es tan fácil, Christopher. He tenido esta misma discusión con los patriarcas de mi familia decenas de veces, desde que la forma de actuar de Astaroth comenzó a dar problemas, hace ya mucho tiempo atrás. Antes incluso de que tu existieras como lo eres ahora, intentamos acabar con él en varias ocasiones. Y siempre obtuvimos el mismo resultado de derrota. Mis manos se mancharon con la sangre de mis hijos en cada una de ellas. Si no nos aniquilaban los hijos de Astaroth, entonces era la plebe humana la que nos atravesaba el corazón con estacas, o la Iglesia nos quemaba en hogueras. Cuando ya no quedábamos más que unos pocos, me dije que no volvería a perder a ninguno más. Hemos vivido a este lado de las montañas durante siglos, en armonía, y los patriarcas así quieren que siga. Astaroth hace y deshace al otro lado, y nosotros lo hacemos a este. Nadie ya se acuerda de que existimos.

- Hablas de la historia de tu familia a lo largo de los siglos, Lilith, y ni siquiera te paras a pensar que ya no estamos en la Edad de Piedra. Hace mucho tiempo erais una gran familia, ahora no quedamos más que unos pocos. Y dentro de poco, cuando la peste de Abery se extienda por todo el país y traspase fronteras, no quedaremos ninguno.

Lilith descendió la cabeza. Sabía que él tenía razón. El fanatismo de Astaroth y sus hijos imprudentes, que se enaltecían ante sus promesas de tiempos mejores para una raza superior a la humana, los estaban matando de hambre.

- Los tiempos modernos son complicados, Steiner, y los clanes no quieren problemas. – había vuelto a ascender la mirada hacía él. - Los patriarcas ya han perdido a muchos miembros de sus clanes, y hace tiempo que es muy costoso hablar con ellos en lo referente a otro ataque contra Astaroth. ¿Qué crees que fue lo que me dijeron cuando les expliqué lo que estaba aconteciendo en Abery? "Manda a los mercenarios" fue lo que contestaron. Ellos no quieren traspasar las montañas. Saben que, si lo hacen, lo más probable es que nunca más vuelvan – Lilith resopló lánguidamente y se terminó el vino de un trago. Llamó al camarero para que le sirviese otra copa. – Eres joven, Steiner. Esos vampiros han visto pasar siglos ante sus ojos, como yo también lo he hecho. Y parece que fue ayer cuando Astaroth me convirtió. No éramos más que una pequeña familia de Lucifer sobre la tierra. Y en pocos lustros dimos la bienvenida a numerosos hermanos. Los tiempos eran complicados por entonces, Christopher, y la gente superchera y religiosa no nos dejaba tranquilos. Éramos bestias a las que cazar. Y Astaroth no tuvo piedad con todos ellos. Mis ojos vieron cosas horribles que no deseo volver a ver. Le abandoné, aterrada ante lo que se había convertido. Y sé, que Astaroth es una amenaza para los pocos que quedamos. Pero no puedo

454

convencer a los patriarcas. Lo he intentado, pero no puedo, y no tengo fuerzas para seguir rogando.

Christopher se encendió otro cigarrillo y se pidió otra copa, esta vez de whisky.

- Déjame hablar con ellos, Lilith. Conozco a alguno de los hijos más jóvenes, y creo que, a pesar de las reticencias de sus amos, ellos tal vez accedan a apoyarnos. Podemos intentarlo una última vez, Lilith. No tenemos nada que perder.

Lilith le sonrió con lástima.

- ¿Y qué será de Sophia mientras te dedicas a vagar por el otro lado de las montañas en búsqueda de aliados, Steiner? ¿Te olvidarás de ella? No puedes tener la cabeza en dos cosas a la vez.

Christopher asintió con la cabeza.

- Lo sé, pero ese es asunto mío.

Lilith se levantó de la silla y le contempló con lástima antes de hablar por última vez.

- Marcha al otro lado de las montañas, Steiner, y consigue tu ejército de vampiros. Yo haré lo propio con los míos a este lado. Haré todo lo que pueda, pero no prometo nada.

Lilith se perdió entre las mesas hasta salir del local, dejándole a solas con su mala conciencia.

II

El viaje había sido más arduo de lo que había esperado, tal vez, porque los recuerdos de Sophia y de su mala dicha, eran una compañía demasiado pesada.

Sitra cabalgaba a su lado, pero su rostro taciturno y su mente llena de dudas, no le causaban algo más de alivio.

La vida era un camino desconocido, del que parecía salirse continuamente.

Desde que había conocido a Sophia sus pasos habían sido desconcertantes, alejados de la seguridad que siempre los había guiado.

No obstante, en aquel momento, sus pasos seguían una senda fija, de la que no pensaba salirse. Y el odio guiaba sus pasos. Un odio que incrementaba a medida que avanzaba más hacia el sur.

Las hogueras ardían en cada pueblucho. La peste de Abery se había extendido, y aquellas gentes supercheras, acechadas por el Mal y los sermones enaltecidos de los sacerdotes, se estaban dejando arrastrar por los actos más deleznables.

¿Qué habían hecho?

Se preguntó mientras miraba los restos de una piara consumida, donde el cuerpo de un hombre carbonizado estaba enroscado sobre las cenizas.

Pasaron de largo mientras un nudo se le hacía en la garganta.

- ¿Cree que realmente esos mercenarios limpiarán Abery? – le preguntó a Sitra con voz pesada.

-     La calma temporal en Abery no puede ser gratuita, eso es lo que pienso.

Steiner observó a Sitra con seriedad. Ambos estaban pensando lo mismo, pero era demasiado terrorífico como para decirlo en voz alta.

-     Astaroth está tramando algo, Sitra. Y algo me dice que dentro de poco todos esos mercenarios amanecerán muertos.

Se detuvieron de improvisto ante un palacete de piedra, de dos pisos de altura y rodeado de frondosos castaños. El sendero que conducía a la puerta principal atravesaba un jardín cuidado de hierba helada.

-     Amo. -le llamó Sitra. Acababan de llegar a la casa de uno de los patriarcas de la familia de Lilith, asentada al otro lado de las montañas– Es aquí.

Sitra extrajo un papel con anotaciones del bolsillo interior de su capa negra, y lo ojeó antes de volver a hablar.

-     Hogar del clan del patriarca Glencoe, señor.

Sitra volvió a guardar el papel con anotaciones que habían estado preparando antes de partir. Era un listado con los nombres y direcciones de algunos de los hermanos que no simpatizaban con Astaroth, y con los que él había intercambiado impresiones a lo largo de los años.

Sin embargo, desde la noche sangrienta en el valle de Grotto, en la que muchos de los hermanos habían huido despavoridos, mucho se temía que no encontraría a muchos de ellos en sus casas.

Sitra llamó a la puerta con los nudillos y esperaron con paciencia a que les abrieran.

Una niña de cabellos rubios con tirabuzones se presentó ante ellos.

- Buenas noches, conde Steiner. Soy Veronika. Mi amo os espera. Os vio llegar desde la ventana de su cuarto.

Christopher pasó al lado de la niña. Se veía muy pequeña. Lo más probable era que no hubiese pasado de los trece años cuando Glencoe la convirtió.

- ¿Dónde están el resto de tus hermanos?

La niña empezó a deslizarse por el suelo, rumbo a las escaleras, y él la siguió en sigilo. Sitra se quedó esperando en el vestíbulo.

La casa estaba a oscuras, por la excepción de algunos candelabros sobre alguna que otra cómoda de madera maciza, que iluminaban lo justo en aquella casona de telarañas y recuerdos.

- Huyeron después de que mi padre les relatase lo acontecido en Grotto. Al menos, él salió vivo de allí. Pero no temáis, sabemos dónde se esconden mis otros seis hermanos.

Acababan de alcanzar el primer piso y se habían parado frente a la puerta de una habitación.

- Mi amo os espera dentro.

La niña desapareció entre las sombras del pasillo y él giró el pomo con delicadeza.

La luz sutil del cuarto le dio la bienvenida con gentileza, y sentado en una butaca frente a la chimenea, encontró al señor Glencoe. Lo recordaba de ocasiones anteriores, aunque sus caminos no se habían cruzado muchas veces.

Glencoe volvió la cabeza hacia él y descubrió con pesar que no tenía muy buen aspecto. Se veía desnutrido.

- Steiner. El último vástago vivo del malnacido de Olaf. ¿Qué te trae por aquí? Tu padre rumia más al sur, mientras le chupa la polla a tu abuelo. ¿No?

Le hizo un gesto para que se sentara en una butaca a su lado. Se quitó la capa antes de tomar asiento y la dejó sobre la cama.

- Eso me han dicho. Que Hugo Olaf sigue en Abery, y que Astaroth ha vuelto de nuevo.

Glencoe asintió con la cabeza y cruzó los dedos sobre su prominente barriga. Era un vampiro antiguo, de unos cincuenta y pico años mortales, que en su vida pasada se había dedicado a violar a niñas y a descuartizarlas.

- Llegaron rumores de que Astaroth te había seguido hasta el otro lado de las montañas. Deseoso de recuperar a su compañera y a su hijo. Un vamphyr ni más ni menos.

- El bebé murió.

- Eso se dice. Que volvieron a Abery sin ningún bebé. Sus hijos han teñido la hermosa Abery de rojo, como ya lo hicieron en Grotto. ¿A qué has venido?

Steiner se encendió un cigarrillo y dio un par de caladas antes de hablar. Había empezado a llover con fuerza y las gotas de agua golpeaban el cristal de la ventana con fuerza.

- Quiero matar a Astaroth y necesito la ayuda de tu clan y de otros con los que puedas ponerme en contacto. Hay que detenerle de una vez por todas.

-   ¿Y qué te hace pensar que voy a poner en peligro a mis hijos y a los de otros patriarcas?

-   Tu aspecto responde a esa pregunta por ti. Ya ni puedes salir a cazar sin que la gente te persiga, ni puedes vivir con tus hijos bajo el mismo techo. Estamos condenados a desaparecer. Y tú no quieres eso.

Glencoe negó con la cabeza.

-   No, no lo quiero.

NOCHE DE CACERIA

I

Habían abandonado Abery después de matar a todos los mercenarios de Argante, y Olaf volvía a quedarse al cargo de la ciudad. Sin embargo, alguien había sido muy escurridizo aquella noche. Y si Sophia Varona pensaba que él era estúpido, estaba muy equivocada. Sabía de sobra que ella había alertado al detective para que huyera antes de que él pudiese encontrarle.

Aun así, prefirió hacerse el sueco. Su relación había mejorado y no quería estropearlo otra vez. Ya volvería a encontrarse con Max Magnus. Y cuando lo hiciera lo mataría de una vez por todas. Existían unos lazos de afecto muy extraños entre Magnus y Sophia, que habían surgido cuando ella aún era mortal, pero que lamentablemente, en esa nueva vida bajo la luna, no podía conservar.

Acababan de llegar al paso de las montañas. Al otro lado, comenzaban las lindes del reino de Lilith. Bajó del coche para estirar las piernas. El viaje había sido largo y estaba hambriento. Sus hijos marchaban tras él, una pequeña horda de vampiros, deseosos de vengarse de aquella furcia que había mandado aniquilarlos en Abery.

Sophia se paró a su lado a observar las montañas nevadas. Sabía que ella deseaba incluso más que él vengarse de Lilith. Tenían que matarla, pero él no sabía si sería capaz de hacerlo.

Había sido su hija predilecta, como Olaf, entre los varones, había sido el favorito. Y Steiner, el favorito de Olaf.

La había tenido gran estima, sin embargo, al igual que Steiner, resultó ser bastante problemática, y a pesar del amor que ella le profesaba, terminó por abandonarle. A lo largo de las centurias incluso había intentado acabar con él, sin éxito. Pero ella nunca se había personado, siempre había preferido mandar a sus hijos.

¿Seguiría igual de hermosa que cuando la convirtió?

Cerró los ojos con intención de poder rememorar las facciones de su rostro, pero sólo le vino una imagen vaga de cabellos oscuros.

No. No era capaz de acordarse del rostro jovial de aquella campesina fornicadora, a la que iban a ahorcar por haberse quedado encinta sin estar casada.

Volvió a abrir los ojos y descubrió con sorpresa que Sophia se había plantado frente a él.

-       Oban no queda lejos, allí podremos descansar y alimentarnos. Será mejor que no perdamos tiempo. El sol no tardará en salir.

Sophia caminó de nuevo hacia el coche y él siguió sus pasos.

En un par de horas habrían llegado a Oban y al fin podría saciar su apetito.

Se habían dado un festín.

Ni siquiera sabía a cuántas personas había matado. Astaroth la arrastraba a esos callejones mugrientos y simplemente la incitaba a comer. A beber sangre de unos y de otros. Cuanta más sangre mejor. Mas bella y fuerte se vería.

Sin embargo, el reflejo del espejo le devolvía la imagen de un despojo de la sociedad, hermoso, pero despojo, al fin y al cabo.

Rememoraba las palabras de Christopher, que siempre le había hablado de equidad y compasión. Y entonces se daba cuenta de que esos consejos no servían para ella. La influencia de Astaroth, su ímpetu, le arrastraba a un pozo sin fondo.

- ¿Estás bien? – Acababan de tomar asiento frente a una mesa redonda de aquel club de cabaret. Astaroth se había empeñado en ir a algún sitio de esos antes de volver al hostal, y ella había tenido que ir con él. No la dejaba a solas ni un momento, y si lo hacía, siempre había alguien vigilándola. Ese malnacido no la dejaba ni respirar a gusto.

- Estoy preocupada, eso es todo. – Una camarera bastante exuberante de cabello rubio y piel tostada se acercó a ellos para preguntarles si querían tomar algo.

- Una botella de champan y una cajetilla de cigarrillos. Le tendió unas monedas y le dijo que se quedara con el cambio. Mientras la mujer se iba, se dio cuenta de la mirada que Astaroth le había echado, y sin saber por qué, sintió algo de celos. ¿Acaso era estúpida?

- Tu eres mucho más hermosa, querida Sophia. No debes envidiar a ninguna mujer.

Giró la cabeza hacia ella y le sonrió seductoramente. Ignoró el piropo y Astaroth volvió la vista hacia el escenario que había frente a ellos. La banda acababa de empezar a tocar y cinco bailarinas habían salido al escenario. Se veían ridículas con aquellos vestidos coloridos que llevaban, enseñando casi los pechos y las pantorrillas.

- Esto es una basura. No pensé que te gustaban esta clase de espectáculos frívolos.

- No, no son mis favoritos. Pero acabamos de matar a cinco personas, Sophia. No nos vendrá mal tomar algo antes de volver al hotel.

Sophia le fulminó con la mirada y se levantó del asiento de un brinco. Cómo si no supiera lo que acababa de hacer. No necesitaba que le torturase de aquella manera.

- ¿A dónde vas?

- Al baño.

Astaroth hizo un gesto con la mano a un vampiro que se había sentado en una mesa próxima a la de ellos. El hombre se plantó a su lado.

- Ya puedes ir.

Sophia le dio la espalada y se dirigió al baño a trompicones.

- Le espero aquí, mi señora.

Cerró la puerta de un golpe y se dirigió al excusado. Odiaba a Astaroth.

Deseaba más que nunca dejarle de una vez por todas, pero aún no podía hacerlo.

Lo necesitaba para poder llegar hasta Argante. Pero, cuando acabasen con Lilith, estaba decidida a buscar la forma de librarse de él. Y entonces, sería libre para volver a las estepas y poder averiguar lo que había sido de Christopher Steiner.

Salió del excusado y se refrescó la cara en el lavabo. Se observó en el espejo con pesar y sintió lástima de sí misma. Su vida era una porquería.

Sin su hija y sin Christopher, no tenía sentido.

Reprimió las lágrimas cuando la puerta del baño se abrió de improvisto. Una mujer de pelo color zanahoria, entrada en carnes y algo borracha, pasó a su lado y ella salió de allí.

- Señora, le acompaño con el amo.

Pasó al lado de aquel imbécil y dirigió de nuevo sus pasos hacia la mesa.

Sin embargo, alguien en la barra que había a su izquierda, llamó su atención. Era alguien a quien conocía. Alguien al que habían pagado para matarla.

Se paró en seco, preguntándose qué estaba haciendo allí.

¿Acaso Lilith la seguía buscando?

¿O su presencia en ese antro no era más que una simple coincidencia?

- Mi señora, ¿Se encuentra bien?

Asintió con la cabeza y volvió a su sitio.

Aquel bastardo no podía verla.

II

Habían huido de Abery como forajidos con los primeros rayos del amanecer y dejando tras si las cabezas clavadas en picas de los mercenarios enviados por Lilith.

Aquel demonio era muy astuto. Un gran jugador que siempre guardaba un as en la manga. Sus ánimos estaban por los suelos. Se había ido de Lockham, abandonando a Hopkins y a Heulyn, para fracasar de nuevo.

Aquel sendero que había decidido seguir le estaba llevando hacia la boca del infierno, y él seguía caminando hacía allí, como si esperase encontrar la solución a sus problemas a las puertas de la ciudad de fuego.

Antes de llegar allí, habían decidido hacer una parada en Oban. Al ser una de las ciudades más grandes al otro lado de la frontera, aquella era una de las pocas oportunidades que tenía de ir a una oficina postal y enviar una carta a Hopkins de una vez por todas.

Conocía al chico de sobra, y sabía que a esas alturas estaría bastante preocupado por él. Desde que se habían separado en Lockham no se había puesto en contacto con él ni una vez, y de eso hacía ya un tiempo.

Velkar se acercó a su cama y tiró de mala gana la bolsa de ropa sobre ella. Aquella era una posada de mala muerte, y de sobra sabía que no podría dormir bien en aquel colchón apestoso saturado de chinches.

- No veo qué necesidad hay de tener que parar en esta mierda de sitios.

-   Tenemos que ser cuidadosos. A mí no me importa si quieres irte a dormir a otro lado. Pero yo me quedo aquí. – Dejó su bolsa sobre su cama y caminó hacia la ventana. La calle estaba bastante concurrida a aquellas horas de la noche. Era joven y los desgraciados necesitaban entregarse a ella. Mientras veía caminar con pasos inseguros a los borrachos y observaba el movimiento sensual de caderas de las prostitutas, se preguntó quién de ellos no viviría para ver otro sol. Astaroth no andaba lejos. Su sexto sentido le había puesto alerta.

Arrastró la silla del escritorio que había al fondo de la habitación por el suelo apolillado, y la situó frente la ventana. Se sentó frente al cristal sucio y se encendió un cigarrillo.

-   Yo hago el primer turno, Velkar. Le despierto cuando le toque.

Velkar asintió mientras se soltaba la coleta y dejaba su melena suelta. Parecía un pirata con aquellas pintajas.

-   Está bien. Buenas noches.

La noche transcurrió sin sobresaltos y a la mañana Velkar se fue a dar una vuelta por la ciudad. Él aprovechó para escribir la carta a Hopkins y dirigirse a la oficina postal más cercana.

Dejó la carta en manos de un hombre ya entrado en años que atendía tras el mostrador de la oficina de forma amable, y volvió sobre sus pasos, de vuelta a la posada.

Aprovechó el resto del día para rezar alguna que otra oración y bañar balas en agua bendita. Limpió su revólver,

467

hasta que se vio lustroso, y después aprovechó para echar una cabezadita.

Aquella noche quería salir a dar una vuelta y necesitaba estar despejado.

Desde que se había encontrado con Max Magnus en Lockham, y, sobre todo, desde que Hopkins había desaparecido de la noche a la mañana, supo que el detective le estaba ocultando algo. Y era por eso por lo que había accedido en acompañarle hasta el norte, a cazar a esas cosas endiabladas.

Desde que habían dejado la ciudad sureña, Max Magnus no había hecho nada extraño que le hubiera llamado la atención. Ni siquiera cuando se habían encontrado con la señorita Varona en Abery, el detective dijo una palabra fuera de lugar.

Sin embargo, esa mañana, y sin saber por qué, una corazonada le dijo que siguiera al detective, de la misma manera que le había pasado cuando perseguía a Steiner y a Sitra por las estepas.

Así pues, le vio entrar en aquella oficina postal y le vio entregar una carta al anciano de piel amarilla que atendía servicialmente a los clientes tras el mostrador de mármol rojizo.

Esperó con paciencia de Santo a la hora del almuerzo, cuando los tres empleados de la oficina salieron a comer. Aquel viejo fue el último en hacerlo, y cuando estaba a punto de salir por la puerta y de cerrarla con llave, se colocó con sigilo tras su espalda.

-   Entre, buen hombre. – El viejo dio un respingo al sentir la boca fría de un arma en sus riñones, y se apresuró en volver al interior de la oficina. – Cierre la puerta con llave.

El anciano obedeció con cara de preocupación y cuando se volvió hacia él, contempló sin inmutarse su rostro descompuesto.

-   Buen hombre. No vengo a hacerle daño. No vengo ni a robar ni nada de eso. Lo único que quiero es recuperar una carta que le han traído hace un par de horas. ¿Me podría indicar dónde puedo encontrarla?

El anciano titubeó antes de hablar con voz fina.

-   Las dejamos todas en esa caja de allí. – señaló una caja de medio tamaño que había en un aparador tras el mostrador.

-   Gracias. Espere aquí sin hacer nada raro si no quiere que le vuele los sesos.

El hombre vaciló antes de asentir, convencido de que aquel rufián le dispararía una vez que encontrase lo que andaba buscando. Sin embargo, estaba equivocado, no iba a matarle. No quería llamar la atención. Y sabía que ese viejo no diría una palabra a nadie de lo que había pasado si se iba de allí sin hacerle daño.

-   ¡Voilá!

Acababa de encontrar lo que quería y los ojos le hicieron chiribitas.

Sacó la carta del montón, como el que acaba de encontrar un tesoro oculto, y la besó antes de abrirla.

La leyó con avidez y una sonrisa se plasmó en su rostro mientras la guardaba a buen recaudo en el bolsillo interior de su capa.

- Esto hay que celebrarlo. Me merezco un par de copas. Muchas gracias, buen samaritano.

Pasó de largo, poniendo rumbo fijo hacia los burdeles y los tugurios de cabaret.

- ¿Qué te ocurre?

Sophia se volvió para mirarlo. La estaba estudiando con cautela, sabiendo que ella le estaba ocultando algo. Era incapaz de mostrarse serena sabiendo que aquel malnacido se estaba emborrachando muy cerca de donde ellos estaban. Con suerte, caería rendido por culpa del alcohol y ni la vería. Sin suerte, mejor ni lo pensaba.

- Quiero irme al hostal. Estoy cansada.

Astaroth asintió con la cabeza y antes de levantarse se terminó la copa de champan de un trago.

- Vamos pues.

Se colocó detrás de Astaroth, en un vago intento de que su espalda ancha la ocultase de miradas indeseables.

Acababan de dejar la barra atrás cuando sintió que ese hombre la estaba mirando.

Se giró para verlo.

Sus ojos negros chispeaban, y mientras alzaba la copa para brindar al aire, le dedicó una sonrisa torcida que no le gustó un ápice.

Maldito Velkar.

Lo daba por muerto, pero como se solía decir, "mala hierba nunca muere"

II

- Ya hemos llegado. – Anunció Sitra.

Christopher asintió con la cabeza y Sitra espoleó su caballo. Pasó de largo y se plantó frente a ellos.

Glencoe y Veronika viajaban a su lado, en un espléndido corcel negro azabache. Llevaban meses sin parar. Viajando de un lugar a otro para reunirse con los diferentes patriarcas de aquel lado de las montañas. Habían discutido con la mayoría hasta altas horas de la madrugada, sin poder convencerles de unir fuerzas contra Astaroth. Todos le temían. Él era el líder, el primero de Todos, padre al fin y al cabo de todos ellos.

Sin embargo, cuando se enteraron de que todos los mercenarios enviados por Lilith habían sido asesinados y que Astaroth marchaba con decenas de sus hijos a Argante, la mayoría cambió de opinión y muchos decidieron viajar hasta Argante, decididos a apoyar a la duquesa. La única que en aquel momento se atrevía a plantarle cara.

- Va a correr mucha sangre, Steiner. Y me temo que mucha va a ser la nuestra. – Glencoe estaba preocupado y mientras hablaba miraba con pesar a Veronika, que iba apoyada sobre su pecho. – Nos superan en número Steiner. Siempre lo han hecho.

- Esperemos que Lilith haya podido convencer a los suyos.

471

Glencoe suspiró con pesar y cabalgaron en silencio hasta detenerse en una posada de un pueblo a las afueras de Oban. Llevaban días viajando sin descanso y necesitan recuperar fuerzas. Oban era una ciudad grande, donde podrían comer con tranquilidad.

Pagó por una habitación doble para Sitra y para él, y Glencoe por una habitación con dos camas individuales para él y Veronika.

Por lo que le había contado, Veronika era la primera de sus hijas. Hacía como trescientos años que la había convertido, y era su preferida. Veronika amaba a Glencoe de una forma ciega, pero a la vista de los humanos esa relación no era ética y se cuidaban mucho de guardar las apariencias.

- Le dejo, amo. - Sitra se despidió y él se echó a dormir cuando ya el sol asomaba por las montañas.

Se despertó de nuevo con la llegada de la luna y decidió acercarse hasta Oban para dar una vuelta por los suburbios. Estaba hambriento y no tardó en encontrar lo que andaba buscando.

A las puertas de un burdel de baja categoría había una mujer madura, que no dejaba de toser. La maldita tuberculosis le estaba consumiendo los pulmones.

Se acercó hasta ella mientras rebuscaba unas monedas en el bolsillo del su pantalón. La mujer alzó la vista hacia él, mientras se arreglaba la melena ondulada rojiza. Sus ojos verdes brillaban por culpa de la fiebre, y perlas de sudor en sus mejillas sonrojadas resplandecían bajo la luz de la lámpara de aceite. Era una mujer muy hermosa, que la muerte había escogido para llevarla a su reino.

- Tengo un cuarto arriba.

Steiner asintió mientras la boca se le hacía agua. Llevaba como unas cuatro semanas sin probar bocado. Siguió a la prostituta por las estrechas escaleras hasta que llegaron al segundo piso de aquel edificio mugroso con olor a sexo.

Entraron en un cuartucho con un ventanuco al fondo, que no tenía cristal y por el que se colaba la brisa del viento. Había un catre pulgoso apoyado contra la pared de la izquierda, y en una mesa al otro lado de la habitación divisó los restos de una cebolla cocida sobre una hoja de papel de periódico.

La mujer se arrodilló a sus pies y alargó las manos hasta su cinturón. La detuvo antes de que siguiera.

- No.

Distinguió un ápice de confusión en su rostro ovalado.

- Túmbate boca arriba en la cama.

Ella asintió e hizo caso de inmediato.

- ¿Quiere que me levante la falda?

Steiner negó con la cabeza.

- No quiero que hagas nada de eso.

Se sentó a su lado y acercó la mano hasta su cuello. Sintió una punzada en las encías y un leve picor en los ojos. Allí estaba él, hambriento de sangre.

Ella tragó saliva. Pero no gritó. Tal vez era mejor morir de aquella manera que consumida por la enfermedad.

Al fin y al cabo, iba a morir de todas formas.

Paró a tomar un trago en un club para hombres de la parte más noble de la ciudad. Leyó el periódico y se fumó una cajetilla de cigarrillos. Cuando se aburrió decidió volver a la posada.

Alguna que otra mujer se acercó a él vendiendo sus caros servicios, pero las ignoró por completo.

Oban era una ciudad asquerosa, pensó, mientras doblaba la esquina y volvía a perderse en los suburbios.

Todavía tenía hambre, y aún tenía tiempo de comer algo más antes de volver a la posada.

Aquella calle estaba abarrotada de hostales mugrientos, y al fondo, dos hombres se estaban acercando a la entrada de uno de ellos.

Se paró en seco y los examinó de arriba abajo.

Realmente, el mundo era un pañuelo. Pensó, mientras memorizaba el nombre de la calle y de la posada.

\- Vamos a quedarnos unos días más aquí. - Anunció con voz firme. Glencoe le miró por el rabillo del ojo, pero no dijo ni una palabra. Sin embargo, Veronika, si abrió la boca para decir lo que pensaba. Era una adulta atrapada en un cuerpo de niña, pero una adulta bastante infantil.

\- No me gusta esa ciudad. Huele a perros. Ya hemos comido suficiente. ¿Por qué quieres quedarte más tiempo, conde Steiner?

Sonrió mientras se giraba para responder a Veronika.

\- He visto a un amigo por aquí. A un amigo que hace unos cuantos meses que no veo.

\- Pues vete a verle y vayámonos de aquí.

Glencoe lanzó una risita mientas alargaba la mano para acariciar los tirabuzones de Veronika.

- Me temo que es un amigo muy especial, Veronika. Steiner necesita tiempo para encontrar el momento oportuno para reunirse con él. ¿Por qué no bajas un rato al salón y dejas que el conde Steiner y yo hablemos en privado?

Veronika bufó mientras se alejaba de Glencoe de mala gana. Sitra cerró la puerta tras ella e intercambió una mirada cómplice con él.

- ¿Quién es su amigo?

Christopher se encendió un cigarrillo antes de contestar. No le ofreció ninguno a Glencoe, pues no fumaba.

- ¿Se acuerda del detective lockhamio del que le hablé?

Glencoe asintió y Sitra se acercó a ellos.

- Pues está aquí, acompañado del hombre que la duquesa Lilith contrató para matar a Sophia Varona y al bebé.

Glencoe asintió con la cabeza.

- Sophia Astaroth, querrá decir. – le corrigió. Lanzó una bocanada de humo e hizo caso omiso de aquella sutil aclaración. - ¿Qué hacen juntos? Qué extraño…

Christopher asintió.

- Es lo que quiero averiguar antes de partir hacia Argante.

- Lo entiendo perfectamente, Steiner. Nos quedaremos el tiempo que considere. Pero sea cauto.

Asintió y se puso en pie. Le tendió un papel a Sitra con la dirección de la posada.

- Serás mis ojos de día.

El hombre asintió y se fue de la habitación, cerrando la puerta tras él con sigilo.

- Si fueras humano te diría que rezaras, amigo. Tengo un mal presentimiento.

Christopher se volvió hacia él y dio una calada al cigarrillo.

- Rezaría si Dios fuera ayudarme, aun siendo lo que soy, pero nunca lo ha hecho.

III

La posada donde se alojaban Max Magnus y Velkar era un tugurio de mala muerte y pudo colarse entre los borrachos sin llamar mucho la atención. Llamó a la puerta de la habitación con los nudillos, pero nadie le contestó, así que decidió entrar a echar una ojeada. Consiguió abrir la puerta con una ganzúa sin armar mucho alboroto y examinó el cuarto de arriba abajo sin encontrar nada de interés. Volvió a salir a la calle y decidió esperar hasta que ellos volviesen.

Se camufló entre los borrachos y las prostitutas de una de las bocacalles más cercanas y no paso mucho tiempo hasta que vio al detective acercarse al edificio desde el fondo de la calle.

Se sorprendió al verlo sólo, y consideró que era mejor esperar a que Velkar llegase antes de marchar a ningún lado.

Maldito cabrón.

Ya lo agarraría de nuevo. Y esta vez no iba a ser tan afortunado como la última.

La luna resplandecía en el cielo despejado y el vaho se le escapaba de la boca a cada respiración. Hacía mucho frío aquella noche, pero las prostitutas seguían enseñando su piel amoratada a los borrachos descamisados.

Divisó a Sitra en una bocacalle y se acercó a él a trancos. Su leal amigo no se sorprendió al verle llegar.

- ¿Algo?

Sitra negó con la cabeza.

- Max Magnus llegó sobre el medio día y no ha vuelto a salir. Pero Velkar no ha aparecido en todo el día.

- Bueno, ahí llega ese desgraciado.

DESPEDIDA

I

Llamó con los nudillos a la puerta de la habitación y esperó a que le abrieran.

- No sé ni qué hora es, detective. Perdóneme. – le saludó.

Max Magnus le dejó entrar de mala gana. Llevaba todo el día y casi toda la noche sin saber de él, y aunque no era muy dado a preocuparse por malhechores, ese malhechor le provocaba dolores de cabeza.

Prefería tener a Rupert bajo control antes de que anduviese a sus anchas por ahí, haciendo a saber qué.

- Espero no haberle despertado.

Se tiró en la cama como un niño pequeño. Se le veía más risueño de lo habitual, considerando su estado apático y silencioso de costumbre.

- Estaba de guardia. Supongo que ahora ya puedo acostarme un rato. Es su turno, Velkar, así que no se acomode demasiado.

Se reincorporó de mala gana y se dirigió a la ventana.

- Vaya a dormir, detective. Nadie le va a morder el cuello ahora.

Max Magnus obvió su comentario, aunque desde luego no le había hecho mucha gracia.

Mientras lo veía acostarse en la cama no pudo reprimir una sonrisita. Aquel policía que le había metido entre rejas no tenía ni idea de lo que se le venía encima.

Esperaría a que se quedase dormido para recoger sus cosas e ir a hacer una visita a una persona muy especial.

Llevaban ya un rato en el hostal y faltaba poco para el alba. Sin embargo, Astaroth aún no tenía ganas de echarse a dormir.

Se sirvió una copa del minibar y se sentaron junto al fugo de la chimenea.

\- Mañana nos pondremos de nuevo en camino. Ya he dado orden al resto para que se prepare.

Sophia asintió a regañadientes. No estaba de humor para conversaciones de ese tipo ni de ningún otro. Sólo quería que Astaroth cerrase la boca de una vez y que anocheciera para poder irse de Oban y dejar a Velkar en esa asquerosa ciudad.

\- Me voy a acostar. Estoy cansada.

Se levantó del sillón de tela aterciopelada y se estaba dirigiendo hacia la cama cuando alguien llamó a la puerta del cuarto con los nudillos.

Se giró con nerviosismo, preguntándose quién demonios sería. Astaroth iba a levantarse a abrir cuando alguien deslizó un sobre cerrado por la rendija.

Miró a Astaroth con angustia mientras éste se acercaba a recogerlo. Lo ojeó por el anverso y por el reverso, pero no tenía nada escrito. Sin embargo, ella tenía un mal presentimiento y mientras veía como a Astaroth se le ensombrecía el semblante mientras leía la carta, supo que efectivamente nada bueno anunciaba aquella nota.

- ¿De quién es? ¿Qué dice? - le preguntó en un susurro, temiendo oír las respuestas.

Astaroth apartó la vista del papel amarillento. Sus ojos se habían teñido de un rojo intenso. La última vez que había visto esos ojos airosos había sido en las estepas, cuando había dejado a sus pies aquella criatura muerta, su supuesto hijo.

- Sophia, ¿Hay algo que quieras decirme antes de que salga a averiguarlo por mí mismo?

Su tono de voz fue amenazador. Llevaba tiempo sin dirigirse a ella de aquella manera, y se asustó.

- No tengo nada que decir. - alzó la voz y se plantó frente a él. - ¿Qué dice la maldita nota?

Astaroth dejó el papel sobre la mesilla de noche. Luego se acercó al armario y se puso la capa.

- ¿A dónde vas?

- Voy a desenmascarar mentiras, Sophia. Espero que no hayas hecho ninguna estupidez, por el aprecio que te tengo. La traición es algo que nunca he perdonado y ni que perdonaré.

Sus últimas palabras sonaron afligidas, como si ya de antemano supiera que ella le había fallado.

La capa ondeó tras él cuando salió de la habitación, y ella se quedó petrificada mientras oía como sus pasos agitados se alejaban por el pasillo.

Cuando ya no fueron más que un eco se volvió hacia la mesilla.

Allí estaba aquel maldito papel, apoyado boca arriba sobre la superficie de madera.

Extendió la mano para cogerlo y reconoció la firma al pie de página.

Era la firma de aquel bastardo llamado Rupert Velkar.

II

- Ahí sale otra vez. – Sitra le miró de reojo. Apenas quedaban un par de horas para el alba. - ¿Por qué el detective no sale de la posada?

Sitra parecía angustiado por Max Magnus, y él tampoco estaba muy tranquilo. Temía que algo malo le hubiese pasado. Rupert Velkar era una mala persona, y Max Magnus no se habría juntado a él sin una buena razón.

- Sitra, ve a comprobar si el detective está bien. Yo iré tras Velkar.

Sitra se separó de él, y él apuró el paso para dar alcance a Velkar.

Lo siguió a través de los suburbios hasta llegar a la zona más noble de la ciudad, donde en una avenida del centro, se perdió en la recepción de un hostal de buena categoría.

Se escondió entre las sombras de una bocacalle cercana. No habían pasado ni un par de minutos cuando el malnacido volvió a aparecer en la calle.

Velkar se fue de allí con agitación y decidió seguirle de nuevo.

Velkar entró en un club de cabaret de la zona burguesa de la ciudad. Aquellos antros abrían hasta el amanecer, y los que se quedaban cuando ya salía el sol, lo hacían en una de las habitaciones de las bailarinas. Quedaban menos de dos horas para el alba, y en aquel tugurio los ricos borrachos seguían malgastando sus monedas en alcohol y sexo.

Velkar se había sentado en una mesa del fondo, camuflado por el humo del tabaco y los puros. Él decidió sentarse al otro lado de hileras de mesas que había apoyadas junto a la pared opuesta, alejado de su vista. No sabía lo que tramaba aquel rufián, pero seguro que no era nada bueno.

Una camarera de pelo rubio y piel tostada se acercó a él para preguntarle si quería algo para beber.

- Un whisky doble. – La mujer se alejó contoneando el trasero y él apartó la vista de ella. Se encendió un cigarrillo y volvió la vista hacia donde Velkar estaba sentado. Acababa de pedirse una copa y sus dedos nerviosos repiqueteaban contra la mesa de madera. Esperaba a alguien y la sangre se le heló cuando distinguió a Astaroth abriéndose paso entre los pasillos de mesas redondas.

Maldita sea, Astaroth iba a descubrirle.

Se levantó del asiento y se dirigió al baño. Iba a hacer una cerdada, pero era la única forma de disimular su olor y de que Astaroth no pudiera darse cuenta de que estaba allí.

Se acercó hasta uno de los inodoros que había contra la pared y sumergió las manos en los restos de orina verdosa que reposaban en el fondo. Se las enjuagó y se las pasó por la cara y por el traje.

Un hombre acababa de entrar al excusado y se le quedó mirando con perplejidad.

- Aaarggg… - le dio la espalda y volvió a salir. Le importaba un bledo lo que hubiera pensado de él. Consideró que ya apestaba bastante y volvió a su mesa.

La camarera ya le había dejado la copa sobre la mesa y pegó un trago antes de volver a fijarse en Velkar.

La cara del hombre se había descompuesto y se levantó poco después para recibir a su acompañante.

Astaroth tampoco llevaba mejor cara que él.

- No tengo mucho tiempo. Más vale que esto sea de mi interés.

Velkar volvió a sentarse después de que Astaroth lo hiciese frente a él. Le había hablado con seriedad y sabía que no estaba para tonterías. Le sonrió y se llevó la mano al bolsillo de la capa. Extrajo con cuidado la carta de Max Magnus y la dejó frente a él. Eso sí, sin quitar la mano de encima.

- Quiero una buena oferta por esto. Sé que es algo de sumo interés para usted.

- Le pagaré lo que quiera. Podrá ser rico si quiere.

Velkar negó con la cabeza.

- No quiero dinero. Tengo de sobra. – su diente de oro brilló con la luz de la lámpara de aceite que había suspendida no lejos de ellos. – Quiero la inmortalidad.

Astaroth le miró sin inmutarse. Aquel hombre era un estúpido, pero no le importaba seguirle el juego. Estaba acostumbrado a esa clase de personas insensatas.

- Bien. Vendrás conmigo. Te enseñaré todo lo que has de saber, y cuando estés preparado te convertiré. ¿Es eso lo que quieres?

Velkar asintió con la cabeza mientras alejaba la mano del sobre.

Astaroth alargó la suya y sacó la carta. La leyó detenidamente, sin que el rostro se le inmutase, pero sus ojos habían adquirido una tonalidad rojiza perversa, y por un instante, pensó que iba a propinarle un puñetazo.

- ¿Dónde está el detective?

Rupert Velkar sonrió con languidez.

- Yace inconsciente sobre el colchón pulgoso de la posada. Consideré que era mejor dejarlo con vida, por si necesitaba hacerle algunas preguntas.

- Has hecho bien.

Astaroth se levantó de improvisto. Aún tenía el sobre en la mano y lo guardó en uno de los bolsillos de su chaqueta.

- Ahora trabajas para mí. ¿Te queda claro? - Velkar asintió y se puso en pie. - Tráeme al detective. Ya sabes dónde me alojo.

Tenía que salir de allí antes de que Astaroth volviese. Si llegaba y ella no se había esfumado, sabía que no vería más noches.

Se acercó al armario y se puso la capa a todo correr. Rebuscó en los cajones de las mesitas de noche y de la cómoda, y en uno de ellos encontró un abrecartas.

Se dirigió a la puerta a trompicones. Al otro lado dos secuaces de Astaroth la vigilaban sin descanso.

– No puedo quedarme aquí. No puedo.

Abrió la puerta con ímpetu a pesar de que la mano le había temblado al girar el pomo. Los dos vampiros giraron la cabeza hacia ella. Antes de que pudieran preguntar o hacer algo, le clavó el abrecartas en el pecho a uno de ellos. No sabía muy bien si aquello serviría de mucho, pero al menos el hombre había caído de rodillas al suelo y ella pudo escabullirse por el pasillo. El otro vampiro salió tras ella.

Divisó las escaleras al fondo del corredor y corrió hacia ellas. Se agarró la falda y las bajó de dos en dos. En la recepción, el conserje se le quedó mirando con la boca abierta.

– ¿Se encuentra bien, señorita?

No le miró ni a la cara y corrió hacia la puerta principal.

Se escabulló calle abajo, esperando encontrar un carruaje por allí cerca en el que poder huir. Sin embargo, la suerte no estaba de su parte.

Sintió una sacudida brusca en la espalada y se estampó contra el suelo. Gimió mientras el vampiro la inmovilizaba por detrás.

– ¡Suéltame, desgraciado!

El hombre la reincorporó y la agarró por el brazo con brusquedad.

– ¿Está loca o qué? Vamos, camine.

485

La arrastró de nuevo hacia el hostal. El conserje los miró de soslayo cuando aparecieron de nuevo en el vestíbulo, pero no hizo ningún ademán de ayudarla. Aquel cobarde prefería no meterse en asuntos que no le concernían.

Volvieron al cuarto. El otro vampiro estaba esperándoles dentro. Le lanzó una mirada recriminatoria cuando pasó a su lado.

- El amo te dará tu merecido, zorra.

La obligaron a tomar asiento en una de las butacas que había frente al fuego bajo.

No tenía escapatoria. Pero Astaroth ya podía torturarla hasta la muerte, que ella no pensaba abrir la boca.

III

Alzó la vista hacia la ventana del cuarto. Allí estaba aquella traidora. Aquella ramera mentirosa.

Apretó los puños hasta que las uñas se le clavaron en la carne y le sangró.

Se dirigió hacia la puerta principal del hostal. El sol estaba a punto de salir y llegó al cuarto cuando los rayos empezaban a saludar con timidez la llegada de aquel nuevo día.

Al otro lado de esa puerta estaba Sophia.

Maldita ella.

Maldito él por amarla.

Giró el pomo de la puerta con lentitud y dejó un rostro de sangre en el metal.

Sophia estaba sentada frente al fuego. Un hilo de sangre le   descendía desde el labio inferior, que estaba hinchado. Los dos vampiros que la custodiaban salieron de la habitación. No necesitaron decirle nada para él saber que ella había intentado escapar.

Se plantó frente a ella y Sophia ni le miró. No iba a decir nada, lo sabía de sobra. Había estado con ella casi dos años y la conocía bien.

- ¿Por qué, Sophia? ¿Por qué me has engañado de esta forma? – Sophia irguió la cabeza para mirarle. Sus ojos azules se habían teñido de un rojo intenso. El color del odio. Le odiaba más a él de lo que él la odiaba a ella. Ese era su castigo. Su hija preferida, su compañera, le despreciaba.

- ¿Por qué, qué? -escupió con altanería. Le brindó una media sonrisa y se puso de pie frente a él. Sus mejillas casi se rozaban y podía sentir su respiración sobre la piel de su cara.

Sacó el sobre del bolsillo de la chaqueta y se lo plantó en la mano.

- Ahí tienes tu por qué, querida. Léelo. Léelo en voz alta para que yo también pueda oírte.

Sophia dio un paso hacia atrás y contempló con abatimiento la carta que colgaba de su mano derecha.

- ¡Léelo, maldita zorra! – le propinó una bofetada y Sophia cayó al suelo. Se quedó inmóvil sobre la alfombra color burdeos.

- Eres un cobarde, Astaroth. ¿Así es como consigues lo que quieres? ¿Pegando a una mujer?

Se levantó del suelo y se aplisó la falda con elegancia. Después se pasó los dedos por el pelo y se echó la melena hacia atrás.

Dirigió la mirada hacia la carta y descubrió la letra del puño del detective Max Magnus.

- Léela.

- "Querido Hopkins"- Titubeó. Desvió la vista hacia él, esperando que él la detuviera. Sus ojos se llenaron de lágrimas, y por un momento creyó que los suyos también iban a empañarse de perlas saladas. Amaba a aquella zorra. La amaba por encima de todo. – "Siento no haberte escrito antes, pero no tuve ocasión de hacerlo. No me separo de Velkar ni un momento. Temó que en cualquier momento él pueda averiguar nuestro pequeño secreto. A veces, creo que lo mejor sería matarlo y quitárnoslo de en medio, pero nunca se sabe si en algún momento pueda ser de alguna utilidad. Espero que todo vaya bien y que la pequeña Heulyn siga igual de bella que siempre. La echo mucho de menos…- la voz se le quebró. Ese era el nombre de su pequeña, Heulyn. Era tan hermoso…

- Continúa.

- "La echo mucho de menos. Ni siquiera puedo imaginarme cuánto ha de extrañarla la señorita Varona. Para una madre debe ser desgarrador tener que separarse de un hijo" – alzó la vista de nuevo hacia Astaroth– Por favor, no me hagas seguir. – se le quebró la voz.

- Hasta el final, Sophia.

- "Pa… para una madre debe ser desgarrador tener que separarse de un hijo… De momento no sé nada nuevo de Steiner. Pronto estaremos juntos, Hopkins. Saludos, detective Max Magnus"

Soltó la carta y el papel revoloteó hasta el suelo como una mariposa perdida.

Astaroth se acercó a ella y apoyó su frente contra la suya.

- Sé dónde están. Tengo la dirección en el sobre, Sophia. Tengo la dirección. ¿Lo entiendes?

Sophia empezó a llorar en silencio y Astaroth sintió lástima por ella. ¿Pero acaso Sophia le había dejado otra alternativa?

Estaba siendo cruel, pero ella le acababa de romper el corazón.

Se llevó la mano a la daga que colgaba de su cintura. Aquella daga que había matado a Steiner.

- Velkar me ha dicho quién es el padre, Sophia. Todo este tiempo has estado engañándome. Dormías aferrada a mi mano cuando el sol salía, Sophia. Pensé que me tenías algo de estima. Te salvé la vida dos veces y te transformé cuando el bastardo de Steiner iba a dejarte morir.

Alzó la daga hasta su cuello y un pequeño rastro de sangre empezó a deslizarse hasta sus pechos.

- No la hagas daño, Astaroth. Ella no tiene culpa de nada. Te lo suplico. Yo he obrado mal. Yo merezco tu castigo. Pero deja a la niña.

- No, Sophia. No puedo dejarla vivir. Es un Vamphyr, ¿Comprendes? Un Vamphyr que no es mi hijo.

Separó la daga de su cuello y observó sin inmutarse como las lágrimas descendían por sus mejillas. Se acercó a ella y la envolvió entre sus brazos.

- Ese será tu castigo por haberme traicionado. Vagarás toda la eternidad culpándote por la muerte de tu hija.

- Astaroth, piedad. – sollozó en su pecho. Hundió el rostro en su camisa y empezó a temblar con timidez. - Por favor.

- No puedo.

La agarró por los hombros y la separó de su lado. Los ojos de Sophia volvían a ser de un azul cristalino. Las lágrimas habían cesado y sus temblores desaparecido.

Contempló las facciones de su rostro. Aquel rostro que durante noches había amanecido junto al suyo, nariz con nariz, respiración contra respiración.

Y todo había sido una gran mentira.

Sophia era la gran maestra embaucadora que con mentiras le había arrestado a su lado.

Estaba empezando a perder la templanza pensando en todo aquello y el puñal de la daga vaciló alrededor de sus dedos.

- Astaroth... ¿Dónde está mi hija?

- Ya lo sabrás. Lo sabrás cuando te lleve hasta ella para que la digas adiós.

SECRETOS Y MENTIRAS

I

Astaroth había salido del club de forma agitada y él le había seguido con prudencia hasta el hostal. Aguardó tras el tronco de uno de los robles que flanqueaban toda aquella avenida. Desde donde estaba veía perfectamente la entrada del edificio y las ventanas de los pisos superiores.

Sólo en una de ellas había luz y supo que ese era el cuarto de Astaroth.

El amanecer estaba a punto de sorprenderles a todos, y él debía darse prisa. Mejor volvía al cuchitril en el que estaban alojados el detective Max Magnus y Rupert Velkar. Debía reunirse con Sitra y comprobar si el detective estaba bien. Si por un casual no estaba muerto, tenía muchas preguntas que hacerle.

Suspiró antes de dar la media vuelta y llegó a la posada cuando los rayos de sol empezaban a saludarle con ligereza. Se refugió con presura entre las sombras del vestíbulo y alcanzó las escaleras a trancos.

Divisó una silueta en el primer piso, al borde de los peldaños.

- Amo, apresúrese. - le llamó Sitra. Le cubrió con una capa que sujetaba entre las manos y lo guio a través del pasillo hasta llegar a una de las puertas del fondo. Sitra abrió con presura y él accedió con brío mientras ahogaba un gemido de dolor. – Amo, no debe exponerse hasta tal extremo. El sol acaba de salir.

Sitra había cerrado las contraventanas y un par de velas iluminaban la habitación con tenuidad.

Había dos camas diminutas frente a él y en una de ellas estaba tendido al detective Max Magnus.

Se acercó hasta él y examinó su rostro. No sabía con exactitud cuántos meses habían pasado desde que se había separado de él en Argante, tal vez unos siete u ocho, pero el detective había envejecido mucho.

Un hilo de sangre seca manchaba su sien izquierda.

- Ese hijo de perra le ha dado un buen golpe.

Sitra se plantó a su lado.

- ¿Sigue inconsciente?

- No, despertó hará como un par de horas. Duerme. Puede despertarle si quiere.

Christopher se sentó en la cama y se inclinó sobre el detective.

- Magnus. - le llamó en un susurró. El detective abrió los ojos con torpeza y parpadeó un par de veces antes de fijar la vista en él.

- Steiner…- gimió con voz ronca. - ¿Acaso estoy muerto? ¿Estamos en el Infierno?

Christopher sonrió y le ayudó a reincorporarse. Se alegraba de ver a Max Magnus.

- No, no está muerto. Aunque sabe de sobra que lleva tiempo vagando por el Infierno.

Max Magnus mitigó una sonrisilla.

- Le daba por muerto, Steiner.

- Estuve a punto. De hecho, le debo la vida a Sitra.

Cruzó una mirada con su leal compañero. Después, volvió a dirigirse a él.

- ¿Qué hace con Velkar? No debería juntarse con esa escoria.

- Lo sé, lo sé… Pero se volvió un problema en Lockham y lo necesitaba en Abery para encontrar a los mercenarios de Lilith.

- ¿En Lockham?

Magnus asintió.

- Hopkins y yo volvimos allí después de huir de las estepas "aquella" noche. Y Velkar me encontró allí.

Christopher se llevó la mano al bolsillo de la chaqueta. Sacó la cajetilla de cigarros y le ofreció uno al detective. Se lo encendió con un fósforo y después él se encendió otro.

- ¿Qué ha pasado, Steiner? Estoy confundido…

- Al parecer Velkar le ha dado un buen golpe en la cabeza mientras estaba durmiendo. Mientras usted estaba inconsciente el bastardo se ha reunido con Astaroth.

- ¿Astaroth? - el tono de voz de Magnus se alteró de improvisto. ¿Pero qué demonios le estaba diciendo?

- Si, detective. Esos dos andan tramando algo a sus espaldas. ¿No sabe qué puede ser? ¿No ha notado algún comportamiento extraño en Rupert?

Max Magnus negó con la cabeza y se llevó la mano a la sien izquierda. Tenía un dolor horrible de cabeza. Si pudiese se auto decapitaría para separarse de ella.

- No sé qué puede ser. Rupert no sospecha nada… - susurró.

Christopher se acercó más a él. Olía a inodoro. Apestaba. ¡Dios, iba a vomitar!

- ¿No sospecha nada de qué, detective? ¿Qué me está ocultando?

La cabeza le iba a estallar. No quería hablar de eso con Steiner en ese momento. No en aquel estado.

- Detective, ¿Tiene algo que decirme?

- Steiner…- farfulló. – Hay algo que no sabe. Algo que le concierne…

- ¿Qué es?

Estaba a punto de confesar cuando unos pasos ajetreados se detuvieron al otro lado de la puerta.

Los tres se volvieron hacia allí.

Sabían quién estaba girando el pomo.

II

Apagaron las velas de un soplo y para cuando la habitación se quedó a oscuras, la puerta se abrió de golpe y una silueta surgió bajo el dintel.

- ¿Detective? - Llamaron. Nadie contestó. El hombre cerró la puerta y Steiner encendió una de las velas.

-       Hola, Rupert. – le saludó con voz grave. El semblante de Velkar se había desencajado y antes de que le diera tiempo a desenfundar su revólver, Sitra le inmovilizó por la espalda.

-       Maldito moreno. – bramó mientras veía con impotencia como Sitra le arrebata el arma. Después le dio un empujón y fue a caer a los pies de Steiner, que estaba sentado sobre la cama. Por el rabillo del ojo atinó a ver que el detective estaba recostado tras Steiner, examinándole con gesto serio.

Steiner se encendió un cigarrillo y cruzó las piernas frente a él.

-       ¿Ha ido de paseo, Rupert?

-       He salido a respirar aire fresco. Aquí huele a rayos…

-       Mmm… creo que soy yo. – Steiner se llevó la mano a la solapa de la chaqueta y se la olió. - Si, soy yo. Esta porquería camufla mi olor.

-       Pues vaya mierda de perfume.

-       Puede ser, sí… pero esta mierda ha conseguido que Astaroth no me descubriera en el club de cabaret mientras hablaba con usted.

Se le hizo un nudo en la garganta y tragó saliva como pudo. Esbozó una sonrisita nerviosa.

-       ¿De qué hablaban?

-       Nada de su incumbencia.

Steiner lanzó el cigarrillo al suelo y se levantó de la cama de un saltó. Hizo un gesto a Sitra para que se acercara a él y el malnacido le levantó por las solapas. Le colocó los brazos por detrás de la espalda y volvió a inmovilizarle. Steiner se plantó frente a él. Sus ojos ardían como el fuego.

Le enseñó la daga que le colgaba de la cintura.

- ¿Quiere jugar? Yo creo que tengo ganas…

Acercó la daga a su estómago y le pinchó con la punta. Notó un escozor y mitigó un gemido.

- ¿Quiere saber lo que yo sentí aquella noche?

Rupert descendió la mirada hasta la mano de Steiner. La punta de la daga seguía tanteando su piel de manera amenazante. Un hilillo de sangre le estaba bajando por el vientre. Steiner iba a lincharle como a un cerdo. Como Astaroth había hecho con él.

- No voy a ser tan comprensivo como Astaroth. Él fue muy rápido…

Le hundió la punta de la daga en el estómago y pegó un grito. Steiner la dejó ahí y le sonrió mientras le veía sufrir.

- No va a salir con vida de esta habitación. Pero puede morir de forma rápida o de manera lenta y dolorosa. Usted elige.

- Maldito hijo de Satanás.

Le hundió la daga un par de centímetros más y él ahogó un grito, no sin esfuerzo.

- Pare, maldito, pare…

Steiner sacó la daga de su estómago y las piernas le temblaron. Sitra le sostuvo con fuerza para que no cayera al suelo.

- Hable, Velkar.

Tragó saliva un par de veces antes de contestar con tono trémulo.

- Le robé una carta a Magnus…- musitó, dirigiendo la vista hacia el detective.

- ¿Qué dice? - Magnus se abalanzó hacia él y le agarró por las solapas de la chaqueta. Le brindó una sonrisa torcida con intención de joderle. Quería joder a ese policía que le había metido entre rejas años atrás.

- Sí, la carta que ya sabe. Esa que Astaroth ha leído.

Magnus se volvió hacia Steiner. El vampiro le estaba mirando con expresión de confusión, a la espera de una explicación.

- No se lo ha dicho, ¿verdad? - Lanzó una risotada. - Steiner, sabe tan poco…

- Velkar, ¿Qué ha hecho malnacido? – Magnus se llevó la mano al revolver y desenfundó antes de que Steiner pudiera detenerle. Disparó a Velkar en la cabeza y el hombre se desplomó en el suelo. Se quedó mirando el agujero negro de su frente, como si esperase verle los sesos.

Steiner guardó su daga y se volvió a él. Tenía el ceño fruncido y cuando habló su voz sonó oscura.

- ¿De qué carta hablan, Magnus?

El detective se dejó caer sobre la cama y se llevó las manos a la cabeza. ¿Por qué había sido tan confiado?

- Steiner, aquella noche en las estepas, después de que saltara por la ventana, yo me acerqué hasta la habitación de la señorita Varona. – Christopher le estaba escuchando atentamente, conteniendo la respiración. – Ella estaba algo confundida y yo la ayudé con el niño. Cuando me incliné sobre el bebé para calmarlo, el color de sus ojos me llamó mucho la atención… Steiner- columpió las palabras entre los labios antes de desvelar aquel secreto. – Los ojos de la niña eran una calcomanía de los suyos.

Christopher no le contestó. Se había quedado mudo y su gesto se había desencajado.

¿Qué le estaba diciendo el detective?

¿Había entendido bien?

-	Steiner, usted es padre de una niña, a la que yo, por deseo expreso de la señorita Varona, y con intención de alejarla de Astaroth, llevé a Lockham junto a Hopkins. Velkar nos encontró allí y empezó a tener sospechas. No me quedó otra que mandar a Hopkins y a la niña a otro lugar. Y yo decidí venir al norte a buscarle. Cuando hace dos días escribí esa maldita carta, mi única intención era informar a Hopkins de que me encontraba bien.

-	¿Soy padre? - musitó al fin. - ¿Y Sophia? ¿Cómo consiguió engañar a Astaroth?

Pobre Sophia. La había abandonado durante meses, dejándola a merced de ese hombre, con la carga de esa gran mentira sobre sus hombros.

-	No sé cómo se las ingenió ella para engañarlo. Lo único que sé, es que ella se sacrificó por Heulyn. Y ahora, Astaroth sabe la verdad y sabe dónde está la niña… Debo avisar a Hopkins. Deben irse de ese lugar cuanto antes.

Magnus se abalanzó contra la puerta, pero trastabilló antes de alcanzarla. Sitra le agarró antes de que cayera al suelo. Christopher se acercó a él y le volvió a recostar sobre la cama.

- Aún está aturdido por el golpe. No haga estupideces, detective. Dígame dónde está mi hija.

Se inclinó sobre Max Magnus y el detective le susurró la dirección al oído.

III

Astaroth la había dejado encerrada en la habitación, como hacía mucho tiempo atrás lo había hecho en Abery cada día.

Y ella había llorado en silencio hasta que la luna había vuelto a iluminar el firmamento.

Para cuando salió a saludarla, Astaroth volvió al cuarto.

No tenía buen aspecto y dedujo, que al igual que ella, no había dormido nada.

- Vámonos.

Se acercó hasta ella y la agarró por el brazo. La arrastró escaleras abajo mientras ella luchaba por no tropezar con la cola del vestido. El conserje los miró con cara de pasmado, pero no dijo ni una palabra.

Un carruaje les estaba esperando a la puerta del hostal. Iban a irse de Oban, y no sabía qué rumbo iba a tomar aquel maldito coche.

- ¿A dónde vamos?

Astaroth la metió con brusquedad dentro del coche y él se sentó frente a ella. El coche se puso en marcha y dejaron atrás la avenida.

- ¿A dónde vamos? - insistió.

Astaroth la miró de soslayo. La luz mortecina de la luna iluminaba su hermoso rostro, que se veía desolado.

- Ya sabes a dónde vamos.

- No… vayamos a Argante. - suplicó. Se inclinó ante Astaroth y tomó sus manos entre las suyas. – Lilith nos espera allí, aún podemos vencerla y reinar a este lado de las montañas.

Astaroth apartó las manos de las suyas. No iba a engañarle nunca más. Ya la había desenmascarado y lo había perdido para siempre.

- Marcharé a Argante cuando haya matado a la pequeña Vamphyr. – sentenció. - ¿Sabías que esos medio humanos-medio vampiros son los mejores cazadores, Sophia?

¿De qué hablaba? Sospechó que iba a contarle otra historia, otra de tantas que le había contado cada noche.

- Yo quería convertir a mi hijo no en el mejor cazador de vampiros, si no en el mejor cazador de humanos. El mejor de nuestra raza.

- Querías crear a un monstruo, y me alegro de que Heulyn no sea hija tuya.

Acaban de salir de la ciudad y el coche tomó el camino del sur. La niebla les envolvió cuando alcanzaron el páramo.

- Quería que mi hijo fuera perfecto. Una raza superior no condenada a la extinción. Pero, siendo hija de quién es, y teniendo en cuenta cómo es su padre, un vampiro débil y que reniega de lo que es, mucho me temo que esa niña es un engendro que está por debajo de las expectativas que yo tengo.

- Es sólo una niña.

- Es un engendro que cuando crezca puede dedicarse a matar a mis hijos. – le soltó con rabia. - Tú ahora eres lo mismo que yo. Y a un cazador le da igual quién sea su madre o su padre, si son monstruos como lo somos tú y yo. – sonrió seductoramente y se pasó los dedos por la cabellera. – Tarde o temprano tu propia hija te mataría. ¿Quieres morir?

Estaba intentando manipularla por milésima vez. ¡Qué juego tan agotador!

- Me da igual todo, Astaroth. Me da igual si vivo o si muero; si me matas tú o lo hace otro. Los celos te ciegan, no puedes disimular lo que sientes hablando de razas superiores e inferiores. – se quedó a gusto cuando soltó aquello. - Haré todo lo que esté en mi mano para que no toques a la niña, y si lo haces juró que yo misma te mataré.

Astaroth no respondió y el coche siguió avanzando a través de los páramos. Atravesaron un pequeño pueblo con un único hostal a un lado del camino.

Una niña de tirabuzones dorados estaba jugando con un palo a la entraba del edificio.

IV

Estaba preocupado por Sophia y por Heulyn, y no pudo dormir en todo el día. Sólo el baño que se dio para quitarse de encima el olor a urinario que arrastraba desde la noche anterior, consiguió reconfortarle algo.

Apenas acababa de caer la noche cuando salieron escopetados hacia el hostal donde estaba alojado Astaroth.

Sin embargo, cuando se pararon a la entrada del edificio, los ánimos se le cayeron al suelo. No había rastro de él.

- Amo, ¿A dónde quiere ir ahora?

Sitra había alquilado un carruaje y el detective descansaba dentro. Aún no se encontraba muy bien.

- Glencoe nos estará esperando, volvamos al pueblo. – anunció con voz ronca. Se metió dentro del coche y se sentó frente a Max Magnus. Sitra conducía el coche, como de costumbre.

- ¿Se ha ido?

- Si.

- Maldita sea… Hay que llegar antes que él.

Veronika estaba jugando con un palo a la puerta de la posada y paró de arremeter contra los hierbajos al verlos llegar. Glencoe salió a recibirles, traía gesto serio y llevaba una maleta en la mano.

Christopher se apeó del coche para recibirles.

- ¡Conde, ya era hora! – exclamó Veronika. Soltó el palo, que fue a caer a sus pies, y se acercó a él corriendo. Su vestido azul cielo ondeó tras ella y los tirabuzones le brincaron con gracia en las dos coletas.

- Dile lo que has visto, niña. - habló Glencoe tras ella.

Veronika alzó la cabeza para mirarle a los ojos. No le llegaba ni a la altura del pecho.

- Astaroth va hacia el sur. He visto su carruaje con mis propios ojos. Con él iba una mujer muy bella.

Glencoe se acercó a él y le tendió una de las maletas.

- Sus cosas, Steiner. Deduzco que marcha tras él. ¿Qué demonios ha pasado en Oban? ¿Por qué Astaroth ha dado la vuelta?

Glencoe desvió la vista hacia el coche y descubrió al detective en el interior. Magnus estaba dormitando.

- Astaroth marcha al sur a matar a mi hija. -Le confesó en un susurro. Veronika pegó un gritito y Glencoe le miró sin comprender nada.

- ¿Qué hija, conde?

- El bebé que Sophia dio a luz en las estepas no era hijo de Astaroth, si no mío. Sophia se las arregló para engañarle y el detective la llevó a un lugar seguro, que Astaroth ha descubierto.

- Steiner… ese hombre no va a parar hasta ver muerta a esa criatura. Y si va en su busca y descubre que usted no está muerto, me temo que tampoco parará hasta terminar de una vez por todas con usted. – Veronika se acercó a Glencoe y le cogió de la mano. Su pequeña frente infantil ese había arrugado con líneas de preocupación adulta.

503

-     Tenemos una cita con la duquesa en menos de dos semanas ¿Qué le digo, Steiner?

-     Vaya a ver a la duquesa y dígale que en cuanto pueda volveré a Argante. Si todo sale bien me reuniré pronto con ella.

-     Si Astaroth no le mata antes... – Glencoe parecía preocupado. – Salve a su hija, Steiner. Nosotros reuniremos a los hermanos en Argante y espero verlo allí pronto.

Veronika alzó la cara hacia él.

-     No le sacan mucha ventaja, conde Steiner. Si se apresura los puede alcanzar. ¡No pierda más tiempo!

HEULYN

I

Habían pasado meses desde que Max Magnus se había ido al norte junto a Rupert Velkar, y desde entonces no había recibido ni una sola carta.

Al principio se lo había tomado con resignación, pero después de tanto tiempo sin saber del detective, y por mucho que le pesara, lo daba por muerto.

Héctor se acercó a él con sigilo y se detuvo a su lado, frente a la ventana del despacho. Una mancha de sangre seca detrás de la silla del escritorio brillaba con la luz de la luna.

En ese cuarto, el padre de la señorita Varona se había volado los sesos.

No le gustaba esa casa. Parecía que los fantasmas merodeaban de una habitación a otra, molestos con los intrusos que se habían instalado allí sin permiso.

- Dee acaba de dormir a la niña.

Se volvió hacia Héctor. Aquel hombre era una grata compañía. No era muy hablador, pero cuando charlaba su conversación despreocupada siempre conseguía distraerle.

Aquello también había agradado a Dee, y en los últimos meses habían tenido un acercamiento importante. Sospechaba que mantenían una relación amorosa, aunque ninguno había dicho nada.

- Espera verlo aparecer por el camino de tierra, ¿verdad?

Hopkins asintió con lástima mientras su mirada se perdía entre los campos de trigo seco. Entre ellos serpenteaba el camino que llegaba hasta la casona.

- Le espero todos los días, pero me temo que ya no vaya a volver jamás. El jefe debe estar muerto.

- No pierda la esperanza, Hopkins. El detective es duro de roer. No olvide nunca que yo estoy a su entera disposición y que estoy aquí para proteger a la niña y a todos nosotros.

Intercambió una mirada cómplice con él.

- Aprecio mucho tu gesto, Héctor. Heulyn es un secreto peligroso, y no me siento seguro aquí. No me gusta este sitio despoblado. Sólo de día me siento algo más tranquilo, pero en cuanto cae la noche... sólo puedo rezar y pedir a Dios que nos proteja.

- A mí tampoco me gusta este lugar. No es el más adecuado para mantener a Heulyn a salvo. El detective no vuelve, estamos solos, y mi señor está sólo en Lockham.

Héctor se entristeció al pensar en Fiord. Le tenía gran estima y lo echaba de menos.

- Todo irá bien, Hopkins.

Héctor alargó la mano para darle un golpecito en la espalda, de la misma manera que Max Magnus solía hacerle.

Volvieron la vista hacia los campos de trigo que la luna llena iluminaba con luz pálida.

Bajo la silueta del astro y al fondo del camino de tierra, una mota oscura se estaba acercando hacia la casa.

Se les hizo un nudo en la garganta.

¿Quién llegaba en ese carruaje?

II

Habían viajado sin descanso, y al fin habían llegado a los latifundios de tierra de su familia. Aquellas tierras que de niña recordaba como un lugar animoso atestado de jornaleros, se había convertido en una tierra olvidada, de la que nadie parecía hacerse cargo. La casona de piedra de su familia estaba al final del camino y tras ella, estaban enterrados sus padres en el cementerio familiar. Nadie durante todos esos años había ido a limpiar y poner flores en sus tumbas. Había sido una pésima hija, que ni una sola vez se había dignado en volver allí.

Y ahora, estaba siendo una pésima madre, viajando junto al hombre que había jurado matar a su niña.

Astaroth mandó parar al cochero antes de alcanzar la puerta principal de la casa. Se apeó del carruaje y examinó la casona desde la lejanía.

Las ventanas del piso bajo estaban a oscuras y las contraventanas estaban cerradas en las del piso superior. Aquella casa estaba destinada a que la vegetación se la tragase con el tiempo.

- ¿Extrañas tu hogar, Sophia? – le preguntó Astaroth. De alguna manera se había dado cuenta de su melancolía momentánea.

- Echo de menos muchas cosas que tú me arrebataste y que me quieres arrebatar ahora.

La voz de Sophia sonó apagada y ni se giró para mirarlo a la cara. Desde que habían salido de Oban su aspecto se había deteriorado considerablemente. La preocupación, el auto castigo, no la dejaban dormir, y los nervios la estaban dejando en los huesos.

Él la estaba consumiendo.

- Querría retroceder en el tiempo, pero por desgracia el tiempo es lo único que no se puede recuperar.

Sophia se volvió hacia él. Le llegó el aroma a rosas de su cuello y percibió la calidez de su cuerpo bajo el vestido negro.

Aún la deseaba cada noche. Sophia era una droga de la que no podía separarse, y por eso, no había podido matarla en Oban. Por ese motivo, había alejado la daga de su cuello.

Ascendió la mano hasta su pelo y se lo hecho hacia atrás. Contempló la cicatriz de los dos agujeritos de su cuello, la que él le había dejado cuando la transformó. Si no hubiera sido por él, ella estaría muerta. Steiner no iba a salvarla. Pero su corazón seguía perteneciéndole a él, aún después de muerto. ¿Por qué ella no podía amarle a él como amaba el recuerdo de Christopher Steiner?

- Vas a matar a mi niña y no me va a quedar ningún motivo para querer seguir viviendo. No voy a quedarme sólo para hacerte compañía hasta el fin de los tiempos. Tú y yo hemos muerto el uno para el otro si no dejas pasar esto de largo. Es sólo un bebé, ¿Qué daño puede hacerte? Si el día de mañana se convierte en la cazadora que dices, ya te enfrentarás a ella, y entonces que sea lo que tenga que ser.

Sophia le cogió la mano y se la apretó con fuerza entre las suyas. Estaban heladas y temblaron con timidez. El viento echó su melena hacía atrás, que lucía hermosa a la luz de la luna llena.

- Astaroth, si desistes, te juro que yo me quedaré contigo. Me quedaré contigo para siempre.

Su voz había temblado. Era la última oportunidad que tenía para suplicarle.

- ¿No es suficiente castigo? Gobernaré junto a ti al otro lado de las montañas. Seré tu reina de las sombras. Te juró que seré la mejor de las compañeras.

Estaba al borde de las lágrimas y liberó su mano con delicadeza. Estaba esperando una respuesta que él no podía darle en aquel momento.

II

Hopkins se llevó la mano al revólver y Héctor se apresuró en ir a buscar a Dee y a Heulyn.

- Medición, maldición…

El coche acababa de detenerse a pocos metros de la puerta principal y dos figuras vestidas de negro bajaron de él.

Reconoció a la señorita Varona y el corazón le dio un vuelco.

Estaba viva. ¿Pero qué hacía allí con ese hombre?

Héctor asomó la cabeza en el despacho. Tras él iba Dee con Heulyn entre los brazos. La niña dormía como un angelito.

- ¿Qué demonios hace ella con él?

Héctor estaba tan consternado como él.

¿Acaso Sophia iba a buscar a su hija?

¿O Astaroth estaba obligándola a aquello?

¡Cómo saberlo!

- Tenemos que irnos de aquí.

Salieron escopetados del despacho y acababan de llegar al vestíbulo cuando la puerta de la entrada se abrió de un golpe.

Una corriente de aire frío atravesó el pasillo y el viento arrastró hojas secas que fueron a parar a sus pies.

- Buenas noches.

Astaroth sonrió con languidez. La señorita Varona estaba a su lado, petrificada. Sus ojos azules habían encontrado a Heulyn entre los brazos de Dee y no le quitaba ojo.

Él y Héctor les apuntaron con las pistolas.

Las balas bañadas en agua bendita debían darles directamente en el corazón o en la cabeza, se recordó a sí mismo, si no de nada servía disparar a aquellas cosas.

La niña se revolvió entre los brazos de Dee y empezó a gimotear.

- Acércame a la niña, queremos verla.

Dee intercambió una mirada con Héctor y éste negó con la cabeza.

- No. – El tono de voz de Hopkins sonó seguro y hasta él mismo se sorprendió al oírse.

—   Muchacho. Sólo queremos llevarnos a la niña. Heulyn merece estar con su madre. Sophia quiere estar con su hija.

—   ¿Dónde está el detective Magnus? Sólo él sabía dónde estaba Heulyn. ¿Cómo habéis llegado hasta aquí? ¿Qué habéis hecho?

Astaroth estaba empezando a perder la paciencia y sus ojos se tiñeron del color rojo de la sangre.

Ahí estaba ese hijo de Lucifer. De nuevo volvía a verlo, como lo vio en el valle de Grotto y en las estepas del norte.

Maldita su fortuna. Ni el señor Steiner ni Magnus habían podido detenerle, por lo tanto, ¿cómo iba a poder hacerlo él?

La rata de biblioteca.

Astaroth dio un paso al frente y Héctor no dudó en dispararle. Sin embargo, aquella cosa escurridiza esquivó la bala antes de que pudiera atravesarle el pecho. Astaroth se plantó detrás de Héctor y le hundió la daga en la espalda, atravesándole el corazón.

El medio gigante se desplomó en el suelo con un golpe seco, y Dee gritó a su lado.

Hopkins disparó a Astaroth sin pestañear, pero aquel monstruo esquivó sus balas de forma incomprensible, y para cuando quiso darse cuenta, había agarrado a Dee y le había hundido los colmillos en el cuello.

Los brazos de Dee se abrieron y la pequeña Heulyn rodó hasta el suelo. La niña empezó a llorar de forma estridente y Sophia corrió hacia ella para tomarla en brazos.

Su llanto ensordeció los gritos de Dee, que cayó al suelo junto a Héctor.

Volvió a apuntar a Astaroth, pero antes de que le diera tiempo a dispararle, Astaroth le dio un puntapié y cayó hacia atrás. El revólver salió disparado de su mano y ni siquiera pudo ver dónde había ido a parar.

Astaroth iba a matarlo.

Y después, sólo Dios sabía lo que ese malnacido iba a hacerle a Heulyn y a la señorita Varona.

Oyeron los disparos que provenían del interior de la casa y supieron que llegaban tarde.

Bajaron del coche y corrieron hacia la puerta principal.

Maldita sea. Olía a sangre.

Irrumpieron en el vestíbulo y la luz de la luna que se colaba por las ventanas iluminó unos cuerpos sobre el suelo.

Magnus reconoció a Héctor y a la joven Dee, tendidos en uno junto al otro. Su cuello estaba manchado de sangre y marcado con aquellas dos marcas oscuras.

Junto a ellos descubrió a Hopkins. Estaba tendido boca arriba, con la camisa empapada en sangre. Corrió hacia él u se arrodilló a su lado.

- Chico… ¿Qué te ha hecho ese hijo de perra? – le abrió la chaqueta y descubrió que le había apuñalado en el abdomen. Acercó la mano hasta el cuello para tomarle el pulso y descubrió que aún seguía con vida. Los ojos se le llenaron de lágrimas de alivio. - ¡Steiner! Tenemos que sacarlo de aquí.

-        No hay tiempo, detective. – Steiner abrió la camisa de Hopkins y le vendó la herida con un jirón de tela de su pantalón. Después se llevó la mano a la boca y se auto mutiló la muñeca. La acercó a la boca de Hopkins y Magnus alargó la mano para detenerle. – Tiene que beber, detective. Es su única oportunidad.

Apartó la mano de mala gana y se puso en pie.

Steiner llevó la muñeca a la boca de Hopkins y la sangre mojó sus labios. El joven ayudante los entreabrió y dejó que aquella ponzoña llenase su boca.

Apartó la mirada, asqueado.

Eso mismo había envenenado a la señorita Varona.

Por esa ponzoña estaban lidiando con la muerte.

Steiner alzó a Hopkins en brazos y salió a la calle. Sitra los estaba esperando junto al carruaje, oteando el horizonte, como si hubiera visto algo al final del camino.

-        Amo. Allí marcha Astaroth.

Hopkins entreabrió los ojos y Christopher descendió la cabeza para verle.

-        Tienen a la niña…- farfulló sin fuerzas. Un chorro de sangre se le escapó de la boca y Steiner se apresuró en meterlo en el coche. Hopkins tenía que comer más si quería salir con vida de aquella, y debían apresurarse si querían llegar a Lockham a tiempo. Apenas una hora de viaje les separaba de la ciudad.

III

Lockham los vio llegar con las primeras pinceladas del amanecer. El coche se detuvo a la entrada de la mansión de la familia Varona. La hierba había crecido en el jardín y les llegaba a la altura de las rodillas. El camino de piedra que conducía a la entrada principal apenas era visible entre la maleza y las enredaderas se habían instalado de forma desordenada alrededor de las ventanas del primer piso, en las que el polvo había creado una capa de suciedad grisácea.

Llevaba casi dos años sin pisar Lockham, de donde Olaf la había sacado una noche lejana de final de año.

Si cerraba los ojos, aún podía sentir los copos de nieve sobre sus hombros desnudos y los besos que Christopher le había dado cada noche. En esa ciudad se había enamorado de él, y en esa misma ciudad, su dicha había muerto.

Heulyn gimoteó entre sus brazos y la acunó para calmarla. Astaroth se aceró a ella y la acompañó hasta la puerta de la casa. Se las ingenió para abrirla sin forzarla y una bocanada de viejo aire mohoso les taponó las narices.

Se dirigieron al salón, donde Astaroth se sentó en uno de los sofás que había junto a la ventana. Ella encendió una de las lámparas que había sobre el aparador. Después, tomó asiento junto a él.

—   Hacía decenios desde la última vez que estuve en esta ciudad.

Astaroth miró en derredor, escrutando la casa a través de las sombras. La salita aún conservaba el rastro del perfume empalagoso de Aurora, y un libro abierto por la mitad descansaba sobre la mesilla de té.

Junto a él había una carta amarillenta con restos de motas de polvo.

No dijo ni una palabra, pero había reconocido la letra de Christopher. Dedujo que aquella carta era la que él le había enviado a Aurora para hacerla ir hasta Abery en su ayuda.

De eso hacía casi un año y medio y, sin embargo, parecía como si ayer mismo aún hubiese estado con ella.

Heulyn se revolvió entre sus brazos y descendió la mirada hacia ella. El trajín la había alterado y no había vuelto a quedarse dormida. Aquellos ojitos verdes vivarachos le pedían mimos.

Los ojos se le llenaron de lágrimas mientras la contemplaba en silencio. Había crecido mucho, ya casi tenía un año, y sus brazos rechonchos pedían bocaditos de besos.

Sin embargo, ¿Cuál había sido el precio por tenerla con ella?

Muerte.

Muerte.

Muerte.

-    Pasaremos el día aquí y cuando caiga la noche saldremos hacia Abery.

-    ¿Qué vas a hacernos?

Astaroth las contempló durante unos segundos antes de contestar.

-    Antes me dijiste que si dejaba vivir a la niña tú serías mía para siempre. Sin embargo, ya lo eres. Lo eres desde que te transformé. Desde que bebiste de mí y nos unimos en uno solo.

Astaroth se levantó del sofá y se acercó al minibar que había en una esquina de la salita, sin embargo, allí no había alcohol. Ella y Aurora nunca habían bebido más que alguna copa de vino o de champan.

Giró y volvió a plantarse frente a ella.

Descendió la vista hacia Heulyn y después la alzó hacia ella.

- Volveremos todos a Abery y tendré a mi familia de una vez por todas.

Astaroth descendió la vista hasta la niña. Esa niña de ojos verdes.

- Haremos de la pequeña Vamphyr el hijo perfecto, y tu verás cómo reina a mi lado.

Se acercó a Sophia y le tomó la mano. Mientras se llevaba la muñeca a la boca, los colmillos se le alargaron y los ojos volvieron a teñírsele del color del Infierno.

- Somos uno. Somos los gusanos de esta manzana podrida llamada mundo.

DECISIONES

I

Las piernas no habían dejado de temblarle en todo el viaje en coche hasta Lockham.

Hopkins había succionado la sangre de Steiner, pero su rostro no lucía mejor que el de un muerto. Necesitaba ver a un médico cuanto antes y descansar en una cama decente.

Mientras llamaba con los nudillos a la puerta del apartamento, se le hizo un nudo en la garganta. Ni siquiera estaba seguro de si allí habría alguien.

Sin embargo, y para su alivio, no tardaron en abrirle.

- Fiord…- le saludó con voz queda. Su amigo le invitó a entrar. Tenía peor aspecto que la última vez que le había visto, y apenas conseguía mover la silla de ruedas con sus dedos deformes.

- Magnus… - descubrió a Steiner detrás del detective y se sorprendió al verlo, ya que lo daba por muerto. Entre sus brazos sostenía a Hopkins y supo de inmediato que algo horrible había pasado.

- Lo siento, Fiord. Héctor ha muerto.

- Así es la vida. Castiga al que menos se lo merece, brinda oportunidades al que las desperdicia.

Christopher atravesó el pasillo y se dirigió al salón, donde recostó a Hopkins sobre un sofá. Se detuvieron tras él y contemplaron con abatimiento como esa "cosa" lo alimentaba.

El sol estaba ya saliendo y Magnus se apresuró en cerrar las contraventanas de la habitación. Fiord encendió las lámparas de aceite.

- Magnus, ¿Qué ha pasado?

El detective se encendió un cigarrillo. Sus manos aún estaban manchadas con la sangre de Hopkins.

- Ese demonio descubrió dónde estaba Heulyn y llegaron antes que nosotros...

El ceño de Fiord se frunció.

- ¿Llegaron?
- Él y la señorita Varona.
- ¿Ella? ¿Está viva entonces?
- Si.
- ¿Y la niña? – la voz de Fiord tembló levemente.
- Con ellos.

Steiner se acercó hasta ellos.

- Debe llamar a un médico, detective. Hopkins saldrá de ésta, pero necesita que alguien le vea esas heridas.

Steiner se tapó el corte de la muñeca con la manga de la chaqueta y después él también se encendió un cigarrillo. Sus manos también estaban empapadas en sangre.

- ¿Están aquí? – Fiord seguía acribillándole a preguntas.
- No lo sabemos con certeza.
- Yo creo que sí están aquí, detective. Necesitan resguardarse de la luz del sol y Lockham queda de paso hacia Abery. – se volvieron hacia Steiner. – Astaroth prefiere la

tranquilidad de las casas solitarias al bullicio de una pensión, le es más fácil pasar desapercibido. Lo más probable es que hayan ido a la casa de Sophia. En cuanto anochezca no me cabe la menor duda de que saldrán hacia Abery. Tengo que detenerles antes de que se vayan.

- Iré con usted. - Magnus parecía decidido a acompañarle y no le puso pegas. – Ahora saldré a buscar un médico para Hopkins.

Apagó el cigarrillo en el cenicero que Fiord le había tendido y salió hacia la comisaría de policía.

En sus sótanos trabajaba un amigo que le ayudaría sin hacer muchas preguntas.

El doctor Klaus desinfectó las heridas de Hopkins y se las cosió con precisión de sastre. Cuando terminó lavó los utensilios en una tina llena de agua hirviendo y los volvió a guardar en su maletín de cuero.

- Se pondrá bien, detective. Reposo durante unos días y para el dolor que fume opio.

Magnus le estrechó la mano con agradecimiento.

Apenas habían hablado algo desde que había ido a buscarle a la comisaría. Sin embargo, Klaus no había podido evitar sorprenderse al verlo a las puertas de su laboratorio de la muerte.

- Espero verle pronto, detective. Y espero que cuando ese día llegue, usted tenga mejor aspecto. Son sus demonios, ¿verdad?

Magnus asintió con la cabeza.

-   No me los quito de encima, pero tampoco soy capaz de detenerlos. Desde que encontramos a Erika Fever en ese callejón… todo ha ido de mal en peor.

-   No sé en que anda metido, detective. Pero desde luego a alguien no le gusta mucho. Cuando el comisario nos anunció que había sido expulsado del cuerpo de policía, supe que algo andaba mal Obviamente no me creí ninguna de esas panochadas que nos contaron. Ni yo, ni la mayoría. – Klaus se colocó las gafas y volvió la vista hacia la cama donde estaba durmiendo Hopkins. – Debería luchar por su puesto, detective. Todos le apoyaríamos.

-   Ahora no es el momento. Pero, espero poder hacerlo algún día.

-   Yo también, por el bien de todos…- -Klaus extrajo un informe arrugado de un bolsillo de su maletín. – Esto es para usted.

Magnus ojeó los papeles. Era un listado que el forense había preparado para él con centenas de nombres, direcciones y fechas de fallecimiento.

-   Cuando fue expulsado del cuerpo de policía, como ya le he dicho, me olió mal, así que me puse en contacto con unos "colegas". - matizó el concepto, pues cuando el doctor Klaus hablaba de sus colegas, se refería a otros anatómicos diseccionadores no oficiales que deambulaban por el país, robando cuerpos y colándose en los cementerios. – Y pregunté a estos "colegas" si se habían cruzado con algún caso parecido al de Erika Fever o la prostituta sin identificar.

Cuál fue mi sorpresa cuando entré unos y otros conseguí reunir todo esto.

Magnus ojeó de nuevo el taco de papeles.

- Entre esos nombres, creo que están algunos de sus antiguos casos. Evidentemente usted no podía tener acceso a esta información. Mis "colegas" y yo pertenecemos a una red no oficial y perseguida por la Ley. Así que esta información es estrictamente para su uso personal. Si caza a los que hicieron esto, de por hecho que ya no sólo podría recuperar su antiguo puesto, si no que le valdría un ascenso dentro de la policía estatal.

- Gracias, doctor. Siempre ha sido un buen colega.

Klaus salió de la habitación dejándole entre las manos aquel listado de muertos.

II

- Magnus, ¿Cómo está Hopkins?

Steiner asomó la cabeza en la salita donde él y Fiord estaban echando un vistazo al informe de Klaus.

- Se pondrá bien.

Steiner se acercó a ellos y le tendió un periódico.

- Sitra me lo acaba de traer.

"Edictos de fe a lo largo de las comarcas del norte"

Max Magnus ojeó el periódico de mala gana. La situación en el norte se estaba descontrolando y la Iglesia había comenzado una cruzada contra todos aquellos sospechosos de herejía.

Tendió el periódico a Fiord para que leyera el titular.

-       "Muchas gentes ricas... se van a reinos extraños por no vivir toda su vida en temor y sobresalto cuándo entrará un alguacil de la Inquisición por las puertas, que mayor muerte es el temor continuo que la muerte misma"* - Lo leí en algún lado hace mucho tiempo. El hombre es el único animal que tropieza dos veces con la misma piedra, ¿verdad?

-       Esto es todo culpa de ustedes, hijos de Satán. En cuanto pueda acabaré con todos vosotros y la paz volverá a esas pobres tierras.

-       Nunca ha habido paz allí arriba, Magnus, y nunca la habrá. Somos más de los que piensa. Sin embargo, podemos frenar a Astaroth y a sus seguidores. Ellos están (MarcadorDePosición1)esperando a que él regrese para traspasar la frontera y atacar a los opositores.

-       ¿Y son mejores las bestias que esperan al otro lado de las montañas a las que lo hacen a este? Son bestias, al fin y al cabo. Todas sois hijos del mismo padre y adoráis al mismo ángel caído. - Magnus apoyó el periódico sobre la mesa y rebuscó en los bolsillos de la chaqueta la cajetilla de cigarrillos.

1

---

1 *(Kamen, Henry (2011). *La Inquisición Española. Una revisión histórica*

- Cuando la encontró se encendió uno y no le ofreció ninguno a Steiner.

- Voy a recuperar a Heulyn y después no pararé hasta ver a Astaroth muerto.

Sonrió sin muchas ganas y se quedó mirando como el cigarro se consumía entre sus dedos y la ceniza caía al suelo. Fiord aguardaba a su lado sin decir palabra.

- No pararé hasta veros a todos hechos cenizas bajo los rayos del sol.

Fiord asintió, como dándole su bendición.

- Eso ya lo veremos, cazador.

Steiner volvió a salir de la sala. Magnus le miró hastiado y Fiord se volvió para hablarle.

- Vas a emprender un viaje peligroso. Lo sabes, ¿verdad?

- Lo sé, querido Fiord. Lo sé.

Se levantó de la butaca y antes de salir de la salita pegó unas palmaditas en el hombro de su buen amigo.

- Voy a traer a Heulyn de vuelta. Esa niña no pertenece a ese mundo de sombras, y yo voy a sacarla de él.

- Prepararé todo. Ve tranquilo.

Astaroth bebió de ella y después ella tuvo que beber de él. De nuevo la había envenenado y se entregó a él. Después de hacer el amor Astaroth se quedó profundamente dormido con Heulyn dormitando entre él y ella.

Observó a ambos con tristeza. Aquella era su nueva familia. Aquel era otro precio que pagar por proteger a su hija. Pero no estaba preparada para condenar la vida de su hija junto a la de Astaroth. Su hija no iba a reinar al lado del hijo de Satán sobre la tierra. Ese hombre quería hacer de su pequeña un monstruo y ella no iba a condenarla a ese destino.

Hacía noches que había perdido la esperanza de encontrar a Christopher con vida, y sola ante ese futuro, no había mucho más que ella pudiese hacer.

Astaroth les había perdonado la vida a ambas, pero ella no quería su perdón.

Tomó a Heulyn entre los brazos con delicadeza y se levantó de la cama a hurtadillas. Sabía de memoria qué tablones de madera del suelo crujían al andar y evitó pisarlos con cuidado. Alcanzó la puerta del cuarto y salió al pasillo. Frente a ella estaba el cuarto de su tía Aurora, donde siempre había guardado un montón de frascos con píldoras para dormir y aliviar el dolor de huesos.

Giró el pomo y se perdió dentro de la habitación. Avanzó con paso torpe entre las sombras hasta llegar al tocador de madera de pino que estaba frente al ventanal principal. Rebuscó con mano temblorosa en sus cajones y en el segundo encontró lo que andaba buscando. Apretó el frasco de cristal contra su pecho.

Tenía que salvar a su hija.

Se despertó de repente con un sentimiento de abandono hostigando su sueño. Se giró en la cama de mala gana y descubrió con sorpresa que Sophia no estaba allí.

En el colchón había quedado su silueta y cuando deslizó la mano por las sábanas, comprobó que aún estaban calientes.

No hacía mucho que se había levantado. ¿Pero dónde estaría?

Se puso los pantalones y salió de la habitación. La puerta del cuarto de la zorra de Aurora estaba abierta de par en par, sin embargo, cuando se asomó no vio a Sophia allí. Bajó al vestíbulo y frente a la puerta principal de la casa divisó una silueta. Le daba la espalda y a sus pies había un frasquito de cristal medio vacío.

Se acercó hasta ella con paso zigzagueante. Por primera vez en su vida estaba asustado.

¿Qué había hecho?

¿Qué le había hecho hacer?

- El detective Magnus está fuera. – susurró Sophia con un hilo de voz. – Nunca me abandona ese hombre. Es como mi ángel de la guarda.

El sol estaba a punto de ponerse y un carruaje negro acababa de detenerse junto a Magnus. El corazón le dio un vuelto. Sabía perfectamente quién iba dentro.

Cuando el sol desapareció tras las sombras de la noche, distinguió su melena castaña y sus ojos verdes brillar bajo la luz de las diminutas esferas luminosas.

Christopher Steiner estaba vivo y había ido a buscarla. Pero era demasiado tarde.

- ¿Qué he hecho, Astaroth? —Se acercó a ella antes de que cayera al suelo y la agarró entre sus brazos temblorosos.

- ¿Qué hemos hecho?

III

Astaroth abrió la puerta de la casa y se plantó bajo el dintel. Entre los brazos llevaba un cuerpo.

Avanzó hacia él y se paró a un par de metros de distancia. Descendió la vista hacia Sophia y el corazón le empezó a latir tan fuerte que pensó que se le iba a escapar del pecho.

- Una noche tú me la entregaste a mí para que la salvara. Y hoy yo te la entrego de nuevo.

Astaroth estiró los brazos hacia él y tomó a Sophia entre los suyos. Sus ojos estaban cerrados, pero aún respiraba con debilidad.

Steiner no dijo ni una palabra. Tras él aguardaban Max Magnus y Sitra de forma impaciente.

- ¿Y la niña?

Astaroth descendió la vista hacia Sophia y la contempló con tristeza.

- Si le salvas la vida después de lo que ha hecho, entonces, sólo ella podrá perdonarse algún día. La niña está dentro.- sonrió con desolación mientras apartaba la mirada de ella. — No voy a consentir que más hijos míos mueran, Steiner. Lilith nunca debió enviar a los mercenarios a Abery y juró que no quedará impune.

Astaroth paso de largo y él se quedó observando sus zancadas titubeantes hasta que se perdieron al doblar una esquina, la misma esquina en la que una noche lejana Max Magnus había perdido a Hugo Olaf de vista.

El detective apretó los puños con fuerza cuando lo vio desaparecer. Lo habría disparado, pero sabía que de nada le habría servido. Ese monstruo siempre había conseguido esquivar sus balas, y en aquel momento su corazón lloraba por Sophia y la pequeña Heulyn.

Corrió hacia la casa y en el suelo del vestíbulo divisó un pequeño bulto amortajado en una toquilla blanca de bordados. A su lado había un frasco de cristal medio vacío.

Se arrodilló al lado de Hulyn y alargó la mano para comprobar si seguía viva.

Cerró los ojos con abatimiento y volvió a ponerse en pie.

Steiner y Sitra se habían parado tras él. La cara de Steiner era indescriptible. Se había quedado petrificado mirando a su pobre hija, y después descendió la vista hacia Sophia. Su rostro caía hacia atrás como el de un cuerpo inerte, pero aún respiraba.

- Steiner. Si tiene algo de corazón, salve a esa pobre mujer. Que vomite, y luego suminístrele opio. Y bueno… lo que usted ya sabe.

Dio la espalda a Steiner y volvió a arrodillarse en el suelo. Cogió a Heulyn en brazos y la apretó contra su pecho.

- Voy a dar a esta niña un entierro como se merece. Me pondré en contacto con usted cuando todo esté arreglado.

Steiner no lo detuvo y pasó de largo junto a él.

Tenía que ser muy rápido.

LA BAYA

I

"Atropa belladona", era el nombre del remedio de Aurora Varona para las migrañas y sus dolores de huesos. La baya de la bruja como se le conocía popularmente.

La intoxicación por envenenamiento no tardaba más de diez o quince minutos en hacer efecto, y de ahí el estado de la señorita Varona y de la pequeña Heulyn.

No sabía qué dosis había suministrado la señorita Varona a Heulyn, pero la niña aún respiraba cuando la había examinado en el suelo. Sabía que en pequeñas dosis la belladona producía efectos sedantes y que el contraveneno era ante todo vomitar, administrar agua yodura y dosis elevadas y fraccionadas de opio.

Paró a un coche que pasaba por la avenida y le dijo al cochero que le llevase a la comisaría de policía. El doctor Klaus podría tratar la intoxicación de Heulyn mejor que él.

Sentó a Heulyn sobre sus rodillas, un poco inclinada hacia adelante, y metió el dedo índice derecho en su boquita. Tenía que estimular la parte posterior de la faringe para provocarle el vómito.

- Vamos, pequeña. Tú eres fuerte. Vamos, vamos...

El nudo del estómago se le deshizo cuando Heulyn vomitó sobre sus zapatos.

Cerró los ojos y dio gracias a Dios mientras la abrazaba contra su pecho.

Quería llorar, pero no tenía fuerzas.

Acaba de hacer algo horrible.

Mentir a Steiner con desfachatez, abandonar a la señorita Varona y robarles a su hija.

Pero esa niña no podía vivir con esos monstruos.

Simplemente, no podía.

No salió del laboratorio del doctor Klaus durante los tres días en los que había estado tratando a Heulyn. De nuevo, el doctor no hizo preguntas, pero él hablo más que la última vez.

— Doctor, sé que puede resultar extraño. Pero necesito que me consiga un cuerpo parecido al de la niña. Misma constitución, edad similar. ¿Cree que puede ayudarme?

El doctor se metió las manos en los bolsillos de la bata y asintió con la cabeza.

— Hoy mismo si quiere puedo conseguirle uno. Creo que sé para lo que lo quiere y puedo preparar la mortaja.

Magnus asintió. Iba a encenderse un cigarrillo cuando el doctor le detuvo.

— No en mi laboratorio.

Volvió a guardar la cajetilla en el bolsillo de la chaqueta y se dejó caer en un sillón lleno de polvo que había en una esquina de la salita en la que el doctor tenía un catre para dormir.

Aunque nunca lo había reconocido de forma abierta, todos en la policía sabían que el doctor vivía en esos sótanos. Era como si le doliera tener que separarse de sus cadáveres, como si de irse los estuviera abandonando.

-      Necesito que me haga otro favor. – garabateó una nota en un trozo de papel que encontró en uno de sus bolsillos y se lo tendió al doctor. – Necesito que haga llegar esta nota a un buen amigo mío.

El doctor volvió a asentir y guardó el trozo de papel en el bolsillo de su bata.

Cuando llamó a la puerta del apartamento de Fiord, éste lo recibió con los ojos vidriosos.

Deslizó la mirada hacia el bulto que sostenía entre los brazos y después cerró la puerta con rapidez.

Era medio día y el sol brillaba con fuerza aquel día de enero.

-      Está todo preparado, Magnus. – farfulló Fiord. - El funeral dentro de dos días, en una ermita de las afueras, y al caer la noche. El cuerpo será enterrado en el pequeño cementerio que hay tras sus muros.

Magnus asintió mientras dejaba a Heulyn sobre el sofá. Sobre él había una pequeña maleta con ropa de niña y algo de comida en una bolsa.

Hopkins irrumpió en el salón arrastrando los pies.

-      Jefe...- lo llamó. - Lo ha conseguido.

Magnus se acercó a él para ayudarle a sentarse en uno de los sillones que había junto a la ventana. Aún tenía dolores, pero al menos ya podía andar.

Fiord detuvo la silla de ruedas a su lado.

-      He hablado con mi colega abogado que me ha preparado el certificado de defunción y una nueva identidad para Heulyn. No sabía muy bien qué nombre escoger para ella así que él lo ha hecho por mí.

Alargó la mano hacia el cajón de la mesa que había frente a la ventana y le tendió todos los papeles.

Examinó el certificado de defunción por encima y después echó un vistazo al nuevo nombre de Heulyn.

"Lucy Van Swieten"

\-   Lucy…- susurró. Alzó la vista hacia Fiord. – Yo he de volver a Abery, Astaroth se ha marchado de Lockham y estoy seguro de que ha vuelto a sus dominios.

\-   Yo voy con usted, jefe. Pero ¿Y Heulyn?… quiero decir, Lucy… ¿qué vamos a hacer con ella?

\-   Tengo una tía que vive al noroeste y que no tiene familia, puede ayudarnos. Encontraréis su dirección entre los papeles que os he dado. Marchó allí con la niña.– matizó Fiord. - Ni Steiner, Sophia o Astaroth podrán encontrarla en esa casa. Ya he preparado el viaje para allí y mañana mismo parto.

\-   ¿Mañana?

Magnus echó un vistazo a Heulyn. Dormía plácidamente sobre el sofá acolchado. Era tan pronto… apenas tenía tiempo suficiente para despedirse de ella.

\-   Magnus, debemos ser rápidos. Todos "ellos"… no pueden saber que está viva.

El detective asintió sin muchas fuerzas.

\-   Mañana entonces, querido Fiord, comienza la nueva vida de la señorita Van Swieten.

Cerró los ojos y suspiró con tristeza.

Era lo correcto. No podían hacer otra cosa.

II

Arrastró a Sophia hasta los suburbios del sur de la ciudad, donde él se había perdido varias noches cuando había llegado a Lockham.

Cuando alcanzaron la peor de las calles, aquella donde sólo rumiaban aquellos que esperaban no vivir para ver un nuevo día, pagó a un par de prostitutas para que los llevasen a su cuartucho. Mientras las seguían escaleras arriba no dejaba de oír sus cuchicheos eufóricos. Les había pagado más de lo que ganaban en un mes.

-       Aquí es. - Dijo la más joven de ellas. Tendría alrededor de los quince años. Delgaducha y sin curvas. Sus ojos marrones eran lo único que se veía en su rostro cadavérico. La otra se paró a su lado. Era algo más mayor, tal vez estaba en la veintena hacia arriba. No era mucho más cosa que su compañera, pero al menos tenía pechos más grandes.

Miró de mala gana la cama doble que había en el centro de la habitación, con sábanas amarillentas y manchas sospechosamente recientes.

La repisa de la ventana estaba abarrotada de velas semi consumidas y una lámpara de aceite apagada reposaba sobre una mesita que había junto a una de las paredes.

-       ¿Qué servicios podemos ofrecerles?

Christopher llevó a Sophia hasta la cama y ella cayó sobre ella sin fuerzas. Las mujeres miraron extrañadas su escaso ropaje, a penas un camisón y una bata de seda negra, pero no dijeron ni una palabra. Sabían de sobra que más veces que pocas, los nobles excéntricos hacían cosas depravadas.

- Tumbaros en la cama.
- ¿No quiere que nos desnudemos?
- No, de momento.

Accedieron a regañadientes y se recostaron una a cada lado de Sophia. Christopher se tendió junto a la joven escuálida de ojos marrones. La agarró por el cuello y le hincó los colmillos. La otra chica pegó un grito, pero la agarró antes de que escapara. Se la ofreció a Sophia.

- Sophia, debes comer.
- No. Quiero morir.

La obligó a beber del cuello de las dos prostitutas hasta que no quedó una gota de sangre en sus cuerpos. Ella querría morir, pero él no iba a dejar que eso pasase.

Cuando se separó de ellas la sangre le chorreaba por el mentón y las lágrimas se mezclaban con ella.

- Pensé que estabas muerto, Christopher…maldita sea… – musitó. – Si hubiera sabido que tú… ¿Qué he hecho?

Se acercó a ella y la besó en la frente. Sophia hundió la cara en su pecho y empezó a gimotear como una niña.

Tendría mucho que llorar hasta que pudiera perdonarse.

Pero él no tenía ni lágrimas para llorar por su hija.

Y no sabía si algún día podría perdonarla.

III

Llamó al timbre de la puerta tres veces, pero nadie le abrió, así que deslizó la nota por la rendija y volvió sobre sus pasos. Hopkins lo estaba esperando dentro del carruaje. El funeral de Heulyn era en menos de media hora y debían darse prisa si querían llegar a tiempo.

- ¿No le han abierto?
- O no me han abierto, o el señor Steiner y la señorita Varona ya no siguen en la ciudad. Yo también estoy deseando irme la verdad, aquí ya no hay nada más que hacer.

Fiord se había ido de Lockham la mañana anterior, y ellos iban a poner rumbo a Abery en cuanto terminase la panochada de oficio por la muerte de Heulyn.

La ermita elegida por Fiord estaba a las afueras de la ciudad. Era minúscula y la pintura blanca de las paredes estaba desconchada. Pasaron de largo los cuatro bancos que había cada lado de la nave principal y se sentaron en el primero de la mano derecha, con la cabeza fija en el suelo húmedo.

- Oremos.

Comenzó a rezar el sacerdote de mirada cansada y melena despeinadas. Alzaron la vista hacia él y para cuando la misa terminó ni se dieron cuenta.

Él y Hopkins cargaron con el pequeño féretro blanco hasta el camposanto, situado en la parte trasera del edificio y salvaguardado del viento por cipreses centenarios.

Las botas se les hundieron en el barro cuando se detuvieron frente al hoyo que el sepulturero esquelético y desdentado había cavado para Heulyn.

"Heulyn Steiner Varona. Amada hija. 1886-1887"

Leyó la inscripción con cierto desasosiego y le entró mal cuerpo.

- Dense prisa, hombre. Quiero irme a casa antes de que empiece a llover a cántaros.

Salió de su ensimismamiento y él y Hopkins dejaron el ataúd a los pies del hombre y rezaron una plegaria por aquella niña desconocida.

Para cuando terminaron la oración, gotas gruesas de lluvia empezaron a mojar sus capas negras y decidieron volver al coche.

- Jefe.

Hopkins le tiró de la manga y ambos se pararon en seco al descubrir que un segundo carruaje acababa de detenerse junto al de ellos. Reconoció al chofer y esperó a que la portezuela se abriera.

Steiner asomó la cabeza y ayudó a bajar a la señorita Varona. La pobre no tenía muy buen aspecto y de repente se sintió terriblemente culpable.

Caminaron hacia ellos con paso lento y se pararon frente a la tumba. El sepulturero los miró sin saber muy bien qué hacer. Estaba a punto de echar tierra con la pala sobre la cajita, pero se paró en seco.

- Recibimos su nota, detective. Gracias por avisarnos.

Steiner habló con tono sereno, pero cuando lo hizo Sophia el suyo sonó más apagado.

- Quiero ver a mi niña

El sepulturero miró a Magnus con cara de pocos amigos, a la espera de que le dijese qué hacer.

535

-   Ábrala, por favor.

El hombre gruñó de mala gana. Volvió a sacar el ataúd y cuando lo apoyó sobre el barro lo abrió con rapidez. Se apartó a un lado para dejar que la mujer se agachara.

Heulyn se veía como un angelito amortajado en una sencilla tela blanca. Tenía los ojos cerrados y las gotas de lluvia descendían por su rostro marmóreo y redondo.

Alargó la mano para acariciar su mejilla, pero la alejó de repente algo aturdida.

-   Rece por mi pequeña, detective. Allá donde esté espero que estén cuidando bien de ella.

Magnus tragó saliva y asintió con la cabeza.

-   Lo haré, señorita Varona. No se preocupe, ella estará bien.

No sabía con certeza si Sophia se había dado cuenta de que aquel bebé no era su hija. Pero sus palabras habían sido desconcertantes y le dejaron una mala sensación de boca.

-   Van al norte, ¿Verdad, detective? – Steiner tomó la mano de Sophia para ayudarla a levantarse del suelo y el sepulturero volvió a cerrar el ataúd y a meterlo en el hoyo.

-   Sí. Ya sabe que soy fiel a mi palabra y no pararé hasta cazarlos a todos.

Estaba lloviendo con fuerza y quería volver al coche antes de pillar una pulmonía.

-   Nosotros vamos a Argante a reunirnos con la familia. - Steiner hizo una inclinación de cabeza a modo de despedida. – Buen viaje. No vemos pronto.

Steiner y Sophia dieron media vuelta y caminaron hasta el coche, donde Sitra los estaba esperando.

Antes de subir la señorita Varona se giró para mirarlo.

Algo le decía que ella le había descubierto.

IV

Volvió a Abery, a su manzana podrida, en donde Olaf había estado reinando en su ausencia.

Las piaras seguían ardiendo en las plazoletas y los sacerdotes seguían acusando a la gente de herejía.

El mundo estaba loco, y él aborrecía de una manera loca a ese mundo.

Olaf le abrió la puerta de la casa antes de que le diera tiempo a llamar al timbre.

-        Amo, bienvenido.

Olaf no supo disimular muy bien su sorpresa al verle llegar sólo, pero no tenía muchas ganas de dar explicaciones en ese momento.

Se fue directo al minibar a servirse una copa de whisky.

-        ¿Noticias de Argante?

Olaf se detuvo frente a él.

-        Los hermanos opositores han cruzado la frontera para reunirse con Lilith.

Astaroth sonrió con languidez después de beberse la copa de un trago. Se sirvió otra.

\- Ya ves, querido Olaf. La lealtad no sirve de nada en estos tiempos que corren. Antes la familia era sagrada, ahora ya ni es sagrada y mucho menos familia. – se sentó en el sofá que había frente a la chimenea y miró con melancolía el sitio en el que Sophia solía sentarse junto a él. - Estoy muy cansado. – musitó.

\- Le prepararé un baño para que se refresque y si lo desea podemos salir a cazar más tarde.

Astaroth asintió, aunque sabía que ni el baño ni la sangre le harían sentirse mucho mejor.

Acababa de separarse de Sophia Varona y ya la echaba de menos...

Las piernas le temblaron al pisar el empedrado de las calles de Argante. Sitra había detenido el coche frente a la puerta de la casa en la que ella había estado viviendo con Christopher antes de partir hacia las estepas y mientras caminaban hacia el salón un nudo se le hizo en el estómago. Para su sorpresa, allí había dos personas esperándoles. Un hombre de barriga prominente y cabellera grisácea que sostenía entre sus piernas a una niña de tirabuzones rubios.

\- ¡Conde, Steiner! Al fin. - la niña salió disparada a abrazarlo por la cintura y ella se quedó mirando la escena sin comprender nada. - Esta debe de ser la señora de Astaroth... bueno, de Steiner ahora.

Christopher giró la cabeza hacia ella. El hombre acababa de levantarse del sillón y se detuvo frente a ella.

\- Esta es la señorita Veronika, y este mi amigo el señor Glencoe.

Glencoe le besó la mano con caballerosidad.

- Nos alegra mucho tenerla con nosotros… ¿Dónde está…?

Christopher lo interrumpió antes de que siguiera hablando y metiera la pata. No era momento de hablar de Heulyn en aquel momento. Sophia ya se encontraba mejor, sin embargo, aún estaba algo sensible y a él tampoco le apetecía tener que hablar de su pequeña, a la que ni siquiera había conocido. Sentía un vacío enorme en su corazón, que la compañía de Sophia no había conseguido llenar. Al fin y al cabo, la mujer que amaba era la que había asesinado a su hija. Y no era capaz de perdonarla por eso. Los silencios incómodos les hacían compañía cada noche y no veía llegar el momento en el que poder hablar de Heulyn y de lo que había pasado en Lockham aquella triste noche.

- Sentémonos, Glencoe. – tomaron asiento en los sillones que había frente a la chimenea. El fuego estaba encendido y les calentó las rodillas en aquella fría noche norteña. - ¿Cómo han estado las cosas por aquí?

- Hemos recibido respuesta de casi todos los clanes opositores. Somos más de los que yo había imaginado. La duquesa también ha hecho un gran trabajo y ha conseguido convencer a los patriarcas de sus clanes para que le apoyen en esta crisis.

- Me alegra mucho oír eso. La situación al otro lado de la frontera es crítica. Aunque nos separan cientos de kilómetros y un páramo de por medio, no se nos puede olvidar que la peste no conoce de barreras.

Glencoe asintió.

- Habláis de unos y de otros como si todos no fuéramos lo mismo. – Sophia habló con voz apagada. –Todos matamos al fin y al cabo para sobrevivir. ¿Acaso vos no matáis? – Glencoe no respondió. – Las manos de todos nosotros están bañadas en sangre. No es Astaroth quien prende fuego a esas hogueras, si no la mano de los enviados de Dios en la tierra.

- Pero es Astaroth quien los ha traído de vuelta. Él y sus hijos han estado asesinando de forma descuidada y descontrolada.– El tono de voz de Glencoe fue en ascenso. – Por culpa de su política apenas me quedan hijos. – Agarró la mano de Veronika con fuerza – A casi todos ellos los cazaron cuando sólo salían a comer muy de vez en cuando. Y siempre que lo hacían era llevándose la vida de aquellos que ya estaban predestinados a morir, y que, por lo tanto, nadie se sorprendería al encontrar muertos.

- Tal vez tus hijos estaban demasiado desnutridos como para poder defenderse de sus atacantes. No es culpa de Astaroth que ellos no se alimentasen como debían.

Veronika sonrió con astucia y alzó la vista hacia ella.

- Debería tener cuidado con lo que dice, recuerde que ya no está en los dominios de su medio padre Astaroth. Demasiado tiempo con él… le ha lavado el cerebro.

Sophia sonrió con languidez. Le habría soltado una bofetada a aquella niña maleducada, pero se contuvo.

- Mejor controlo mi lengua entonces.

Christopher se encendió un cigarrillo y dedicó una mirada cómplice a Glencoe.

-        Veronika, querida, ¿Por qué no vas a tu cuarto a jugar?

-        No me apetece jugar… - soltó con enfado. Sus mejillas pálidas se habían colorado.

-        Bueno, pues ve a tu habitación y punto.

La niña salió de mala gana de la sala, dando un portazo al salir.

-        Mañana nos reuniremos con la duquesa. Va a celebrar una pequeña "fiesta". – matizó el concepto, pues aquellas veladas no eran más que una excusa para que toda la familia pudiese reunirse sin levantar sospechas. - Los patriarcas estarán allí, y alguna que otra personalidad importante de la ciudad. Por lo que hay que guardar las apariencias lo mejor posible.

Glencoe se levantó de su asiento.

-        Si no quiere tener problemas y de que la acusen de simpatizante astaroriana, le recomiendo que no hable de esa forma mañana. Buenas noches.

El hombre salió de la sala de forma más calmada que Veronika, pero no llevando mejor cara que la niña.

Tal vez había hablado de más. Pero no había sabido contenerse. Odiaba la política, y tanto odiaba a unos como a otros. Todos eran lo mismo, al fin y al cabo.

-        Así que mañana vamos a rendir pleitesía a la mujer que mandó a Rupert Velkar para acabar conmigo y con nuestra hija. – negó con la cabeza con decepción. – ¿Cómo tienes estómago para mirarla a la cara siquiera?

- No nos queda alternativa, Sophia. Ella es la líder a este lado de las montañas. Pero no se me olvida lo que hizo. Te juro que no se me olvida.

- Eso espero.

Se levantó del sillón y caminó hacia la ventana. Desde allí se veía el castillo de la duquesa Lilith de Argante en lo alto del cerro.

El castillo de la zorra.

Se habían instalado en el antiguo apartamento de Fiord en Abery, que estaba situado a un par de manzanas de la comisaría de policía. Preguntando por aquí y por allá, consiguieron averiguar que el comisario Stilton poco orden ponía en la ciudad. El clero se había apoderado de ella y el Tribunal de Fe se encargaba de llevar a cabo los juicios contra los acusados de herejía, que obviamente lo eran todos los que pasaban por su sala. El inquisidor Jeremías, originario de un país más al sur, estaba haciendo un "buen trabajo".

Recordó a Stilton de aquella noche que lo vio salir de casa de Astaroth. Alto, larguirucho, con cara de cuervo. Parecía una avestruz, sólo que no podía esconder la cabeza bajo la tierra. Habían seguido sus pasos durante días y gracias a él era como habían podido confirmar que Astaroth estaba en Abery. Aquel demonio apenas salía de casa, pero se celebraban reuniones en su despacho prácticamente todas las noches. Algo estaba tramando aquel bastardo, y él tenía que averiguar que maquinaba lo antes posible.

La situación en Abery estaba totalmente descontrolada, todas las noches aparecían un par de cadáveres con los agujeritos en el cuello, y Jeremías quemaba a cuatro personas por cada muerto que aparecía. Sin embargo, ninguno de los que ardían en las hogueras eran chupasangres.

El Tribunal de Fe había extendido su poder hacia las ciudades y pueblos cercanos, y no parecía que su expansión tuviera freno.

Tenían que parar aquello cuanto antes, y se preguntaba cuánto tiempo tendría que pasar hasta que los opositores decidieran tomar cartas en el asunto.

\- Jefe, ahí sale.

Faltaba como una hora para que anocheciera y Stilton acababa de salir del edificio de la policía. No solía moverse en carruaje cuando iba a casa del abogado por lo que esa tarde al verlo caminar sabían perfectamente a dónde iba.

Se le adelantaron y le esperaron en una de las bocacalles cercanas a la avenida principal, donde estaba el despacho Astaroth y Cía.

Divisaron a Stilton al fondo de la callejuela, envuelto en su capa negra, esquivando a un par de chiquillos que venían de hacer algún recado para algún rico que vivía por la zona.

Stilton no los conocía así que pudieron acercarse a él sin problema.

\- Disculpe, estamos un poco perdidos…

El comisario se paró en seco y Magnus se llevó la mano al revólver. Le asestó un golpe seco en la cabeza que lo dejó inconsciente y lo arrastró por la bocacalle hasta que alcanzó la calle paralela a la avenida principal. Hopkins detuvo un coche y se metieron dentro.

Tenían muchas preguntas que hacerle.

REGRESO

I

Stilton estaba sentado en una silla, atado de pies y manos. Él y Hopkins esperaron con paciencia a que el comisario se despertara.

- Buenas tardes, comisario. Espero que no le duela mucho la cabeza. – lo saludó cuando abrió los ojillos negros.

- ¿Quiénes son ustedes?

Stilton estaba aterrado. Era una copia mala de Grauss. Desde luego a Astaroth le gustaban los incompetentes.

- Eso no importa. He visto que conoce al señor Teodoro Astaroth, y que de hecho lo visita con regularidad. ¿Para qué se reúne con él?

- No sé de qué me habla.

Stilton sonrió como un bobalicón, pero él sabía que aquella avestruz estaba deseando esconder la cabeza.

- Sí lo sabe. ¿Quiere hacer esto a las buenas o a las malas?

Magnus le propinó un puñetazo que le giró la cabeza hacia un lado. Cuando Stilton se reincorporó, escupió sangre.

- Empecemos otra vez. ¿Para qué se reúne con el abogado?

-       ¿Abogado? - Hopkins sonrió. – Asesino, jefe. Asesino. Deberíamos entregar a este hombre al Tribunal de Fe por confabular con el Diablo.

-       - Cállate, chico. - El rostro de Stilton empalideció de repente. No sabían si temía más a Astaroth o a ese maldito Tribunal.

-       Creo que es buena idea. Ve a buscar al alguacil...

Hopkins se levantó de la silla, dispuesto a salir de la habitación.

-       Espere, espere...-Stilton tragó saliva antes de hablar. - Paso información al señor Astaroth acerca de redadas y ese tipo de cosas.

-       ¿Para qué quiere Astaroth esa información? ¿Y por qué se la da usted?

-       No sé... supongo que para avisar a otros.

-       ¿Otros?

-       ¿Qué otros? - Hopkins volvió a sentarse y sacó su libreta de notas, que apoyo sobre las pantorrillas.

-       Ya sabe, otros como él... Me paga por eso, pero tampoco me queda otra. No quiero amanecer muerto, ¿Sabe?

Magnus asintió.

-       Hemos detectado reuniones casi todas las noches en su despacho ¿Tiene alguna idea de qué tratan?

El comisario negó con la cabeza, pero Magnus supo que le estaba mintiendo. Se acercó a él y le dio un par de puñetazos. Un par de dientes salieron disparados de su boca y rodaron por el suelo de madera. Hopkins tragó saliva. El detective estaba actuando con más violencia de la que a él le hubiera gustado.

- ¿Para qué se reúnen?
- Hijo de perra… ojalá le den su merecido. - Un olor a mierda inundó la habitación. Stilton se había cagado encima. - Los opositores se han trasladado al otro lado de las montañas, y el amo no va a esperarlos de brazos cruzados a que vengan a por él.
- ¿Qué trama?

Stilton no abrió la boca y Magnus tuvo que enseñarle su puño ensangrentado para que volviera a decidirse a hablar.

- El amo marcha a Argante, hijo de perra. Mientras habla conmigo, él ya se ha esfumado.

Stilton soltó una carcajada y luego escupió un japo de sangre a sus botas. Magnus se acercó a él y volvió a pegarle un golpe en la cabeza con la culata del revólver. Cuando volviera a recuperar la conciencia lo haría en un callejón de los suburbios, y no dudaba de que Stilton se iría de Abery antes de que Astaroth le castigase por tener la lengua demasiado larga.

- Tenemos que partir cuanto antes a Argante para avisar a Steiner. Astaroth no puede llegar antes que nosotros.

Hopkins asintió.

La hora del juicio final no quedaba lejos.

Y si Dios les ayudaba, al fin matarían al gusano rey.

II

Se presentaron de forma puntual en el castillo de Lilith. Un mayordomo los acompañó hasta la sala de baile, donde ya había algún que otro invitado tomando copas. Christopher oteó la habitación, pero no vio a la duquesa por ningún lado. Encontró a Glencoe hablando con otro grupo de hermanos, unos nueve, entre los que reconoció a tres que eran descendientes de los clanes de Astaroth.

Se callaron cuando los vieron llegar y estudiaron a Sophia en silencio. A esas alturas ya todos sabían que ella era media hija directa de Astaroth, por lo tanto, media hermana de Lilith. Y aunque era joven, era más pura que todos ellos juntos. Por sus venas corría la sangre del Primero de Todos, al que había abandonado por segunda vez. Sin embargo, del bebé, aún nadie sabía nada.

- Steiner...- Glencoe se acercó a saludarlos. - La duquesa lo está esperando en su despacho. Me temo que sólo lo quiere ver a usted...- lanzó una mirada seca a Sophia, que se apresuró en sacar a Christopher de esa situación incómoda.

- Ve, yo te espero aquí.

Sophia dio la media vuelta y se perdió entre la gente.

- Vamos, conde.

Siguió a Glencoe y recorrieron uno de los pasillos del piso bajo hasta detenerse frente a una puerta a medio camino.

- Luego nos vemos.

Glencoe se esfumó y él llamó un par de veces con los nudillos a la puerta antes de abrir. Encontró a Lilith sentada tras su escritorio tallado, escribiendo en un papel grueso. Lilith alzó la vista y dejó la pluma en el tintero.

- ¡Steiner! - Christopher se sentó en una butaca de piel frente a ella y esperó a que ella dejase el papel a un lado. Lilith parecía fatigada, y dedujo que al igual que él, no había descansado mucho desde que se habían visto por última vez. - Muchos de tus hermanos han cruzado la frontera para reunirse aquí con los míos. Yo también conseguí convencer a la mayoría de los patriarcas. Las noticias que mis ojeadores traen del otro lado de la frontera son espeluznantes, y temo que ese Tribunal de Fe y el Gran inquisidor Jeremías lleguen hasta aquí. Si lo hace me temo que apenas podremos salir a comer y nos perseguirán sin descanso. La última vez que el Tribunal estuvo operativo fue hace casi tres siglos, y por aquel entonces consiguieron diezmarnos. No podemos dejar que vuelva a ocurrir, si a la Iglesia le da por meter el morro en Argante, tarde o temprano nos encontrarán a todos.

Christopher se encendió un cigarro y Lilith siguió hablando.

- Hay que adoctrinar a los seguidores de Astaroth. O se adaptan a una vida más sosegada y menos llamativa o mucho me temo que tendremos que acabar con ellos. Los tiempos cambian y hay que adaptarse a ellos. Ya no estamos en la baja edad media.

- Estoy de acuerdo. – dio una calada al cigarro.

- ¿Qué fue lo que pasó, Christopher?

- ¿A qué te refieres?

- Sabes a lo que me refiero. Sophia Astaroth está aquí contigo, de nuevo, trayéndome quebraderos de cabeza. Los míos no la quieren aquí. Ha estado demasiado tiempo con él y no se fían de ella. No puedo garantizarte su seguridad.

- Lilith, ¿de nuevo a vueltas con eso?

- No soy yo. Es lo que piensa el resto. - carraspeó de forma incómoda y cambió de tema.- ¿Y el bebé? ¿El vamphyr?

El pulso le tembló momentáneamente al pensar en Heulyn. No hacía mucho que había dejado escapar a Astaroth en Lockham y desde aquella noche se había preguntado si no habría cometido una estupidez. Pero se había quedado en shock. Sophia estaba al borde de la muerte y su hija acababa de morir. No había tenido fuerzas para enfrentarse a él.

- No has de preocuparte por la niña. Está muerta.

Se le atragantó la frase y dio otra calada al cigarro. Lilith pareció sentirse incómoda de repente.

- Lo siento.

- No quiero hablar de ella y no quiero que me vuelvas a preguntar sobre eso. Estoy aquí sólo para derrocar a Astaroth, no para hablarte de mis problemas. Nuestra amistad terminó en el momento en que me traicionaste. En cuanto a Sophia…Astaroth la dejó ir de forma voluntaria. No va a volver a por ella, si es lo que te preocupa. Y diles a los tuyos que se mantengan alejados de ella.

Lilith sonrió sin fuerzas y antes de que le respondiera él continuó hablando.

\- Astaroth no es estúpido, Lilith. Sus ojeadores, Olaf el más inteligente de todos, habrán avistado que docenas de sus hijos díscolos han cruzado la frontera para aliarse a ti. Ya habrán deducido que estamos formando un ejército. Un ejército para derrocarle. Él ha jurado vengarse y vendrá, tarde o temprano.

Lilith cruzó las manos sobre la mesa. Su gesto se había ensombrecido de repente.

\- Estamos preparados para enfrentarnos a él. Hemos de acabar con los resquicios de ese mundo antiguo al que ya no pueden pertenecer más.

\- Si, Lilith, lo sé. ¿Pero cuándo llegará esa noche?

MENTIRAS AL DESCUBIERTO

I

Hopkins se revolvió con nerviosismo y golpeó varias veces el bloc de notas con la punta de la pluma.

Él se encendió un cigarrillo. No faltaba mucho para llegar al paso fronterizo de las montañas.

- Deme uno jefe, creo que esta vez necesito fumar de verdad... Los nervios me carcomen por dentro.

Magnus negó con la cabeza.

- No chico, no te enganches a esta basura. Desde que fumo cada vez me fatigo más al correr.

Hopkins asintió.

- Entonces debería dejarlo cuanto antes, de nada sirve si no puede correr tras esas cosas...

Magnus sonrió entre dientes y decidió lanzar el cigarrillo por la rendija de la ventanilla del carruaje. Hopkins le miró asombrado y carraspeó antes de volver a dirigirse a él.

- ¿Cree que la señorita Varona se dio cuenta de que aquel bebé no era...?

- No lo sé, chico. Pero si lo hizo, espero que, por el bien de esa niña, deje las cosas tal y como están.

Volvió la vista hacia la ventanilla. Las montañas se alzaban ante ellos, como gigantes a medio enterrar, y de repente sintió que las fuerzas le abandonaban.

- ¿Se encuentra bien, jefe? Ha empalidecido de repente.

Asintió sin estar muy convencido. No, no estaba bien. A él los nervios también le devoraban las entrañas.

- Creo que me voy a encender otro cigarrillo.

Atravesaron el extenso páramo, donde apenas se asentaban un puñado de pueblos desparramados, y llegaron a Argante acompañados de fuertes ráfagas de viento y una densa bruma.

Se dirigieron directamente a la casa en la que se habían alojado con Steiner y Sophia cuando habían estado allí.

La luz del salón del piso bajo estaba encendida así que sabían que al menos había alguien allí. Llamó a la puerta principal con los nudillos de forma insistente hasta que un rostro conocido les abrió.

- Detective, Hopkins. Pasen, por favor.

Sitra se hizo a un lado y cerró la puerta tras ellos. Los llevó directamente al salón principal donde encontró a Steiner sentado en uno de los sofás, charlando de forma grave con un hombre de pelo canoso y barriga enorme que estaba sentado frente a él. Sophia estaba sentada en una butaca junto a una mesilla de té leyendo un libro. Alzó sus ojos azules hacia él en cuanto asomó la cabeza en la sala, y sintió que aquella maldita mirada le atravesaba el alma.

- Magnus... Nos reencontramos antes de lo que pensaba. – Steiner se levantó para saludarlo.

- Calle Steiner, y escuche lo que tengo que decirle. – Hopkins tragó saliva a su lado. – Astaroth está en camino.

- ¿Cómo sabe eso? ¿Lo ha visto?

- Es mi trabajo, ¿No? Averiguar cosas. Está cerca, si no es que ya ha llegado. Salimos casi al mismo tiempo de Abery, pero no nos hemos encontrado con él por el camino.

- Habrá tomado los caminos secundarios. Apenas nadie los usa ya.- El hombre barrigón se paró al lado de Steiner. Dedujo que sería otra de esas "cosas". ¿Qué podía ser si no?

- Esté es Glencoe. Glencoe, Max Magnus, del que tanto le he hablado.

- Lo había deducido.

Glencoe alargó la mano para saludarle, pero él no se la estrechó.

- Avise a Lilith, Steiner. Las calles no tardarán en llenarse de sangre.

Steiner asintió y se puso la capa.

- Glencoe, venga conmigo. Sophia – se dirigió a ella con tono firme.- No salgas de casa y cuida de Veronika.

Sophia bajó la vista al libro que tenía entre las manos.

- Detective, ¿viene?

- Prefiero que el detective se quede conmigo. – Todos se volvieron hacia Sophia.

Magnus asintió con la cabeza.

- Vaya, Steiner. Cuidaré de ella hasta que vuelva.

- Jefe...

- Está bien, chico.

Steiner asintió y salió escopetado de la casa, seguido por Glencoe y Sitra.

Sophia cerró el libro con un golpe sordo, lo apoyó sobre la mesita y cruzó las manos sobre su regazo.

- ¿Ha rezado mucho por mi hija, detective?

Se le hizo un nudo en la garganta y tragó saliva no sin esfuerzo.

¿Qué se suponía que tenía que contestar?

II

- Están aquí, Lilith.

Lilith saltó del sillón como si le hubieran pinchado en el trasero. Rodeó todo el escritorio hasta que se paró a su lado. Parecía confusa.

- ¿Cómo puede ser que no nos hayamos dado cuenta?¿Cómo no lo hemos visto llegar? ¿Dónde está ahora, Christopher?

- No los sabemos. Creemos que han debido moverse a través de los antiguos caminos secundarios, que ya nadie usa, ni se atreve a cruzar. Pero Magnus dice que Astaroth ha venido con los suyos.

- ¿Y crees lo que ese hombre dice?

Se quedó callado. Realmente Lilith le estaba sacando de sus casillas con aquella actitud tan desconfiada.

- Creo a Max Magnus. Es un hombre honorable y de fiar.

- Debe mandar a sus mejores rastreadores, duquesa. – intervino Glencoe.- Debemos descubrir dónde se ocultan antes de que nos ataquen por sorpresa. Y debe avisar a los hermanos para que estén preparados.

Se giraron hacia la puerta del despacho cuando un hombre alto de pelo color miel asomó la cabeza de improvisto. Su tez más pálida de lo habitual anunciaba malas noticias.

- Señora…

Entró arrastrando los pies, con la respiración entrecortada, y le entregó una carta cerrada que iba dirigida a ella.

- He venido lo más rápido que he podido.

Lilith echó un vistazo al sello y su gesto se endureció.

- ¿Quién la manda?.- Glencoe no pudo evitar preguntar.

- Uno de mis mejores ojeadores…

Rompió el sello y sacó el papel. Sus ojos saltaron de una palabra a otra mientras su rostro se terminaba de desencajar por completo.

- No hace falta salir a buscarlo. Está en la ciudad.

El rey gusano había llegado.

- ¿Ha rezado mucho por mi hija, detective?

Se le hizo un nudo en la garganta y tragó saliva no sin esfuerzo.

¿Qué se suponía que tenía que contestar?

556

Tomó asiento en otro sillón frente a Sophia. Hopkins se quedó tras él cubriéndole las espaldas.

- Todos los días rezo por ella.

Sophia sonrió con tristeza.

- ¿Dónde está mi hija?
- ¿De qué habla?
- Esa niña que enterramos en Lockham no era Heulyn.

Magnus guardó silencio.

- ¿Dónde está?
- Enterrada en Lockham.- mintió. No pensaba decirle nada. No iba a poner a Lucy en peligro. Sophia Varona tendría que entender que lo mejor para la niña era olvidarse de ella para siempre.

- Me está mintiendo. Lo sé. Su corazón es como un libro abierto, la tinta de los remordimientos impregna cada página.

Magnus se levantó de improvisto. Sophia se le quedó mirando con sorpresa. Sus ojos se tiñeron de rojo y los colmillos asomaron entre sus labios. Estaba airosa y su bestia buscaba venganza.

Hopkins alzó el revólver hacia aquella cosa. No era capaz de dispararle a ella, pero no vacilaría si tenía que hacerlo contra aquel demonio.

- ¿Va a matarme?
- No quiero hacerlo. Entre en razón. Su hija descansa en paz, Sophia. Debe superar su pérdida.

557

Se arrepintió de inmediato de haber hecho aquel comentario. ¿Qué perdida? ¿Qué diantres estaba diciendo?

- Debo irme, señorita. Cuídese.

Magnus le dio la espalda y salió del salón con el corazón encogido. Entre las sombras del vestíbulo creyó distinguir una cabellera de tirabuzones rubios, pero herido como marchaba, ni le prestó atención.

Sophia Varona había muerto para él.

Y él tan sólo sería un recuerdo doloroso para ella.

Un amigo que la había apuñalado por la espalda.

III

Acompañó a Lilith hasta la entrada de la ciudad, donde las cabezas de ocho de sus hijos habían sido clavadas en picas. Los suyos ya se habían encargado de quitarlas de allí, antes de que alguien pudiera descubrirlas y llamara la atención de la policía argantina.

Otearon el horizonte a la busca de Astaroth y la vista se les perdió en los oscuros bosques de las lindes.

- No nos queda tiempo Lilith, queda menos de una hora para el amanecer. Es mejor que volvamos a casa y retomemos la búsqueda mañana.

Lilith asintió con pesadez.

- Algunos de mis hombres conocen el bosque como la palma de su mano. Mandaré a una avanzadilla de mercenarios para que lo rastreen durante el día.

Christopher asintió e hizo un gesto a Sitra para que le acercara el caballo.

\-   Reúna al resto Lilith, en cuanto caiga la noche saldremos a buscar a Astaroth.

Encontró a Sophia en el salón, mirando por la ventana. Se giró para mirarlo cuando se sentó frente a ella, después de cerrar el cortinón. Sitra se apresuró en encender los candelabros y las lámparas de aceite que reposaban en las cómodas y aparadores de la sala.

\-   ¿Magnus?

\-   Se ha ido.- le contestó con secadez. Algo había ocurrido entre ellos. Desde que se habían separado del detective en el cementerio de Lockham ella estaba más silenciosa y pensativa de lo habitual. Presentía que algo le preocupaba, sin embargo, no había sido lo suficiente valiente para preguntarle qué era. Temía tener que hablar de la muerte de su hija y rememorar aquella noche.

Sophia se acercó hasta él y entrelazó sus manos entre las suyas. Estaban heladas como el hielo y le provocó un escalofrío.

\-   Heulyn está viva, Christopher. Ese bebé que el detective enterró en Lockham no era nuestra hija. Hoy se lo he preguntado directamente, y no supo disimular mientras me mentía a la cara.

Se quedó de piedra. ¿De qué hablaba?

Él había visto a esa criatura muerta en el suelo de la casa. Sophia la había matado.

Sitra le miró de refilón y abandonó la habitación con disimulo, cerrando la puerta al salir.

- Eso no es posible. Yo vi a Heulyn muerta. La vi con mis propios ojos. El detective sólo se llevó a una pobre niña muerta.
- Heulyn no estaba muerta.
- ¡Basta!

Se separó de ella y se levantó de un brinco de la butaca. Sophia le lanzó una mirada recriminatoria que le heló la sangre.

- Heulyn está muerta. Tú la envenenaste y luego intentaste suicidarte. Esto debe acabar ahora mismo.

Sophia sonrió con tristeza.

- Sabía que tarde o temprano me lo echarías en cara. Pensé que estabas muerto, pero no, llegaste demasiado tarde. ¿Dónde te metiste todo ese tiempo?

Sophia se levantó y se plantó frente a él. Sus hermosos ojos azules estaban tristes y decepcionados.

- Antepusiste tu causa y la de esa ramera a mí y a tu hija. Lo que hice fue por tu culpa. Y si me crees por una mentirosa y no piensas ayudarme a encontrarla, tú y yo hemos terminado para siempre.

Sophia pasó a su lado.

- Sophia, sabes que eres lo más importante para mí. Te pido por favor, que, si quieres que te ayude, esperes a que zanjemos el asunto que nos ha traído hasta aquí.

Esperar y esperar.

Siempre esperar por los demás.

IV

Decidieron alojarse en una posada del centro de la ciudad. Se hurgó en los bolsillos del pantalón a la búsqueda de unas monedas y pagó a la recepcionista por una noche en una habitación doble.

La mujer, que llevaba los labios extremadamente pintados de rojo, le hizo morritos cuando le tendió la llave del cuarto, pero él prefirió ignorar la indirecta.

No era fan de las mujeres. En su vida sólo había tenido una novia formal, a la que había querido todo lo que había podido, y a la que había dejado nada más entrar en el cuerpo de policía, con apenas diecinueve años.

Deambularon por los pasillos hasta dar con su habitación y se echaron sobre las camas si ni siquiera cambiarse de ropa. Estaban agotados. El viaje había sido largo y la tensión acumulada les había agarrotado todos los músculos del cuerpo.

- ¿Qué vamos a hacer, jefe?

Giró la cabeza en la almohada y distinguió la silueta del Hopkins en la otra cama. Estaba tumbado boca arriba y su pecho subía y bajaba con lentitud a cada respiración.

- Antes de que caiga la noche volveremos a casa de Steiner. No quiero alejarme de él ni de la duquesa. Tengo el presentimiento de que mañana va a ser una noche movida.

- ¿Y la señorita Varona?

Suspiró, como lo hacía cada vez que tenía que hablar de ella.

- ¿Qué pasa con ella?

-     ¿Cree de verdad que ha zanjado lo de hoy? Yo no lo creo. Intentó matar a su hija para protegerla, hará lo que sea para encontrarla. ¿Y si se lo cuenta a Steiner? ¿Cree que él de verdad nos dejará ir como hoy lo ha hecho ella?

No contestó. Steiner le mataría, pero para eso primero tenía que creerle a ella.

Y, al fin y al cabo, para él Sophia seguía siendo la mujer que había matado a su hija.

EN LAS LINDES DEL BOSQUE

I

Las nubes ocultaron las estrellas y la niebla avanzó a través de las calles de Argante. La ciudad lucía más tenebrosa de lo habitual aquella noche. Se apartó de la ventana y se encendió un cigarrillo.

- Steiner.

Giró la cabeza hacia Glencoe, acababa de asomarse en el despacho.

- Tenemos que irnos.
- Ahora voy. Deme cinco minutos.

Glencoe asintió y su cabeza redonda desapareció de vista. Terminó de escribir la carta y la selló con el lacre. Llamó a Sitra.

- Si algo me pasa, esta carta es para Sophia.
- Si, amo.- Sitra se guardó el sobre en uno de los bolsillos interiores de su chaqueta negra. – Sabe que preferiría ir con usted.

Negó con la cabeza.

- No. Alguien debe cuidar de Sophia si algo me ocurre. Volvéis a Lockham si no llego antes del amanecer. – La frase se le atragantó en la garganta. Habían dormido en habitaciones separadas y la había extrañado más de lo que había pensado. Se había comportado como un ser mezquino.
- ¿Dónde está?
- Le espera en el salón.

Se colocó la capa y comprobó que llevaba el revólver y la daga encima.

- Tenga cuidado, amo.

Asintió con la cabeza y dejó a Sitra en el despacho. Sintió, sin saber por qué, que acababan de despedirse para siempre.

Christopher no tenía buena cara. Estaba pálido y unos surcos azulados deslucían su atractiva mirada de ojos verdes. Dedujo que al igual que ella no había pegado ojo durante todo el día.

- Tengo que irme. Vamos a explorar el bosque. Sospechamos que Astaroth puede estar oculto allí. Ninguno de los ojeadores de Lilith le ha visto a él o alguno de los suyos en la ciudad.

Asintió con la cabeza.

- No salgas de casa. No es seguro. Sitra se quedará a tu cuidado y al de Veronika. Prometo volver.

La agarró de las manos y se las besó con fuerza.

- Te quiero.

Christopher salió de la casa y ella se asomó al ventanal. Mientras lo veía marchar en su caballo un sentimiento de amarga despedida le oprimió el pecho.

- Yo también, Christopher. Siempre te voy a querer.

II

El hombre barrigón, Glencoe, recordaba que se llamaba, ya había salido de casa, y esperaba a Steiner montado en un caballo. De la mano izquierda sujetaba las riendas de otro segundo espléndido ejemplar. Hopkins estiró el cuello cuando la puerta de la casa volvió a abrirse. El muchacho sujetaba las riendas de sus caballos, lamentablemente, no tan majestuosos como los de esas cosas. .

- Ahí sale, jefe.

Desvió la vista hacia la puerta principal y esperó a que Steiner se montará en el caballo y se alejase de allí para seguirle. Desvió la vista hacia la casa antes de ponerse en marcha y descubrió a Sophia en el ventanal de la sala. Sus miradas se cruzaron antes de que pudiese evadirla y espoleó a su caballo de mala gana.

Ahí estaba Max Magnus.

Y no pensaba dejarlo ir de nuevo.

De una de las cómodas del salón tomó una bolsa que había preparado antes. Había guardado algo de dinero, una libreta con anotaciones de utilidad, una pequeña navaja que se ocultó en la bota derecha y un revólver que había encontrado en uno de los cajones del despacho. No tenía ni idea de cómo usarlo, pero suponía que no podía ser muy complicado.

Caminó hacia el hall de la casa y se puso la capa. Iba a abrir la puerta cuando unas zancaditas se pararon detrás de ella.

- ¿A dónde va?

565

Se giró hacia Veronika. La niña aún llevaba el camisón y sus coletas doradas estaban desechas.

- Qué te importa, niña.
- No podemos salir de la casa, son órdenes.

Veronika corrió hacia ella y se plantó delante de la puerta de entrada. Su cara de muñeca era más diabólica que angelical.

- Es una traidora. No voy a dejarla salir.
- Vamos niña, no me hagas perder tiempo.

Alargó el brazo para apartarla y cuando ni siquiera la había rozado sintió un escozor agudo en el brazo. Desvió la vista hacia el corte profundo que la chiquilla insoportable le había hecho desde la muñeca hasta el codo. Las gotas de sangre mancharon el suelo y alzó la vista hacia la niña. En la mano sostenía un puñal bien afilado.

- No va a ir a ninguna parte.

Veronika se arrojó sobre ella y antes de que pudiese herirle otra vez agarró la navaja que había escondido en la bota y se la hundió en el pecho.

La niña se paró en seco y la daga se resbaló de su mano. La navaja sobresalía de su esternón como una estaca y la sacó con mano temblorosa. Las rodillas de Veronika se doblaron y calló al suelo en medio de silenciosos quejidos.

¿Qué había hecho?

Aún podía salvarla si le daba de beber de su sangre, pero no tenía tiempo para eso. Tenía que encontrar a Magnus. Aún podía seguir su rastro, no hacía mucho que se había ido.

- ¿Señorita?

566

Se volvió lentamente con la navaja aún en la mano y la alzó hacia Sitra. El hombre puso las manos en alto. Estaba aturdido.

- Tranquila señorita, no voy a hacerle nada.

Los ojos de Sitra encontraron a Veronika, que seguía gimiendo con debilidad.

- Sitra, tengo que irme.

- No puedo dejarla ir.

Sitra caminó un par de pasos hacia ella y sostuvo la navaja con determinación frente a él. No quería hacer más daño. Sólo quería irse.

- Sitra, Heulyn está viva. Christopher no me cree, pero yo te juró que a mi hija no se la comen los gusanos. Debes dejar que me vaya. Tu señor nunca me dejará ir a por ella.

Su voz había sonado serena, pero tenía el estómago encogido por los nervios. Sitra era un buen amigo, pero más leal le era a Christopher Steiner.

- Si la dejo ir señorita, el amo no me perdonará jamás.

- Lo hará cuando vuelva a él con su hija. Magnus nos ha traicionado y no voy a parar hasta que averigüe dónde la tiene. – bajó el brazo y la navaja quedó colgando de su mano. Sitra la estaba mirando sin pestañear. Estaba poniendo a aquel buen hombre en un gran compromiso.- Si no me voy ya, perderé el rastro del detective y no podré encontrar a Heulyn.

Sitra asintió con la cabeza. Se llevó la mano a uno de los bolsillos interiores de su chaqueta y volvió a alzar la navaja hacia él.

- Tranquila, señorita. Es sólo una carta del amo, para usted. – le tendió un sobre blanco sellado. Se acercó a él para cogerlo aún con la navaja ensangrentada apuntándole de forma amenazante. – No la lea aún. Ya sabrá cuándo hacerlo.

Ojeó la carta con tristeza antes de guardarla en un bolsillo de su capa y dejó de amenazar a Sitra con la navaja.

- Váyase. Haré todo lo posible por ayudar a Veronika. Por el bien de todos, espero que no esté equivocada y que vuelva con esa niña.

- Así lo haré, Sitra.

Dio la media vuelta y giró el pomo de la puerta con mano temblorosa. La niebla la envolvió y entre sus frías perlas y el blanco manto temió tropezarse con dos esferas rojizas suspendidas en el aire.

Las piernas le flaquearon al dar el primer paso, pero retomó la compostura al dar el segundo.

Ya no podía temer a esos monstruos de las sombras.

Ya nunca más le acecharían.

Ahora ella era uno de ellos y era libre.

La reina gusano. La gran maestra embaucadora.

III

Siguieron a Steiner y a Glencoe hasta la puerta de la ciudad. Había más cosas de esas merodeando por allí y no podían acercase demasiado sin arriesgarse a que los descubrieran. Tenían que buscar un sitio por el que subir a la almena y poder ver qué era lo que estaba pasando al otro lado de la muralla.

Hizo un gesto a Hopkins para que lo siguiera y se adentraron en un callejón colindante desde el que alcanzaron la muralla. Unas escaleras de piedra desgastada los llevó hasta la almena, y ya arriba asomaron las cabezas por el vano.

- Vaya mierda.

La panorámica de la explanada era vaga por culpa de la niebla y ni siquiera alcanzaban a ver el bosque al fondo.

Estaba a punto de bajar cuando distinguió a Lilith a las puertas de la ciudad. Steiner y Glencoe acababan de acercarse a ella y se alejaron de allí a caballo después de intercambiar unas palabras con ella. Lilith marchó tras ellos poco después junto a otro grupo de "cosas".

- ¡Jefe! – Hopkins le agarró por la manga de la capa y le señaló otro grupo de jinetes que salía tras la duquesa. Serían unos cuarenta chupasangres fuertes y bien alimentados. – Son demasiados. Nos descubrirán. Además, no sabemos si ya han enviado a alguna avanzadilla.

- No podemos quedarnos aquí, necesitamos acercarnos a las lindes del bosque.

Hopkins le lanzó una mirada asustadiza.

- Quédate aquí, chico. Si no vuelvo para el amanecer, ve con Fiord y cuida de Lucy.

- De eso ni hablar. Voy con usted.

Hopkins giró en redondo y volvió a bajar por las escaleras. Su cabellera rojiza se perdió de vista escaleras abajo y él se apresuró en seguirle. Volvieron a montar en los caballos y se dirigieron a la puerta de la ciudad. Antiguamente la imaginaba bien custodiada por soldados, pero de eso hacía ya muchos siglos, en los tiempos que corrían ni los alguaciles montaban guardia allí. Era paso abierto para todo aquel que quisiera entrar y salir de Argante.

- Jefe...- le susurró Hopkins cuando cruzaron el portón- Alguien nos sigue.

Asintió con la cabeza.

- Lo sé. Mierda. - farfulló mientras espoleaba su caballo.

Maldita hija de su padre.

IV

Las ramas de los abetos se movían con brío al compás de las ráfagas de viento, y a su ulular se había unido el chuchear de los búhos y el aullido de los lobos. El cielo estaba encapotado aquella noche, y las oscuras nubes prometían una lluvia densa que no tardó en llegar.

Exploró las lindes del bosque a través de la bruma, que al fin empezaba a disiparse. Sabía que entre las sombras de aquel bosque de coníferas estaba agazapado el Rey Gusano.

¿Saldría a recibirles?

Lilith se paró a su lado y oteó el bosque.

- Está cerca. Lo huelo. – Se cubrió con la capucha cuando un par de gotas gruesas le cayeron en la nuca.

- Ya estamos todos.- anunció ella.

Giró la cabeza hacia atrás y comprobó con satisfacción, que, en efecto, todos los hermanos ya habían llegado. Llegarían a la centena, y todos los que habían atendido la llamada de Lilith estaban en buena forma y bien nutridos. Todos, incluido él, habían comido bien en los últimos días.

- ¿Estamos listos?

Asintió con la cabeza y Lilith dio la orden de avanzar hacia el bosque. Espolearon sus caballos, pero los animales apenas hicieron ademán de moverse. Algo que avanzaba entre las sombras los tenía atemorizados y nerviosos.

- Está aquí.

Se llevó la mano a la daga y contuvo la respiración al oír unos lejanos chasquidos de ramas rotas que se incrementaron hasta tal punto que, tuvo la sensación de que alguien estaba caminando enfrente de sus narices.

Descubrió con sorpresa que una silueta ataviada de negro abandonaba la seguridad que brindaba aquel bosque milenario.

Astaroth se paró en seco y su primera mirada fue para él.

Steiner, el perro pulgoso al que daba por muerto.

Le sostuvo la mirada, sin poder alejar de su mente la imagen de Sophia entre sus brazos. Aquel malnacido había yacido con ella más noches de las que él había podido disfrutar. El destino les había deparado soledad, y para cuando al fin volvían a estar juntos, el pasado los separaba cada noche.

- ¿Dónde están los demás?- preguntó Lilith con voz queda.

Ella tenía un mal presentimiento. Al igual que él también lo tenía.

Sus miedos se hicieron realidad cuando los secuaces de Astaroth empezaron a emerger del bosque como lobos hambrientos.

Y la manada de lobos les superaba en número.

LUCY VAN SWIETEN

I

Al fin estaba en casa.

Cada paso que le acercaba a la casita de piedra era uno más que le alejaba de la pesadilla que había vivido en Argante, y que no dejaba de revivir cada noche cuando se echaba a dormir.

Su alma necesitaba sosiego. Su mente paz. Y su cuerpo dolorido y magullado, descanso.

Alargó la mano y la pasó por las espigas del trigo. El campo se veía pobre y el sol lo iluminaba seco. Esa tierra no era muy rica para el cultivo, pero algo había que comer.

Distinguió una silueta sentada en una silla de ruedas junto a la puerta de entrada de la casa. A sus pies jugaba una niña con una muñeca hecha con una mazorca de maíz.

Apresuró el paso, despreocupándose por evitar pisas los charcos del camino y el barro acumulado tras los días pasados de intensa lluvia.

Sólo cuando alcanzó el jardín de la casa y cerró la verja de forja, sintió algo de paz.

Hizo un gran esfuerzo para evitar que las piernas se le doblasen y así poder terminar de caminar el alrededor de treinta metros que le separaban de la figura disminuida que disfrutaba del sol del mediodía.

Habría sonreído, pero no tenía fuerzas ni para arquear vagamente los labios.

Se paró frente a él y Fiord alzó la vista para saludarle. Se entristeció al comprobar que sus ojos habían perdido vida y brillo.

-   Al fin estás en casa, buen amigo.

Alargó los brazos hacia él y se inclinó para abrazarlo. Los ojos se le llenaron de lágrimas al sentir los brazos escuálidos de Fiord alrededor de sus hombros fornidos.

-   Descansa, Magnus. Descansa.

Aquel día no abrió la boca.

Y al siguiente y al tercero tampoco.

No tenía fuerzas de hablar, pero sabía que Fiord anhelaba saber qué había pasado en Argante.

Qué había sido de todos los chupasangres.

De Astaroth.

De Lilith.

De Steiner.

De Sophia.

Otra vez ese maldito nudo en la garganta. ¿Cuándo llegaría el día en el que podría pensar en la señorita Varona sin que el corazón se le hiciera añicos?

La tía de Fiord, Ginebra, resultó ser sólo un poco más mayor que él. Era una mujer llena de vitalidad, que no hacía preguntas ni cuestionaba nada. Contoneaba sus anchas caderas por toda la cocina mientras preparaba el guiso de la comida o la carne de la cena. Viuda desde que tenía veinte dos años, no había vuelto a casarse y no había tenido hijos, Sin embargo, se había dedicado al cuidado de los hijos de otros, y por ese motivo, había tenido muy buena mano con Lucy, y la niña se había adaptado a ella con rapidez.

Ginebra les sirvió unas tazas de café con leche y dejó en el centro de la mesa de la salita de té, una bandeja a rebosar de galletas de mantequilla.

Salió de la habitación llevando a Lucy de la manita y cerró la puerta al salir.

Pegó un sorbo al café antes de hablar.

Estaba delicioso.

- Fiord, necesito contarte lo que pasó en Argante. Tengo que librarme de esta carga.

Fiord asintió con la cabeza.

- Te escucho, amigo.

Sacó la cajetilla de cigarrillos de uno de los bolsillos de su chaqueta y se encendió uno sin esperar a que Fiord le diese permiso para fumar.

- Aparecieron de entre las sombras del bosque. Eran decenas de bestias de ojos rojizos. Nunca en mi vida he pasado tanto miedo. Estaba en el Infierno, querido amigo, y ni a día de hoy comprendo cómo pude atravesar el fuego sin quemarme…

Aquella noche consiguió dormir más de dos horas seguidas. Tal vez el hablar con Fiord le había venido bien.

O tal vez, como se solía decir, el tiempo lo curaba todo.

Se levantó temprano y arrastró los pies hasta la cocina. Para su sorpresa, Ginebra ya estaba levantada horneando unos pastelitos de manzana para el desayuno. El pelo negro con ristras grisáceas lo tenía sujeto en un moño alto que dejaba al descubierto su piel blanca pecosa.

Le sonrió al verlo aparecer bajo el dintel de la puerta.

- Se levanta temprano. Espero no haberlo despertado yo.

Negó con la cabeza y se sentó a la mesa. Miró por la ventana con melancolía. Estaba amaneciendo.

- Soy de dormir poco, no se preocupe.

Ginebra asintió con la cabeza y se limpió las manos en el delantal que llevaba atado a la cintura.

- ¿Café?

- Por favor, sólo y doble.

Sonrió y le sirvió una taza bien grande. El café estaba exquisito y se sirvió una segunda taza. Ginebra volvió a sus quehaceres con el horno y los hojaldres y él se entretuvo viéndola cocinar.

Después de meter los pastelitos en el horno se sentó a la mesa frente a él. Se sirvió una taza de té de hierbas para ella.

- Supongo que ya se lo habrá dicho mi sobrino, pero la niña y usted pueden quedarse aquí el tiempo que haga falta.

- Se lo agradezco.

Revolvió el café con la cucharita con nerviosismo. No tenía ni idea de lo que Fiord le habría contado a esa mujer. ¿Qué pensaría que era él?

- Puede fumar si quiere. A mí también me gusta un cigarro de vez en cuando.

Sonrió agradecido y le encendió un cigarro a Ginebra y luego se encendió otro para él. Ginebra sonrió después de dar la primera calada. Tenía una bonita sonrisa, de esas que te hacen sonreír también, y sus ojos grises y brillantes transmitían paz. Era una mujer atractiva para su edad, y no pudo comprender cómo no había vuelto a casarse. Le echaba pocos años más que él, aún podía casarse si quería. O tal vez, simplemente, era un alma solitaria, como también lo era él.

\- Fiord siempre ha sido mi sobrino preferido. El abuelo de Fiord dejó embarazada a mi madre. Fiord apenas me saca unos años. Crecimos juntos, casi como hermanos. Cuando me escribió aquella carta pidiéndome ayuda, no pude negarme. No debe preocuparse por mí, no hago preguntas y no me las hacen. Nadie viene a molestarme. La niña es muy buena, pero… tiene algo especial. Algo que me asusta.

\- A mí también me asusta. – confesó en un susurro. – Pero no pasará nada mientras esté con nosotros.

\- Eso tengo entendido.

Ginebra pegó una calada larga al cigarro y luego lo apagó en un platito.

\- Yo no he tenido hijos. Mi cuerpo era seco. – suspiró y cruzó las manos sobre la mesa. – A Fiord no le queda mucho tiempo…Pero quiero que sepa que, aunque él ya no esté puede confiar en mí. Llevo muchos años sola, no me vendrá mal un poco de compañía…

Se levantó de la silla y caminó hacia el horno. Olía a manzana y canela, y la boca se le hizo agua.

\- Estos pastelitos están casi listos.

LA REINA GUSANO

I

Gritó cuando Astaroth le hincó la daga en el pecho. Sin embargo, esa mierda estaba más acabada que él. Lilith y él le habían herido de gravedad.

Se tambaleó hacia atrás y se extrajo el puñal con fuerza. Lo lanzó lejos y observó a Astaroth con asco.

Estaba hecho.

Iba a morir.

Le dio una patada en el estómago y cayó hacia atrás como un saco de patatas. Gimió y se quedó tendido boca arriba, mirando al cielo encapotado, mientras las gotas de lluvia le limpiaban la sangre de la cara.

Lilith se tambaleó hacia él. Astaroth le había apuñalado varias veces y a duras penas conseguía mantenerse en pie. Mechones de cabello negro le caían por la cara, ocultando los golpes que el malnacido le había dado. La agarró antes de que se viniera abajo.

\- Tenemos que acabar con él. Antes de que sea tarde, los nuestros se están retirando.

La dejó sentada sobre el suelo y arrastró los pies hasta Astaroth. El demonio le estaba examinando a través de sus cuencas rojas, sin dejar de sonreír.

\- No seas un cobarde, mátame de una vez…

Se arrodilló a su lado y le hizo un corte profundo con la daga en la mejilla derecha.

Quería ver su sangre ponzoñosa por última vez.

Esa sangre que había arrastrado a Sophia Varona a su lado.

- ¡Detente!

Gritaron tras él. Giró la cabeza de mala gana.

Maldita voz.

Hugo Olaf tenía agarrada a Lilith por los cabellos y una daga amenazaba rebanarle el cuello. Un hilillo de sangre descendía hasta sus pechos.

Olaf volvió a apretar la daga contra el cuello de Lilith y se apartó de Astaroth sin pensárselo dos veces.

- Deja a Lilith. Primero tenemos asuntos que zanjar tu y yo.

Olaf sonrió con abatimiento. El día que tanto había temido había llegado.

Iba a enfrentarse a muerte contra el último hijo que le quedaba con vida. Aquel que tantos disgustos le había dado, pero al que tanto había amado.

Su preferido, al fin y al cabo.

Olaf libró a Lilith con brusquedad y ésta emitió un quejido al golpearse la cabeza contra el suelo.

- Como quieras, hijo mío.

Alzó la daga en alto y corrió hacia él como un toro bravo, dispuesto a cornearle de muerte.

Se irguió como pudo y evitó la primera puñalada de Olaf, que iba directa a su corazón. Por el rabillo del ojo atisbó a ver que Astaroth estaba intentando erguirse de mala gana.

No podía dejar que huyera.

Esa noche iba a morir.

Hizo acopió de fuerzas y consiguió reunir las pocas que aún le quedaban para abalanzarse sobre Olaf y revirarle la cabeza de un puñetazo que le sacó una muela de la boca.

Olaf gimió y escupió sangre. El golpe le dejó aturdido y mareado y antes de darle tiempo a recuperarse, se echó sobre él y alzó la daga sobre su pecho.

- Ha llegado la hora, padre.

Olaf asintió con tristeza y cerró los ojos antes de que le apuñalara en el corazón.

II

Sangre negra y pestilente cubría la tierra.

La cubría la sangre de unos y de otros.

Todos ellos hijos de Lucifer, al fin y al cabo.

Magnus no pertenecía a ese lugar. Y no iba a dejar que su cuerpo se pudriese junto al de esas cosas.

Él guardaba un secreto importante y no iba a llevárselo a la tumba con él. Ella no iba a permitirlo.

El detective y Hopkins acababan de detenerse frente al campo de batalla, desde el que llegaban aullidos y gritos de muerte.

Espoleó a su caballo y se paró tras ellos. Alzó el revólver y apuntó a su cabeza.

Magnus y el chico se volvieron hacía ella. La expresión del detective se oscureció cuando vio que estaba apuntando a su pupilo.

- Baje eso, Sophia.

Negó con la cabeza y quitó el seguro del arma.

No sabía si sería capaz de disparar.

No lo sabría hasta que llegase el momento de hacerlo.

- Este no es su cementerio. ¿Acaso están locos? Váyanse.

Magnus negó con la cabeza.

- Juré terminar con esas cosas, y es lo que voy a hacer. Ni Astaroth, ni Lilith, ni Steiner van a vivir para ver otro anochecer. Después perseguiré a todos los que hayan tenido la suerte de salir con vida de aquí.

Hopkins tragó saliva con nerviosismo. El revólver seguía apuntando a su cabeza. Un simple golpe o caída podía originar la percusión del arma, y entonces sus sesos saldrían disparados por los aires.

- Tiene una mayor responsabilidad que atender, detective.

- No sé de qué habla.

- Deje de hacerse el idiota conmigo. Los tres aquí sabemos de lo que estamos hablando.

Chasqueó la lengua y miro a Hopkins de soslayo. Él era perro viejo y no le importaba morir. Pero su fiel Hopkins era joven y tenía un futuro prometedor por delante. El destino lo había llevado a su despacho de Lockham, pero él aún podía librarle de su mala influencia.

- Ponga el seguro a esa cosa y arrójela al suelo. Cuando lo haga, le doy la dirección.

Sophia negó con la cabeza y el arma vaciló en su mano.

-   No quiero la maldita dirección. Podría darme cualquier cosa. Quiero ir con usted.

Asintió con la cabeza mientras murmuraba un "Está bien" casi para el cuello de su camisa.

Él y Hopkins respiraron más tranquilos cuando el arma cayó no lejos de donde ellos estaban.

-   Hopkins, es hora de volver a casa.
-   ¿Perdone?
-   Vuelve a Lockham.
-   Pero...
-   Es una orden.

El muchacho tragó saliva y asintió levemente con la cabeza.

Ese ya no era lugar para él.

Y sus ojos jóvenes no merecían ver más de aquello. Y menos lo que él iba a hacer.

No apartó la vista del chico hasta que se perdió entre la bruma y cuando ni ya podía oír los galopes de su caballo se volvió hacia la señorita Varona.

Qué iluso.

Esa cosa ya no era la señorita.

Esa cosa era la Reina Gusano.

La reina de las sombras.

La crisálida.

III

Se acercó hasta Lilith para ayudarla a reincorporarse. Un rastro de sangre le bajaba desde la sien y Olaf había dejado marcado su cuello con un corte feo.

- Tienes que irte de aquí, yo me encargo de él.

Lilith asintió y echó un vistazo a Astaroth, que se estaba alejando de allí arrastrando los pies por el suelo.

- Termina con esto de una vez por todas.

Asintió con la cabeza y ayudó a Lilith a ponerse en pie.

La acababa de reincorporar cuando Sophia apareció de entre la bruma, trastabillando hacia él como un muerto en vida. Tenía un ojo amoratado y el labio inferior hinchado. Un hilo de sangre le resbalaba de una de las comisuras de la boca.

De la mano derecha le colgaba una navaja ensangrentada. Ese olor era de humano. Sangre fresca de humano. Y creía reconocer de quién era ese olor.

- ¿Qué hace aquí? ¿No la habías dejado en casa? - Lilith parecía tan sorprendida como él. Se acercó hasta Sophia y la agarró por los hombros.

- ¿Qué haces aquí? ¿Estás bien?

- Se va, Christopher. Ha intentado matarme…

¿De qué hablaba? ¿Es que había perdido la cabeza?

Sophia se libró de sus manos y se acercó a él para hablarle en un susurro. Sus narices se rozaron y sintió un escalofrío al rozar su piel.

- El detective Max Magnus se va. Y si no vienes conmigo ahora mismo nunca sabremos dónde tiene a nuestra hija.

Soltó la frase con un odio tan intenso, que tuvo la sensación de que estaba hablando con una persona diferente a la que él conocía.

Esa cosa que le había hablado no era ella, era su monstruo, pero el que su otro medio padre le había transmitido.

¿Por qué no había aprendido a encontrar ese equilibrio del que él tantas veces le había hablado?

Maldito Astaroth. Él era el culpable.

Los ojos le ardieron con furia. Mientras hablaba con ella esa alimaña se estaba escapando.

- Basta. No voy a ir contigo a ningún lado hasta que terminemos lo que hemos empezado aquí.

Sophia sonrió y desvió la vista hasta Lilith. A duras penas se sostenía sobre las piernas. Estaba tan lastimada y débil que no podía ni andar.

La zorra tenía la culpa de que Christopher no le ayudase. De que no la creyera.

Esa zorra le había lavado el cerebro.

- Esa mujer... - dijo señalándola con la navaja. - Juraste vengarte por lo que nos hizo. Me lo juraste. Y, sin embargo, de nuevo, antepones tu ideal de vida a mí, a tu familia.

Había hablado lo suficientemente alto para que Lilith la oyera, y sabía que, en ese preciso instante, al verla frente a Christopher Steiner, suplicándole para que la matara, Lilith disfrutaba porque él no era capaz de hacerlo.

Se giró de improvisto y se lanzó sobre ella.

584

La apuñaló varias veces en el pecho, y cuanta más sangre le salpicaba la cara, más en paz consigo misma se encontraba.

No era ella.

Era esa cosa.

Y defecaría sobre las cenizas de la zorra.

IV

Sintió una punzada en el corazón.

Tan de improvisto.

Tan intensa.

Y no pudo evitar dar media vuelta, aun sabiendo que si volvía Steiner podía matarlo, o los que aún rondaban por allí, pudieran capturarle.

Empezó a mal correr, cojeando, luchando contra el barro en que las botas se le hundían a cada zancada. No paraba de llover, y el cielo no parecía tener intención de darles tregua.

La bruma le dejaba ver con pobreza, pero su instinto le guiaba hacia ella. Por el camino volvió a cruzarse con los cuerpo enroscados y deformes que se acumulaban por el suelo. En nada no serían más que cenizas arrastradas por el viento, y nadie en Argante sabría lo que a las puertas de la ciudad había ocurrido aquella noche.

Se paró de repente. Steiner ya le estaba esperando. Lo había oído volver y le miraba con odio. Le retaba a muerte.

Descubrió el cuerpo de Lilith tirado en el suelo, cosido a puñaladas, lleno de sangre, y una parte de él sintió compasión por ella, por la que había sido su hija preferida.

La puñalada directa al corazón era la que definitivamente le había arrebatado la vida. Y Sophia Varona, su reina gusano, sujetaba la navaja que le había asestado el golpe de gracia.

Había jurado vengarse, y al final, lo había hecho.

Él había creado a esa mujer fuerte. Era su creación.

Un monstruo perfecto.

Desdichado Steiner. La había perdido para siempre. Él se la había arrebatado.

Y mientras estaba de pie ante ella, no sabía si dejarla ir o matarla con sus propias manos.

- Sophia...- la llamó.

- Astaroth...

Ella giró la cabeza para mirarlo y su gesto se ensombreció al descubrirlo acribillado a puñaladas y a golpes. La sangre le resbalaba por todo el cuerpo, por todas y cada una de las heridas brotaba su savia muerta.

La ira de Steiner era palpable en al ambiente. Si pudiera levantar el brazo incluso podría atraparla entre sus manos, como un pajarillo. Pero no tenía fuerzas ni para alzarlos.

- Esta conspiración... ¿Cómo has podido? – Steiner se volvió hacia Sophia. Él había pasado a un segundo plano. Sabía lo que Steiner estaba pensando: que él y Sophia habían confabulado a las espaldas de todos para matar a Lilith. Su amada Sophia, le había traicionado, y le rompía el corazón.

Nunca en la vida había visto unos ojos tan tristes.

- ¿Qué dices, Christopher? Yo no he hecho nada... - susurró, aún con la navaja en la mano. Fue entonces cuando Sophia pareció darse cuenta de lo que todo aquello parecía. Una mala puesta en escena.

La navaja se deslizó de su mano y cayó al suelo, y la sangre que manchaba la hoja la bebió la tierra.

Steiner se arrojó sobre ella y apretó sus manos alrededor de su cuello. Iba a estrangularla. Ese monstruo de cuencas rojizas había perdido el control.

Se lanzó sobre Steiner y ambos cayeron al suelo con un golpe seco. No le quedaban fuerzas para pelear, pero no podía dejar que la matara, ese montruo le estaba asfixiando. Levantó las manos e intentó hundirle los dedos en los ojos, sin éxito.

Steiner iba a matarlo.

Sophia se acercó a separarlos, pero Steiner la apartó de un empujón y cayó hacia atrás, golpeándose la cabeza contra una piedra oculta entre las hierbas altas.

Steiner se sentó a horcajadas sobre él, dejándole sin aliento, y alzó la daga sobre su cabeza.

Si. Definitivamente iba a morir.

Aquel perro pulgoso iba a darle el golpe de gracia.

Sin embargo, antes de que pudiera hundirle la daga en el corazón, Steiner cayó hacia un lado y su rostro se quedó junto al suyo. Un hilo de sangre le resbalaba por la frente.

- Tenemos que irnos Astaroth, no queda mucho para el amanecer.

Sophia dejó caer de sus manos la piedra con la que había golpeado a Steiner en la cabeza, y después le ayudó a levantarse. Ahogó un gemido cuando se puso en pie y pasó el brazo derecho por encima de sus hombros.

Giró la cabeza antes de que la bruma no le dejase distinguir a Christopher Steiner entre el barro, como si fuera un puerco en el día de matanza.

Al fin, aquel perro pulgoso estaba muerto.

Miró a Sophia Varona de soslayo, como un niño pequeño que no quiere que le descubran mirando lo que no debe.

Ella lloraba.

LA REINA CRISÁLIDA

I

Pasaron las semanas. Y con las semanas llegaron los meses. No sabía ya cuántos. Prefería no contar. Tal vez treinta, o treinta y seis, qué más daba.

Fiord gimió en la cama y le preparó una pipa de opio para el dolor. Si algo había aprendido del criado del señor Steiner, era a preparar las malditas pipas.

Lucy entreabrió la puerta de la habitación y asomó la cabeza por el hueco. Sus ojillos verdes vivarachos no entendían lo que estaban viendo. Su coleta de caballo saltó con gracia al caminar hacia él. Alzó la mano hacia ella y le acarició con dulzura. Era una niña preciosa, y presentía que cuando fuera mayor sobrepasaría en belleza a su madre.

Aquel nudo otra vez.

Aún no se le quitaba.

- ¿Está malito?
- Si, está malito.

Lucy contempló a Fiord en silencio, como si temiese lastimarlo con tan solo respirar.

Ginebra se asomó en la habitación. Llevaba días sin sonreír y sus ojos se veían tristes.

- Lucy, ¿por qué no me ayudas a dar de comer a los pollitos?

La niña se separó de su lado de mala gana y se acercó hasta Ginebra como una niña obediente. Después de cogerle la mano y antes de salir de la habitación, giró la cabeza hacia él.

- ¿Tú te vas a poner malito?
- Yo no me voy a poner malito, hija.

Lucy le regaló una amplia sonrisa que él capturó con amor.

- Ve con la tía, cariño.

Ginebra le llevó su taza de café solo doble y se sentó a su lado a beber su té de hierbas.

Era una tarde templada de otoño, pero el cielo estaba completamente despejado y el sol hacía esfuerzos por brillar una última vez antes de la llegada del invierno.

Ginebra alzó la cabeza al cielo y él la observó de soslayo. La había cogido cariño, y sabía que ella también le había cogido cariño a él.

- Cuando llegué aquí lo hice con la esperanza de encontrar algo de paz, sin embargo, no llego a encontrarla por completo.

Ginebra se volvió para mirarle.

- Ya lo sé. Duerme igual de mal que cuando llegó.

Rio a medias y se encendió un cigarro. Se lo pasó a ella para que le diera una calada y luego se lo devolvió.

- ¿No quiere saber?

La pregunta se le escapó casi sin darse cuenta, pero no se arrepintió de haberla hecho.

-        Prefiero no saber. Cuando llegó y habló con Fiord… su salud empeoró considerablemente. Hay cosas que es mejor mantener enterradas bajo tierra.

Qué fácil decirlo.

Pero qué difícil enterrar.

-        ¿Y si vienen a por ella?

-        Si vienen a por ella, no dejaremos que se la lleven.

Ginebra pegó un sorbo a su té y cerró los ojos al cielo.

Esa pobre mujer no sabía lo que decía.

No lo sabía…

II

El eco de sus tacones aún retumbaba a lo lejos cuando se detuvo frente a la casa.

Aquella maldita casa.

Se echó la capucha hacia atrás y se colocó el pelo. Abrió la verja del jardín y lo atravesó hasta llegar a las escaleras de acceso a la puerta principal.

Llamó con los nudillos un par de veces y esperó con paciencia a que le abrieran. Oyó los pasos que se acercaban con lentitud hacia la puerta y un rostro conocido, aunque algo más demacrado, la dejó pasar sin siquiera saludarla.

Se sentaron frente al fuego de la chimenea del salón, como ya lo habían hecho tantas veces.

-        ¿Qué haces aquí?

\- ¿Y a dónde podía ir? Muchos me buscan. Casi todos me quieren muerta. He estado vagando de aquí para allí, pero en todos los sitios acechan sombras que prefiero evitar.

Le habló con seguridad, sin apartar la mirada de sus ojos avellana. A pesar de la cicatriz que ahora atravesaba su mejilla derecha, Astaroth seguía viéndose igual de hermoso que siempre.

\- Necesito protección. Me debes la vida. – le recordó con firmeza. De no haber sido por ella, Steiner le habría matado. Y ahora, ella era una traidora y todos los que alguna vez la habían amado, la odiaban de una forma tan profunda, que no era capaz de ver el fondo de aquel pozo negro.

\- Quiero quedarme contigo.

Astaroth frunció el ceño y se terminó de beber la copa de whisky que tenía sobre la mesilla de cristal. Junto a ella había un periódico. "El Gran Inquisidor Jeremías se instala en Argante" decía el titular. Rumores oscuros de aullidos de bestias habían recorrido la ciudad a la mañana siguiente a la noche del juicio final, y el inquisidor no los había dejado pasar de largo.

\- ¿Quieres quedarte sólo porque necesitas protección? ¿O lo que te ha hecho venir es lo mismo que te hizo salvarme la vida? Nuestras deudas estaban saldadas, ¿recuerdas? No nos debíamos nada, y ahora yo estoy en deuda contigo. ¿Cómo podría dejarte a merced de esos carroñeros que quieren tu cabeza tanto o más que la mía?- apoyó el codo en el reposabrazos de la butaca y se llevó la mano a la barbilla.- Nunca olvidaré la noche en la que Olaf te llevó a mí. Estabas tan asustada… pero tu alma era tan oscura y tu espíritu tan fuerte… Ahora incluso lo es más.

Astaroth tomó su mentón con delicadeza. Sus labios le invitaban a besarlo y sus manos le prometían amor eterno.

\- Sólo me quedas tú, Sophia. Sabes que a mi lado nunca dejaré que te pase nada.

\- Lo sé. Por eso estoy aquí, porque en nadie confió. Y…

\- Y…

Se acercó a los labios de Astaroth y susurró las palabras para que sólo él pudiera oírlas.

Maldita palabra de cuatro simples letras.

FIN